JENNIFER L. ARMENTROUT

ÔNIX

SAGA LUX LIVRO 2

valentina
Rio de Janeiro, 2021
2ª Edição

Copyright © 2012 *by* Jennifer L. Armentrout
Publicado mediante contrato com Entangled Publishing, LLC, através da Rights Mix.

TÍTULO ORIGINAL
Onyx

CAPA
Beatriz Cyrillo

FOTO DE CAPA
Liz Pelletier

FOTO DA AUTORA
Vanessa Applegate

DIAGRAMAÇÃO
Imagem Virtual Editoração

Impresso no Brasil
Printed in Brazil
2021

CIP-BRASIL. CATALOGAÇÃO NA FONTE
SINDICATO NACIONAL DOS EDITORES DE LIVROS, RJ

A76o
2. ed.

    Armentrout, Jennifer L.
    Ônix / Jennifer L. Armentrout; tradução Bruna Hartstein. – 2. ed. – Rio de Janeiro: Valentina,
2021.
    416 p. ; 23 cm. (Lux; 2)

    Tradução de: Onyx
    Sequência de: Obsidiana
    Continua com: Opala
    ISBN 978-85-65859-89-9

    1. Romance americano. I. Hartstein, Bruna. II. Título. III. Série.

CDD: 813
CDU: 821.111(73)-3

16-32323

Todos os livros da Editora Valentina estão em conformidade com
o novo Acordo Ortográfico da Língua Portuguesa.

Todos os direitos desta edição reservados à

EDITORA VALENTINA
Rua Santa Clara 50/1107 – Copacabana
Rio de Janeiro – 22041-012
Tel/Fax: (21) 3208-8777
www.editoravalentina.com.br

*Dedicado a amantes de livros e blogueiros literários
de todos os cantos e tamanhos.*

[1]

ão mais do que dez segundos após entrar em sala e se sentar, Daemon Black cutucou minhas costas com a ponta de sua maldita caneta. Dez segundos. Virando-me na cadeira, inalei aquele perfume de natureza e especiarias tão típico dele.

Ele puxou a mão de volta e bateu com a tampa azul da caneta no canto dos lábios. Lábios com os quais eu estava bastante familiarizada.

— Bom dia, gatinha.

Forcei-me a encará-lo. Seus olhos eram de um verde reluzente, semelhante ao caule de uma rosa recém-colhida.

— Bom dia, Daemon.

Meu vizinho virou a cabeça ligeiramente de lado, e uma mecha de cabelos escuros e rebeldes caiu-lhe sobre a testa.

— Não esqueça que temos planos para esta noite.

— Eu sei. Mal posso esperar — respondi secamente.

Daemon se debruçou sobre a carteira e a inclinou um tiquinho para a frente; o movimento fez o pulôver escuro se esticar sobre os ombros largos. Escutei o suave arquejar de minhas amigas, Carissa e Lesa, e senti os olhos da sala inteira fixos na gente. Ele curvou os lábios mais um pouco como se estivesse rindo de uma piada que só ele entendeu.

O silêncio que se seguiu tornou-se subitamente pesado demais.

— *Que foi?*

— Precisamos trabalhar no seu rastro — disse ele, baixo o bastante para que apenas eu conseguisse escutar. Graças a Deus. Tentar explicar o que significava um rastro para a população geral não era algo que eu quisesse fazer. *Ah, vocês sabem, é só um resíduo de poder alienígena que fica grudado nos humanos e faz com que eles brilhem como uma árvore de Natal, tornando-os um farol ambulante para uma raça de extraterrestres perversos. Querem um pouco?*

Ã-hã.

Peguei minha própria caneta e considerei por alguns instantes cutucá-lo com ela.

— É, já imaginava.

— Tenho uma boa ideia de como podemos fazer isso.

Eu sabia que "boa ideia" era essa. Eu. Ele. Juntos em um amasso. Sorri, e seus olhos verdes se aqueceram.

— Gostou da ideia? — murmurou Daemon, baixando os olhos para meus lábios.

Um desejo nada saudável fez meu corpo inteiro vibrar, mas me lembrei de que aquela repentina mudança de comportamento tinha mais a ver com seu abracadabra alienígena bizarro do que com ele gostar de mim. Desde que Daemon me curara, após a batalha com o Arum, estávamos conectados e, embora isso parecesse o suficiente para fazê-lo querer mergulhar de cabeça num relacionamento, para mim não era.

Aquilo não era *real*.

Eu desejava o que meus pais tinham. Um amor incondicional. Poderoso. Verdadeiro. Uma maldita conexão alienígena não era o suficiente para mim.

— Só se for em outra vida, amigão — respondi por fim.

— Resistir é inútil, gatinha.

— Assim como seu charme.

— Veremos.

Revirei os olhos e me virei de volta para o quadro-negro. Daemon era um verdadeiro gato, mas podia ser também um completo babaca, o que, de vez em quando, anulava totalmente o apelo da beleza. Mas nem sempre.

LUX 2 ÔNIX

Nosso caquético professor de trigonometria entrou em sala segurando uma pilha grossa de papéis enquanto esperava o sinal tocar.

Daemon me cutucou novamente com a caneta.

Fechei as mãos e cheguei a pensar em ignorá-lo, mas sabia que isso não adiantaria. Ele simplesmente continuaria me cutucando. Virei-me mais uma vez e o fitei com irritação.

— *O que foi agora?*

Ele se moveu mais rápido do que uma cobra dando o bote. Com um sorrisinho que me provocava uma sensação engraçada no estômago, deslizou os dedos pelo meu rosto, afastando uma mecha de cabelo que caíra sobre meus olhos.

Olhei fixamente para ele.

— Depois da aula…

Comecei a imaginar uma série de situações loucas ao ver seu sorrisinho tornar-se mais malicioso, mas me recusava a continuar jogando aquele jogo. Revirei os olhos e voltei a olhar para o quadro-negro. Precisava resistir aos hormônios… e à maneira como ele mexia comigo como nenhum outro.

Pelo resto da manhã, senti um leve pulsar incômodo atrás do olho esquerdo, o que só podia ser culpa do Daemon.

Na hora do almoço, a sensação era de que alguém tinha me dado uma forte pancada na cabeça. O burburinho de conversas no refeitório aliado ao cheiro de desinfetante e comida queimada me deram vontade de sair dali correndo.

— Você não vai comer isso? — Dee Black apontou para meu prato intocado de abacaxi com ricota.

Fiz que não e empurrei a bandeja na direção dela, sentindo o estômago revirar ao ver Dee cair de boca na comida.

— Você come o suficiente para alimentar um time inteiro de futebol — comentou Lesa, os olhos brilhando com indisfarçável inveja. Não podia culpá-la. Eu mesma já vira Dee devorar um pacote gigante de biscoitos recheados de *uma vez só.* — Como você consegue?

Dee deu de ombros.

— Tenho um metabolismo acelerado.

· 9 ·

JENNIFER L. ARMENTROUT

— O que vocês fizeram no fim de semana? — perguntou Carissa, franzindo o cenho enquanto limpava os óculos na manga da camisa. — Passei o sábado e o domingo preenchendo formulários de inscrição para as universidades.

— Eu passei o fim de semana inteirinho com o Chad. — Lesa deu uma risadinha.

As duas olharam para mim e para Dee, esperando que disséssemos alguma coisa. Imaginei que matar-um-alienígena-psicopata-e-quase-ser--morta-no-processo não fosse algo sobre o qual eu pudesse falar.

— Demos uma volta e assistimos a alguns filmes idiotas — respondeu Dee, sorrindo para mim de maneira conspiratória e prendendo uma mecha de cabelos pretos e brilhantes atrás da orelha. — Nada muito interessante.

Lesa bufou.

—Vocês são tão chatas.

Fiz menção de sorrir, mas senti um arrepio quente na nuca. A conversa cessou subitamente e, segundos depois, Daemon se sentou na cadeira à minha esquerda. Um copo plástico de iogurte de morango (meu predileto) foi colocado diante de mim. Fiquei mais do que um pouco chocada por ganhar um presente do Daemon, principalmente uma das minhas bebidas favoritas. Meus dedos roçaram os dele ao pegar o copo, e uma corrente de eletricidade percorreu minha pele.

Puxei a mão rapidamente e tomei um gole. Delicioso. Talvez aquilo acalmasse a sensação estranha em meu estômago. E talvez eu conseguisse me acostumar com aquele novo e atencioso Daemon. Muito melhor do que sua tradicional versão insuportável.

— Obrigada.

Ele sorriu em resposta.

— Não trouxe pra gente? — alfinetou Lesa.

Daemon riu.

— Estou aqui para servir uma única pessoa em particular.

Senti as bochechas queimarem enquanto afastava a cadeira um tiquinho.

—Você não está aqui para me servir em coisa alguma.

Ele se inclinou na minha direção, diminuindo o pequeno espaço que eu pusera entre nós.

LUX 2 ÔNIX

— Ainda.

— Ah, para com isso, Daemon. Eu estou bem aqui. — Dee franziu o cenho. —Você vai me fazer perder o apetite.

— Como se isso pudesse acontecer — retrucou Lesa com um revirar de olhos.

Daemon abriu a mochila e pegou um sanduíche. Só ele conseguia matar aula para comprar almoço e não acabar na detenção. Meu vizinho era tão... *especial*. Afora Dee, todas as garotas na mesa estavam com os olhos fixos nele. Alguns dos caras também.

Ele ofereceu à irmã um cookie de aveia.

— Não temos planos a fazer? — perguntou Carissa, as bochechas brilhando de vergonha.

— Temos, sim — respondeu Dee, dando uma risadinha para Lesa. — Grandes planos.

Esfreguei uma das mãos na testa para secar a camada de suor frio e pegajoso que cobria minha pele.

— Do que vocês estão falando?

— Dee e eu estávamos conversando na aula de literatura inglesa sobre dar uma festinha daqui a uns quinze dias — interveio Carissa. — Alguma coisa...

— Grande — completou Lesa.

— Pequena — corrigiu a outra, estreitando os olhos para a amiga. — Algo íntimo para poucas pessoas.

Dee assentiu, e seus olhos verdes e naturalmente brilhantes cintilaram de animação. Em seguida sugeriu:

— Nossos pais vão viajar na sexta. Teremos a casa só para nós.

Olhei de relance para o Daemon, que deu uma piscadinha. Meu coração idiota pulou uma batida.

— É tão legal seus pais permitirem que vocês deem uma festa em casa — comentou Carissa. — Os meus me dariam uma bronca só pela sugestão.

Dee deu mais uma vez de ombros e desviou os olhos.

— Nossos pais são muito legais.

Forcei uma expressão impenetrável ao sentir uma fisgada de dor no coração. Eu realmente acreditava que tudo o que a Dee mais queria na vida era que seus pais estivessem vivos. Talvez o Daemon também. Desse modo ele não seria obrigado a carregar o peso da responsabilidade por sua família.

Durante o tempo em que passáramos juntos, eu acabara descobrindo que grande parte de seu comportamento irascível era decorrente do estresse. Para não falar na morte do irmão gêmeo...

A festa se tornou o principal assunto durante o restante do almoço. O que era legal, pois distraía a atenção do meu próprio aniversário no próximo sábado. Na sexta, a escola inteira já estaria sabendo dos planos. Em uma cidade onde se reunir num milharal numa sexta à noite para beber cerveja era o ápice da diversão, de forma alguma a festa seria "pequena". Será que Dee se dava conta disso?

—Você não se importa? — sussurrei para o Daemon.

Ele deu de ombros.

— Como se eu pudesse impedi-la.

Eu sabia que ele poderia se quisesse, o que significava que não se incomodava.

— Quer um cookie? — ofereceu ele, segurando diante de mim um daqueles com gotas de chocolate.

Enjoada ou não, não dava para recusar.

— Claro.

Com os lábios repuxados num dos cantos, ele se inclinou na minha direção até parar com a boca a centímetros da minha.

—Vem pegar.

Vem pegar? Daemon prendeu o cookie entre aqueles lábios cheios e altamente beijáveis.

Ai, santos bebezinhos alienígenas...

Meu queixo caiu. Várias das meninas sentadas à nossa mesa emitiram um som que me fez imaginá-las se derretendo entre os pés de suas respectivas cadeiras, mas não consegui me forçar a verificar o que estariam fazendo de fato.

O cookie, e aqueles lábios, estavam bem *ali*.

Uma onda de calor invadiu meu rosto. Podia sentir os olhos de todo mundo, inclusive os dele, fixos em mim... Deus do céu. Daemon arqueou uma das sobrancelhas de modo desafiador.

Dee gaguejou:

— Acho que vou vomitar.

LUX 2 ÔNIX

A vergonha era tanta que senti vontade de me enfiar num buraco. O que ele achava que eu iria fazer? Tirar o cookie da sua boca como uma versão proibida para menores de *A Dama e o Vagabundo*? Bosta, eu meio que queria, e não sabia ao certo o que isso dizia de mim.

Ele ergueu a mão e tirou o cookie da boca. Seus olhos brilhavam como se tivesse vencido uma batalha.

— Tempo esgotado, gatinha.

Fuzilei-o com os olhos.

Daemon partiu o cookie em dois e me entregou o pedaço maior. Peguei-o rapidamente, um pouco tentada a jogá-lo de volta na cara dele, mas… era um cookie com gotas de chocolate. Assim sendo, comi com profundo prazer.

Após tomar outro gole do iogurte, senti um calafrio estranho na espinha, como se alguém estivesse me observando. Corri os olhos em volta do refeitório, esperando deparar-me com a ex-namorada alienígena do Daemon me lançando seu tradicional olhar de puro ódio, mas Ash Thompson estava conversando com outro garoto. Hum. Seria ele um Luxen? Não havia muitos da idade deles, embora eu duvidasse de que a Ash, sempre tão superior, fosse sorrir para um reles garoto humano. Desviei o olhar da mesa deles e verifiquei o restante da cantina.

O sr. Garrison estava parado ao lado das portas duplas de acesso à biblioteca, mas ele observava uma mesa cheia de grandalhões idiotas que brincavam de fazer desenhos intrincados com o purê de batatas. Ninguém mais olhava em nossa direção.

Balancei a cabeça, sentindo-me tola por ter me assustado por nada. Não era como se um Arum fosse surgir subitamente no meio da cantina de um colégio. Talvez eu tivesse pegado um resfriado ou algo do gênero. Minhas mãos tremeram um pouco ao envolver a corrente que trazia em volta do pescoço. A obsidiana estava fria em contato com a pele, o que era reconfortante — um amuleto de proteção. Eu precisava parar de me assustar com qualquer coisa. Talvez fosse por isso que estivesse sentindo a cabeça tão leve e entorpecida.

Isso certamente não tinha nada a ver com o garoto sentado ao meu lado.

Não cheguei nem a soltar meu famoso gritinho de felicidade ao entrar no correio e encontrar vários pacotes à minha espera. Todos continham provas de livros reenviadas por blogueiros para serem resenhadas e divulgadas. Ainda assim, reagi, sei lá, quase com indiferença. Um indício indiscutível de que eu devia ter contraído a doença da vaca louca.

A viagem de volta para casa foi uma tortura. Minhas mãos estavam fracas. Não conseguia forçar a mente a se concentrar em coisa alguma. Apertando os pacotes de encontro ao peito, ignorei o arrepio na nuca ao subir os degraus da varanda. Ignorei também o pedaço de mau caminho de mais de um metro e oitenta recostado contra o corrimão.

— Você não voltou direto para casa depois da aula. — Seu tom soou irritado. Como se eu tivesse minha própria versão ensandecida e deslumbrante de um agente do Serviço Secreto e tivesse conseguido despistá-lo.

Com a mão livre, peguei a chave de casa.

— Como você pode ver, dei uma passada no correio. — Abri a porta e soltei os pacotes sobre a mesinha do vestíbulo. Claro que ele não esperou ser convidado e entrou atrás de mim.

— Sua correspondência podia esperar. — Daemon me seguiu cozinha adentro. — Que pacotes são aqueles? Apenas livros?

Peguei a jarra de suco de laranja na geladeira. Quem não era apaixonado por livros jamais entenderia.

— Sim, *apenas* livros.

— Sei que não deve haver nenhum Arum nas redondezas no momento, mas cuidado nunca é demais e, nas atuais circunstâncias, seu rastro poderia atraí-los direto para cá. Por ora, isso é mais importante do que seus livros.

Na-na-ni-na-não, os livros eram mais importantes do que qualquer Arum. Servi um copo do suco, cansada demais para discutir aquele assunto com o Daemon. Ainda não tínhamos conseguido dominar a arte de conversar com educação.

— Aceita um copo?

Ele suspirou.

LUX ❷ ÔNIX

— Aceito. Tem leite?

Apontei para a geladeira.

— Sirva-se.

— Foi você quem ofereceu. Não vai pegar pra mim?

— Eu te ofereci suco de laranja — retruquei, levando o copo para a mesa. — Mas pode pegar o leite. Só mantenha a voz baixa. Minha mãe está dormindo.

Murmurando alguma coisa por entre os dentes, ele se serviu de um copo de leite. Ao se sentar ao meu lado, notei que estava usando uma calça de corrida preta, o que me fez lembrar a última vez em que estivera na minha casa com uma indumentária semelhante. Tinha sido uma noite e tanto. A discussão acabara se transformando numa daquelas tórridas sessões de amassos retiradas dos romances de banca que eu adorava ler. O encontro *ainda* me mantinha acordada à noite. Não que eu jamais fosse admitir.

Daemon era tão delicioso, mas seu poder alienígena havia estourado a maior parte das lâmpadas da casa e fritado meu laptop. Eu realmente sentia falta do computador e de acessar o blog a qualquer hora. Mamãe me prometera um novo de aniversário. Mais duas semanas...

Sem erguer os olhos, comecei a brincar com o copo.

— Posso te perguntar uma coisa?

— Depende — respondeu ele tranquilamente.

—Você... sente alguma coisa quando está perto de mim?

— Além do que senti hoje de manhã ao ver como você estava deliciosa nesse jeans?

— Daemon. — Suspirei, tentando ignorar a garotinha interior que começou a gritar: ELE REPAROU EM MIM! — Estou falando sério.

Seus longos dedos traçavam círculos de maneira distraída sobre o tampo da mesa de madeira.

— Sinto um arrepio quente na nuca. É disso que você está falando?

Ergui os olhos. Seus lábios estavam repuxados num meio sorriso.

— É, então quer dizer que você também sente?

— Sempre que chegamos perto um do outro.

— Isso não te incomoda?

— Incomoda você?

· 15 ·

Não sabia ao certo o que dizer. Não era uma sensação dolorosa nem nada do gênero, apenas estranha. No entanto, o que isso significava me incomodava, sim. Era a maldita conexão sobre a qual não sabíamos nada. Até mesmo nossos corações batiam de maneira idêntica.

— Pode ser um... efeito colateral da cura. — Daemon me observou por cima da borda do copo. Aposto que ele continuaria maravilhoso com um bigodinho branco de leite. — Tá se sentindo bem? — perguntou.

Na verdade, não.

— Por que a pergunta?

— Você tá com uma cara péssima.

Em qualquer outro momento, o comentário teria começado uma guerra. Em vez disso, simplesmente botei meu copo pela metade de volta sobre a mesa.

— Acho que peguei alguma coisa.

Ele franziu o cenho. Daemon não sabia o que era ficar doente. Os Luxen não adoeciam. Tipo, nunca.

— Qual é o problema?

— Não sei. Devo ter pego algum vírus alienígena.

Ele bufou.

— Duvido. Você não pode se dar ao luxo de ficar doente. Precisamos sair e trabalhar para apagar esse rastro. Até lá, você...

— Se disser que eu sou uma fraqueza, vou te arrebentar. — A náusea deu lugar à raiva. — Acho que já provei que não sou, especialmente depois de ter atraído o Baruck para longe da sua casa e de ter sido *eu* quem o matou. — Lutei para manter a voz baixa. — Só porque sou humana isso não significa que seja fraca.

Ele se recostou na cadeira e ergueu as sobrancelhas.

— Eu ia dizer que até lá você está *em perigo*.

— Ah. — Senti as bochechas corarem. Ops. — Bom, de qualquer forma, não sou fraca.

Num segundo, Daemon estava sentado à mesa e, no seguinte, ajoelhado ao meu lado. Ele precisou erguer ligeiramente a cabeça para me fitar.

— Sei que você não é fraca. Já provou que não. Isso que você fez no último fim de semana, canalizar nossos poderes, ainda não faço ideia de como aconteceu, mas mostrou que você não é fraca. Nem um pouco.

LUX ❖ 2 ❖ ÔNIX

Uau. Era difícil me ater à decisão de não ceder àquela ideia ridícula de ficarmos juntos com ele se mostrando tão... *gentil*, e me fitando como se eu fosse o último pedaço de chocolate no mundo inteiro.

O que me fez lembrar do maldito cookie com gotas de chocolate em sua boca.

Seus lábios elevaram-se ligeiramente nos cantos, como se ele soubesse o que eu estava pensando e estivesse se esforçando para não sorrir. Não aquele típico sorrisinho presunçoso, mas um sorriso de verdade. De repente, Daemon se levantou, parecendo um gigante ao meu lado.

— Agora, preciso que me prove de novo. Levanta a bunda dessa cadeira e vamos trabalhar para apagar esse rastro.

Gemi.

— Daemon, realmente não estou me sentindo bem.

— Kat...

— Não tô tentando bancar a chata. Sinto como se fosse vomitar a qualquer momento.

Ele cruzou os braços musculosos, o tecido esticado da camiseta Under Armour realçando o peitoral.

— Não é seguro você ficar zanzando por aí parecendo um maldito farol. Enquanto o rastro estiver visível, você não pode fazer nada. Não pode ir a lugar nenhum.

Afastei a cadeira, tentando ignorar as reviravoltas em meu estômago.

— Vou trocar de roupa.

Ele arregalou os olhos, surpreso, e deu um passo para trás.

— Você vai ceder assim tão facilmente?

— Ceder? — Ri, mas sem o menor traço de humor. — Tudo o que eu quero é que você suma da minha frente.

Daemon soltou uma sonora gargalhada.

— Continue repetindo isso, gatinha.

— Continue dando ouvidos a esse seu ego bombado.

Em um piscar de olhos, ele estava diante de mim, bloqueando o caminho. Em seguida, deu um passo à frente e abaixou a cabeça, os olhos brilhando intensamente. Recuei até bater na beira da mesa.

— Que foi? — exigi saber.

· 17 ·

Ele apoiou as mãos em meus quadris e se inclinou para a frente. Com os olhos fixos um no outro, senti sua respiração quente em contato com meu rosto. Daemon se aproximou um milímetro e seus lábios roçaram meu queixo. Um ofego estrangulado escapou da minha garganta, e oscilei de encontro a ele.

Meio segundo depois, Daemon se afastou com uma risadinha presunçosa.

— Hum... acho que o problema não é meu ego, gatinha. Agora, vai se arrumar.

Merda!

Mostrando-lhe o dedo do meio, saí da cozinha e subi para o quarto. Minha pele estava suada e pegajosa, e isso não tinha nada a ver com o que acabara de acontecer. Ainda assim, vesti a calça de ginástica e uma blusa quente. Correr era a última coisa que desejava fazer. Não que esperasse que ele fosse se importar com o fato de eu não estar me sentindo bem.

Daemon só se importava consigo mesmo e com a irmã.

Isso não é verdade, sussurrou uma voz irritante e insidiosa em minha cabeça. Talvez a voz estivesse certa. Ele havia me curado, quando podia muito bem ter me deixado morrer. Além disso, eu escutara seus pensamentos, o ouvira implorar para que não o deixasse.

De qualquer forma, enquanto tentava engolir a vontade de vomitar e me preparava para uma divertida corrida, algum sexto sentido me dizia que aquilo não ia acabar bem.

[2]

Aguentei apenas vinte minutos.

Com as irregularidades do terreno da mata, o vento frio de novembro e aquele garoto ao meu lado, eu simplesmente não conseguia mais. Deixei-o a meio caminho do lago e voltei andando para casa o mais rápido que consegui. Daemon me chamou umas duas vezes, mas não lhe dei ouvidos. Assim que entrei no banheiro, botei tudo para fora — de joelhos, abraçada ao vaso sanitário e com lágrimas escorrendo pelo rosto. Estava me sentindo tão mal que acordei minha mãe.

Ela entrou correndo no banheiro e segurou meu cabelo para que ele não ficasse todo vomitado.

— Há quanto tempo você está se sentindo assim, querida? Algumas horas, o dia inteiro ou só agora?

Minha mãe: a eterna enfermeira.

— Melhor e pior o dia todo — gemi, apoiando a cabeça na borda da banheira.

Soltando um assobio de preocupação por entre os dentes, ela encostou a mão em minha testa.

— Meu bem, você está fervendo. — Pegou uma toalha e a molhou na pia. — Acho melhor eu ligar pro hospital e…

— Não, eu tô bem. — Peguei a toalha e a pressionei contra a testa. A sensação de frescor era maravilhosa. — É só um resfriado. Já estou melhor.

Mamãe permaneceu comigo até eu conseguir me levantar para tomar um banho. Levei um tempo absurdo para vestir um camisetão de mangas compridas. O quarto pareceu rodopiar enquanto me metia debaixo das cobertas. Fechei os olhos com força e esperei que minha mãe retornasse.

— Aqui está seu telefone e um pouco de água. — Ela botou os dois na mesinha de cabeceira e se sentou ao meu lado. — Agora vamos ver essa febre. — Entreabri um dos olhos e vi o termômetro pairando diante do meu rosto. Como uma menina obediente, abri a boca. — Se a temperatura estiver muito alta, vou ficar em casa. Provavelmente é só um resfriado, mas...

— Hummm — gemi.

Ela me lançou um olhar decidido e esperou até o termômetro bipar.

— Trinta e oito e meio. Quero que tome isso. — Fez uma pausa e me entregou dois comprimidos. Engoli-os sem questionar. — A febre não está tão alta, mas quero que fique deitada e descanse. Eu ligo para ver como você está por volta das dez, tudo bem?

Fiz que sim e me afundei mais um pouco debaixo dos cobertores. Dormir era tudo o que eu precisava. Ela dobrou outra toalha umedecida e a colocou sobre minha testa. Fechei os olhos, quase certa de que eu estava entrando no primeiro estágio de uma infecção provocada por zumbis.

Meu cérebro parecia estranhamente anuviado. Dormi, acordando uma vez quando mamãe ligou para ver como eu estava e novamente um pouco depois da meia-noite. O camisetão estava encharcado, grudado em minha pele febril. Ao esticar o braço para afastar os cobertores, percebi que eles já estavam do outro lado do quarto, amarfanhados sobre a mesa do computador.

Um suor frio recobria minha testa ao me forçar a sentar. As batidas do meu coração retumbavam em minha mente, pesadas e erráticas. Duas de cada vez, era a sensação. A pele parecia repuxada sobre os músculos — quente e formigando. O quarto girou ao me colocar de pé.

Eu estava fervendo, queimando de dentro para fora. Minhas entranhas pareciam liquefeitas. Os pensamentos se atropelavam como um trem descarrilado. Tudo o que eu sabia era que precisava *esfriar* o corpo.

LUX ❂2 ÔNIX

A porta que dava para o corredor se abriu como que me convidando a sair do quarto. Sem saber ao certo para onde estava indo, atravessei o corredor e desci cambaleando as escadas. A porta da frente parecia um farol, uma promessa de alívio. Devia estar frio lá fora. O que serviria para me esfriar.

No entanto, não foi suficiente.

Parei na varanda, deixando o vento sacudir meus cabelos e o camisetão molhado. Estrelas iluminavam o céu noturno, brilhando intensamente. Ao abaixar os olhos e focá-los nas árvores que ladeavam a rua, tive a impressão de vê-las mudar de cor. Amarelo. Dourado. Vermelho. E, em seguida, um tom difuso de marrom.

Eu só podia estar sonhando.

Tonta, desci para o jardim. As pedrinhas do calçamento incomodavam meus pés, mas continuei andando, deixando-me guiar pela luz da lua. Por várias vezes, senti como se o mundo tivesse virado de cabeça para baixo, mas forcei-me a prosseguir.

Não levei muito tempo para chegar ao lago. Sob a luz pálida do luar, reparei nas ondulações da água escura e brilhante como ônix. Dei mais alguns passos, parando ao sentir os dedos afundarem na terra molhada da margem. Um calor enlouquecedor fazia com que minha pele parecesse em brasa. Ardente. Cáustica.

— Kat?

Virei-me lentamente. O vento assobiava à minha volta enquanto eu fitava a aparição. O luar projetava sombras sobre o rosto dele, refletindo-se naqueles olhos verdes, grandes e brilhantes. Ele não podia ser real.

— O que você está fazendo, gatinha? — perguntou Daemon.

Ele parecia frágil. Mas Daemon não era frágil. Rápido e meio fora de foco de vez em quando, mas nunca frágil.

— Eu... eu preciso esfriar o corpo.

Um brilho de compreensão iluminou seu rosto.

— Não se atreva a entrar nesse lago.

Comecei a recuar. A água gelada envolveu meus tornozelos e, em seguida, os joelhos.

— Por que não?

— Por quê? — Daemon deu um passo à frente. — Está frio demais. Não me faça entrar aí para te pegar, gatinha.

Minha cabeça pulsava. Eram as células cerebrais se derretendo, sem dúvida. Afundei ainda mais. A água fria aliviou a queimação da pele. Deixei-a cobrir minha cabeça, roubar minha respiração e o fogo que me consumia. A queimação diminuiu até quase sumir. Eu poderia ficar ali submersa para sempre. Talvez ficasse.

Um par de braços fortes e sólidos me envolveu e me puxou de volta para a superfície. O ar frio açoitou meu rosto, porém meus pulmões continuavam ardendo. Inspirei fundo algumas vezes, tentando aplacar o fogo. Daemon estava me tirando da tão abençoada água, movendo-se tão rápido que, num segundo eu estava dentro do lago e, no seguinte, de pé na margem seca.

— Qual é o seu problema? — demandou ele, agarrando-me pelos ombros e me sacudindo de leve. — Enlouqueceu?

— Não. — Tentei empurrá-lo, mas estava sem forças. — Estou fervendo.

Seu olhar intenso baixou para meus pés.

— É verdade, você está quente. Molhar um camisetão branco... até que funciona, gatinha, mas um mergulho no meio da noite em pleno mês de novembro? É um pouco ousado, não acha?

Ele não estava fazendo sentido. O alívio se fora, e eu estava queimando novamente. Desvencilhei-me das mãos dele e tentei voltar para o lago.

Seus braços me envolveram e me giraram antes que eu conseguisse dar dois passos.

— Kat, você não pode entrar no lago. Está frio *demais*. Vai acabar ficando doente. — Afastou uma mecha de cabelos que ficara grudada em meu rosto. — Diabos, mais doente do que já está. Você está queimando.

Algo no seu modo de falar desanuviou um pouco a minha mente. Recostei-me contra ele e apoiei o rosto em seu peito. Daemon tinha um cheiro *maravilhoso*. Um perfume de homem e especiarias.

— Não quero você.

— Uau, não é bem a hora de conversarmos sobre *isso*.

Era apenas um sonho. Suspirei e passei os braços em volta daquela cintura estreita.

— Só que eu quero, sim.

Ele me apertou de encontro a si.

— Eu sei, gatinha. Você não engana ninguém. Agora, vamos.

LUX 2 ÔNIX

Soltei os braços, que penderam flacidamente ao lado do corpo.

— Eu... não estou me sentindo bem.

— Kat. — Daemon se afastou e envolveu meu rosto entre as mãos, forçando-me a erguer a cabeça. — Kat, olha pra mim.

Eu não estava olhando? Minhas pernas cederam. E, então, a escuridão me arrebatou. Já não havia mais Daemon. Nem pensamentos. Nem fogo. Nem Katy.

❋ ❋ ❋

Tudo parecia distorcido e confuso. Mãos quentes mantinham meu cabelo afastado do rosto. Dedos acariciavam minha face. Uma voz grave falou comigo numa língua suave e musical. Como uma canção, porém... mais bonita e reconfortante. Deixei-me levar pelo som, perdida em sua musicalidade.

E, então, escutei vozes.

Em determinado momento, achei que fosse Dee.

—Você não pode fazer isso. Vai deixar o rastro mais forte.

Eu estava sendo carregada. Alguém tirou meu camisetão molhado e me envolveu em algo quente e macio. Tentei falar com quem quer que estivesse ali, e talvez tenha falado. Não sabia ao certo.

Em algum momento, vi-me envolvida por uma névoa e levada para outro lugar. As batidas ritmadas de um coração pulsavam sob a minha bochecha, acalentando-me até que as vozes sumiram e um par de mãos geladas substituiu as quentes. Estava em algum lugar com luzes fortes. Escutei outras vozes. *Mãe?* Ela parecia preocupada. Estava falando com... alguém. Não reconheci a voz da outra pessoa. Era *ele* quem tinha as mãos frias. Senti uma espetadela no braço e, em seguida, uma dor embotada irradiou até meus dedos. Outro burburinho de vozes abafadas e, então, nada.

Não sabia se era dia ou noite; era como se estivesse num estranho intervalo sendo consumida pelas chamas. Mas, então, as mãos frias voltaram e tiraram meu braço de debaixo das cobertas. Não escutei minha mãe ao sentir a nova espetadela. Uma onda de calor espalhou-se por *dentro* de mim, disparando pelas minhas veias. Com um ofego, arqueei as costas ao mesmo tempo que um grito estrangulado escapava da minha garganta. Tudo queimava. O fogo que me consumia agora era dez vezes pior do que antes. Eu estava morrendo, só podia estar.

De repente, o calor em minhas veias foi substituído por uma sensação fresca, como uma lufada de vento invernal. O frescor espalhou-se rapidamente, aplacando o fogo e deixando um rastro gelado.

As mãos subiram para meu pescoço e puxaram alguma coisa. Uma correntinha... meu colar? Instantes depois, elas desapareceram, mas senti a obsidiana *zumbindo*, vibrando acima de mim. Em seguida, dormi pelo que me pareceu uma eternidade, sem saber ao certo se um dia iria acordar.

Não me lembrava de quase nada dos quatro dias em que passara no hospital. Somente que acordei numa quarta-feira numa cama desconfortável, olhando para um teto branco e me sentindo bem. Ótima, na verdade. Minha mãe estava ao meu lado; no entanto, só recebi alta depois de passar a quinta-feira inteira reclamando com quem quer que surgisse diante da porta do quarto que desejava ir para casa. Sem dúvida fora apenas um resfriado forte, não algo mais sério.

No momento, mamãe me observava, com os olhos semicerrados, engolir de uma vez só um copo inteiro de suco de laranja. Ela usava um jeans e um moletom leve. Era estranho vê-la sem o uniforme.

— Querida, tem certeza de que está se sentindo bem o bastante para ir à aula? Se você quiser, pode ficar em casa hoje e voltar na segunda.

Fiz que não. Perder três dias de aula já me garantira uma montanha de deveres de casa, os quais Dee me entregara após dar uma passadinha na véspera para ver como eu estava.

— Estou bem.

— Meu amor, você estava internada. Talvez fosse melhor descansar mais um pouco.

LUX ❋2❋ ÔNIX

Lavei o copo.

— Estou bem, juro.

— Eu sei que você está se sentindo melhor. — Ela ajeitou meu cardigã que, pelo visto, eu abotoara errado. — Will... quero dizer, o dr. Michaels... pode ter te dado alta, mas você me deu um baita susto. Nunca tinha te visto daquele jeito. Por que não ligo para ele e verifico se ele pode vir dar uma olhadinha em você antes de ir para o plantão?

Era bizarro ver minha mãe se referir ao meu médico pelo primeiro nome. Pelo visto, o relacionamento deles evoluíra para algo mais sério durante o período em que eu ficara fora de órbita. Peguei a mochila e parei.

— Mãe?

— Fala.

— Você voltou mais cedo pra casa na segunda, não voltou? Antes do fim do seu plantão? — Ao vê-la negar com um sacudir de cabeça, fiquei ainda mais confusa. — Como eu fui parar no hospital?

— Tem certeza de que está se sentindo bem? — Ela encostou uma das mãos em minha testa. — Você não está com febre, mas... Foi seu amigo quem levou você.

— Meu amigo?

— É, o Daemon. Embora eu tenha ficado curiosa para descobrir como ele sabia que você estava tão doente às três da manhã. — Os olhos dela se estreitaram. — Na verdade, continuo curiosa.

Ai, merda.

— Eu também.

[3]

Nunca estivera tão ansiosa para assistir a uma aula de trigonometria em toda a minha vida. Como diabos Daemon soubera que eu estava doente? O sonho sobre o lago não podia ter sido real. De jeito nenhum. Se tivesse... eu ia... não tinha a menor ideia do que iria fazer, mas com certeza envolveria minhas bochechas vermelhas de vergonha.

Lesa foi a primeira a chegar.

— Ei! Você apareceu! Como está se sentindo? Melhor?

— Estou bem. — Meus olhos se voltaram para a porta. Alguns segundos depois, Carissa entrou em sala.

Ela deu um leve puxão no meu cabelo ao passar e sorriu.

— Fico feliz que você esteja melhor. Estávamos preocupadas. Principalmente depois de termos dado uma passada no hospital para uma visitinha e visto que você não dizia coisa com coisa.

Imaginei o que eu teria falado diante delas que não conseguia me lembrar.

— Será que eu quero saber?

Lesa soltou uma risadinha enquanto tirava o livro de dentro da mochila.

—Você murmurava sem parar. E ficava chamando alguém.

LUX ❋2❋ ÔNIX

Ah, não.

— Jura?

Com pena de mim, Carissa manteve a voz baixa.

— Você chamava o Daemon.

Enterrei o rosto entre as mãos e gemi.

— Ó céus.

Lesa riu.

— Foi bonitinho.

Um minuto antes de o sinal tocar, senti o familiar arrepio quente na nuca e ergui os olhos. Daemon estava entrando em sala, sem livro nenhum, como sempre. Ele carregava um caderno, mas eu duvidava de que anotasse alguma coisa nele. Estava começando a suspeitar de que nosso professor de matemática fosse um alien, porque de que outra maneira Daemon conseguiria se safar sem fazer coisa alguma durante a aula?

Ele passou por mim sem sequer um olhar de esguelha.

Virei-me na cadeira.

— Preciso falar com você.

Daemon se sentou.

— Tudo bem.

— Em particular — sussurrei.

Sua expressão não mudou ao se recostar na cadeira.

— Me encontra na biblioteca na hora do almoço. Ninguém costuma zanzar por lá. Você sabe, com todos aqueles livros e coisas do gênero.

Fiz uma careta e virei-me de volta para o quadro-negro. Cinco segundos depois, no máximo, senti a costumeira cutucada nas costas. Inspirei fundo para reunir paciência e o encarei. Ele tinha inclinado ligeiramente a carteira, de modo que estávamos separados por apenas poucos centímetros.

— Que foi?

Ele deu uma risadinha.

— Você está com uma cara muito melhor do que da última vez.

— Obrigada — resmunguei.

Seu olhar me percorreu de cima a baixo e eu soube exatamente o que ele estava fazendo. Observando o rastro.

— Quer saber?

Virei a cabeça ligeiramente de lado e esperei.

—Você não está brilhando — murmurou ele.

Meu queixo caiu. Na segunda, eu brilhava como uma bola de discoteca e agora não tinha mais nenhum rastro?

— Como assim? Nem um pouco?

Ele fez que não.

O professor começou a aula, e fui obrigada a me virar novamente para a frente. No entanto, não conseguia prestar atenção. Minha mente estava empacada no fato de que eu não brilhava mais. Eu devia estar... não, eu *estava* felicíssima, apesar da história da conexão. Minha esperança de que ela desapareceria juntamente com o rastro caíra por terra.

Após a aula, pedi às garotas que avisassem a Dee que eu me atrasaria para o almoço. Como elas haviam escutado parte da conversa, Carissa deu uma risadinha e Lesa embarcou numa fantasia louca sobre transar na biblioteca. Algo sobre o qual eu realmente não queria pensar. Muito menos visualizar. O que não adiantou de nada, pois me peguei imaginando Daemon fazendo exatamente esse tipo de coisa.

As aulas do período da manhã se arrastaram. O sr. Garrison me lançou vários olhares desconfiados durante toda a aula de biologia, isso após seus olhos quase terem saltado das órbitas quando entrei na sala. Ele era uma espécie de guardião extraoficial dos Luxen que viviam fora da colônia. Mesmo sem o brilho do rastro eu parecia atrair tanta atenção quanto minha versão brilhante. Talvez isso se devesse ao fato de ele não estar lá muito feliz por eu saber o que eles realmente eram.

Assim que o professor se virou para o projetor, a porta se abriu e um garoto entrou em sala vestindo uma camiseta do Pac-Man absolutamente fantástica. Um murmúrio baixo percorreu a turma enquanto o estranho entregava um bilhete ao sr. Garrison.

Sem dúvida um aluno novo. Seu cabelo castanho parecia artisticamente desgrenhado, como se tivesse sido arrumado daquele jeito de propósito. E ele era bonito, com uma pele dourada e um sorriso confiante.

— Pelo visto temos um aluno novo — disse o professor, soltando o bilhete sobre a mesa. — Blake Saunders, de...?

— Da Califórnia — completou o garoto. — Santa Monica.

A sala irrompeu numa série de *ohs* e *ahs*. Lesa se empertigou na cadeira. Que ótimo. Eu não seria mais a "aluna nova".

LUX **2** ÔNIX

— Certo, Blake de Santa Monica. — O sr. Garrison correu os olhos pela sala até parar no lugar vazio ao meu lado. — Pode se sentar ali. Aquela é sua nova parceira de laboratório. Divirtam-se.

Meus olhos se estreitaram. Não sabia ao certo se aquele "divirtam-se" era uma espécie de insulto velado ou uma esperança secreta de que o garoto humano distraísse minha atenção do meu vizinho alienígena.

Aparentemente alheio aos olhares curiosos, Blake se sentou ao meu lado e abriu um sorriso.

— Oi.

— Oi. Eu sou Katy, da Flórida. — Dei uma risadinha. — Agora conhecida como a "ex-aluna nova".

— Ah, entendi. — Ele ergueu os olhos para o sr. Garrison, que puxava o projetor para o meio da sala. — Cidade pequena, poucos habitantes, todo mundo encara quem é de fora?

— Como você adivinhou?

Blake soltou uma risada baixa.

— Ótimo. Eu estava começando a achar que havia algo errado comigo. — Ao pegar um caderno, seu braço roçou ligeiramente no meu. A descarga elétrica produzida pelo toque me surpreendeu. — Desculpe por isso.

— Não tem problema — repliquei.

Ele me ofereceu mais um rápido sorriso antes de voltar a atenção para o quadro-negro. Brincando com a correntinha que trazia em volta do pescoço, arrisquei outra olhadela para o garoto novo. Bom, pelo menos de agora em diante a aula de biologia contava com um bom colírio para os olhos. Não havia nada de errado nisso.

* * *

Daemon não estava me esperando ao lado das portas duplas da biblioteca. Ajeitando a mochila sobre o ombro, entrei no salão cujo ar recendia a bolor. Uma jovem bibliotecária ergueu os olhos e sorriu, enquanto eu verificava o entorno. Senti o familiar arrepio quente na nuca, mas não o vi em lugar algum. Conhecendo Daemon, ele provavelmente estava escondido para que ninguém visse o sr. Eu Sou o Máximo numa biblioteca. Passei por alguns poucos alunos do primeiro e segundo ano que almoçavam sentados às mesas ou diante de computadores e perambulei pelo salão até encontrá-lo nos fundos da seção mais deserta — cultura do leste europeu. Uma perfeita terra de ninguém.

Ele estava acomodado num dos cubículos, ao lado de um computador para lá de velho, as mãos enfiadas nos bolsos da calça jeans desbotada. Uma mecha de cabelos lhe caía sobre a testa, quase roçando as pestanas grossas. Seus lábios se curvaram num meio sorriso.

— Estava me perguntando se você conseguiria me encontrar. — Ele não fez o menor esforço para abrir espaço naquele cubículo apertado.

Soltei a mochila do lado de fora e me aboletei na mesa diante dele.

— Ficou com vergonha de que alguém o visse e achasse que você é capaz de ler?

— Tenho uma reputação a manter.

— E que bela reputação.

Ele esticou as pernas e seus pés ficaram debaixo dos meus.

— Sobre o que você queria falar comigo — perguntou, baixando a voz para um sussurro profundo e sexy —, em particular?

Estremeci. E isso não tinha nada a ver com a temperatura do ambiente.

— Não é o que você está pensando.

Daemon abriu um sorrisinho sexy e presunçoso.

— Tudo bem. — Agarrei a beirada da mesa. — Como você sabia que eu estava doente no meio da noite?

Ele me encarou por alguns instantes.

— Não se lembra?

Seus olhos estranhos brilhavam com demasiada intensidade. Baixei os meus... para sua boca. Péssima ideia. Olhei, então, por cima do ombro dele para o mapa da Europa. Melhor assim.

— Não. Na verdade, não.

— Bom, deve ser por causa da febre. Você estava queimando.

Encarei-o novamente.

— Você me tocou?

LUX ❷ ÔNIX

— Toquei, toquei, sim... e você não estava usando muita roupa. — O sorrisinho presunçoso se ampliou. — Você estava encharcada. E usava apenas um camisetão branco. Uma bela visão. Deliciosa.

Uma onda de calor invadiu minhas bochechas.

— O lago... aquilo não foi um sonho?

Daemon fez que não.

— Ai meu Deus. Quer dizer que eu entrei no lago?

Ele se afastou da própria mesa e deu um passo à frente, colocando-se tão perto de mim que seríamos obrigados a compartilhar o mesmo ar... isso se ele precisasse respirar.

— Entrou. Algo que eu jamais esperaria ver numa segunda à noite, mas não vou reclamar. Vi o suficiente.

— Cala a boca — sibilei.

— Não fique constrangida. — Daemon estendeu o braço e deu um puxão na manga do meu cardigã. Afastei a mão dele com um safanão. — Não é como se eu já não tivesse visto a parte superior do seu tronco e, para falar a verdade, não dei uma boa olhada na parte de baixo.

Pulei da mesa, tentando esbofeteá-lo. Meus dedos mal chegaram a roçar seu rosto antes que ele capturasse minha mão. Uau, ele era rápido. Daemon me puxou de encontro ao peito e baixou a cabeça, os olhos cintilando com uma raiva contida.

— Sem bater, gatinha. Isso não é legal.

— *Você* não é legal. — Tentei me afastar, mas ele continuou segurando meu pulso com firmeza. — Me solta.

— Não sei se é uma boa ideia. Preciso me proteger. — Ainda assim, ele me soltou.

— Ah, jura, essa é sua razão para dar uma de... homem das cavernas pra cima de mim?

— Homem das cavernas? — Daemon deu outro passo à frente, o que me forçou a recuar até sentir as costas baterem na beirada da mesa. — Não estou dando uma de homem das cavernas nem nada do gênero.

Imagens de mim mesma com as costas coladas na parede da minha casa e Daemon me beijando dançaram em minha mente como balinhas açucaradas. Partes do meu corpo começaram a formigar. Ai, isso não era um bom sinal.

— Daemon, alguém vai acabar vendo a gente.

— E daí? — Ele pegou minha mão com toda a delicadeza do mundo. — Até parece que alguém ousaria dizer alguma coisa.

Inspirei fundo. O perfume dele parecia impregnado em minha língua. Nossos peitos estavam pressionados um contra o outro. Meu corpo dizia sim. Katy dizia não. Eu *não ia* me deixar afetar por aquilo. Nem pela proximidade nem pelo modo como seus dedos deslizavam sob a manga do cardigã. Aquilo não era *real*.

— Então quer dizer que o rastro desapareceu, mas essa estúpida conexão não?

— Não.

Desapontada, balancei a cabeça.

— O que isso significa?

— Não sei. — Seus dedos continuavam a acariciar meu braço. Sua pele... vibrava de eletricidade. Não havia nada igual àquilo.

— Por que você não para de me tocar? — perguntei, constrangida.

— Eu gosto.

Céus, eu também gostava, embora não devesse.

— Daemon...

— Mas voltando ao rastro. Você sabe o que isso significa.

— Que eu não preciso ver a sua cara fora da escola?

Ele soltou uma risada, que reverberou por todo o meu corpo.

— Você não está mais em perigo.

De alguma forma, e eu não fazia a menor ideia como, minha mão livre estava pressionada contra o peito dele. Seu coração batia forte e rápido. Assim como o meu.

— Acho que não-ver-a-sua-cara é melhor do que estar em segurança.

— Continue repetindo isso. — Seu queixo roçou meu cabelo e, em seguida, minha face. Estremeci. Uma centelha de eletricidade passou de pele para pele, chiando no ar carregado à nossa volta. — Se é que isso te faz se sentir melhor, embora nós dois saibamos que é mentira.

— Não é mentira. — Joguei a cabeça para trás. O hálito dele era como uma doce carícia em contato com meus lábios.

— Mas vamos continuar a nos ver — murmurou ele. — E não minta. Eu sei que isso te deixa feliz. Você mesma disse que me queria.

Calma aí.

LUX ❖ 2 ÔNIX

— Quando?

— No lago. — Ao vê-lo inclinar a cabeça, eu deveria ter me afastado. Enquanto seus lábios se curvavam de maneira familiar em contato com os meus, Daemon soltou meu pulso. — Você disse que me queria.

Minhas duas mãos se aferraram ao peito dele. Elas deviam ter vontade própria. Eu não tinha nada a ver com isso.

— Eu estava com febre. Não sabia o que dizia.

— Acredite no que quiser, gatinha. — Daemon me segurou pelos quadris e me colocou sobre a mesa com uma facilidade perturbadora. — Eu sei a verdade.

Minha respiração saía em curtos ofegos.

— Você não sabe de nada.

— Ã-hã. Eu fiquei preocupado — admitiu ele, afastando minhas pernas e se colocando entre elas. — Você me chamava sem parar e eu respondia, mas era como se não conseguisse me escutar.

Sobre o que ele estava falando? Minhas mãos estavam plantadas sobre o abdômen dele, sentindo os músculos definidos sob o pulôver. Escorreguei as mãos para as laterais, na intenção de afastá-lo. Em vez disso, agarrei-o com força e o puxei mais para perto.

— Uau, eu devia realmente estar fora de mim.

— Você... me deixou assustado.

Antes que eu pudesse responder ou ponderar sobre o fato de que ele ficara assustado ao me ver doente, nossos lábios se encontraram. Meu cérebro desligou ao mesmo tempo que meus dedos se enterravam no pulôver, e... e, ó céus, Daemon me beijava com tanta intensidade, incendiando meus lábios enquanto as mãos se fechavam em volta da minha cintura e me apertavam de encontro ao seu corpo.

Ele me beijou como um homem desesperado de sede, arrancando-me uma série de ofegos entrecortados. Seus dentes capturaram meu lábio inferior ao se afastar, apenas para voltar em busca de mais. Um turbilhão de emoções eclodiu dentro de mim. Eu não queria isso, não queria algo que fosse somente fruto de uma conexão entre nós. Fiquei me dizendo isso sem parar, mesmo enquanto subia as mãos pelo peito dele e o envolvia pelo pescoço. Quando as mãos dele escorregaram por baixo da minha camiseta foi como se ele estivesse me tocando lá no fundo, aquecendo cada

· 33 ·

célula, preenchendo cada recanto escuro dentro de mim com o calor de sua própria pele.

Tocá-lo e beijá-lo daquele jeito era como sucumbir a uma nova febre. Eu estava pegando fogo. Meu corpo queimava. O mundo inteiro queimava. Centelhas espocavam entre nós. Gemi de encontro à boca dele.

De repente, escutamos um POP!, seguido de um CRACK!

Um fedor de plástico queimado impregnou o cubículo. Nós nos afastamos imediatamente, respirando com dificuldade. Por cima do ombro dele, vi pequenas colunas de fumaça se desprendendo do arcaico monitor. Meu Deus, será que isso ia acontecer sempre que nos beijássemos?

E o que diabos eu estava fazendo? Tinha decidido que não ia deixar isso acontecer, o que significava sem beijos… nem toques. A forma como Daemon havia me tratado ao nos conhecermos ainda me incomodava. A mágoa e o constrangimento ainda eram latentes.

Empurrei-o. *Com força.* Daemon me soltou, fitando-me como se eu tivesse atirado seu amado cachorrinho na frente dos carros. Desviei os olhos e sequei a boca com as costas da mão. Não adiantou. Tudo a respeito dele parecia grudado em mim, *impregnado* em mim.

— Bosta, eu nem mesmo *gosto* disso… de beijar você.

Daemon se empertigou, o que o deixou ainda mais alto.

— Preciso discordar. E acho que esse computador aqui concordaria comigo.

Fuzilei-o com os olhos.

— Isso… isso não vai acontecer nunca mais.

— Acho que você já disse isso antes — lembrou-me ele. Ao ver minha expressão, soltou um suspiro. — Kat, você gostou disso… tanto quanto eu. Por que negar?

— Porque não é real — retruquei. — Você não me queria antes.

— Queria, sim.

— Não ouse dizer uma coisa dessas, você me tratava como se eu fosse o Anticristo! Não pode mudar o que aconteceu só por causa de uma estúpida conexão entre nós. — Inspirei fundo, enquanto uma sensação horrível se espalhava pelo meu peito. — Você me magoou muito. Acho que nem faz ideia do quanto. Aquele dia no refeitório, você me humilhou na frente da escola quase toda!

LUX 2 ÔNIX

Ele desviou os olhos e correu os dedos pelo cabelo. O músculo do maxilar se retesou.

— Eu sei. Sinto… sinto muito pela maneira como te tratei, Kat.

Chocada, fitei-o fixamente. Daemon jamais pedia desculpas. Tipo, nunca. Talvez ele realmente… fiz que não. Desculpas não eram suficientes.

— Mesmo agora, estamos escondidos no fundo da biblioteca. A impressão é de que você não quer que as pessoas descubram que cometeu um erro naquele dia e que agiu feito um babaca. E, de minha parte, eu deveria passar uma borracha em cima de tudo isso, certo?

Os olhos dele se esbugalharam.

— Kat…

— Não estou dizendo que não podemos ser amigos, porque isso eu quero. Eu gosto de você, mui… — Parei antes que falasse demais. —Vamos fingir que isso não aconteceu. Vou botar a culpa nos efeitos colaterais do resfriado ou no fato de que algum zumbi deve ter comido meu cérebro.

Ele franziu as sobrancelhas.

— Como é que é?

— Não quero nada disso com você. — Fiz menção de me virar, mas ele me segurou pelo braço. Fitei-o com irritação. — Daemon…

Ele me olhou no fundo dos olhos.

—Você é uma péssima mentirosa. Sei que quer isso. Tanto quanto eu.

Abri a boca para responder, mas nenhuma palavra saiu.

—Você quer isso tanto quanto quer ir para a AAB no próximo inverno.

Agora meu queixo estava no chão.

—Você nem sabe o que significa AAB!

— O evento da Associação Americana de Bibliotecas que ocorre no inverno — respondeu ele, sorrindo de maneira orgulhosa. —Vi no seu blog que você estava obcecada com isso antes de cair doente. Se não me engano, você disse que daria seu primogênito para poder ir.

Verdade, eu meio que tinha dito isso mesmo.

Os olhos dele cintilaram.

— De qualquer forma, voltando à história de "você me querer".

Fiz que não, chocada.

— Mas você me quer.

Inspirei fundo, lutando para controlar a raiva… e a incredulidade.

· 35 ·

— Você é tão seguro de si!

— Seguro o bastante para lançar uma aposta.

— Não pode estar falando sério.

Ele deu uma risadinha.

— Aposto que até o primeiro dia do ano que vem você irá admitir que é loucamente, profundamente e irrevogavelmente...

— Uau. Não quer acrescentar mais outro advérbio? — Meu rosto estava queimando.

— Que tal irresistivelmente?

Revirei os olhos e murmurei:

— Estou surpresa por você saber o que é um advérbio.

— Para de tentar me distrair, gatinha. De volta à aposta... até o primeiro dia do ano que vem você terá admitido que é loucamente, profundamente, irrevogavelmente e *irresistivelmente* apaixonada por mim.

Embasbacada, tentei abafar o riso.

— E que sonha comigo. — Ele soltou meu braço e cruzou os próprios diante do peito, arqueando uma sobrancelha. — Aposto que você irá admitir. Provavelmente até me mostrar seu caderno com meu nome escrito dentro de pequeninos corações...

— Ai, pelo amor de Deus...

Daemon deu uma piscadinha.

— Aposta feita.

Girando nos calcanhares, peguei minha mochila e saí desembestada pelo meio das estantes, deixando Daemon no cubículo antes que fizesse alguma loucura. Tipo lançar o bom senso às favas, voltar e me jogar em cima dele, fingindo que tudo o que meu vizinho tinha feito e dito nos últimos meses não havia deixado uma ferida aberta em meu coração. Porque seria fingimento, certo?

Não diminuí o ritmo até me ver diante do meu armário do outro lado da escola. Vasculhei a mochila e tirei de dentro meu fichário lotado de pretensões artísticas pavorosas. Que dia! Eu tinha quase dormido em metade das aulas, pegado o Daemon na biblioteca e estourado outro computador. Melhor teria sido ficar em casa.

Estendi a mão para abrir o armário. Antes que meus dedos tocassem o puxador, ele se abriu sozinho. Com um ofego, dei um pulo para trás e meu fichário caiu no chão.

LUX 2 ÔNIX

Ai meu Deus, o que foi isso?

Não podia ser... meu coração começou a bater como se eu estivesse prestes a ter um infarto.

Daemon? Ele podia manipular objetos. Abrir a porta de um armário com o poder da mente seria mamão com açúcar para ele, levando em consideração que meu vizinho podia arrancar árvores do chão pela raiz. Corri os olhos pelas poucas pessoas que se encontravam no corredor, embora já soubesse que ele não estava ali, caso contrário teria sentido nossa bizarra conexão alienígena. Afastei-me do armário.

— Uau, olha por onde anda — alfinetou uma voz.

Inspirei fundo e me virei. Simon Cutters tinha parado atrás de mim, com uma mochila rasgada pendendo do pulso grosso.

— Desculpa — grunhi, olhando de novo para o armário. Será que ele tinha visto o que havia acontecido? Ajoelhei para pegar o fichário, mas ele foi mais rápido. Um constrangimento épico se instaurou entre nós enquanto tentávamos reunir os papéis que tinham se espalhado sem nos tocar.

Simon me entregou uma pilha de tenebrosos desenhos de flores. Eu definitivamente não tinha o menor talento artístico.

— Aqui.

— Obrigada. — Levantei e meti o fichário no armário, pronta para sair o mais rápido possível dali.

— Espera um pouco. — Ele agarrou meu braço. — Eu queria falar com você.

Baixei os olhos para a mão dele. Simon tinha cinco segundos antes que meu sapato de bico fino terminasse entre suas pernas.

Ele pareceu sentir a ameaça, porque me soltou e enrubesceu.

— Eu só queria pedir desculpas pelo que aconteceu na noite do *homecoming*. Eu estava bêbado e... costumo fazer coisas idiotas quando bebo demais.

Fitei-o de cara feia.

— Então talvez você devesse parar de beber.

— É, talvez. — Correu uma das mãos pelo cabelo cortado bem curtinho. A luz do corredor se refletiu no relógio azul e dourado que ele usava. Havia algo gravado na pulseira, mas não consegui identificar o quê. — De qualquer forma, eu só queria...

· 37 ·

— Ei, Simon, o que você está fazendo? — Billy Crump, um dos jogadores de futebol americano com olhinhos redondos e que só olhava para os meus peitos sempre que cruzava comigo, parou ao lado do Simon. Logo em seguida, o restante da raivosa matilha chegou também. Billy soltou uma risadinha ao fixar os olhos em mim. — Ei... o que temos aqui?

Simon abriu a boca para responder, mas um dos amigos foi mais rápido.

— Me deixem adivinhar. Ela quer cair de boca no pirulito de novo?

Vários dos caras riram e trocaram leves cotoveladas.

Pisquei, aturdida, para o Simon.

— Como é que é?

Enquanto as bochechas do Simon ficavam vermelhas como um pimentão, Billy deu um passo à frente e apoiou o braço em meu ombro. O cheiro de sua colônia quase me fez desmaiar.

— Entenda, doçura, Simon não está interessado em você.

Um dos caras riu.

— Como minha mãe costuma dizer, pra que comprar a vaca quando o leite é de graça?

Uma lenta injeção de ódio começou a se espalhar por minhas veias. Que diabos Simon tinha dito para aqueles babacas? Remexi os ombros para me desvencilhar do braço do Billy.

— O leite não é de graça nem nunca esteve à venda.

— Não foi isso o que a gente escutou. — Billy deu um leve soco num envergonhadíssimo Simon. — Não é verdade, Cutters?

Todos os amigos dele estavam com os olhos fixos em mim. Simon abafou uma risadinha e deu um passo para trás, pendurando a mochila no ombro.

— É verdade, meu chapa, mas não estou interessado num segundo copo. Estava tentando dizer isso a ela, mas Katy não quer me escutar.

Meu queixo caiu.

— Seu mentiroso filho da...

— Algum problema aí? — gritou o treinador Vincent da outra ponta do corredor. — Vocês já não deviam estar em sala?

· 38 ·

LUX 2 ÔNIX

Rindo, os garotos se afastaram e se dispersaram pelo corredor. Um deles se virou e fez um sinal de "me liga", enquanto outro fazia um gesto obsceno com a boca e a mão.

Senti vontade de dar um soco em alguma coisa. Simon, porém, não era meu maior problema. Virei-me de volta para o armário, retraindo-me ao sentir meu estômago despencar até o chão. Ele tinha, de fato, se aberto sozinho.

[4]

inha mãe já tinha saído; provavelmente havia começado o plantão em Winchester mais cedo. Tinha esperanças de encontrá-la em casa para conversarmos um pouco e, assim, esquecer o incidente do armário, mas não me lembrara de que era quarta-feira: o dia conhecido como Vire-se Sozinha.

Uma dor embotada parecia ter criado raízes atrás dos meus olhos, como se eu tivesse estirado algum músculo, embora não tivesse muita certeza de que isso era possível. A dor começara logo após o incidente com o armário e até agora não mostrara sinais de melhora.

Joguei um punhado de roupas dentro da secadora antes de perceber que não havia nenhuma toalhinha amaciante. Droga. Fui até a despensa e dei uma olhada, esperando encontrar alguma coisa. Após desistir, cheguei à conclusão de que a única coisa que iria melhorar o dia de hoje era a jarra de chá gelado que eu havia visto na geladeira de manhã.

Escutei um barulho de vidro se quebrando.

Dei um pulo, assustada, e corri até a cozinha, imaginando que alguém tinha quebrado a janela que dava para o jardim, mas não era como se recebêssemos muitas visitas por ali, a menos que fosse um dos oficiais do Departamento de Defesa tentando invadir a casa. Diante dessa ideia, meu coração deu um pequeno salto, mas então meu olhar recaiu sobre a bancada abaixo de um armário aberto. Um dos copos altos, de vidro translúcido, estava quebrado em três grandes pedaços sobre a bancada.

Pinga. Pinga. Pinga.

Franzindo o cenho, corri os olhos em volta, incapaz de identificar a origem do barulho. Vidro quebrado e água pingando... Foi então que me ocorreu. Meu pulso acelerou ao abrir a porta da geladeira.

A jarra de chá estava virada de lado. Sem a tampa. O líquido amarronzado se espalhara sobre a prateleira e escorria pelas laterais. Olhei de relance para a bancada. Eu queria tomar um pouco de chá, o que exigia um copo e, bem, chá.

— Não é possível — murmurei, recuando alguns passos. De forma alguma o desejo de tomar chá poderia ter provocado uma coisa daquelas.

Mas que outra explicação havia? Não era como se houvesse um alien escondido debaixo da mesa, movimentando objetos por diversão.

Verifiquei só para ter certeza.

Essa era a segunda vez no dia que algo se movia por vontade própria. Duas coincidências?

Atordoada, peguei um pano e limpei a sujeira. Não conseguia parar de pensar na porta do armário. Ela se abrira antes que eu a tocasse. Mas não podia ter sido eu. Os alienígenas tinham poder para fazer esse tipo de coisa. Não eu. Talvez tivesse ocorrido algum pequeno tremor de terra ou algo parecido — um terremoto leve que só afetava copos e chá? Pouco provável.

Altamente assustada, peguei um livro que caíra junto ao encosto do sofá e me deitei. Precisava de uma boa distração.

Mamãe odiava o fato de haver livros espalhados por todos os lados. Eles não ficavam realmente por *todos os lados*. Apenas nos lugares em que eu costumava ficar, como o sofá, o divã, a bancada da cozinha, a lavanderia e até mesmo o banheiro. Não seria assim se ela cedesse e mandasse instalar uma estante do chão ao teto.

No entanto, por mais que eu tentasse me concentrar no livro que estava lendo, não consegui. Em parte por causa do próprio livro. Ele tratava de um amor à primeira vista, a praga da minha vida. Mocinha vê mocinho e se apaixona. Imediatamente. Um encontro de almas gêmeas, daqueles de roubar a respiração e curvar os dedos do pé; amor após uma única conversa.

Garoto afasta a menina por algum motivo paranormal. Ela ainda ama o garoto. Ele finalmente reconhece que a ama também.

Quem eu estava tentando enganar? Eu meio que amava aquela baboseira toda. O problema não estava no livro. Estava comigo. Não conseguia desanuviar a mente e me concentrar nos personagens. Peguei um marcador na mesinha de centro e marquei a página. Livros com cantos de páginas dobradas eram o Anticristo dos amantes da leitura.

Ignorar o que tinha acontecido não estava funcionando. Não era típico de mim fugir dos problemas dessa maneira. Além disso, para ser honesta, eu estava mais do que um pouco assustada pelo que havia acontecido. E se tivesse imaginado tudo? A febre podia ter destruído algumas células cerebrais. Inspirei o ar tão rápido que fiquei tonta. Será que uma gripe forte podia causar esquizofrenia?

Uau, isso realmente soava estúpido.

Sentando, apoiei a cabeça nos joelhos. Eu estava bem. O que acontecera... tinha que haver uma explicação lógica para isso. Eu não devia ter fechado a porta do armário direito e o deslocamento de ar produzido pela aproximação do Simon a abrira. Quanto ao copo — ele devia ter sido deixado muito perto da beirada. E havia uma boa chance de que mamãe não tivesse encaixado a tampa da jarra direito. Ela vivia fazendo esse tipo de coisa.

Inspirei fundo mais algumas vezes. Eu estava bem. O mundo era movido por explicações lógicas. A única falha nessa linha de pensamento era o fato de meus vizinhos serem *alienígenas*, o que era *tão* sem lógica.

Levantei do sofá e fui verificar a janela para ver se o carro da Dee estava parado diante da casa deles. Puxando o capuz por cima da cabeça, segui para a casa ao lado.

Ela imediatamente me puxou para a cozinha, que exalava um cheiro de algo doce e queimado.

— Fico feliz por você ter aparecido. Eu estava prestes a ir te chamar — disse ela, soltando meu braço e se virando para a bancada. Havia várias panelas espalhadas sobre ela.

— O que você tá fazendo? — Dei uma espiada por cima do ombro da Dee. Uma das panelas parecia conter piche. — Eca.

Ela suspirou.

— Estava tentando derreter chocolate.

LUX 2 ÔNIX

— Com suas mãos de micro-ondas?

— Uma desgraça de proporções épicas. — Dee cutucou a maçaroca com uma espátula. — Não consigo acertar o tempo.

— Então por que não usa o fogão?

— Credo, odeio aquela coisa. — Puxou a espátula. Metade dela havia derretido. — Ops.

— Essa foi boa. — Segui até a mesa.

Com um brandir da mão, as panelas voaram para dentro da pia. A torneira se abriu.

— Estou ficando melhor nisso. — Dee pegou o detergente. — O que você e o Daemon fizeram na hora do almoço?

Hesitei.

— Queria falar com ele sobre a história do lago. Eu achava… que tivesse sido um sonho.

Dee se encolheu.

— Não, foi real. Ele me chamou depois que te trouxe de volta. A propósito, fui eu quem trocou a sua roupa.

Ri.

— Tinha esperanças de que tivesse sido você.

— De qualquer forma, Daemon se voluntariou para o serviço — informou ela, revirando os olhos. — Ele é tão prestativo!

— É mesmo. Onde… onde ele está?

Ela deu de ombros.

— Não faço ideia. — Seus olhos se estreitaram. — Por que você não para de coçar o braço?

— Ahn? — Parei, embora não tivesse percebido que estava fazendo isso. — Ah, eles tiraram um pouco de sangue no hospital para verificar se eu não tinha contraído raiva ou algo do gênero.

Rindo, ela puxou minha manga para cima.

—Tenho uma pomada para esse tipo de coisa… credo, Katy!

— Que foi? — Olhei para meu braço e ofeguei. — Eca.

A parte interna do meu cotovelo parecia um morango. Só faltava a coroazinha verde. As manchas altas e avermelhadas exibiam diversos pontinhos pretos.

Dee correu um dedo por cima.

· 43 ·

— Dói? — Fiz que não. Apenas coçava muito. Ela soltou minha mão. — Tudo o que aconteceu foi tirarem um pouco de sangue?

— Foi — respondi, os olhos fixos no braço.

— Isso é muito estranho, Katy. É como se você estivesse tendo uma reação a alguma coisa. Vou pegar a pomada. Talvez ajude.

— Certo. — Franzi o cenho. O que poderia ter provocado aquilo?

Dee voltou com um pote de algum tipo de unguento. A coceira melhorou e, após eu puxar a manga de volta, minha vizinha pareceu se esquecer do ocorrido. Fiquei com ela mais duas horas, observando-a destruir uma panela atrás da outra. Ri a ponto de ficar com dor no estômago quando Dee se debruçou sobre uma tigela que estava esquentando e acidentalmente ateou fogo à própria camiseta. Ela ergueu uma sobrancelha como se dissesse que gostaria de me ver evitar cometer o mesmo erro, o que me provocou outro surto de riso.

Quando o chocolate e as espátulas de plástico acabaram, Dee finalmente reconheceu a derrota. Já passava das dez, de modo que me despedi e voltei para casa a fim de descansar um pouco. Tinha sido um longo primeiro dia de volta às aulas, mas eu estava feliz por ter conseguido sobreviver a ele e terminar a noite conversando com a Dee.

Assim que fechei a porta, vi Daemon cruzando a rua.

Em menos de um segundo, ele estava parado no primeiro degrau da varanda.

— Gatinha.

— Oi. — Tentei evitar olhar para aquele rosto e olhos extraordinários porque, bem, eu estava tendo uma grande dificuldade em não pensar no que aquela boca tinha feito com a minha horas antes. — Onde… hum… o que você estava fazendo?

— Patrulhando. — Ele terminou de subir a escada da varanda e, mesmo que eu estivesse ocupada observando uma rachadura no piso de madeira, pude sentir seu olhar em meu rosto e o calor que emanava de seu corpo. — Não há nada de novo no front.

Abri um pequeno sorriso.

— Bela referência.

Ao falar, a respiração dele levantou uma mecha de cabelo em minha têmpora.

— Na verdade, é meu livro favorito.

Virei a cabeça para ele, mal conseguindo evitar uma colisão. Tentei esconder minha surpresa.

— Não fazia ideia de que você já tinha lido algum clássico.

Um sorriso lento e presunçoso desenhou-se em seus lábios, e pude jurar que ele deu um jeito de se aproximar ainda mais. Nossas pernas se tocaram. O ombro dele roçou meu braço.

— Bem, normalmente prefiro livros com figuras e frases curtas, mas de vez em quando abro uma exceção.

Incapaz de me controlar, soltei uma risada.

— Deixa eu adivinhar. O tipo de livro com figuras que você mais gosta é aquele de colorir, certo?

— Só que eu nunca me atenho às linhas. — Daemon deu uma piscadinha. Só ele podia sair com uma dessas.

— Claro que não. — Desviei os olhos e engoli em seco. Às vezes, era demasiadamente fácil recair naquele tipo de conversa trivial com ele, terrivelmente fácil imaginar fazer isso todas as noites. Alfinetar. Rir. Algo que estava além da minha compreensão. — Eu tenho… tenho que ir.

Ele se virou.

— Eu te acompanho até em casa.

— Hum, mas eu moro *bem ali*. — Como se ele já não soubesse. Dã.

O sorrisinho presunçoso se ampliou.

— Ei, só estou tentando ser um cavalheiro. — Ofereceu o braço. — Vamos?

Rindo por entre os dentes, fiz que não. Mas dei o braço a ele. Antes que eu desse por mim, ele me pegou no colo. Meu coração foi parar na garganta.

— Daemon…

— Eu por acaso te contei que te carreguei de volta para casa na noite em que você ficou doente? Você achou que fosse um sonho, certo? Não. Foi real. — Ele desceu um degrau enquanto eu o observava com os olhos arregalados. — Essa é a segunda vez em uma semana. Estamos fazendo disso um hábito.

E, então, ele disparou, o rugido do vento abafando meu gritinho de surpresa. No segundo seguinte, estava parado diante da minha porta, sorrindo para mim.

— Fui mais rápido na última vez.

— Não diga — disse, chocada. Minhas bochechas estavam dormentes. —Você... não vai me botar no chão?

— Hum. — Nossos olhos se encontraram. Havia uma suavidade nos dele que tanto me aqueceu quanto assustou. — Pensou melhor na nossa aposta? Quer desistir agora?

Ele tinha que arruinar totalmente aquele doce momento.

— Me bota no chão, Daemon.

Ele botou, mas manteve os braços em volta de mim, e eu não soube o que dizer.

— Andei pensando...

— Ai, Deus... — murmurei.

Seus lábios se retorceram.

— Essa aposta não é muito justa. O primeiro dia do ano que vem como prazo? Diabos, farei com que você admita sua eterna devoção por mim antes do dia de Ação de Graças.

Revirei os olhos.

— Tenho certeza de que consigo me segurar até o Halloween.

— O Halloween já passou.

— Exatamente — murmurei.

Rindo por entre os dentes, ele estendeu o braço e prendeu uma mecha de cabelo atrás da minha orelha. Ao sentir as costas dos dedos roçarem meu rosto, pressionei os lábios para impedir um suspiro. Uma onda de calor invadiu meu peito, o que não tinha nada a ver com o simples toque.

E sim tudo a ver com a dor nos olhos dele. Mas, então, Daemon se virou de costas e ergueu a cabeça para o céu. Passamos alguns momentos em silêncio.

— As estrelas... elas estão bonitas hoje.

Acompanhei seu olhar, um pouco perturbada pela súbita mudança de assunto. O céu estava escuro, mas havia cerca de uns cem pontinhos brilhantes reluzindo na escuridão.

— É verdade, estão mesmo. — Mordi o lábio. — Elas o fazem se lembrar de casa?

Seguiu-se uma pausa.

LUX 2 ÔNIX

— Gostaria de dizer que sim. Ter lembranças, ainda que amargamente doces, é melhor do que não ter nenhuma, sabia?

Um nó se formou em minha garganta. Por que eu tinha que perguntar isso? Eu já sabia que ele não se lembrava de nada a respeito de seu planeta natal. Prendi a mecha novamente atrás da orelha e parei ao lado dele, apertando os olhos para observar o céu.

— Os antigos... eles se lembram de Lux? — Daemon fez que sim. — Você alguma vez pediu a eles que te contassem sobre seu planeta?

Ele fez menção de responder, mas acabou rindo.

— Simples assim, certo? No entanto, tento evitar a colônia o máximo possível.

Compreensível, embora eu não soubesse bem por quê. Daemon e Dee raramente falavam sobre os Luxen que viviam na colônia, escondidos na floresta que cercava as Seneca Rocks.

— E quanto ao sr. Garrison?

— Matthew? — Ele fez que não. — Ele não gosta de falar sobre isso. Acho que é difícil demais... Matthew perdeu toda a família na guerra.

Desviei os olhos das estrelas e olhei para ele. Seu perfil parecia duro e assombrado. Jesus, eles haviam tido uma vida difícil. Todos os Luxen. A guerra os transformara em refugiados. A Terra era um planeta basicamente hostil, levando em consideração o modo como eles eram obrigados a viver. Daemon e Dee não se lembravam dos pais e tinham perdido um irmão. O sr. Garrison perdera tudo e só Deus sabia quantos deles compartilhavam a mesma tragédia.

O nó em minha garganta estava cada vez maior.

— Sinto muito.

Daemon virou a cabeça rapidamente para mim.

— Por que você está se desculpando?

— Eu... eu apenas sinto muito por tudo... pelo que vocês tiveram que passar. — Estava falando sério.

Ele me fitou por mais alguns instantes e desviou os olhos, rindo por entre os dentes. Não havia o menor traço de humor no som, o que me fez imaginar se tinha dito algo errado. Provavelmente.

— Continue falando desse jeito, gatinha, e eu...

—Você o quê?

JENNIFER L. ARMENTROUT

Ele se afastou da varanda, sorrindo de maneira misteriosa.

— Decidi pegar leve com você. Vou manter o prazo de antes, o primeiro dia do ano que vem.

Fiz menção de responder, mas ele desapareceu antes que eu tivesse a chance, movendo-se rápido demais para que meus olhos conseguissem acompanhar.

Levando uma das mãos ao peito, continuei ali, tentando entender o que acabara de acontecer. Por um momento, um louco momento, houvera algo infinitamente maior do que aquela insana atração animal entre a gente.

E isso me assustava.

Entrei em casa e, por fim, consegui empurrar o Daemon para o fundo da mente. Com o celular em mão, fui de cômodo em cômodo até conseguir sinal e poder ligar para minha mãe. Deixei uma mensagem. Quando ela me retornou, contei-lhe sobre o braço. Ela disse que eu devia ter batido em alguma coisa, ainda que a área não estivesse doendo nem roxa. Mamãe prometeu me trazer uma pomada, e me senti melhor apenas por escutar sua voz.

Sentei na cama, tentando esquecer todas as coisas estranhas e me concentrar no dever de história. Teríamos um teste na próxima segunda. Estudar numa sexta era o cúmulo da falta do que fazer, mas era isso ou tomar bomba. E eu me recusava a tomar bomba. História era uma das minhas matérias prediletas.

Horas depois, senti o cada vez mais familiar arrepio quente na nuca. Fechando o livro, levantei da cama e fui pé ante pé até a janela. A luz da lua encobria tudo com um brilho suave e prateado.

Puxei a manga da camiseta. A pele continuava alta e avermelhada. Será que a doença tinha tido algo a ver com o armário, o copo de chá e a conexão com Daemon?

Meu olhar se voltou novamente para a janela. Perscrutei toda a área em torno, mas não vi ninguém. Um louco desejo explodiu em meu peito. Abri um pouco mais a cortina e pressionei a testa no vidro frio. Não saberia explicar como eu sabia, apenas que sabia. Daemon estava escondido em algum lugar em meio às sombras.

E todo o meu corpo desejava — *ansiava* — ir ao encontro dele. A dor que eu vira em seus olhos... fora tão forte, muito maior do que ele ou eu. Algo que, sem dúvida, eu não conseguia nem sequer começar a entender.

LUX 2 ÔNIX

Negar aquele desejo foi uma das coisas mais difíceis que já fizera na vida, mas soltei a cortina e voltei para a cama. Reabri o livro de história e me concentrei no capítulo.

O primeiro dia do ano? Não ia acontecer.

✦ ✦ ✦

Eu estava tendo um daqueles dias em que desejava socar alguma coisa, porque apenas quebrar algo faria com que me sentisse melhor. Meu limite de aceitação para coisas estranhas no dia a dia estava prestes a explodir.

Na sábado, o chuveiro ligou antes que eu entrasse no boxe. No domingo à noite, a porta do meu quarto se abriu ao me aproximar e bateu na minha cara. E hoje de manhã, para coroar tudo isso, eu havia dormido demais e perdido as duas primeiras aulas, para não falar no armário que se esvaziara sozinho no chão do quarto enquanto eu decidia o que vestir.

Ou eu estava virando uma alienígena, prestes a ver um saindo de dentro da minha barriga, ou estava louca.

A única coisa boa que acontecera até então era que havia acordado sem aquela urticária enlouquecedora no braço.

No caminho para a escola, ponderei sobre o que iria fazer. Não podia mais continuar fazendo vista grossa para aquelas coisas como se elas fossem apenas coincidências. Tinha que deixar o medo de lado e confrontá-las. Minha nova decisão de não ser mais uma espectadora da vida significava que eu precisava encarar o fato de que algo havia *realmente* mudado. E precisava fazer alguma coisa a respeito disso antes de acabar expondo todo mundo. Só de pensar nessa possibilidade, fiquei com um gosto amargo na boca. De forma alguma eu podia pedir ajuda a Dee, pois havia prometido ao Daemon que não contaria a ninguém que ele havia me curado. Não tinha outra opção a não ser jogar mais esse problema em cima dele.

Pelo menos, era assim que me sentia. Desde que me mudara para a cidade, eu não fora nada além de um problema para ele. Não só me tornara amiga de sua irmã, como fizera perguntas demais e quase acabara morta...

duas vezes. Isso para não falar que havia descoberto o grande segredo deles e que terminara com um rastro diversas vezes.

Franzi o cenho ao saltar do carro e fechar a porta. Não era de admirar que Daemon tivesse sido tão babaca durante todos aqueles meses. Eu *era* um problema. Ele também, mas ainda assim...

Atrasada para a aula de biologia e já ofegante, atravessei em disparada o corredor quase vazio, rezando para que conseguisse entrar em sala e me sentar sem incidentes antes que o sr. Garrison chegasse. Ao estender a mão em direção à pesada porta, ela se abriu de supetão e bateu na parede. O barulho ecoou por todo o corredor, atraindo a atenção de um punhado de alunos também atrasados.

O sangue se esvaiu do meu rosto lentamente ao escutar o ofego de surpresa às minhas costas. Soube imediatamente de quem se tratava e que tinha sido pega em flagrante. Milhões de explicações se atropelaram em meu cérebro embotado, porém todas esfarrapadas. Fechei os olhos, sentindo o medo se instalar em meu estômago como leite azedo. O que havia de errado comigo? Sem dúvida alguma coisa — alguma coisa estava definitivamente muito errada.

— Essas malditas correntes de ar — disse o sr. Garrison, pigarreando para limpar a garganta. — Elas vão acabar provocando um ataque cardíaco em alguém.

Meus olhos se abriram. Ele ajeitou a gravata enquanto apertava a maleta marrom na mão direita.

Abri a boca para expressar minha concordância. Concordar seria inteligente. Isso mesmo, malditas correntes de ar.

Mas nada saiu. Fiquei ali parada como um peixe idiota. Abrindo e fechando a boca.

O sr. Garrison estreitou os olhos azuis, o cenho tão franzido que achei que o gesto deixaria uma marca permanente em sua testa.

— Srta. Swartz, você já não deveria estar em sala?

— Deveria, me desculpe — consegui grunhir.

— Então, por favor, não fique aí parada. — Ele abriu os braços e me incitou a entrar. — Esse é seu segundo atraso.

Sem saber ao certo qual fora o primeiro, segui para minha carteira, tentando ignorar as risadinhas dos outros alunos que aparentemente tinham escutado a bronca. Minhas bochechas queimaram.

LUX 2 ÔNIX

—Vadia — murmurou Kimmy, cobrindo a boca com a mão.

Várias outras risadinhas ecoaram no lado dela da sala, mas antes que eu pudesse dizer alguma coisa, Lesa olhou de cara feia para a loura.

— Muito engraçado vindo de você — disse ela. —Você não é aquela líder de torcida que *esqueceu* a calcinha durante a apresentação do ano passado?

Kimmy ficou vermelha feito um pimentão.

—Turma — vociferou o sr. Garrison, estreitando os olhos. —Já chega.

Lançando para Lesa um sorriso de gratidão, tomei meu lugar ao lado do Blake e peguei o livro enquanto o sr. Garrison começava a chamada, fazendo pequenos tiques com sua caneta vermelha favorita.

Ele pulou meu nome. Tive certeza de que foi de propósito.

Blake me deu uma leve cutucada com o cotovelo.

— Tudo bem aí?

Fiz que sim. De forma alguma eu o deixaria pensar que Kimmy fora a responsável por minha súbita palidez. Além disso, ela me chamar de vadia provavelmente tinha algo a ver com Simon, o que sequer merecia minha raiva.

— Tudo, estou ótima.

Ele sorriu, mas o sorriso pareceu forçado.

O sr. Garrison desligou as luzes e deu início a uma estimulante palestra sobre seiva de árvores. Alheia ao garoto ao meu lado, repassei mentalmente o incidente com a porta diversas vezes. Será que nosso professor realmente acreditara que tinha sido uma corrente de ar? Se não, o que o impediria de entrar em contato com o DOD e me entregar?

Uma sensação incômoda revirou meu estômago. Será que eu acabaria como a Bethany?

[5]

epois da aula de biologia, encontrei Carissa esperando por mim ao lado do meu armário.

— Será que eu posso ir para casa? — perguntei enquanto trocava os livros.

Ela riu.

— O dia está tão ruim assim, é?

— Podemos dizer que sim. — Por um segundo, pensei em elaborar mais um pouco, mas o que eu diria a ela? — Cheguei atrasada hoje de manhã. Você sabe como isso acaba com o dia da gente.

Atravessamos o corredor conversando sobre a festa de sexta e o que iríamos vestir. Eu não tinha pensado muito a respeito disso, tendo imaginado usar apenas uma calça jeans e uma camiseta.

— Todo mundo vai se arrumar — explicou ela —, já que essa cidade não nos dá muitas razões para nos vestirmos bem.

— O *homecoming* foi há pouco tempo — grunhi, sabendo que eu não tinha nada especial para usar.

Carissa passou para uma rotineira conversa sobre faculdades, perguntando em quais eu pretendia me inscrever. Minha amiga tinha esperanças de que eu mandasse um formulário para a Universidade da West Virginia. A maioria dos alunos pretendia estudar lá.

LUX ❷ ÔNIX

— Katy, você precisa começar a mandar os formulários — insistiu ela, servindo-se de algo que me pareceu almôndegas. — Se não, vai acabar perdendo o prazo.

— Minha mãe diz a mesma coisa todos os dias. Vou mandar, depois que decidir para onde quero ir. — O problema era que eu não fazia ideia de onde nem do que queria estudar.

— Mas você sabe que não tem tanto tempo assim — relembrou-me ela.

Dee já estava sentada à mesa, de modo que aproveitei para mudar novamente de assunto enquanto me sentava.

— Quer dizer que eu não posso ir de jeans para a festa? Preciso realmente usar um vestido?

— Ahn? — Dee piscou e fixou os olhos em mim.

— Carissa disse que eu preciso usar um vestido na sexta à noite. Não tinha planejado isso.

Dee pegou o garfo e começou a brincar com a comida do prato.

— Você devia usar um vestido. Podemos aproveitar a festa para nos vestirmos como belas princesas.

— Não temos mais seis anos.

Lesa bufou e repetiu:

— *Belas princesas?*

— Isso mesmo, belas princesas. Pode pegar um vestido meu emprestado. Tenho mais do que o suficiente. — Dee espetou alguns grãozinhos de feijão verde.

Algo não estava certo. Minha vizinha não só não estava comendo como havia sugerido que eu usasse um dos vestidos *dela*.

— Dee, acho que nenhum deles vai me servir.

Ela virou o rosto angelical para mim, os cantos da boca repuxados para baixo.

— Não seja boba, tenho um monte de vestidos que você pode usar.

Encarei-a, chocada.

— Se eu puser um dos seus vestidos, vou ficar parecendo uma salsicha embalada a vácuo.

Ela olhou rapidamente por cima do meu ombro e o que quer que fosse dizer morreu antes de chegar aos lábios. Seus olhos se arregalaram e o rosto empalideceu. Tive medo de me virar, meio que esperando me deparar

· 53 ·

com uma dupla de oficiais do DOD atravessando o refeitório da escola em seus ternos pretos.

A imagem que se formou em meu cérebro foi ao mesmo tempo hilária e assustadora.

Virei-me lentamente na cadeira, preparando-me para ser jogada no chão e algemada, ou o que quer que eles costumassem fazer. Levei um momento para perceber o que incomodara tanto a Dee e, quando percebi, fiquei confusa.

Era Adam Thompson — o gêmeo bacana, como eu gostava de me referir a ele, mas ele não era o amigo... namorado da Dee?

— O que houve? — perguntei, virando-me de volta.

Os olhos dela se fixaram novamente em mim.

— Podemos conversar depois?

Em outras palavras, não era algo que ela pudesse dizer na frente dos outros. Fiz que sim e olhei de relance por cima do ombro. Adam estava pegando comida, mas reparei em alguém mais.

Blake estava parado ao lado da porta do refeitório, perscrutando o salão em busca de alguém. Seu olhar recaiu sobre a nossa mesa e os olhos se fixaram em mim. Ele sorriu, deixando à mostra uma fileira de dentes branquíssimos, e, em seguida, acenou.

Acenei de volta.

— Quem é ele? — perguntou Dee, franzindo o cenho.

— O nome dele é Blake Saunders — respondeu Lesa, olhando para o próprio prato. Espetou a comida com o garfo como se esperasse que ela fosse pular e fugir correndo. — Ele é um aluno novo e está na nossa aula de biologia. Descobri que mora com a tia.

— Você andou verificando o arquivo pessoal dele ou algo assim? — perguntei, admirada.

Lesa bufou.

— Escutei Whitney Samuels e ele conversando. Ela estava fazendo um verdadeiro interrogatório.

— Acho que ele está vindo pra cá. — Dee se virou para mim com uma expressão indecifrável. — Ele é uma graça, Katy.

Dei de ombros. Era mesmo. Blake me fazia lembrar um surfista, um surfista gostoso. E era humano. O que lhe garantia pontos extras.

LUX ❂ 2 ÔNIX

— E é legal, também.

— Legal é bom — comentou Carissa.

Legal era ótimo, mas... olhei de relance para a mesa dos fundos. Daemon não tinha se sentado conosco hoje. Ele parecia imerso numa acirrada discussão com o Andrew. No entanto, não vi Ash. Estranho. Meus olhos se fixaram novamente no Daemon.

Meu vizinho ergueu os olhos nesse exato momento. O sorrisinho presunçoso desapareceu. Um dos músculos do maxilar se retesou. Ele parecia... *irritado*. Uau, o que eu tinha feito agora?

Dee me deu um chute por baixo da mesa, e me virei de volta.

Blake havia parado ao meu lado, exibindo um sorriso um tanto constrangido enquanto corria os olhos pela mesa.

— Oi.

— Oi — respondi. — Quer se sentar com a gente?

Ele assentiu e se sentou na cadeira vazia ao meu lado.

— As pessoas continuam me encarando.

— Ah, isso deve parar em mais ou menos um mês — retruquei.

— Oi — chilreou Lesa. — Eu sou Lesa, com *e*, e estas são Carissa e Dee. Somos amigas da Katy.

Blake riu.

— É um prazer conhecê-las. Você está na minha aula de biologia, certo?

Lesa anuiu.

— Então, de onde você é? — perguntou Dee numa voz surpreendentemente aguda. A última vez em que a vira usar aquele tom fora quando Ash aparecera na lanchonete com Daemon pouco antes do começo das aulas.

— Santa Monica. — Após outra rodada de *aahs*, ele deu uma risadinha. — Meu tio estava cansado da cidade, de modo que quis se mudar para algum lugar bem distante.

— Bom, mais distante do que aqui não dá. — Lesa fez uma careta ao comer uma garfada. — Aposto que a comida em Santa Monica era melhor.

— Não, a de lá também era uma droga.

— Então, o que você está achando da escola? — Carissa cruzou as mãos sobre a mesa como se estivesse prestes a começar uma entrevista para o jornalzinho da escola. Só faltavam caneta e papel.

· 55 ·

— Legal. Ela é muito menor do que a que eu costumava frequentar, de modo que não tive grandes dificuldades em encontrar as salas. E, tirando a história de encarar, as pessoas daqui são mais bacanas. E quanto a você? — Ele se virou para mim. — Uma vez que você ainda é tecnicamente nova?

— Ah, não. O status de aluno novo agora é completamente seu. Mas aqui até que é bem legal.

— Ainda que não aconteça muita coisa — acrescentou Lesa.

A conversa transcorreu com facilidade. Blake era supersimpático. Respondia a todas as nossas perguntas sem reclamar e ria com facilidade. Acabamos descobrindo que ele tinha aula de educação física com a Lesa e artes com a Carissa.

De vez em quando, ele me lançava um rápido olhar de relance e sorria, revelando uma fileira de dentes bem brancos. Não chegava a ser o sorriso do Daemon — quando ele resolvia nos presentear com um —, mas era um belo sorriso. O suficiente para atrair a atenção das outras meninas. Seus olhos ficavam pulando dele para mim e vice-versa, o que estava me deixando cada vez mais envergonhada.

—Vamos dar uma festa na sexta à noite. — Lesa me lançou um rápido sorriso. — Por que você não aparece? Os pais da Dee vão viajar no fim de semana e nos deixaram usar a casa.

Dee enrijeceu com o garfo a meio caminho da boca. Ela não disse nada, mas pude perceber que não havia ficado feliz com o convite. Qual era o problema? Metade da escola já fora convidada.

— Parece uma boa ideia. — Ele olhou para mim. —Você vai?

Fiz que sim, abrindo o lacre do copinho de água.

— Ela está sem par — acrescentou Lesa com um olhar travesso.

Meu queixo caiu. Muito, muito discreta.

—Você não tem namorado? — Blake soou surpreso.

— Não. — Os olhos da Lesa cintilaram. — E você, não deixou nenhuma namorada na Califórnia?

Dee pigarreou, ao mesmo tempo que fitava a comida com profundo interesse.

Mortificada, senti vontade de me esconder debaixo da mesa.

Blake deu uma risadinha.

LUX 2 ÔNIX

— Não. Nenhuma namorada. — Voltou a atenção novamente para mim. — Mas estou surpreso por você não ter um.

— Por quê? — perguntei, imaginando se devia me sentir lisonjeada. Seria eu tão maravilhosa assim a ponto de não poder ser solteira?

— Bem — disse ele, aproximando-se ligeiramente. Em seguida, falou bem pertinho do meu ouvido. — Aquele cara ali. Ele está olhando para você desde que eu me sentei. E não parece nada feliz.

Dee foi a primeira a olhar. Seus lábios se apertaram num sorriso tenso.

— Aquele é meu irmão.

Blake assentiu e se recostou de volta na cadeira.

—Vocês estão saindo ou algo do gênero?

— Não — respondi. Cada músculo do meu corpo pedia para que eu olhasse também. — Ele só está sendo... Daemon.

— Hum — retrucou Blake, se espreguiçando. Cutucou meu braço. — Isso quer dizer que não há competição aqui?

Arregalei os olhos. Jesus, o garoto era ousado. O que lhe garantiu dez pontos no quesito poder de atração.

— Pouco provável.

Um lento sorriso se desenhou nos lábios dele. O inferior era bem cheio. Totalmente beijável.

— Bom saber, porque eu estava imaginando se você não gostaria de ir comer alguma coisa depois da aula.

Uau. Olhei de relance para Dee, que parecia tão surpresa quanto eu. Tinha planejado descobrir por que ela estava agindo de maneira tão esquisita a respeito do Adam e depois conversar com o Daemon sobre as coisas estranhas que estavam acontecendo.

Ela interpretou mal minha hesitação.

— Podemos conversar amanhã depois da aula.

— Mas...

— Não tem problema. — Seu olhar parecia dizer: *Vai, divirta-se. Seja normal.* Mas talvez fosse apenas a forma como eu desejava interpretar o olhar, visto que ela não parecera muito feliz com o interesse do Blake por mim.

— Está tudo bem — acrescentou.

Eu podia esperar mais um dia para conversar com o Daemon. Ao olhar de relance para Blake, nossos olhos se encontraram. Peguei-me concordando.

· 57 ·

O sorriso permaneceu fixo no rosto dele o resto do almoço. Quando estávamos quase acabando, cedi ao desejo de olhar para o Daemon, pois ainda podia sentir seus olhos cravados na gente. Blake estava certo. Ele *estava* nos encarando. Não exatamente a mim, mas o garoto ao meu lado. E não havia nada de amigável no modo como seu maxilar estava retesado nem no brilho penetrante dos olhos verdes como joias.

Seu olhar recaiu em mim, o que me provocou um estremecimento no peito. Tentei inspirar para me acalmar, mas o ar entrou rasgando. Meus lábios formigaram.

Não, definitivamente não havia competição ali.

Blake e eu decidimos ir comer no Smoke Hole depois da aula. Fomos em carros separados e, quando finalmente chegamos lá, o vento uivava sem parar, arrancando alguns galhos já sem folhas das árvores que cercavam o estacionamento. Atravessamos correndo o espaço e entramos no restaurante.

Suas bochechas estavam rubras sob o bronzeado ao pegarmos um lugar ao lado da lareira acesa.

— Acho que jamais vou conseguir me acostumar com o vento aqui. Ele é brutal.

— Nem eu — concordei, esfregando os braços com as mãos geladas. — Ouvi dizer que devemos esperar muita neve no próximo inverno.

Um brilho de interesse iluminou seus olhos, destacando as nuanças esverdeadas. Ainda assim, eles não eram nem de perto tão brilhantes quanto os do Daemon.

— O que vai ser perfeito para praticar snowboarding. Você pratica?

Ri.

— Eu me mataria em dois segundos. Fui esquiar uma vez com minha mãe e o resultado não foi muito saudável.

Blake deu uma risadinha e, em seguida, focou a atenção na garçonete que aparecera para anotar nossos pedidos. Por mais surpreendente que pudesse parecer, eu não estava nervosa. Não sentia nenhuma reação no estômago quando nossos olhos se encontravam. Tampouco tinha a sensação de pele esticada demais. Mas não fazia ideia do que isso significava. Apenas parecia tão… *normal*.

Conversamos sobre surfe enquanto esperávamos minha fatia de pizza de queijo e a tigela de chili dele. Contei a ele que o mais perto que chegara de surfar fora observar os rapazes surfando na Flórida. Eu simplesmente não tinha a coordenação necessária, e ele tentou me convencer de que não era tão difícil assim.

Ri. E muito. Comemos sem pressa. Com ele, eu não ficava pensando em alienígenas de outra galáxia nem na constante ameaça do DOD ou dos Arum. Foi a hora mais relaxante que passei em tempos.

Quando estávamos quase terminando, Blake começou a rasgar o guardanapo em pequenos pedaços e sorriu para mim.

— Então quer dizer que você tem um blog?

Surpresa, assenti e decidi que seria melhor tirar logo minha nerdice do caminho.

— Tenho, eu adoro ler. Gosto de postar resenhas sobre os livros no blog. — Fiz uma pausa. — Como você sabia?

Ele se debruçou sobre a mesa e sussurrou:

— Dei uma verificada em você. Sei que isso é um tanto nerd, mas descobri seu blog. Gostei da forma como você escreve as resenhas. Muito espirituosa. Dá para ver que é apaixonada pelos livros.

Lisonjeada e totalmente estarrecida pelo fato de ele ter lido as resenhas, sorri.

— Obrigada. O blog é realmente muito importante pra mim. A maioria das pessoas não entende.

— Ah, mas eu entendo. Costumava ter um sobre surfe.

— Jura?

Ele fez que sim.

— Juro. Sinto falta de surfar e do blog, da conexão com pessoas do mundo inteiro que compartilham a mesma paixão. É uma comunidade maravilhosa.

Aquele cara era perfeito. Ele não tinha me zoado por causa da minha paixão pelo blog, tal como Daemon fizera. Pontos para o Blake.

Tomei um gole do refrigerante e olhei de relance para a janela. Nuvens escuras e carregadas encobriam o céu.

— Quando te vi pela primeira vez, achei que fosse surfista. Você tem o jeito.

— Jeito, como assim?

—Você tem cara de surfista. O cabelo, o bronzeado… muito bonitinho.

— Bonitinho? — Blake arqueou uma sobrancelha.

— Certo, gostoso.

Ele deu uma risadinha.

— Assim está melhor.

Blake tinha um tipo de personalidade semelhante a da Dee, o tipo que faz a gente se sentir confortável com eles. Bem diferente das farpas e alfinetadas que Daemon e eu vivíamos trocando, o que era ótimo.

Quando finalmente deixamos o restaurante, perto das cinco, não consegui acreditar que se passara tanto tempo. Uma lufada de vento açoitou meu cabelo, mas eu ainda estava feliz demais pela tarde passada com Blake para me importar com o fato de que não havia levado um casaco.

Ele me deu uma cutucada com o cotovelo.

— Fico feliz por você ter aceitado vir comigo.

— Eu também. — Girei as chaves do meu carro entre os dedos ao pararmos diante da caminhonete dele.

— Eu não costumo fazer esse tipo de coisa. — Ele se recostou no capô e cruzou os tornozelos. — Você sabe, convidar alguém para sair na frente de uma mesa inteira de pessoas estranhas.

O vento gelado esfriou minhas bochechas até então aquecidas.

—Você me pareceu muito confiante.

— E sou, quando quero alguma coisa.

Blake descolou do capô e parou diante de mim. Ai, meu Deus. Será que ele ia me beijar? Eu realmente adorara passar a tarde com ele, mas bem… não parecia certo dar-lhe esperanças. Não fazia ideia do que estava acontecendo entre mim e Daemon, se é que alguma coisa *estava* acontecendo, mas não parecia justo fingir que eu era uma pessoa totalmente livre. Eu sentia alguma coisa pelo meu vizinho, só não sabia ao certo o que esse sentimento significava.

Blake se inclinou e eu congelei.

LUX  ÔNIX

Acima dele, os galhos farfalharam e estalaram sob a força do vento.

De repente, escutei um estalo alto e ergui a cabeça. Um dos galhos mais grossos se partiu sob a força da ventania. Uma onda de pânico me subiu à garganta ao ver o galho caindo no ponto exato onde Blake se encontrava. De jeito nenhum ele teria tempo para se desviar e, pelo tamanho do galho, o estrago seria grande.

Algo semelhante a estática percorreu minha pele, crepitando entre as camadas de roupa. Senti os pelos da nuca se eriçarem. Com o coração a mil, dei um passo à frente e pensei ter gritado *Pare*, mas o som ecoou apenas em minha mente.

E o galho parou... no meio do ar, suspenso por coisa alguma.

[6]

O galho ficou parado em pleno ar como que suspenso por fios invisíveis. Minha respiração congelou no peito. Eu tinha parado o galho — *eu* tinha feito aquilo. Fui tomada ao mesmo tempo por uma sensação de pânico e poder, o que me deixou tonta.

Blake me fitava com os olhos arregalados. Por quê? Medo? Empolgação? Ele deu um passo para o lado e ergueu a cabeça. A descarga de poder desapareceu de supetão. O galho pesado caiu, rachando o calçamento como teria feito com a cabeça do surfista. Meus ombros penderam e eu inspirei fundo. Uma dor aguda explodiu por trás dos meus olhos, fazendo com que eu me retraísse.

— Uau… — Blake correu os dedos pelos cabelos espetados. — Isso teria me matado.

Engoli em seco, incapaz de falar. Estava petrificada pelo choque. Senti e reconheci o familiar arrepio quente na nuca, mas não consegui me mover. O pequeno "evento" drenara minhas energias e minha cabeça… pulsava loucamente. Uma dor assustadora indicava que algo estava muito errado.

Ai, meu Deus, o que seria isso? Será que eu estava tendo um AVC?

— Katy… está tudo bem — disse Blake, dando um passo à frente enquanto os olhos se fixavam em algo atrás de mim.

LUX **2** ÔNIX

Dedos fortes e quentes envolveram meu braço.

— Kat.

Encolhi-me ao escutar a voz do Daemon. Virei para ele e abaixei a cabeça, deixando os cabelos cobrirem meu rosto.

— Desculpa — murmurei.

— Ela está bem? — perguntou Blake, parecendo preocupado. — O galho...

— Está. Ela está bem. A queda do galho a assustou. — As palavras soaram como se ele estivesse falando por entre os dentes trincados. — Só isso.

— Mas...

— A gente se vê depois. — Daemon começou a se afastar, me arrastando junto. — Você está bem?

Fiz que sim, os olhos fixos à frente. Tudo parecia claro demais para um dia tão nublado. Real demais. A tarde tinha sido perfeita. Normal. E eu a arruinara. Ao não obter resposta, Daemon tirou as chaves dos meus dedos dormentes e abriu a porta do carona.

Blake me chamou, mas não consegui me forçar a olhar para ele. Não tinha ideia do que ele estaria pensando, mas sabia que não podia ser nada bom.

— Entra — mandou Daemon num tom quase gentil.

Pela primeira vez, obedeci sem questionar. Assim que ele se sentou atrás do volante e afastou o banco, saí do transe.

— Como... como você apareceu aqui?

Ele não olhou para mim ao ligar o carro e sair do estacionamento.

— Eu estava dando uma volta. Vou pedir à Dee e ao Adam para virem buscar meu carro.

Virando-me no assento, vi Blake ao lado de sua caminhonete. Ele continuava parado onde nós o deixáramos. Minhas entranhas se reviraram. Senti-me enjoada. Presa numa armadilha que eu mesma havia armado.

— Daemon...

Ele trincou o maxilar.

— Você vai fingir que nada aconteceu. Se Blake comentar alguma coisa, diz que ele saiu do caminho. E se ele sugerir que você... que você deteve o galho, ria.

Fui tomada por uma súbita compreensão.

— Está dizendo que preciso agir como você no começo?

Ele anuiu com um breve menear de cabeça.

— O que acabou de acontecer nunca aconteceu. Entendeu?

À beira das lágrimas, fiz que sim.

Vários minutos se passaram em silêncio. A meio caminho de casa, a dor de cabeça cedeu e eu me senti quase bem, exceto pelo fato de ter feito uma tremenda cagada. Nenhum de nós disse nada até Daemon parar o carro diante da minha casa.

Ele tirou a chave da ignição e se recostou no banco. Virou-se para mim, os olhos encobertos por uma comprida mecha de cabelos.

— Precisamos conversar. Quero que seja honesta comigo. Você não me pareceu surpresa por ter feito aquilo.

Assenti novamente. Ele estava uma fera, e eu não podia culpá-lo. Tinha exposto todos eles a um humano — um humano que poderia contatar a imprensa, dar com a língua nos dentes na escola e acabar atraindo a atenção do DOD. O governo descobriria sobre os poderes especiais dos Luxen. E descobriria sobre mim.

Daemon entrou comigo em casa. O sistema de ventilação central soprava um ar quente pelas gretas, mas eu não conseguia parar de tremer ao me sentar numa das poltronas.

— Tinha planejado contar a você.

— Tinha? — Daemon parou diante de mim, as mãos abrindo e fechando ao lado do corpo. — Quando, exatamente? Antes ou depois de você fazer alguma coisa que a colocasse em risco?

Encolhi-me.

— Não planejei nada disso. Tudo o que eu queria era passar uma tarde normal com um garoto…

— Com um garoto? — cuspiu ele, os olhos verdes brilhando intensamente.

— Isso mesmo, com um garoto normal! — Por que isso soava tão surpreendente? Inspirei fundo. — Sinto muito. Tinha planejado falar com você hoje, mas Blake me convidou para ir comer alguma coisa e eu quis ter uma droga de uma tarde com alguém como eu.

Ele franziu tanto a testa que achei que seu rosto fosse rachar.

—Você tem amigas normais, Kat.

— Não é a mesma coisa!

LUX 2 ÔNIX

Daemon pareceu entender o que eu não estava querendo dizer. Por um segundo, seus olhos se arregalaram e pude jurar ver um brilho de dor estampado neles, que logo desapareceu.

— Me conte o que tem acontecido.

Uma fisgada de culpa atravessou meu corpo, enterrando-se em minhas entranhas como arame farpado.

—Acho que peguei alguma infecção alienígena, porque tenho movido coisas… sem tocá-las. Hoje, ao ir para a aula de biologia, abri a porta da sala sem tocar nela. O sr. Garrison agiu como se tivesse sido uma corrente de ar.

— Com que frequência isso tem acontecido?

—Volta e meia por uma semana. Na primeira vez foi a porta do armário da escola, mas achei que tivesse sido coincidência, portanto não disse nada. Depois, quando senti vontade de tomar um copo de chá gelado, o copo voou do armário e a jarra de chá tombou na geladeira. Também aconteceu de o chuveiro ligar sozinho, de portas se abrirem e, por umas duas vezes, as roupas voaram do meu armário. — Suspirei. — Meu quarto ficou uma bagunça.

Ele soltou uma risadinha.

— Essa foi boa.

Crispei as mãos.

— Como você pode rir de uma coisa dessas? Olha o que aconteceu hoje! Não tive a intenção de deter o galho! Quero dizer, eu não queria que o galho acertasse o Blake, mas não o detive de propósito. Essa cura que você fez… ela me *mudou*, Daemon. Se você ainda não tinha reparado, eu não podia mover coisas antes. Não sei o que há de errado comigo. Além disso, fico com uma dor de cabeça terrível depois, me sentindo exausta. E se eu estiver morrendo ou algo parecido?

Daemon piscou e, no segundo seguinte estava sentado no braço da poltrona ao meu lado. Nossas pernas se tocaram. A respiração dele levantou meu cabelo. Encolhi-me ao sentir o coração acelerar.

— Por que você precisa se mover assim tão rápido? Isso… é errado.

Ele suspirou.

— Sinto muito, gatinha. Para nós, mover rápido é algo natural. Na verdade, demanda mais esforço desacelerar e parecer "normal", como você mesma diz. Acho que esqueci que preciso fingir quando estou com você.

Meu coração apertou. Por que tudo o que eu dizia ultimamente soava como crítica?

— Você não está morrendo — declarou ele.

— Como você sabe?

Seus olhos se focaram nos meus.

— Porque eu jamais deixaria isso acontecer.

Ele falou com tanta firmeza que acreditei.

— E se eu estiver me tornando uma alienígena?

Um olhar estranho cruzou-lhe o rosto, como se ele quisesse rir, e eu podia entender o motivo. Aquilo parecia absurdo.

— Não sei se isso é possível.

— Mover as coisas com a mente não deveria ser possível.

Daemon suspirou de novo.

— Por que você não me contou quando isso aconteceu pela primeira vez?

— Não sei — respondi, incapaz de desviar os olhos. — Sei que devia. Não quero colocar vocês em risco. Juro que não estou fazendo nada de propósito.

Daemon se recostou. Suas pupilas cintilaram.

— Sei que você não está fazendo nada de propósito. Jamais pensaria isso.

Minha respiração ficou presa na garganta ao vê-lo me fitar com aqueles olhos estranhos. A sensação arrepiante estava de volta, espalhando-se pela minha pele. Cada centímetro do meu corpo parecia dolorosamente consciente da proximidade dele.

Ele ficou em silêncio por alguns instantes.

— Não sei se isso é um efeito das vezes em que te curei ou se do momento em que você se conectou a nós durante o ataque do Baruck. De qualquer forma, é óbvio que você absorveu parte dos meus poderes. Não fazia ideia de que isso poderia acontecer.

— Não? — sussurrei.

— Não costumamos curar os humanos. — Ele fez uma pausa e pressionou os lábios. — Sempre achei que fosse para não expormos nossos poderes, mas estou começando a achar que é mais do que isso. Talvez o motivo real seja porque nós... mudamos os humanos no processo.

Engoli em seco.

— Então eu *estou* virando uma alienígena?

— Gatinha...

Tudo em que conseguia pensar era no filme *Alien, o Oitavo Passageiro* e na criatura saindo de dentro da barriga do sujeito, exceto que no meu caso seria uma reluzente bola de luz ou algo do gênero.

— Como a gente pode parar com isso?

Daemon se levantou.

— Quero tentar uma coisa, tudo bem?

Ergui as sobrancelhas.

— Tudo.

Ele fechou os olhos e soltou um longo suspiro. Sua forma humana piscou e desapareceu. Alguns segundos depois, ressurgiu como realmente era, um ser irradiando uma possante luz branco-avermelhada. Seu contorno parecia humano, e eu sabia que sentiria calor se o tocasse. Ainda era estranho vê-lo daquele jeito. Ressaltava o fato, que de vez em quando eu esquecia, de que ele não era deste planeta.

Diga alguma coisa, sua voz ecoou em minha mente.

Os Luxen não falavam em voz alta quando estavam em sua forma verdadeira.

— Ahn, oi?

A risadinha reverberou dentro de mim.

Em voz alta, não. Diga alguma coisa, mas só na sua cabeça. Tal como aconteceu na clareira. Você falou comigo lá.

Enquanto ele me curava, eu tinha escutado seus pensamentos. Será que isso aconteceria de novo? *Sua luz é muito bonita, mas está me ofuscando.*

Escutei-o inspirar fundo. *Ainda podemos escutar um ao outro.* A luz diminuiu e, de repente, ele estava mais uma vez parado diante de mim em sua forma humana, os olhos com uma expressão um tanto confusa.

— Quer dizer que minha luz te ofusca, é?

— É, ofusca. — Brinquei com a correntinha que trazia em volta do pescoço. — Eu estou brilhando? — Quando eles assumiam sua forma verdadeira, em geral deixavam um leve rastro em quem estivesse por perto.

— Não.

Então isso também havia mudado.

— Por que eu consigo te ouvir? Pela sua reação, acho que não era para ter acontecido.

— Não era, mas nós estamos conectados.

— Bom, e como a gente pode romper essa conexão?

— Boa pergunta. — Ele se espreguiçou de maneira distraída e correu os olhos pela sala. —Você deixa livros espalhados por todos os lados, gatinha.

— Isso não vem ao caso agora.

Daemon estendeu uma das mãos. Um livro voou do braço do sofá e aterrissou na palma dele. Ao virar a capa para ler do que se tratava, suas sobrancelhas se ergueram.

— O toque do cara mata? Fala sério, que negócio é esse que você anda lendo?

Pulei da poltrona, agarrei o livro e o apertei de encontro ao peito.

— Cala a boca. Adoro este livro.

— Ã-hã — murmurou ele.

— Certo, de volta ao que interessa. E para de pegar meus livros. — Botei-o de volta onde o deixara. — O que a gente vai fazer?

Seu olhar recaiu novamente em mim.

—Vou descobrir o que está acontecendo com você. Só preciso de um tempo.

Assenti, esperando que tivéssemos tempo suficiente. Não havia como prever o que eu poderia vir a fazer acidentalmente, e a última coisa que queria era expor a Dee e os outros.

—Você sabe que esse negócio todo é o motivo de você...

Daemon arqueou uma sobrancelha.

— De você ter subitamente decidido gostar de mim.

— Estou certo de que eu já gostava de você antes, gatinha.

— Bom, você tinha um jeito e tanto de demonstrar.

—Verdade — admitiu ele. — Mas já pedi desculpas pelo modo como te tratei. — Inspirou fundo, como que tentando reunir forças. — Eu sempre gostei de você. Desde a primeira vez em que me mostrou o dedo do meio.

— Mas você só começou a andar comigo depois do primeiro ataque, quando me curou. Talvez esse tenha sido o começo da nossa... conexão ou seja lá o que for.

Daemon franziu o cenho.

LUX 2 ÔNIX

— Qual é o seu problema? É como se precisasse se convencer de que eu não posso gostar de você. Isso por acaso faz com que seja mais fácil fingir que não sente nada por mim?

—Você passou meses me tratando como se eu tivesse alguma doença contagiosa. Sinto muito se tenho dificuldade em acreditar que o que você sente por mim é real. — Sentei no sofá. — E isso não tem nada a ver com o que eu sinto.

Os ombros dele tencionaram.

—Você gosta daquele garoto?

— Blake? Não sei. Ele é legal.

— Ele se sentou com você hoje no almoço.

Foi a minha vez de arquear uma sobrancelha.

— Porque havia um lugar vago e estamos num mundo livre onde as pessoas podem se sentar onde quiserem.

— Havia outros lugares vagos. Ele poderia ter se sentado em qualquer outro lugar.

Levei alguns segundos para responder.

— Blake tem aula de biologia comigo. Talvez ele simplesmente se sinta bem ao meu lado, já que ambos somos meio que novos aqui.

Algo cruzou o rosto dele e, de repente, Daemon estava parado diante de mim.

— Ele não parava de te olhar. E obviamente quis passar um tempo com você fora da escola.

—Talvez ele goste de mim — retruquei, dando de ombros. — Lesa o convidou para a festa na sexta.

Os olhos do Daemon escureceram, assumindo um verde profundo.

—Acho que não é uma boa ideia você sair com ele até descobrirmos mais sobre essa história de mover coisas. Parar o galho no ar foi um belo exemplo do que pode acontecer. Não podemos deixar que isso se repita.

— Como é que é? Quer dizer que não posso sair com mais ninguém agora?

Ele sorriu.

— Pode, só não com humanos.

— Deixa pra lá. — Balancei a cabeça e me levantei. — Essa conversa é uma perda de tempo. Não estou saindo com ninguém mesmo. Mas, se estivesse, não pararia só porque você tá mandando.

· 69 ·

— Não? — Ele estendeu o braço e prendeu uma mecha de cabelo atrás da minha orelha. — Veremos.

Dei um passo para o lado, abrindo distância entre nós.

— Não há nada para ver.

Seus olhos brilharam de maneira desafiadora.

— Se você está dizendo...

Cruzei os braços e suspirei.

— Isso não é um jogo.

— Eu sei, mas se fosse eu teria ganho. — Ele piscou e ressurgiu diante da entrada do vestíbulo. — A propósito, escutei o que o Simon anda dizendo.

Minhas bochechas esquentaram. Mais um problema, ainda que, no grande esquema das coisas, bem menos importante.

— Ele tem sido um babaca. Acho que é por causa dos amigos. Na verdade, Simon veio se desculpar comigo, mas quando os amigos apareceram, inventou que eu estava dando em cima dele.

Daemon estreitou os olhos.

— Isso não é legal.

Suspirei.

— Não é nada de mais.

— Talvez não pra você, mas é pra mim. — Fez uma pausa e empertigou os ombros. — Vou cuidar disso.

[7]

ão dormi bem à noite, de modo que a aula de trigonometria no dia seguinte foi mais entediante do que o normal. Além disso, não dava para esquecer o alien de mais de um metro e oitenta atrás de mim. Ele não estava falando comigo, apenas respirando suavemente em minha nuca. Por mais que eu tentasse me afastar, não parava de *senti-lo*. Estava demasiadamente ciente da presença dele — dos momentos em que se movia, escrevia alguma coisa ou coçava a cabeça.

Quando a aula estava pela metade, ponderei sobre a possibilidade de fugir dali correndo.

Era também o segundo dia sem nenhuma cutucada nas costas.

Por outro lado, Simon ficou me lançando rápidos olhares por cima do ombro durante toda a aula. Precisando de uma distração, olhei de cara feia para a cabeça dele. Uma vermelhidão subiu por sua nuca. Ele podia me sentir abrindo buracos em seu cérebro. A-há. Babaca.

Os cabelos castanhos se encresparam sobre a pele avermelhada. Normalmente, Simon mantinha um corte rente à cabeça. Imaginei que estivesse precisando de uma visitinha ao barbeiro, uma vez que a maioria dos garotos da cidade não deixava o cabelo crescer mais do que um ou dois centímetros. Ele pareceu tencionar sob o meu olhar, a camiseta cinza esticando-se sobre os ombros largos. Arriscou um olhar por cima do ombro para mim.

Arqueei uma sobrancelha.

Simon se virou de volta rapidamente, ergueu os ombros e inspirou fundo. Irritada, senti meus dedos formigarem. O idiota fizera com que metade da escola achasse que eu era fácil. Minha atenção recaiu no livro diante dele.

O livro pesado voou da carteira e o acertou no meio da cara.

Com o queixo caído, recostei-me de volta na cadeira. *Puta merda...*

Levantando-se num pulo, Simon olhou para o livro, agora no chão, como se ele fosse uma criatura que nunca tivesse visto antes. Nosso professor estreitou os olhos enquanto verificava a origem da interrupção.

— Sr. Cutters, deseja compartilhar alguma coisa com a turma? — perguntou numa voz cansada e monótona.

— O-o quê? — balbuciou Simon. Correu os olhos em volta de maneira frenética e, em seguida, pousou-os novamente no livro. — Não. Só derrubei o livro da carteira sem querer. Desculpa.

O professor soltou um sonoro suspiro.

— Bom, então pegue de volta.

Algumas risadinhas espocaram aqui e ali. Vermelho como um pimentão, Simon recolheu o livro do chão. Depositou-o no meio da carteira e ficou olhando fixamente para ele.

Depois que a turma se aquietou e o professor voltou a atenção novamente para o quadro-negro, Daemon me deu uma cutucada com a caneta. Virei-me.

— Que foi isso? — sussurrou, os olhos estreitados. Não havia como confundir o sorrisinho de deboche em seus lábios. —Você é má, gatinha...

Blake chegou para a aula de biologia minutos antes de o sinal tocar. Estava *usando* uma camiseta retrô do Super Mario Bros.

—Você está com uma aparência...

LUX 2 ÔNIX

— Horrível? — completei, apoiando o rosto no punho fechado. Não tinha ideia de como agir após o incidente com o galho. Fingir que nada havia acontecido não era algo em que eu fosse muito boa.

— Eu ia dizer cansada. — Fitou-me com os olhos estreitados. —Você está bem?

Fiz que sim.

— Olhe, sobre o que aconteceu ontem... sinto muito por ter surtado. O galho...

—Te assustou? — completou ele, os olhos fixos nos meus. — Não tem problema. Fiquei chocado também. Tudo aconteceu muito rápido, mas podia jurar que o galho parou em pleno ar. — Inclinou a cabeça ligeiramente de lado. — Ele pareceu ficar suspenso por alguns segundos.

— Eu... — O que eu deveria dizer? *Negue. Negue. Negue.* — Não sei. Talvez o vento tenha dado essa impressão.

— É, talvez. De qualquer forma, temos uma grande festa chegando.

Abri um ligeiro sorriso, aliviada pela mudança de assunto. Seria assim tão fácil? Maldição. Eu era uma mentirosa melhor do que Daemon supunha.

—Você vai?

— Não perderia por nada neste mundo.

— Ótimo. — Comecei a brincar com a caneta, lembrando-me do que o Daemon tinha dito sobre não sair com o Blake. Que se dane! — Fico feliz por saber que você vai.

O sorriso dele era contagiante. Conversamos um pouco sobre a festa enquanto esperávamos a aula começar. Por umas duas vezes, a mão dele roçou de leve a minha. Duvidei que tivesse sido por acidente. A ideia me agradou. Não havia nada forçando-o a fazer isso, exceto que talvez ele *quisesse* me tocar. Blake parecia gostar de mim pelo que eu era, e isso o tornava mil vezes mais atraente. E, bem, o sorriso maroto ajudava. Podia visualizá-lo sem camisa, surfando. Ele era totalmente namorável.

Inspirei fundo e fiz algo que não fazia quase nunca.

— Se você quiser, pode dar uma passadinha na minha casa antes da festa.

Ele baixou as pestanas, que roçaram as maçãs do rosto bronzeadas.

— Parece uma boa ideia. Tipo um encontro?

Corei.

— É, tipo. Acho que você pode dizer que sim.

Ele se inclinou em minha direção, o hálito surpreendentemente fresco em contato com minhas bochechas. Mentolado.

— Não tenho certeza se gosto dessa história de "tipo". Prefiro chamar de um encontro.

Ergui os olhos e o fitei. O verde dos olhos dele não era nem de perto tão vibrante quanto o do Daemon. Por que eu estava pensando no meu vizinho?

— Podemos chamar de um encontro.

Ele se recostou na cadeira.

— Assim é melhor.

Sorri, olhando de relance para meu caderno. Um encontro — não do tipo sair-para-jantar-e-ir-ao-cinema —, mas, ainda assim, um encontro. Trocamos telefones e eu disse a ele como chegar à minha casa. Estava empolgada. Arrisquei um rápido olhar para ele. Blake me observava com um sorrisinho torto estampado na cara.

Ah, a festa acabara de ficar muito mais interessante.

Recusei-me a pensar no que o Daemon faria quando me visse chegar com o Blake. Uma pequena parte de mim ponderou se eu não o havia convidado apenas para descobrir.

Deitada no meu sofá após a aula de quinta, Dee brincava com o anel em seu dedo e mantinha a voz baixa para não acordar minha mãe, que dormia no segundo andar.

— O garoto novo parece estar de olho em você.

Sentei ao lado dela.

— Você acha?

Ela sorriu, mas sem muito humor.

— Acho, acho, sim. Estou surpresa por você não ter se incomodado que ele vá à festa. Pensei...

— Pensou o quê?

Dee desviou os olhos.

LUX ❀ ÔNIX

— Pensei que estivesse acontecendo algo entre você e o Daemon.

— Ah, não, não tem nada acontecendo entre nós. — Nada além da bizarra conexão alienígena e de todos os nossos segredos. Pigarreei para limpar a garganta. — Prefiro não falar sobre o seu irmão. Como andam as coisas com o Adam?

As bochechas dela, normalmente brancas, ficaram rubras.

— Adam e eu estamos tentando passar mais tempo um com o outro, entende? Todo mundo espera que fiquemos juntos, e uma parte de mim gosta bastante dele. Os antigos acham que está na hora, uma vez que nós dois já estamos com 18 anos.

— Está na hora?

Ela assentiu.

— Quando fazemos 18 anos, somos considerados velhos o bastante para casar.

— O quê? — Meus olhos quase saltaram das órbitas. — Casar? Tipo, assumir compromisso e ter filhos?

— Exatamente. — Ela suspirou. — Em geral costumamos esperar até o fim do ensino médio, mas como o prazo está perto, Adam e eu estamos tentando decidir o que fazer.

Eu ainda estava atordoada com a história de casamento.

— São os antigos que definem com quem vocês podem ficar?

Dee franziu o cenho.

— Na verdade, não. Quero dizer, eles torcem para que a gente se junte com algum outro Luxen e comece a reproduzir o mais rápido possível. Sei que isso parece loucura, mas nossa espécie está em risco de extinção.

— Isso eu entendo, mas e se vocês não quiserem ter filhos? E se vocês se apaixonassem por outra pessoa... por um humano?

— Eles nos renegariam. — Ela desapareceu e ressurgiu do outro lado da mesinha de centro. — Todos eles virariam as costas para nós. É o que teriam feito com o Dawson se... se ele ainda estivesse vivo e com a Bethany. Sei que ele ainda estaria com ela. Dawson a amava.

E o amor do irmão pela menina acabara acarretando a morte deles. Baixei os olhos, tomada de compaixão pelos irmãos restantes.

— Eles te forçariam a ir embora ou algo do gênero?

Ela fez que não.

· 75 ·

— Eles nos fariam querer ir embora, mas não podemos, não sem a permissão do DOD. É muita pressão.

Sem dúvida. Eu só precisava me preocupar com qual faculdade escolher. Não tinha que pensar em me casar o quanto antes. Será que Daemon realmente desejava arriscar tudo isso só para ficar comigo? Ele só podia estar louco.

— O que aconteceu com vocês?

Dee parou na frente da TV e correu os dedos pelos cabelos ondulados.

— Nós transamos.

— Como? — Cinco segundos atrás eu tinha certeza de que a Dee sequer se sentia atraída pelo Adam.

Ela abriu as mãos pequenas.

— Isso foi um choque, certo?

Pisquei.

— É, foi.

— Eu não sabia como me sentia em relação a ele. Quero dizer, eu o respeito, e ele é bonito. — Começou a andar de um lado para outro. — Mas éramos só amigos. Pelo menos, isso era tudo o que eu permitia que ele fosse. Não sei, mas de qualquer jeito decidi ver, você sabe, como a gente se daria. Assim sendo, disse a ele que deveríamos tentar transar. E transamos.

Uau, isso soava realmente romântico.

— E como foi?

Dee enrubesceu novamente.

— Foi… foi bom.

— Bom?

Ela surgiu ao meu lado, se sentou no sofá e entrelaçou as mãos.

— Foi mais do que bom. Um pouco estranho a princípio… certo, bastante estranho a princípio, mas as coisas… funcionaram.

Eu não sabia se devia ficar feliz por ela ou não.

— Então, o que significa tudo isso?

— Não sei. Esse é o problema. Eu gosto dele, mas não sei se gosto porque é isso o que devo sentir ou se é real. — Dee se recostou e apoiou um dos braços nas costas do sofá. — Não sei se é amor. Quero dizer, eu o amei enquanto estávamos transando. Mas agora? Não sei.

— Droga, Dee, estou sem palavras. Fico feliz que tenha sido… bom.

LUX ❷ ÔNIX

— Foi ótimo. — Ela suspirou. — Quer saber o quanto? Quero fazer de novo.

Eu ri.

Um dos olhos cor de jade se abriu.

— E agora estou com o estômago... embrulhado. Não consigo parar de pensar no Adam e imaginar o que ele acha.

— Já tentou conversar com ele?

— Não. Você acha que devo?

— Hum, acho. Você acabou de transar com ele. Devia ligar.

Dee se empertigou, os olhos arregalados.

— E se ele não estiver sentindo a mesma coisa?

Era estranho vê-la daquele jeito, tendo uma reação tão... humana.

— Acho que provavelmente está sim.

— Não sei. Éramos apenas amigos, nada além disso. A gente nem queria ir para o *homecoming* juntos. — Ela se levantou novamente. — Mas não sei se ele não queria por minha causa, pelo modo como eu agia. Talvez ele sempre tenha gostado mais de mim do que eu dele.

— Liga pra ele. — Esse era o melhor conselho que eu poderia dar, uma vez que não tinha experiência com aquele tipo de coisa. — Espere um pouco. Vocês usaram camisinha?

Dee revirou os olhos.

— Não estou pronta para uma bebezinha Dee. Definitivamente usamos camisinha.

Que alívio! Ela ficou mais um pouco comigo e, então, saiu para ligar para o Adam. Eu ainda estava chocada com o fato de a Dee ter feito sexo. Era um passo enorme, mesmo para uma... alienígena. Pelo menos tinha sido ótimo. Mas transar só para saber se você gosta de alguém? Onde ficava o romance em tudo isso? Por outro lado, quem era eu para julgar? Eu tinha convidado um garoto para sair só para ver se o outro reparava. Com certeza não era a pessoa mais apropriada a dar conselhos sobre relacionamentos. Pobre Dee.

Mamãe acordou e pedimos pizza antes de ela sair para o trabalho. Enquanto esperávamos, ficamos conversando no sofá como costumávamos fazer antes de o papai morrer.

Ela me entregou uma xícara de chocolate quente.

JENNIFER L. ARMENTROUT

— Não esqueça que quero passar o sábado com você até a hora de ir para o plantão, portanto não faça nenhum plano.

Sorri e envolvi a xícara quente entre as mãos.

— Sou toda sua.

— Ótimo. — Ela apoiou os pés calçados com chinelos na mesinha de centro. — Queria te perguntar uma coisa.

Tomando um gole, ergui as sobrancelhas.

Ela cruzou os tornozelos, descruzou-os e cruzou-os novamente.

— Will quer jantar com a gente no sábado, para comemorar o seu aniversário.

— Ah.

Um leve sorriso se esboçou em seus lábios.

— Disse a ele que precisava checar com você primeiro. — Fez uma pausa, enrugando o nariz. — Afinal de contas, é o seu aniversário.

— E eu só faço 18 uma vez, certo? — Dei uma risadinha. — Está tudo bem, mãe, *Will* pode jantar com a gente.

Ela estreitou os olhos.

Tomei outro gole do chocolate quente.

— Preciso me arrumar? Afinal, ele é médico. Ah! Isso quer dizer que vamos ter um jantar sofisticado enquanto conversamos sobre política e os acontecimentos atuais?

— Fica quieta. — Ela, porém, sorriu e se recostou no sofá. — Acho que você vai gostar dele. Will não é esnobe nem arrogante. Na verdade, ele é como...

Meu coração reagiu de maneira engraçada.

— Como o papai?

Mamãe abriu um sorriso triste.

— É, como o seu pai.

Nenhuma de nós duas falou por alguns minutos. Mamãe tinha conhecido meu pai no primeiro ano da residência de enfermagem em um hospital da Flórida. Ele era um dos pacientes, tendo caído de algum deque ao tentar impressionar uma garota e quebrado o pé. No entanto, segundo ele, no instante em que colocara os olhos nela, esquecera completamente o nome da outra garota. Eles haviam namorado por seis meses, ficado noivos e se casado no prazo de um ano. Eu havia nascido pouco depois. Jamais

· 78 ·

LUX ❖ ÔNIX

conhecera duas pessoas mais apaixonadas em todo o mundo. Mesmo quando discutiam, era possível perceber o amor em suas palavras.

Eu daria qualquer coisa para ter um relacionamento assim.

Terminei de tomar o chocolate e me aproximei dela. Mamãe ergueu o braço esguio e me aninhei em seu peito, inalando o perfume de maçã do hidratante corporal que ela sempre usava no outono. Minha mãe tinha o hábito de mudar o perfume e os hidratantes de acordo com as estações.

— Que bom que você conheceu o Will — disse eu por fim. — Ele parece ser um cara legal.

— Ele é. — Ela plantou um beijo no topo da minha cabeça. — Gosto de pensar que seu pai aprovaria.

Papai aprovaria qualquer um que a fizesse feliz. Eu estava lá no dia em que a instalação do home care indicou que não restava muito mais tempo. Parada do lado de fora do quarto deles, escutara-o dizer a ela para amar novamente. Isso era tudo o que ele queria.

Fechei os olhos. Um amor desses deveria ter sido capaz de derrotar a doença. Um amor desses deveria poder vencer qualquer obstáculo.

[8]

Justei as tiras pretas fininhas pela terceira vez e, por fim, desisti. Não adiantava nada puxar, o decote do vestido não subiria mais nem um milímetro. Eu não conseguia acreditar que ele coubera em mim. Ah, merda, ele coubera até bem demais, enfatizando a gigantesca diferença entre o corpo da Dee e o meu. Meus peitos acabariam pulando para fora em algum momento da noite. Ele era justo no busto, com a cintura bem marcada por um cinto fino, e descia em suaves camadas que terminavam logo acima dos joelhos.

Eu estava razoavelmente sexy.

Mas precisava cobrir meus bebês. Abri a porta do armário. Sabia que tinha um cardigã vermelho que não ficaria mal com o vestido, mas não consegui encontrá-lo em meio à bagunça. Levei alguns minutos para me dar conta de que ele devia estar na secadora.

— Santa desorganização — gemi, e desci num borrão de preto e saltos barulhentos.

Graças a Deus minha mãe já tinha saído para o trabalho. Ou ela teria uma síncope ou aplaudiria o vestido. Qualquer das duas reações seria embaraçosa. Atravessei o corredor, nervosa e enjoada. Podia escutar os carros e os risos lá fora enquanto pegava o cardigã, dava uma sacudida e o vestia.

LUX ❷ ÔNIX

E se eu fizesse alguma coisa realmente idiota? Tipo levitar a TV na frente de uma casa abarrotada de colegas da escola?

Foi quando escutei uma batida à porta. Inspirando fundo, fui abri-la.

— Oi.

Blake entrou com um buquê de meia dúzia de rosas. Seu olhar me perscrutou de cima a baixo.

— Uau, você está uma gata. — Sorriu e me entregou as flores.

Enrubescendo, peguei-as e inalei o suave perfume. Fiquei ligeiramente tonta.

— Obrigada, mas não precisava.

— Eu quis.

Ah, a palavrinha mágica de novo: *querer*.

— Bem, elas são lindas. E você também está muito bonito. — E estava mesmo, vestido com um suéter de gola em V sobre uma camisa de botão. Dei um passo para trás e apertei as rosas de encontro ao peito. Ninguém jamais me dera flores. — Quer beber alguma coisa antes de irmos para a festa?

Blake assentiu e me seguiu até a cozinha. As opções eram limitadas, de modo que tivemos de nos contentar com a sangria da mamãe. Ele se recostou na bancada e correu os olhos em volta enquanto eu procurava por um vaso para botar as rosas.

— Você tem livros espalhados por todos os lados. É bonitinho de ver.

Sorri e coloquei as rosas sobre a bancada.

— Minha mãe odeia. Ela está sempre tentando guardá-los.

— Mas você simplesmente os espalha de novo, certo?

Ri.

— É, mais ou menos isso.

Ele deu um passo adiante com a garrafinha de sangria em uma das mãos. Baixando o olhar para o meu pescoço, estendeu o braço e pegou a correntinha de prata. Os nós dos dedos roçaram de leve o volume dos meus seios.

— Colar interessante. Que pedra é essa?

— Obsidiana — respondi. — Foi um amigo que me deu.

— Ele é bem diferente. — Blake o soltou. — Interessante.

— Obrigada. — Fechei a pedra entre os dedos, tentando afastar as imagens do Daemon que ela me trazia. Procurei por algo para dizer. — Mais uma vez, obrigada pelas flores. Elas são realmente muito bonitas.

· 81 ·

— Fico feliz que você tenha gostado. Tinha medo de parecer um nerd.

— Não. Elas são perfeitas. — Sorri. — Pronto?

Ele terminou de beber a sangria e lavou a garrafinha antes de jogá-la no lixo. Mamãe teria adorado ver isso. Bem, não o fato de um menor-de--idade-estar-bebendo-sua-sangria.

— Infelizmente tenho más notícias. Só vou poder ficar por meia hora no máximo. Soube de última hora que teremos uma reunião de família daqui a pouco. Sinto muito.

— Não precisa se desculpar — falei, esperando que minha voz não traísse a decepção. — Está tudo bem. Nós não te demos muito tempo para se preparar.

—Tem certeza? Estou me sentindo um cretino.

—Você não é um cretino. Me trouxe rosas.

Blake deu uma risadinha.

— Bom, vou querer compensá-la. Você pode ir jantar comigo amanhã?

Fiz que não.

— Amanhã não dá. Vou passar o dia com a minha mãe.

— Que tal segunda? — perguntou ele. — Seus pais te deixam sair durante a semana?

— Somos só eu e minha mãe, mas, sim, ela deixa.

— Beleza. Soube que tem um pequeno restaurante indiano na cidade. — Ele se aproximou mais um pouco. O leve perfume da loção pós-barba me lembrou uma conversa que eu tivera com a Lesa sobre o cheiro dos garotos. Blake cheirava bem. — Então, topa?

—Topo. — Corri os olhos em volta e mordi o lábio. —Vamos?

—Vamos, se você fizer uma coisa.

— O quê?

— Bom, na verdade, duas coisas. — Outro passo adiante e os sapatos encostaram nos meus. Tive que erguer a cabeça para fitá-lo nos olhos. — Aí podemos ir.

Observá-lo daquele jeito me deixou um pouco tonta.

— Quais são as duas coisas?

— Primeiro quero que me dê a mão. Se é para ser um encontro, temos que fazê-lo direito. — Baixou a cabeça, os olhos ainda fixos nos meus. — E quero um beijo.

LUX 2 ÔNIX

— Um beijo? — sussurrei.

Os lábios dele se abriram num sorriso torto.

— Quero que pense em mim depois que eu for embora. Todos os caras vão dar em cima de você quando te virem neste vestido.

— Não tenho muita certeza disso.

—Vão, sim. Então? Combinado?

Minha respiração desacelerou. Fui tomada por uma profunda curiosidade. Será que beijá-lo seria igual a beijar o Daemon? Será que o mundo se incendiaria ou apenas esquentaria um pouco? Eu queria descobrir, precisava descobrir se podia esquecer meu vizinho com um simples beijo.

— Combinado — murmurei.

Ele envolveu meu rosto e fechei os olhos. Em seguida, sussurrou meu nome. Minha boca se abriu, mas não havia o que dizer. Sentia apenas a expectativa e a necessidade de me perder naquele beijo. A princípio, seus lábios apenas roçaram os meus suavemente, testando minha reação. O beijo gentil me desarmou. Envolvi-o pelos ombros e o apertei de encontro a mim ao senti-lo passear os lábios pelos meus novamente.

O beijo se aprofundou e eu me peguei nadando num misto de sensações à flor da pele. Sentia-me ao mesmo tempo arrebatada e confusa. Beijei-o de volta, e suas mãos escorregaram para minha cintura, puxando-me ainda mais para perto. Entre um beijo e outro, esperei, ofegante, por algo, alguma coisa, além daquela inquietação que me revirava as entranhas. De repente, veio tudo ao mesmo tempo: frustração, raiva e tristeza; nada do que eu estava procurando.

Blake se afastou, ofegando ruidosamente. Seus lábios estavam vermelhos e inchados.

— Bom, definitivamente vou pensar em você depois que for embora.

Abaixei o queixo e pisquei. Não houvera nada de errado com o beijo, exceto que faltara alguma coisa. O problema só podia ser comigo. Estresse. Eu estava demasiadamente preocupada com tudo o que vinha acontecendo. E beijá-lo tinha sido um passo rápido demais. Sentia-me como uma daquelas garotas dos livros que adorava ler, mergulhando de cabeça ao conhecer um cara sem pensar direito. A Katy pragmática ainda vivia dentro de mim, e não ficara feliz com o que eu tinha feito. Mas era mais do que isso. Uma azeda fisgada de culpa cutucou minhas entranhas, dizendo-me que eu não colocara meu coração naquele beijo por causa de outra pessoa.

— Só mais uma coisa — disse ele, e pegou minha mão. — Pronta?

Será que eu estava? Emoções conflitantes me rasgavam por dentro. Talvez, se Daemon me visse feliz com Blake, não se sentisse impelido a explorar nossa falsa conexão. Fiquei enjoada.

— Sim, pronta.

Um grande número de carros lotava a entrada da garagem e toda a rua, até a casa vazia que ficava bem no começo.

— Jesus, achei que fosse ser uma festinha simples.

Dee se superara. Ela havia arrumado inúmeras lanternas de papel de arroz e as pendurado ao longo da varanda. Nos peitoris das janelas, velas grossas derramavam uma luz suave. Um cheiro leve e agradável de cedro e especiarias pairava no ar, pinicando meu nariz e me fazendo lembrar o quanto eu adorava o perfume do outono.

Havia gente por todos os lados, amontoadas no sofá ou observando dois caras travarem uma partida de vida ou morte no Wii. Vários rostos familiares abarrotavam a escada, rindo enquanto bebiam algo em copos vermelhos descartáveis. Blake e eu não conseguíamos dar dois passos sem topar em alguém.

Dee acenou do meio da multidão, a perfeita anfitriã. Ela estava linda em um vestido branco delicado que realçava o cabelo escuro e os olhos cor de esmeralda. Ao nos ver de mãos dadas, mal conseguiu disfarçar a surpresa... ou decepção.

Sentindo como se estivesse fazendo algo errado, soltei a mão da dele e a abracei com força.

— Uau. A casa ficou linda.

— Ficou, não ficou? Tenho um talento nato. — Ela olhou por cima do meu ombro. — Katy...?

Minhas bochechas esquentaram.

— Ele é meu...

— Par — completou Blake, pegando e apertando a minha mão. — Vou ter que ir embora daqui a pouco, mas achei que seria bom escoltá-la.

— Escoltá-la? — Dee olhou para ele e, em seguida, de volta para mim.

— Certo. Bem, preciso... verificar algumas coisas. Isso mesmo — dizendo isso, se afastou, as costas tensas.

LUX · 2 · ÔNIX

Tentei não deixar que a decepção dela mexesse comigo. Falando sério, ela não podia querer que eu ficasse com seu irmão. Um deles já se metera num relacionamento com uma humana e olha o que havia acontecido.

Uma série de barulhos suspeitos ecoou de um dos cantos mais escuros da casa, distraindo minha atenção dos meus próprios pensamentos. De repente, avistei Adam, que parecia estar seguindo a Dee através da multidão. Fiz uma anotação mental para não esquecer de perguntar a ela depois como tinha sido a ligação.

— Quer tomar alguma coisa? — perguntou Blake. Assenti e ele me conduziu até a sala de jantar, onde encontramos diversas garrafas dispostas sobre a mesa. Havia até uma tigela de ponche. Batizado, sem dúvida.

— Costumávamos dar festas assim em casa — disse Blake, me entregando um copo vermelho. — Mas a casa ficava na praia, e todo mundo cheirava a mar e protetor solar.

—Você fala como se sentisse falta disso.

— De vez em quando eu sinto, mas, ei, mudar não é ruim. Torna a vida mais interessante. — Tomou um gole e tossiu. — O que diabos eles colocaram aqui? Algum tipo de destilado?

Ri.

— Só Deus sabe.

Risadinhas ensandecidas ecoavam da cozinha. Viramo-nos bem a tempo de ver Carissa sair de lá com uma expressão irritada e seguir direto até onde Dee se encontrava, parada junto à porta.

— Dee, seus amigos são loucos.

— Eles são seus amigos também — comentou Lesa secamente, surgindo por trás da Dee. Ao me ver de mãos dadas com Blake, parou. Em seguida, me cumprimentou com uma batidinha de quadril. — Oi.

Carissa cruzou os braços diante do peito.

— Meus amigos jamais fariam *aquilo* com creme batido.

Caí na gargalhada ao ver a expressão horrorizada da Dee e a curiosidade que cruzou o rosto da Lesa. Blake sorriu como se gostasse do som da minha risada.

— O quê? — guinchou Dee, partindo para a cozinha.

— Eu preciso ver isso — murmurou Lesa, seguindo rapidamente minha vizinha.

JENNIFER L. ARMENTROUT

Olhei de relance para Carissa, cujas bochechas estavam tão vermelhas quanto meu cardigã.

— Você está brincando, certo?

Ela negou com um sacudir enfático de cabeça.

— Você não faz ideia do que Donnie e Beca estão fazendo lá dentro.

— Não são eles que estavam planejando se casar assim que nos formarmos?

— Os próprios. E posso dizer que eles não esperaram pelo casamento para fazer a maioria das coisas.

Soltei uma risadinha.

— Fantástico.

Carissa deu de ombros.

— Não estou tentando bancar a puritana, mas quem age assim em público ou na casa de um amigo? Quero dizer, vamos lá, é revoltante. — Ela inspirou fundo e ergueu os olhos. — Oi, Blake, desculpe por isso.

— Não tem problema. As pessoas só deveriam usar creme batido em tortas.

Precisei desviar os olhos para controlar o riso. Era meio nojento, mas, ainda assim, achava divertido. Não sabia ao certo o que isso dizia de mim. Quem eu estava tentando enganar? Na última sexta eu tinha deixado as coisas esquentarem bastante na biblioteca.

Diante da lembrança, meu estômago se retorceu de novo e meu olhar percorreu a sala.

Fomos brevemente interrompidos por um grupo que desejava conversar com Carissa sobre seu irmão mais velho, que já estava na faculdade. Tinha esquecido que minha amiga tinha outros irmãos. Segunda anotação mental: tire a cabeça de dentro do próprio rabo.

Blake devia ter feito muitos amigos rápido, porque a maioria dos garotos veio cumprimentá-lo. Várias das garotas também ficavam arriscando olhares de esguelha para ele, o que me deixou obscenamente satisfeita. Pendurei-me no braço dele, em grande parte só para mostrar, e fiquei ali, apreciando a sensação do bíceps bem definido em contato com meu tórax.

Ele não pareceu se importar. A mão em minhas costas enterrou-se na seda do vestido, e ele parou no meio de uma frase para se inclinar e cochichar em meu ouvido:

— Gostaria de poder ficar mais.

LUX 2 ÔNIX

Virei a cabeça e sorri.

— Eu também.

A mão deslizou por minhas costas, contornando minha cintura. Gostei da sensação — qualquer que fosse ela. Parecia natural estar perto de um garoto, flertar e me divertir. Beijar. Parecia *fácil*. Permanecemos assim mesmo depois que Carissa se afastou, até que chegou a hora de ele ir.

Acompanhei-o até a porta, seu braço ainda envolvendo minha cintura.

— Ainda está disposta a ir jantar comigo? — perguntou ele.

— Pode apostar. Na verdade… — Eu estava de costas para a escada, mas pude senti-lo no instante em que *ele* desceu. O ar mudou, ficando mais quente e pesado. Lá estava o familiar arrepio na nuca.

Blake franziu o cenho.

— Na verdade… o quê?

Meu coração acelerou.

— Estou… estou ansiosa por isso.

Ele começou a abrir um sorriso, mas então ergueu os olhos. Ao vê--lo arregalá-los ligeiramente, soube que Daemon estava ali. Não queria me virar, mas seria grosseria.

Foi como ser atingida por um raio. Odiava esse efeito que ele provocava em mim, que ao mesmo tempo me excitava. Nada era *fácil* em relação ao Daemon.

Ele estava vestido de maneira simples em comparação com o restante dos convidados, mas ainda assim era mais gato do que qualquer outro garoto na sala. Usava uma calça jeans velha e desbotada e uma camiseta com o nome de alguma banda há tempos esquecida. Como quem não quer nada, prendeu uma mecha de cabelo atrás da orelha esquerda e abriu um sorriso lupino diante de algum comentário. Aqueles olhos magnéticos cintilaram sob a cálida luz das velas. Era a primeira vez que eu o via fora da escola com pessoas que não da sua própria família ou um ou dois amigos.

Daemon tinha esse efeito nas pessoas, qualquer que fosse o sexo. Era óbvio que elas queriam ficar perto dele, mas, ao mesmo tempo, pareciam ter medo de se aproximar demais. Ele as atraía, como a mim, quer elas gostassem ou não. As pessoas se aproximavam e paravam a alguns passos de distância. Contudo, o tempo todo seus olhos permaneceram fixos em mim.

Por um segundo, esqueci completamente o garoto com a mão em minha cintura.

Daemon parou na nossa frente.

— Oi...

Blake me apertou e correu os olhos em volta.

— Acho que não fomos devidamente apresentados na outra noite. Meu nome é Blake Saunders. — Estendeu a mão livre.

Daemon olhou para a mão estendida antes de voltar a atenção novamente para mim.

— Eu sei quem você é.

Ó céus. Virei-me para Blake.

— E este é Daemon Black.

O sorriso titubeou.

— É, eu também já sabia.

Rindo por entre os dentes, Daemon se empertigou. Ele era uma boa cabeça mais alto do que Blake.

— É sempre bom conhecer outro fã.

Blake não soube o que responder. Sacudiu a cabeça de leve e se virou para mim.

— Bom, preciso ir.

Sorri.

— Sem problema. Obrigada... por tudo.

Ele abriu um pequeno sorriso e me deu um rápido abraço. Ciente do olhar penetrante do Daemon, apoiei as mãos nas costas dele e lhe dei um beijo no rosto.

Meu vizinho pigarreou.

Blake riu baixinho em meu ouvido.

— Eu te ligo. Comporte-se.

— Sempre — respondi, soltando-o.

Com uma última risadinha na direção do Daemon, Blake foi embora. Precisava reconhecer, o garoto não perdera a pose — não muito — na frente do outro.

Encarando meu vizinho, franzi o cenho e comecei a brincar com a obsidiana do colar.

— Você sabe que não conseguiria ter sido mais cretino se tentasse.

LUX ② ÔNIX

Ele arqueou uma sobrancelha.

— Achei que tivesse te dito para não sair com ele.

— E eu achei que tivesse te explicado que não obedeço suas ordens.

— Achou? — Seu olhar recaiu na obsidiana e, em seguida, ele abaixou a cabeça. — Você está muito bonita hoje, gatinha.

Senti um buraco no estômago. Ignore, ignore.

— Acho que Dee teve um trabalhão, mas a decoração da casa ficou fantástica.

— Não deixe que ela te faça acreditar que fez tudo sozinha. Dee me recrutou assim que cheguei em casa.

— Ah! — Surpreendente. Não conseguia imaginar Daemon pendurando lanternas de papel sem atear fogo nelas e lançá-las longe. — Vocês dois fizeram um ótimo trabalho.

Ele baixou os olhos novamente, fazendo-me estremecer sob seu intenso escrutínio. Ai meu pai, por que o Blake tinha que ter ido embora cedo e me deixado sozinha com o Daemon?

— Onde você arrumou este vestido? — perguntou ele.

— Com a sua irmã — respondi, curta e grossa.

Ele franziu o cenho, parecendo meio enojado.

— Não sei o que dizer diante disso.

— Diante do quê, baby?

Daemon enrijeceu. Desviei os olhos dele e me deparei com Ash. Ela me encarou com um sorriso doce e passou um braço esguio em volta da cintura estreita do Daemon. Em seguida, aconchegou-se a ele como se estivesse bastante familiarizada com as linhas de seu corpo. E estava. Eles tinham namorado por um tempo.

Ah, fantástico. Ele acabara de olhar feio para o Blake e agora a Ash se grudava nele como uma sanguessuga. Ó céus, eu *não* estava gostando nada disso. Que puta ironia!

— Belo vestido. É da Dee, certo? — perguntou Ash. — Se não me engano, estávamos juntas quando ela comprou, mas nela ele fica mais soltinho.

Ai, bela alfinetada. Uma sensação indescritível começou a subir pela minha espinha enquanto ela permanecia ali em um vestidinho colado ao corpo que terminava um centímetro abaixo da bunda.

— Acho que você esqueceu a calça ou a parte de baixo do vestido.

Ash abriu um sorrisinho presunçoso e voltou a atenção para o Daemon.

— Baby, você saiu tão rápido. Procurei por você o segundo andar inteiro. Por que a gente não volta para o seu quarto e termina o que começamos?

O "soco no estômago" quase me fez dobrar ao meio. Não fazia ideia de onde tinha vindo isso nem por que me sentia assim. Não fazia sentido. Eu não gostava do Daemon — *não gostava*. No que me dizia respeito, ele podia sair com o papa. Além do mais, eu acabara de beijar o Blake. Mas a raiva estava lá, disparando por minhas veias.

Daemon desvencilhou-se da Ash enquanto fingia coçar um ponto acima do coração. Ao vê-lo me fitar, ergui as sobrancelhas em expectativa. Ele queria ficar comigo? Era o que parecia... no intervalo do que quer que estivesse fazendo com a Ash.

Virei-me de costas antes que dissesse alguma coisa de que fosse me arrepender depois. A risada esganiçada da Dee acompanhou meus passos. Daemon falou algo, que se perdeu em meio ao burburinho da sala. Precisando de ar e de distância, saí para a varanda.

Não conseguia entender o que estava acontecendo. Eu não podia estar com ciúmes. Definitivamente *não*. Além do mais, eu tinha um encontro marcado com um garoto bastante gato e normal. De forma alguma eu me importava com que o Daemon e a Ash estavam fazendo.

Desci os degraus e, então, saquei. Ai meu Deus, eu me importava *sim*. Ligava — *ligava* para o fato de ele estar no quarto com a Ash fazendo... não conseguia sequer pensar nisso sem ter vontade de provocar algum dano físico. Minha cabeça girou. Fiquei sem ar ao imaginar os dois se beijando. O que havia de errado comigo?

Tonta, comecei a andar. Em determinado momento, tirei as sandálias de salto alto e as joguei de lado. Continuei caminhando, os pés descalços pisando na grama fria e no cascalho. Não parei até alcançar a lateral da casa vazia no fim da rua. Inspirando várias vezes o ar fresco e límpido, tentei controlar o turbilhão de emoções. Parte de mim sabia que o que eu estava sentindo era ridículo, mas ainda assim era como se o mundo tivesse parado de girar. Sentia como se tudo estivesse quente e frio ao mesmo tempo, e quis explodir.

LUX ❷ ÔNIX

Minha respiração estremeceu dentro do peito. Apertei os olhos e soltei um palavrão. O que eu estava sentindo era errado. A última vez em que fora acometida por uma crise de ciúmes tinha sido durante uma conferência de livros no ano passado a que vários blogueiros haviam comparecido, mas que minha mãe não me deixara ir. Diabos, isso era pior. Senti vontade de gritar. De voltar correndo e arrancar cada fio de cabelo da Ash. Um ciúme que eu não tinha o menor direito de sentir corria por minhas veias, embotando qualquer pensamento racional que tentasse me dizer que eu estava sendo estúpida. Meu sangue fervia. Minhas palmas estavam suadas, frias e pegajosas. Meu corpo inteiro tremia.

Permaneci ali, perdida em um turbilhão de emoções e pensamentos assassinos até escutar um som de passos esmagando a grama. Assim que a figura saiu do meio das sombras, um raio de luar incidiu sobre um relógio azul e dourado.

Simon.

Meu estômago foi parar nos pés. Que diabos ele estava fazendo ali? Será que Dee o convidara? Eu não tinha contado a ela o que acontecera entre nós, mas sem dúvida minha amiga ouvira os rumores.

— Katy, é você? — Ele se aproximou cambaleando e se recostou na parede da casa. Sob a luz do luar, percebi que um dos olhos estava fechado de tão inchado e com um feioso tom violeta. Outros hematomas salpicavam seu maxilar. Um dos lábios estava rachado.

Meu queixo caiu.

— O que aconteceu com o seu rosto?

Simon levou um cantil aos lábios.

— Seu namorado.

— Quem?

Ele tomou um gole e se encolheu.

— Daemon Black.

— Ele não é meu namorado.

— Tanto faz. — Simon se aproximou. — Vim aqui para falar... com você. Você tem que fazê-lo parar com isso.

Arregalei os olhos. Quando Daemon me dissera que ia cuidar do problema, não estava brincando. Parte de mim se sentiu mal pelo Simon, mas essa parte foi ofuscada pelo fato de que ele e os amigos tinham espalhado para a escola inteira que eu era uma vagabunda.

—Você precisa dizer a ele que eu não fiz nada naquela noite. Sinto... sinto muito. — Deu outro passo à frente e deixou cair o cantil. Jesus, ele devia estar se borrando de medo do Daemon. — Tem que dizer a ele que eu já acertei tudo com os caras.

Dei um passo para trás ao sentir o hálito de álcool misturado com desespero.

— Simon, acho melhor você se sentar, porque...

—Você tem que dizer a ele. — Agarrou meu braço com seus dedos grossos e úmidos. — As pessoas estão começando a comentar. Não posso... deixar que alguém fale esse tipo de merda a meu respeito. Diz isso a ele ou então...

Os pelos da minha nuca se eriçaram. Uma fúria indescritível atravessou meu corpo como uma bala. Eu não seria intimidada nem ameaçada. Nem por Simon nem por ninguém.

— Ou então o quê?

— Meu pai é advogado. — Simon cambaleou e sua mão apertou meu braço ainda mais. — Ele vai...

Algumas coisinhas aconteceram em seguida.

Simon se aproximou demais, e meu coração acelerou. Escutei um estalo horrível e ensurdecedor. Quatro das cinco janelas mais próximas chacoalharam. Uma rachadura grande e irregular surgiu no meio de cada uma delas, seguida por outras menores que irradiaram do ponto central até que as janelas inteiras estremeceram sob aquela força invisível e explodiram numa chuva de cacos de vidro sobre as nossas cabeças.

[9]

Simon soltou um grito e deu um pulo para se afastar da chuva de vidro.

— Que diabos foi isso?

Permaneci imóvel, absolutamente horrorizada.

Ele brandiu os braços e alguns cacos se desprenderam de sua roupa. Pequeninos pedaços cintilavam em meu cabelo, alguns soltos por cima e outros emaranhados entre as ondas. Sentia como se alguém tivesse beliscado meu braço, e soube que o vestido da Dee estava rasgado. Outra janela estremeceu. Eu não sabia como controlar aquilo. A vidraça tremeu violentamente. De repente, escutei outro estalo alto.

Recuando, Simon olhou de relance para as janelas e, em seguida, voltou o olhar para mim. Seus olhos estavam vidrados e arregalados.

—Você...

Eu não conseguia respirar. Um leve brilho branco-avermelhado nublava minha visão. A janela restante no segundo andar vibrou.

Pálido, ele tropeçou nos próprios pés e caiu no chão.

—Você... você está brilhando. Sua... sua aberração!

Eu estava brilhando?

— Não! Não sou eu. Não sei o que está acontecendo, mas não sou eu!

Simon se levantou e eu dei um passo em direção a ele. Meu colega ergueu a mão e balbuciou:

— Fique longe de mim! Apenas fique longe.

Incapaz de fazer qualquer coisa, observei-o se afastar cambaleando. A porta de um carro se abriu e o motor ligou com um rugido. Uma parte distante do meu cérebro me disse que eu deveria impedi-lo, pois ele estava obviamente bêbado demais para dirigir.

Mas, então, a janela do segundo andar explodiu.

Retraindo-me, cobri o rosto para me proteger da nova chuva de cacos de vidro, que salpicou tanto em mim quanto no chão ao meu redor. Com a respiração me rasgando por dentro, observei os últimos pedaços de vidro aterrissarem no solo. Continuei ali, mortificada e assustada pelo que havia feito. Não só eu havia exposto meus poderes absurdos novamente como quase transformara Simon numa almofadinha de alfinetes. Cara, eu estava ferrada.

Vários minutos se passaram antes que eu conseguisse me recobrar e abrir caminho pela piscina de cacos de vidro. Segui em direção à densa linha de árvores. Uma fina camada de suor frio cobria minha testa e um resquício de medo continuava embrulhando meu estômago. O que eu tinha feito? Quando minha casa finalmente surgiu em meu campo de visão, senti o familiar arrepio quente na nuca. Escutei um som de galhos e folhas sendo pisoteados e me virei.

Daemon diminuiu os passos quando me viu. Afastou um galho baixo ao se aproximar.

— O que você está fazendo aqui fora, Kat?

Permaneci alguns instantes em silêncio até que consegui dizer:

— Acabei de explodir um bando de janelas.

— O quê? — Ele se aproximou ainda mais, arregalando os olhos. — Você está sangrando. O que aconteceu? — Fez uma pausa. — Onde estão suas sandálias?

Olhei para meus pés descalços.

— Eu as tirei.

Num piscar de olhos, Daemon estava ao meu lado, limpando os cacos de vidro grudados em mim.

— Kat, o que aconteceu?

LUX · ÔNIX

Ergui a cabeça e inspirei fundo. O pânico esmagava meu peito.

— Eu estava andando e topei com o Simon...

— Foi ele quem fez isso? — Sua voz soou tão baixa que me provocou uma série de calafrios.

— Não. Não! Eu simplesmente topei com ele. Simon estava chateado por sua causa. — Fiz uma pausa, meus olhos perscrutando os dele. — Ele disse que você lhe deu uma surra.

— Dei mesmo. — Não havia o menor traço de arrependimento em sua voz.

— Daemon, você não pode bater em alguém só porque o sujeito andou falando mal de mim.

— Na verdade, posso sim. — Uma das mãos se crispou ao lado do corpo. — Ele mereceu. Não vou mentir. Fiz isso por causa das coisas que ele andou falando. Um bando de mentiras.

Eu não fazia ideia do que dizer. Ah. Eu. Sem palavras.

— Ele sabe o que fez... o que tentou fazer... e jogar a culpa em você? — Os olhos dele se fixaram nas sombras entre as árvores. — Não vou deixar um humano imbecil falar de você desse jeito, especialmente *ele* ou os amigos.

— Uau — murmurei, piscando rapidamente. Às vezes esquecia o quanto Daemon podia ser protetor... ou absolutamente assustador. — Acho que eu não deveria te agradecer, porque isso me parece errado, mas de qualquer forma obrigada.

— Bom, isso não é importante. O que aconteceu?

Inspirei fundo algumas vezes e deixei as palavras saírem numa enxurrada. Ao terminar, Daemon passou um braço em volta de mim e me apertou de encontro ao peito. Sem resistir, pressionei meu rosto em seu tórax e o envolvi pela cintura, sentindo-me mais segura em seus braços do que em qualquer outro lugar do mundo. Não podia culpar a conexão por isso. Mesmo antes de estarmos conectados, seus braços sempre tinham sido uma espécie de santuário.

— Sei que você não fez de propósito, gatinha. — Uma das mãos começou a traçar um círculo em minhas costas de maneira tranquilizadora. — Simon estava bêbado, portanto há uma boa chance dele não se lembrar de nada. Mas, se por acaso se lembrar, ninguém irá acreditar nele.

Uma fagulha de esperança brotou dentro de mim.

— Acha mesmo?

— Acho. As pessoas vão presumir que ele está maluco. — Ele se afastou e abaixou a cabeça, de modo que nossos olhos ficaram nivelados. — Ninguém irá acreditar nele, certo? E se ele começar a falar, eu...

— Você não vai fazer nada. — Desviei os olhos e inspirei fundo novamente. — Acho que você já deixou o garoto apavorado o suficiente.

— Pelo visto, não — murmurou ele. — O que você estava fazendo lá? Você estava chateada. Por quê?

Ao sentir um calor aflorar em minhas bochechas, tomei o caminho de casa.

Daemon soltou um longo e sofrido suspiro. Num piscar de olhos, estava ao meu lado.

— Kat, fala comigo.

— Posso voltar para casa sem a sua ajuda, muito obrigada.

Ele afastou um galho do caminho para que eu pudesse passar.

— Espero que sim. Ela *está* logo ali.

— Você não devia estar com a Ash?

Ele me fitou como se, de repente, eu tivesse duas cabeças. Reconheci meu erro imediatamente.

— Então esse é o problema?

— Não. Eu não tenho nada a ver com você... ou com ela.

— Você está com ciúmes — observou Daemon de modo presunçoso.

— Vou ganhar nossa aposta.

Continuei avançando a passos duros.

— Eu? Ciúmes? Você está louco. Não fui eu quem tentou assustar o Blake.

Ele agarrou meu braço e me deteve assim que a varanda surgiu em meu campo de visão.

— Quem se importa com o Ben?

— Blake — corrigi.

— Tanto faz. Achei que você não gostasse de mim.

Crispei a mão em pleno ar. Não havia como me desvencilhar do aperto dele.

— Tem razão. Eu não gosto de você.

Um lampejo de raiva cintilou em seus olhos.

—Você está mentindo... bochechas coradas e tudo o mais.

Isso desencadeou o pior tipo possível de diarreia verbal.

— Faz poucos dias que você me beijou, e agora está se *divertindo* com a Ash? É isso o que você costuma fazer? Pular de uma garota para outra?

— Não. — Ele soltou meu braço. — Não é o que eu costumo fazer. *Não faço* esse tipo de coisa.

— Bom, odeio ser eu a te dar a notícia, mas você está fazendo. — Eu também. Onde eu estava com a cabeça? Não tinha o direito de estar com raiva dele quando eu havia feito a mesma coisa, mas estava. Isso era ridículo. — Deus do céu, estou parecendo uma garotinha histérica. Esqueça o que eu disse. Você pode fazer o que bem quiser e eu não tenho o direito...

Daemon soltou um palavrão.

—Você não faz ideia do que estava rolando entre mim e a Ash. Estávamos apenas conversando. Ela resolveu implicar com você, Kat.

— Dane-se. —Virei-me de costas e recomecei a andar. — Não estou com ciúmes. Não dou a mínima se você e a Ash decidirem fazer bebezinhos alienígenas. Não ligo. E, honestamente, se não fosse por essa estúpida conexão, você sequer teria gostado de me beijar. Provavelmente não gosta.

De repente, ele estava diante de mim. De maneira involuntária, dei um passo para trás.

—Você acha que eu não gostei de te beijar? Que desde então não paro de pensar nisso? E sei que você também pensa. Admita.

Uma sensação de enjoo se alojou no fundo do meu estômago.

— Que diferença isso faz?

— Pensa ou não pensa?

—Ah, pelo amor de Deus, sim, eu penso! Quer que eu anote? Que te mande um e-mail ou uma carta? Isso irá te fazer sentir melhor?

Daemon arqueou uma sobrancelha.

— Não precisa ser sarcástica.

— E você não precisa estar aqui. Ash está te esperando.

Ele inclinou a cabeça, exasperado.

—Você realmente acha que eu quero ficar com ela?

— Hum, acho, sim.

— Kat. — Fez que não, a voz confirmando a suave negação.

— Não importa. — Inspirei fundo de novo. — Podemos esquecer que isso aconteceu? Por favor?

Ele correu um dedo pela sobrancelha.

— Não posso esquecer, nem você.

Frustrada, girei nos calcanhares e segui para casa. Meio que esperava que ele me impedisse, mas após alguns passos percebi que não. Precisei lutar contra a vontade de me virar e checar se ele ainda estava ali. Já bancara a idiota o suficiente por uma noite. Quase tivera uma síncope ao vê-lo com a Ash, saíra fumegando da festa e praticamente decapitara o Simon. Tudo isso antes da meia-noite.

Fantástico.

[10]

Fazer 18 anos não foi tão empolgante quanto eu imaginava que seria quando era criança, embora algumas coisas bem legais tenham ocorrido. Consegui passar a maior parte do dia sem me preocupar com os acontecimentos da véspera. Blake me ligou para bater um papo e ganhei um laptop novinho em folha com todos os programas já instalados.

Antes de mais nada, entrei no blog, escrevi rápido um texto que começava com "Voltei!" e postei. Uma parte importantíssima do que faltava em minha vida havia retornado. Mas mamãe precisou me arrancar do novo computador antes do esperado e acabei passando o resto do dia percorrendo uma grande distância com ela para encontrar Will no Olive Garden mais próximo.

Ele fazia o tipo delicado e sentimental.

Não sabia ao certo o que pensar. Will ficou de mãos dadas com minha mãe durante todo o jantar. Muito fofo e, para completar, ele era bonito e charmoso, mas era estranho vê-la com outro homem. Mais estranho do que eu imaginava que seria. De qualquer forma, ganhei dele um vale-presente para a livraria local. Pontos extras por isso.

O tradicional bolo de sorvete foi diferente este ano. Will se juntou a nós em casa para cortá-lo.

JENNIFER L. ARMENTROUT

— Uma dica — disse ele, tirando a faca da mão da minha mãe. — Se você molhar a lâmina com água quente, fica mais fácil de cortar.

Mamãe abriu um sorriso como se ele tivesse acabado de descobrir a cura do câncer. Eles conversaram um pouco enquanto eu me sentava à mesa, tentando não revirar os olhos.

Ele colocou uma fatia diante de mim.

— Obrigada — agradeci.

Will sorriu.

— Não tem de quê. Fico feliz que você tenha se recuperado totalmente da gripe. Ninguém gosta de passar o aniversário doente.

— É verdade — concordou minha mãe.

Ela não tirou os olhos dele até a hora de se aprontar para o plantão em Winchester. Will continuou na cozinha comigo, terminando de comer o bolo enquanto o silêncio entre nós tornava-se epicamente constrangedor.

— Está gostando do aniversário? — perguntou ele, balançando o garfo entre os dedos compridos.

Engoli o último pedaço do miolo crocante, que era a única parte do bolo que eu comia.

— Estou, foi muito legal.

Ele pegou o copo e o inclinou em minha direção.

— Bem, vamos fazer um brinde para que tenhamos muitos outros no futuro — sugeriu. Peguei meu copo e bati no dele. Will sorriu, fazendo a pele em volta dos olhos enrugar. — Quero estar aqui para compartilhá-los com você e sua mãe.

Insegura sobre como me sentia a respeito do fato de imaginá-lo conosco dali a um ano, botei meu copo na mesa e mordi o lábio. Parte de mim desejava ficar feliz pela mamãe, mas outra parte sentia como se estivesse traindo meu pai.

Ele pigarreou para limpar a garganta e inclinou a cabeça de lado enquanto me observava. Um brilho de divertimento cintilou em seus olhos claros, quase do mesmo tom de cinza que os meus.

— Sei que você não deve ter gostado muito de ouvir isso. Kellie me contou que você e seu pai eram muito próximos. Posso entender sua relutância em me ter por perto.

LUX 2 ÔNIX

— Não estou refutando a ideia — respondi honestamente. — Só que é diferente.

— Diferente não significa ruim. Mudanças também não. — Ele tomou um gole e olhou de relance para a porta. — Sua mãe é uma grande mulher. Percebi isso desde o momento em que ela começou a trabalhar no hospital, mas foi na noite em que você foi atacada que as coisas passaram de um simples relacionamento profissional para algo mais. Fico feliz por ter estado lá para apoiá-la. — Fez uma pausa, o sorriso se ampliando. — Estranho como algo horrível pode trazer coisas boas.

Franzi o cenho.

— É... estranho mesmo.

O sorriso tornou-se quase condescendente. Mamãe retornou, botando um ponto final em sua tentativa estranhíssima de tentar criar um laço comigo... ou de marcar o território. Will ficou conosco até o último momento, roubando todo o tempo de que ela dispunha. Fui até a janela e observei-os trocarem um beijo antes que cada um entrasse em seu respectivo carro. Nojento.

Enquanto o sol se punha, redigi uma rápida resenha para postar na segunda e outra maior para terça. A maior foi porque eu não conseguia parar de escrever. Acho que tinha arrumado um novo namorado literário e seu nome era Tod. Maravilindo.

Liguei a TV e escolhi um daqueles canais normalmente irritantes que só tocavam música com a tela preta. Após botar num que oferecia os sucessos da década de 1980, aumentei o volume o suficiente para que não conseguisse escutar meus próprios pensamentos. Havia roupa para lavar e uma cozinha para limpar. Já era tarde para arrancar as plantas mortas do canteiro. Jardinagem era algo que sempre me ajudava a clarear a mente, mas o outono e o inverno eram uma merda para isso. Vesti um short de baby-doll confortável com uma camiseta térmica de mangas longas e meias com estampa de renas que vinham até os joelhos.

Fiquei parecendo uma maluca bonitinha.

Correndo pela casa, ou melhor, deslizando pelo piso de madeira, reuni todas as roupas e as joguei na lavadora. Comecei a acompanhar uma das músicas. *"In touch with the ground. I'm on the hunt. I'm after you."*

Saí da lavanderia e atravessei dançando o corredor, balançando os braços acima da cabeça como um daqueles bonecos rosa e peludos do filme

Labirinto, A Magia do tempo. "*A scent and a sound, I'm lost and I'm found. And I'm hungry like the wolf. Something on a line, it's discord and rhyme* — sei lá o quê — *Mouth is alive, all running inside, and I'm hungry like the...*" Um arrepio quente subiu por minha nuca.

— Na verdade é "*I howl and I whine. I'm after you*", e não sei lá o quê.

Surpreendida pela voz grave, soltei um gritinho e girei nos calcanhares. Meus pés escorregaram num trecho bem polido da madeira e caí de bunda no chão.

— Puta merda — ofeguei, levando a mão ao peito. — Acho que estou tendo um ataque cardíaco.

— E eu acho que você quebrou o traseiro. — A voz do Daemon traiu o riso.

Permaneci esparramada no corredor estreito, tentando recuperar o fôlego.

— Que diabos? Você simplesmente vai entrando na casa das pessoas?

— Para escutar uma garota destruir totalmente uma música em questão de segundos? Bom, sim, tenho o hábito de fazer isso. Na verdade, bati diversas vezes, mas te escutei... *cantando*, e a porta estava destrancada. — Deu de ombros. — Portanto, entrei.

— Posso ver. — Encolhi-me ao me levantar. — Ai, talvez eu tenha realmente quebrado o traseiro.

— Espero que não. Tenho uma quedinha especial pelo seu traseiro. — Abriu um sorriso. — Seu rosto está vermelho feito um pimentão. Tem certeza que não bateu de cara no chão?

Gemi.

— Odeio você.

— Odeia nada. — Seu olhar me percorreu de cima a baixo. Arqueou as sobrancelhas. — Belas meias.

Esfreguei as costas.

— Quer alguma coisa?

Ele se recostou na parede e meteu as mãos nos bolsos da calça jeans.

— Não, não quero nada.

— Então por que invadiu a minha casa?

Daemon deu de ombros novamente.

LUX ❖ 2 ❖ ÔNIX

— Eu não invadi. A porta estava destrancada e eu escutei a música. Imaginei que estivesse sozinha. Por que você está botando roupa para lavar e cantando músicas dos anos 80 no dia do seu aniversário?

A surpresa me atingiu como uma pancada na cabeça.

— Como... como você sabe que hoje é o meu aniversário? Eu sequer contei pra Dee.

Daemon me fitou com uma expressão presunçosa demais para seu próprio bem... ou para o meu.

— Lembra a noite em que você foi atacada diante da biblioteca e eu te levei para o hospital? Escutei quando você passou para eles seus dados pessoais.

— Não diga — retruquei, encarando-o. — E você se lembrou?

— Claro. De qualquer forma, por que você está arrumando a casa no dia do seu aniversário?

Não conseguia acreditar que ele tinha se lembrado.

— Eu sou chata assim mesmo.

— Isso é realmente muito chato. Ah, escuta! — Os olhos reluzentes se voltaram para a sala. — Está tocando "Eye of the Tiger". Você não quer acompanhar essa? Quem sabe subir e descer correndo a escada dando socos no ar?

— Daemon. — Passei por ele com cuidado e segui até a sala. Chegando lá, peguei o controle remoto e abaixei o volume. — Falando sério, o que você quer?

Ele estava bem atrás de mim, forçando-me a me afastar um passo. Ficar perto dele daquele jeito provocava coisas estranhas e engraçadas em mim. Nada bom.

— Vim me desculpar.

— O quê? — Fiquei chocada, estarrecida para valer. — Você vai me pedir desculpas de novo? Não sei nem o que dizer. Uau.

Daemon franziu o cenho.

— Sei que deve ser uma surpresa para você o fato de eu ter sentimentos e, de vez em quando, me sentir mal por coisas que eu talvez tenha... provocado.

— Espera um pouco. Preciso gravar isso. Deixa eu pegar meu telefone. — Virei-me de costas e corri os olhos pela sala em busca daquele pequeno objeto brilhante e basicamente inútil que nunca pegava direito dentro de casa.

— Kat, você não está ajudando. Estou falando sério. Isso é... difícil pra mim.

Revirei os olhos. Claro que pedir desculpas devia ser difícil para ele.

— Tudo bem. Sinto muito. Quer se sentar? Que tal um pedaço de bolo? Talvez uma fatia melhore seu humor um pouco.

— Nada pode melhorar meu humor. Sou frio como gelo.

— Muito engraçadinho. É um bolo de sorvete com um delicioso biscoito crocante no meio, que tal?

— Certo, isso talvez funcione. O miolo crocante é minha parte predileta.

Lutei contra o sorriso que repuxou meus lábios.

— Então vem.

Seguimos para a cozinha num silêncio constrangedor. Peguei um elástico na bancada e prendi o cabelo.

— Me diz o tamanho da fatia que você quer — disse, tirando o bolo do congelador.

— Que tamanho você estaria disposta a me oferecer?

— O quanto você quiser. — Peguei uma faca na gaveta e medi uma fatia que considerei grossa o bastante para ele.

— Maior. — Daemon olhava por cima do meu ombro.

Afastei a faca um pouco.

— Maior.

Revirei os olhos e aumentei a espessura mais uns dois centímetros.

— Perfeito.

A faca se recusou a cooperar enquanto eu tentava cortar metade do bolo. Consegui fincá-la um tiquinho, mas ela, então, travou.

— Odeio cortar essas porcarias.

— Deixa comigo. — Ele estendeu o braço e nossas mãos se roçaram ao tirar a faca de mim. Uma corrente de eletricidade disparou por minha pele. — Você precisa molhar a lâmina com água quente. Aí fica fácil de cortar.

Dei um passo para o lado e o deixei assumir a tarefa. Ele fez a mesma coisa que Will tinha feito mais cedo, e a faca fatiou o bolo de uma vez só.

LUX · ÔNIX

A camisa de botão que Daemon usava repuxou nos ombros quando ele se debruçou e correu a faca sob a água quente de novo para cortar uma fatia menor.

— Viu? Perfeito — comentou ele.

Mordendo o lábio, peguei dois pratos limpos e os coloquei sobre a bancada.

— Quer beber alguma coisa?

— Se você tiver, leite é sempre legal.

Peguei o leite e o servi em dois copos altos. Em seguida, catei os talheres e apontei para a sala de estar.

— Não quer comer aqui?

— Não. Não gosto de comer sentada à mesa. É formal demais.

Daemon deu de ombros e me seguiu até a sala. Sentei numa das extremidades do sofá e ele na outra. Enfiei o garfo no bolo, mas sem a menor vontade de comer. Meu estômago estava embrulhado.

Ele pigarreou para limpar a garganta.

— Belas rosas. Foi o Brad quem te deu?

— Blake. — Eu não havia pensado nele nem um segundo desde que o Daemon aparecera no corredor. — Foi. Elas são realmente bonitas, não são?

— Ã-hã — grunhiu meu vizinho. — Por que você está sozinha hoje? É seu aniversário.

Franzi o cenho diante da lembrança.

— Minha mãe teve que ir trabalhar e eu não estava com vontade de fazer nada. — Cutuquei o bolo de novo. — Não é tão ruim quanto parece. Já passei muitas noites sozinha.

— Acho que você preferiria que eu não tivesse aparecido, certo?

Erguendo os olhos, observei-o separar o sorvete da parte crocante e comer uma garfada da última.

— Eu realmente vim aqui para pedir desculpas por ontem à noite.

Botei o prato de lado e puxei as pernas, enfiando-as debaixo do corpo.

— Daemon...

— Espera um pouco. — Ele levantou o garfo. — Tudo bem?

Assenti e me recostei.

Daemon olhou de relance para o próprio prato e trincou o maxilar.

— Não aconteceu nada entre mim e a Ash ontem à noite. Ela só estava… implicando com você. Sei que é difícil de acreditar, mas sinto muito se isso… te magoou. — Inspirou fundo. — Ao contrário do que você pensa, não pulo de garota para garota. Gosto de você, de modo que jamais me relacionaria com a Ash. Não fiz nada. Eu e ela não fazemos nada há *meses*, desde muito antes de você aparecer.

Senti um tremelique peculiar no peito. Nunca na minha vida tivera tanta dificuldade em compreender a mim mesma do que tinha quando se tratava do Daemon. Eu entendia os livros. Mas não entendia os garotos — principalmente os garotos alienígenas.

— As coisas entre nós são complicadas. Ash e eu nos conhecemos desde que chegamos aqui. Todos esperam que fiquemos juntos. Especialmente os antigos, uma vez que já alcançamos a "maioridade". É hora de começar a fazer bebês. — Ele estremeceu.

Então era oficial. Escutar isso pela segunda vez era ainda pior.

— A própria Ash espera que fiquemos juntos — continuou Daemon, espetando o bolo. — E essa história toda? Sei que ela está magoada. Nunca quis que isso acontecesse. — Fez uma pausa, procurando pelas palavras certas. — Também nunca quis magoar *você*. E acabei fazendo isso com as duas.

Duas manchas avermelhadas afloraram no rosto dele. Corri uma das mãos pela perna e desviei os olhos. Não queria que Daemon percebesse que eu o vira corar.

— Não posso ficar com ela do jeito que ela quer… que *merece*. — Fez outra pausa e expirou com força. — De qualquer forma, queria pedir desculpas por ontem à noite.

— Eu também. — Mordi o lábio. — Não devia ter descontado minha raiva em você. Acho que a história das janelas me apavorou.

— O que você fez ontem com as janelas… Bom, foi uma tremenda demonstração de poder, e um poder que você não consegue controlar. — Ele me fitou de esguelha, os olhos semicerrados. — Estive pensando nisso. Também andei pensando no Dawson e na Bethany. Na noite em que eles voltaram da caminhada, ele chegou coberto de sangue. Acho que ela deve ter se ferido.

— E ele a curou?

LUX 2 ÔNIX

— É. Mas não sei nada além disso. Eles... eles morreram uns dois dias depois. Acho que é como duas partículas divididas, separadas porém iguais. Isso explica como podemos sentir um ao outro. — Deu de ombros. — Não sei. É só uma teoria.

— Você acha que isso que está acontecendo comigo vai parar?

Daemon terminou o bolo e botou o prato sobre a mesinha de centro.

— Talvez tenhamos sorte. Esses seus novos poderes podem desaparecer com o tempo, mas você precisa tomar cuidado. Sem pressão, só que isso é uma ameaça para todos nós. Não estou tentando ser... cruel. Apenas é a verdade.

— Eu entendo. Posso acabar expondo todos vocês. Já quase fiz isso algumas vezes.

Ele se recostou no sofá de um jeito displicente e arrogante que fez meus dedos dos pés se encolherem.

— Estou sondando para ver se descubro mais alguma coisa sobre isso. Mas preciso ser cauteloso. Perguntas demais podem vir a levantar suspeitas.

Levei uma das mãos ao colar ao mesmo tempo que Daemon se virava para a televisão e sorria. Uma banda dos anos 80 tocava uma música sobre um amor perdido e resgatado, apenas para ser perdido novamente.

— Depois de te ver dançar, eu diria que você se sentiria em casa nos anos 80.

Revirei os olhos.

— Podemos não falar sobre isso?

Ele deu uma risadinha e se virou para mim com uma expressão debochada.

— Você estava quase dançando como uma egípcia.

— Babaca.

Daemon riu.

— Sabia que eu costumava usar um moicano roxo?

— Como? — Ri, incapaz de imaginá-lo com um corte daqueles, principalmente naquelas bandas. — Quando?

— Isso mesmo, roxo e preto. Antes de nos mudarmos para cá. Vivíamos em Nova York. Foi só uma fase. Eu tinha piercing no nariz e o look todo — confessou, rindo.

Caí na gargalhada e Daemon jogou uma almofada em mim. Peguei-a e a acomodei no colo.

— Quer dizer que você fazia o estilo skatista?

— Mais ou menos. Matthew vivia com a gente. Ele era uma espécie de guardião. Só que não tinha a menor ideia de como lidar comigo.

— Mas Matthew… ele não é tão velho assim.

— Ele é mais velho do que parece. Matthew tem uns 38.

— Uau. Ele está envelhecendo bem.

Daemon concordou com um menear de cabeça.

— Ele chegou ao mesmo tempo que a gente, e na mesma área. Imagino que, por ser o mais velho, achou que era responsável por nós.

— Onde vocês…? — Como diabos eu diria isso? Sem conseguir pensar em nada, encolhi-me. — Onde vocês pousaram?

Ele estendeu o braço e pescou uma linha solta da minha camiseta térmica.

— Perto de Skaros.

— Skaros? — Enruguei o rosto. — Hum, esse lugar fica na Terra?

— Fica. — Daemon abriu um leve sorriso. — Na verdade é uma pequena ilha próxima da Grécia. É conhecida por ser um terreno rochoso onde antigamente costumava haver um castelo. Gostaria de voltar lá um dia. É como se fosse nosso local de nascimento.

— Quantos de vocês pousaram lá?

— Umas duas dúzias, ou pelo menos foi isso que Matthew nos contou. Não me lembro de nada desse comecinho. — Seus lábios se repuxaram. — Ficamos na Grécia até uns cinco anos de idade, e então viemos para a América. Éramos mais ou menos uns vinte e, assim que chegamos, o DOD estava à nossa espera.

Não conseguia imaginar como isso devia ter sido para ele e os outros. Cair nas mãos de um governo estrangeiro devia ter sido assustador, principalmente eles sendo tão jovens e oriundos de um planeta diferente.

— E como foi isso?

Ele me lançou um olhar de esguelha.

— Não muito legal, gatinha. Não tínhamos ideia de que os humanos sabiam sobre a gente. Só sabíamos que alguns Arum tinham vindo para cá também, mas o DOD foi uma tremenda surpresa. Aparentemente, eles sabiam que estávamos aqui desde o momento em que pousamos. Já tinham cercado centenas dos que haviam aterrissado na América.

Virei-me para ele e apertei a almofada de encontro ao peito.

LUX ❖ ÔNIX

— O que fizeram com vocês?

— Eles nos mantiveram numa base no Novo México.

— Não brinca. — Meus olhos se arregalaram. — Então quer dizer que a Área 51 existe mesmo?

Daemon me fitou com um olhar divertido.

— Uau. — Tentei digerir a informação. Todos aqueles malucos que viviam tentando entrar na base tinham um bom motivo. — Achava que essa história de Área 51 fosse invenção.

— Eu, meus irmãos e meus amigos chegamos quinze anos atrás, mas isso não significa que outros Luxen não tenham chegado antes. — Ele riu ao ver minha expressão. — De qualquer forma, eles nos mantiveram lá por cinco anos. Eles... o DOD... vinham assimilando os Luxen há anos. Aprendemos muito sobre os humanos nesse período, e quando estávamos prontos para sermos devidamente assimilados, eles nos deixaram sair. Desde que um Luxen mais velho se responsabilizasse pela gente. Como Matthew já tinha um relacionamento conosco, ficamos sob a guarda dele.

Fiz um rápido cálculo mental.

— Mas vocês deviam ter apenas uns 10 anos de idade. Isso significa que viveram com o Matthew até recentemente?

— Acredite ou não, mas amadurecemos de forma diferente dos humanos. Aos 10 anos, eu já poderia entrar na faculdade. A gente se desenvolve muito mais rápido, tanto mentalmente quanto em outros aspectos. Na verdade, sou mais inteligente do que pareço. — Outro rápido sorriso surgiu em seu rosto. — Matthew viveu conosco até nos mudarmos para cá. Aos 15, éramos praticamente adultos. O DOD nos arrumou uma casa e nos deu dinheiro.

Bom, isso provavelmente explicava parte da dívida nacional.

— Mas e quanto à curiosidade das pessoas... as perguntas sobre seus pais?

Daemon me lançou outro olhar de esguelha.

— Tem sempre um Luxen mais velho que se passa por nosso pai ou mãe, ou podemos assumir uma aparência mais madura. Tentamos evitar essa história de parecermos mais velhos por causa do rastro.

Balancei a cabeça e me recostei de novo no sofá. Eles eram responsáveis por suas próprias vidas desde os 15 anos, com apenas Matthew como

· 109 ·

guardião. Eu não devia estar tão chocada. Minha própria vida era mais ou menos assim, com minha mãe trabalhando tanto desde que papai morrera.

Ao olhar de volta para ele, peguei-o me fitando com profunda intensidade.

—Você quer que eu vá embora?

Essa era a deixa, a chance de pedir a ele para ir.

— Não. Não precisa. Quero dizer, eu não estou fazendo nada, e se você também não tiver nada pra fazer, podemos conversar um pouco ou sei lá... — O que eu realmente precisava era calar a boca.

Seus olhos se mantiveram fixos nos meus por alguns instantes e uma espécie de inchaço brotou em meu peito, ameaçando me consumir por inteira. O olhar dele se desviou para o brilhante laptop vermelho sobre a mesinha de centro.

— Estou vendo que você ganhou um belo presente de aniversário.

Dei uma risadinha.

— É, foi mamãe quem me deu. Eu estava sem computador desde... bem, você sabe.

Ele coçou o rosto.

— Não te pedi desculpas por isso, pedi?

— Não. — Suspirei. De volta a uma conversa constrangedora. Para piorar, de repente lembrei como havia perdido o último.

Daemon pigarreou para limpar a garganta.

— Isso nunca tinha acontecido, esse negócio de explodir as coisas.

Minhas bochechas queimaram ao olhar para o laptop.

— Comigo também não.

O olhar dele se fixou novamente na TV.

— Aconteceu com o Dawson, de certa forma. Foi como a Bethany descobriu. — Ele fez uma pausa e prendi a respiração. Daemon raramente falava sobre o irmão. — Eles estavam se pegando e Dawson perdeu o controle. Assumiu totalmente sua forma verdadeira enquanto a beijava.

— Credo! Isso deve ter sido...

— Esquisito?

— É, esquisito.

Um silêncio recaiu entre nós, e não pude deixar de imaginar se estaríamos pensando a mesma coisa. Como devia ter sido a sensação do beijo...

do toque? Sentindo minha pele desconfortavelmente quente, procurei por um assunto mais seguro.

— Dee comentou que vocês se mudaram bastante. Quantos lugares?

— Ficamos em Nova York por um tempo e depois nos mudamos para Dakota do Sul. Se você acha que nada acontece aqui é porque não viveu em Dakota do Sul. Então nos mudamos para o Colorado antes de virmos para cá. Era sempre eu quem provocava a mudança de cenário. É como se eu estivesse procurando por alguma coisa que não encontrei em nenhum desses lugares.

— Aposto que Nova York foi seu lugar favorito.

— Na verdade, não. — Ele abriu um ligeiro sorriso, deixando à mostra um tiquinho dos dentes. — Prefiro aqui.

Surpresa, eu ri.

— Prefere a West Virginia?

— Não é tão ruim assim. Tem muitos de nós aqui. Mais do que em qualquer outro lugar. Tenho amigos com quem posso ser eu mesmo… na verdade, uma comunidade inteira. Isso é importante.

— Entendo. — Apertei a almofada de encontro ao peito e apoiei a cabeça nela. — Você acha que a Dee é feliz aqui? Ela faz parecer que não vai embora porque não pode. Tipo, nunca.

Daemon mudou de posição, acomodando as pernas sobre o sofá.

— Dee quer traçar o próprio caminho. Não posso culpá-la por isso.

Traçar o próprio caminho acabara levando-a a transar com o Adam. Imaginei se ela ainda teria sonhos de fazer faculdade além-mar.

Ele se espreguiçou como se estivesse tentando se livrar de algum tipo de tensão repentina. Afastei-me, dando-lhe mais espaço.

— Se você ainda não reparou, há mais Luxen do sexo masculino do que feminino. Assim sendo, as mulheres são avidamente cortejadas e protegidas acima de tudo.

Fiz uma careta.

— Cortejadas e obrigadas a casar? Entendo que vocês precisem se reproduzir. Mas Dee não pode ser forçada a fazer isso. Não é justo. Vocês deviam ser donos do próprio nariz.

Ele me lançou um rápido olhar, os olhos imersos em sombras.

— Mas não somos, gatinha.

Balancei a cabeça, frustrada.

— Isso não é certo.

— Não, não é. A maioria dos Luxen não procura nada diferente. Dawson procurou. Ele amava a Bethany. — Daemon soltou o ar com força. — Nós éramos contra. Achei que ele era idiota por se apaixonar por uma humana. Sem ofensa.

— Não me sinto ofendida.

— Era difícil para ele. Nosso grupo ficou muito chateado, mas o Dawson... ele era forte. — Daemon sorriu e balançou a cabeça também. — Ele não cedeu. Mesmo que a colônia tivesse descoberto a verdade, acho que isso não teria feito a menor diferença.

— Ele não poderia ter fugido com ela, despistado o DOD? Quem sabe não foi isso que aconteceu?

— Dawson amava esse lugar. Ele adorava escalar e andar pela mata. Era doido por essa história de viver rusticamente. — Lançou-me um olhar de relance. — Ele jamais fugiria, principalmente sem falar comigo ou com a Dee. Sei que os dois estão mortos. — Sorriu de novo. — Você teria gostado dele. Dawson era a minha cara, porém uma pessoa muito melhor. Em outras palavras, não era um babaca.

Um bolo se formou em minha garganta.

— Tenho certeza que sim, mas você não é tão mau.

Ele arqueou uma sobrancelha.

— Tudo bem, você é dado a momentos de grande babaquice, mas não é mau. — Fiz uma pausa, apertando a almofada com força. — Quer saber o que eu penso de verdade?

— Será que devo me preocupar?

Eu ri.

— Debaixo dessa capa de cretino, existe um cara legal. Já tive alguns vislumbres dele. Assim sendo, por mais que na maior parte do tempo eu queira te espancar, realmente não acho que você seja um cara mau. Você apenas tem responsabilidades demais.

Ele jogou a cabeça para trás e riu.

— Bom, acho que isso não é tão ruim assim.

Dei de ombros.

— Posso te perguntar uma coisa? Promete me dizer a verdade?

LUX 2 ÔNIX

— Sempre — jurou ele.

Levei uma das mãos ao pescoço e suspendi a correntinha, segurando a obsidiana diante dos olhos.

— O DOD é uma preocupação maior do que os Arum, não é?

Daemon apertou os lábios numa linha fina, mas não mentiu.

— É.

Corri um dedo pelo intricado engaste do pingente.

— O que eles fariam se descobrissem que posso mover as coisas como vocês?

— Provavelmente a mesma coisa que fariam conosco se soubessem. — Daemon estendeu o braço e envolveu a mão com a qual eu segurava a obsidiana. Pousou um dedo sobre o meu, impedindo meus movimentos. — Eles te trancariam em algum laboratório... ou coisa pior. Mas não vou deixar isso acontecer.

Senti a pele formigar no ponto em que nos tocávamos.

— Como vocês conseguem viver assim? Esperando que a qualquer momento eles descubram sobre seus poderes?

Seus dedos se fecharam em volta dos meus, de modo que o pingente ficou escondido entre nossas mãos.

— Essa é a vida que eu conheço... que todos nós conhecemos.

Pisquei para afastar uma súbita enxurrada de lágrimas.

— Isso é realmente triste.

— É a nossa vida. — Ele fez uma pausa. — Mas não se preocupe com eles. Nada irá acontecer com você.

Nossos rostos estavam a centímetros de distância, a mão dele ainda em volta da minha. Algo me atingiu como um raio.

— Você está sempre protegendo os outros, não é?

Daemon apertou minha mão e, em seguida, a soltou. Recostando-se de novo, apoiou um braço nas costas do sofá e deitou a cabeça na curva do cotovelo. Não respondeu minha pergunta.

— Essa não está sendo uma conversa muito adequada para uma comemoração de aniversário.

— Não tem problema. Quer um pouco mais de leite ou alguma outra bebida?

— Não, mas gostaria que você me dissesse uma coisa.

· 113 ·

JENNIFER L. ARMENTROUT

Franzi o cenho e estiquei a perna direita no pequeno espaço que não estava ocupado por ele. Daemon era um cara grande, de modo que não havia muito espaço.

— O quê?

— Com que frequência você corre pela casa cantando? — perguntou, sério.

Fiz menção de dar-lhe um chute, mas ele capturou meu pé.

—Acho que está na hora de você ir embora.

—Adorei essas meias.

— Solta meu pé — mandei.

— Não exatamente pelo fato de elas terem estampa de renas e subirem até os joelhos. — Como se isso fosse uma enorme distância. — Mas é que parecem luvas de cozinha para os pés.

Revirei os olhos e mexi os dedos do pé.

— Gosto delas do jeito que são. Não ouse tirá-las, ou vou te chutar para fora do sofá.

Ele ergueu uma sobrancelha e continuou a inspecioná-las.

— Luvas de cozinha em forma de meias, hã? Nunca tinha visto nada semelhante. Dee adoraria.

Puxei o pé, e ele o soltou.

—Tenho certeza de que há coisas mais bregas do que as minhas meias. Não me julgue. É a única coisa que eu gosto a respeito dos feriados.

— A única? Achei que você fosse o tipo de pessoa que arma a árvore de Natal durante o feriado de Ação de Graças.

—Vocês celebram o Natal?

Ele assentiu.

— Celebramos. É uma coisa bem humana de se fazer. Dee adora o Natal. Na verdade, acho que ela adora ganhar presentes.

Eu ri.

— Eu costumava adorar esses feriados. E, sim, fazia questão de armar uma árvore de Natal quando papai era vivo. A gente fazia isso enquanto assistia à parada de Ação de Graças.

— Mas?

— Mas minha mãe nunca passa os feriados em casa hoje em dia. Sei que ela não vai passar esse ano, uma vez que é nova no hospital e provavelmente

LUX ❖ ÔNIX

vai estar de plantão. — Dei de ombros. — Sempre fico sozinha nos feriados, que nem aquelas velhas que vivem cercadas de gatos.

Ele não retrucou, apenas me observou intensamente. Imaginei que tivesse sentido o quanto admitir tudo aquilo me deixava desconfortável, porque rapidamente mudou de assunto.

— Então, esse tal Bob…

— O nome dele é Blake, e não começa, Daemon.

— Tudo bem. — Seus lábios se repuxaram nos cantos. — Ele não é um problema mesmo.

Franzi o cenho.

— O que você quer dizer com isso?

Daemon deu de ombros.

— Fiquei um tanto surpreso quando estive no seu quarto durante o período em que você ficou doente.

— Não sei se quero saber.

— Você tinha um pôster do Bob Dylan pregado na parede. Eu esperava o Jonas Brothers ou algo do gênero.

— Tá falando sério? Não. Não sou fã de música pop. Sou fã do Dave Matthews e da galera mais velha, como Dylan.

Ele pareceu surpreso, mas então embarcou numa discussão sobre suas bandas favoritas, e nós dois ficamos espantados por termos o mesmo gosto. Discutimos sobre qual dos filmes da franquia *O Poderoso Chefão* era o melhor e qual reality show era o mais idiota. Horas se passaram, e descobri mais sobre o Daemon. Havia um lado diferente nele, um que eu já havia vislumbrado algumas vezes antes. Ele se mostrou relaxado, amigável e até mesmo brincalhão, sem me despertar aquela costumeira vontade de lhe dar uma pancada na cabeça. Brigamos sobre algumas coisas de maneira um tanto acalorada, mas ele não agiu feito um cretino.

De repente, tudo parecia tão *fácil*, que me deixou apavorada.

Já passava das três da manhã quando me dei conta da hora. Afastei meu olhar cansado do relógio e o fitei. Seus olhos estavam fechados, e o peito subia e descia num ritmo constante.

Daemon parecia tão… tranquilo. Sem querer acordá-lo, peguei o cobertor pendurado nas costas do sofá e o cobri com cuidado. Em seguida, peguei uma mantinha e a enrolei em torno das minhas pernas. Eu poderia tê-lo acordado, mas não tive coragem. E, sim, havia uma parte pequenininha, minúscula, que não queria que ele fosse embora. Não sabia o que isso queria dizer. Tampouco pensei muito a respeito. Não agora. Não quando eu tinha certeza de que meu cérebro mergulharia numa tenebrosa obsessão sobre o universo dos garotos.

— Obrigado — murmurou ele, preguiçosamente.

Arregalei os olhos.

— Achei que estivesse dormindo.

— Quase, mas você está me encarando.

Corei.

— Não estou, não.

Daemon entreabriu um dos olhos.

— Você sempre fica vermelha quando mente.

— Fico nada. — Senti a vermelhidão descer pelo pescoço.

— Se continuar mentindo, vou ter que ir embora — ameaçou ele, mas sem muita convicção. — Sinto que minha virtude não está segura.

— Sua virtude? — Bufei. — Deixa pra lá.

— Sei o que eu provoco em você. — Os olhos se fecharam.

Sorrindo, ajeitei-me no meu canto do sofá. A TV continuava sintonizada no mesmo canal.

Tempos depois, lembrei-me de algo que ele tinha dito mais cedo.

— Você encontrou? — perguntei, sonolenta.

As mãos dele deslizaram sobre o peito.

— Encontrei o que, gatinha?

— O que estava procurando?

Ele abriu os olhos e fixou-os em mim. Senti o peito inflar novamente, uma sensação que se espalhou por todo o meu corpo. Uma fisgada de alguma coisa — excitação? — remexeu o fundo do meu estômago enquanto o silêncio entre nós se estendia pelo que me pareceu uma eternidade.

— De vez em quando, acho que sim.

[11]

Acordei na segunda-feira sem saber ao certo como agir quando encontrasse o Daemon na escola. Ele saíra lá de casa enquanto eu ainda estava dormindo e não o tinha visto durante o tempo em que passara com a Dee no domingo, o qual consistira em observá-la beijar o Adam sem parar. Acho que o telefonema tinha ido bem.

O tempo passado com ele no sábado à noite não mudara nada entre nós. Pelo menos, era o que eu ficava me dizendo. Fora apenas um bom momento numa longa lista de maus momentos. E eu tinha coisas melhores e mais importantes em que pensar. Tinha um encontro com Blake depois da aula.

No entanto, meus pensamentos ficavam voltando para o Daemon, acompanhados por um tremelique no estômago sempre que lembrava de nós dois sentados lado a lado no sofá.

Um arrepio quente subiu por minha nuca enquanto Carissa me falava sobre um romance que estava lendo. Mantive os olhos grudados nela, embora totalmente ciente do fato de que Daemon estava ali.

Como sempre, ele se sentou atrás de mim. Um segundo depois, algo do qual eu sentia muita falta, por mais louco que pudesse parecer, aconteceu. Daemon me cutucou nas costas com a caneta.

Lesa arqueou as sobrancelhas, mas sabiamente não disse nada ao me ver virar.

— Que foi?

O meio sorriso era demasiadamente familiar.

—Você está usando aquelas meias de renas?

— Não. De bolinhas.

— No mesmo estilo das outras?

— Não, normais — respondi, lutando contra um sorrisinho idiota.

— Não sei bem como me sinto a respeito disso. — Tamborilou a caneta na beirada da carteira. — Depois de ter visto suas meias de renas, as normais agora me parecem muito chatas.

Lesa pigarreou.

— Meias de renas?

— Ela tem um par de meias com estampa de renas que parecem luvas de cozinha para os pés — explicou ele.

—Ah, eu também tenho um par assim — intrometeu-se Carissa, dando uma risadinha. — Mas as minhas são listradas. Adoro usá-las no inverno.

Lancei um olhar presunçoso para ele. Minhas meias *eram* legais.

— Será que eu sou a única que está se perguntando como você viu as meias dela? — indagou Lesa.

Carissa deu-lhe um beliscão no braço.

— Somos vizinhos — lembrou-a Daemon. — Eu vejo um monte de coisas.

Neguei com um frenético balançar de cabeça.

— Mentira. Ele não vê quase nada.

—Você está corando — retrucou ele, apontando para minhas bochechas com a tampa azul da caneta.

— Cala a boca. — Fitei-o de cara feia, lutando para não rir.

— De qualquer forma, o que você vai fazer hoje à noite?

Uma forte ansiedade revirou meu estômago. Dei de ombros.

—Tenho planos.

Ele franziu o cenho.

— Que tipo de… planos?

—Apenas planos. —Virei-me de volta rapidamente e foquei minha atenção no quadro-negro.

LUX 2 ÔNIX

Sabia que o Daemon estava com os olhos fixos na minha cabeça, mas, apesar de tudo, estava com uma boa sensação a respeito das coisas. Definitivamente houvera progresso no que dizia respeito a ele. Tínhamos passado horas juntos sem querer nos matar nem sucumbir a uma luxúria animal. Meu novo laptop era divino. Simon não estava em sala para me culpar por ter sido espancado nem para dizer às pessoas que me vira agir de maneira sobrenatural com as janelas. E eu tinha um encontro mais tarde.

A última parte me fez engolir em seco. Eu precisava esclarecer as coisas com o Blake. Não era justo com ele... nem com o Daemon. Não estava pronta para acreditar no meu vizinho, mas não podia continuar fingindo que não havia *nada* entre nós.

Mesmo que fosse apenas um efeito colateral de uma gripe alienígena.

— Aqui. — Blake deu uma risadinha e empurrou seu prato em minha direção. — Experimenta.

Mantive uma expressão impassível ao enroscar a massa com o garfo.

— Não sei, não.

Ele riu.

— Não é tão ruim assim. O cheiro é engraçado, mas acho que você vai gostar.

Ao engolir a pequena garfada, cheguei à conclusão de que o gosto não era tão horrendo.

— Até que não é ruim.

— Não posso acreditar que você nunca tinha experimentado comida indiana.

Corri uma das mãos sobre a calça jeans. A pequena vela na lateral da mesa crepitou.

— Não sou muito de arriscar no que diz respeito à comida. Sou o tipo de garota que prefere sempre um hambúrguer ou um bife.

— Bom, precisamos mudar isso. Você não sabe o que está perdendo. — Blake deu uma piscadinha. Nele, o gesto caía muito bem. — Comida indiana é a minha favorita. Adoro os condimentos.

Nossa esguia e ruiva garçonete passou e tornou a encher nossos copos. Ela não parava de lançar sorrisinhos atrevidos para o Blake. Não podia culpá-la. Ele era um dos poucos caras que podiam usar um suéter sobre uma camisa de botão sem ficar parecendo um coxinha.

Experimentei outra garfada da massa. Eu estava me divertindo, mas enquanto brincava com a comida no prato, senti um embrulho estranho no estômago. A companhia dele era ótima, entretanto...

— Escutei uma coisa na escola hoje — disse Blake, assim que a garçonete se afastou.

Recostei-me no banco e engoli de volta uma série de palavrões. Só Deus sabia o que ele tinha escutado. Os boatos a meu respeito estavam circulando como discos voadores.

— Estou com medo de perguntar.

Blake me fitou de maneira solidária.

— Escutei que o Daemon deu uma surra num cara por sua causa.

Tínhamos passado todo aquele tempo sem falar no Daemon. Afundei um pouco no banco.

— É, deu mesmo.

Ele ergueu as duas sobrancelhas e se debruçou sobre a mesa.

— Vai me contar por quê?

— Você não escutou os boatos?

Blake correu uma das mãos pelos cabelos espetados.

— Eu escuto um monte de coisas, mas não significa que acredite nelas.

Essa era a última coisa que eu queria fazer, mas cheguei à conclusão de que ele acabaria ouvindo aquelas mentiras mais cedo ou mais tarde. Isso se já não tivesse. Assim sendo, contei sobre meu infernal encontro na noite do *homecoming*.

Um brilho de raiva cintilou em seus olhos amendoados e, assim que terminei, ele se recostou de volta no banco.

— Fico feliz que Daemon tenha dado uma surra no imbecil, embora tenha sido uma reação um tanto desproporcional para alguém que é só um amigo.

LUX 2 ÔNIX

— Daemon pode ser muito…

— Babaca — sugeriu Blake.

— É, também, mas ele é muito protetor com… hum, as amigas da Dee. — Apertei o garfo, sentindo-me profundamente constrangida. — Além disso, ele ficou louco com as coisas que o Simon andava dizendo. Daemon não é um cara mau. A gente só precisa se acostumar com o jeito dele.

— Bem, não posso culpá-lo por isso, mas ele realmente é… muito *protetor* no que diz respeito a você. Achei que fosse quebrar minha mão por tê-la tocado na festa.

Empurrei o prato de volta para ele e apoiei o queixo na mão. Precisava contar a verdade ao Blake. E logo. No entanto, não queria arruinar o jantar. Eu estava sendo totalmente covarde, mas presumi que não seria um problema se pelo menos lhe contasse até o final da noite. Diabos, não tinha a menor ideia do que iria dizer. *Não, eu e o Daemon não estamos namorando, mas não consigo parar de pensar na maneira como a gente praticamente entra em combustão sempre que chegamos perto um do outro, portanto é melhor você não se aproximar demais, certo?* Suspirei.

— Chega de falar no Daemon. Deve ser difícil gostar tanto de surfar e viver tão longe da praia.

— É verdade — concordou ele. Seus olhos ficaram subitamente distantes. — Surfar é a única coisa que clareia minha mente. Quando estou no meio das ondas, não penso em nada. Meu cérebro esvazia completamente. Somos apenas eu e as ondas. É tranquilizador.

— Posso entender. — O silêncio se estendeu por alguns instantes. — Sinto a mesma coisa quando estou lendo ou cuidando do jardim. Somos só eu e as plantas, ou o mundo sobre o qual estou lendo, nada mais.

— Isso me parece uma espécie de fuga.

Não respondi, pois jamais pensara nisso dessa maneira. No entanto, agora que ele havia mencionado, eu realmente usava essas coisas como fuga. Incomodada, separei distraidamente minha própria massa em pequenos grupos.

— E quanto a você? Também usa o surfe como fuga?

Vários segundos se passaram antes que ele me respondesse.

— Essa é a coisa engraçada a respeito dessas tentativas de fuga. Você nunca consegue de verdade. Talvez por um tempo, mas não totalmente.

JENNIFER L. ARMENTROUT

Concordei com um menear de cabeça distraído, chocada pela profundidade do que ele dissera. Era a mais absoluta verdade. Ao terminar de ler um livro ou de cuidar de uma planta, papai continuava morto, minha melhor amiga continuava sendo uma alienígena e eu continuava atraída pelo Daemon.

Blake começou a falar sobre seus planos para o feriado de Ação de Graças na semana seguinte. Planejava visitar a família, e ficaria fora da cidade a maior parte do tempo. Ergui os olhos e os corri pelo pequeno restaurante. Um arrepio quente desceu por minha coluna.

Ah, que inferno. Eu não podia acreditar. Isso não estava acontecendo.

Por trás de uma das meias-paredes altas que dividiam o ambiente, vi uma cabeça de cabelos escuros atravessando o estreito corredor. Recostei-me de volta no banco, totalmente horrorizada e ciente da presença *dele*. Era o meu encontro — *meu encontro*. Que diabos ele estava fazendo ali?

Daemon contornou um punhado de mesas com uma graça de dar inveja. As mulheres paravam de comer ou interrompiam a conversa ao vê-lo passar. Os homens se afastavam para lhe dar mais espaço. Ele provocava um tremendo efeito em qualquer um que pusesse os olhos nele.

Franzindo o cenho, Blake se virou para dar uma olhada e, em seguida, me encarou, os ombros rígidos.

— Superprotetor...?

— Não sei... nem o que dizer — murmurei com desânimo.

— Oi, pessoal. — Daemon se sentou do meu lado, apertando-me no banco. Meu lado esquerdo inteiro ficou pressionado contra ele, quente e formigando. — Estou interrompendo alguma coisa?

— Está — respondi boquiaberta.

— Ah, sinto muito. — Ele não soou nem um pouco sincero. Tampouco fez menção de se levantar.

Um meio sorriso surgiu nos lábios do Blake, que se recostou e cruzou os braços.

— Como você está, Daemon?

— Estou ótimo. — Ele se esticou e apoiou um dos braços nas costas do banco. — E você, Brad?

Blake riu baixinho.

— Meu nome é Blake.

LUX ② ÔNIX

Daemon começou a tamborilar os dedos nas costas do banco, roçando meu cabelo.

— Então, o que vocês estão fazendo?

— Jantando — respondi, tentando puxar o corpo para a frente. Seus dedos, porém, se engancharam na gola da minha camiseta e começaram a acariciar minha pele. Lancei-lhe um olhar de puro ódio e tentei ignorar os arrepios que o toque me provocava.

— A gente já estava indo embora — disse Blake, os olhos fixos no Daemon. — Não é mesmo, Katy?

— É, só falta a conta. — Discretamente, meti a mão embaixo da mesa e dei um forte beliscão na coxa do meu vizinho.

Ele me puxou para trás, fazendo com que eu batesse o joelho no tampo da mesa.

— Quais são os planos para depois do jantar? Biff vai te levar ao cinema?

O sorriso do Blake começou a falhar.

— Meu nome é Blake. E, sim, esse era o plano.

— Hum. — Daemon ergueu os olhos e, um segundo depois, o copo do Blake virou.

Ofeguei. A água derramou sobre a mesa e escorreu para o colo do Blake. Ele deu um pulo e soltou um palavrão. O movimento fez a mesa sacudir de novo. O prato de massa condimentada escorregou, ou melhor, voou, direto em cima do suéter de meu amigo surfista.

Meu queixo caiu. Santa senhora das montanhas, Daemon fizera meu par de refém.

— Jesus — murmurou Blake, as mãos pendendo ao lado do corpo.

Peguei um punhado de guardanapos e me virei para o Daemon. Meu olhar prometia uma morte lenta e vingativa enquanto entregava os guardanapos ao Blake.

— Isso foi muito estranho — comentou Daemon, soltando uma risadinha presunçosa.

Vermelho feito um pimentão, Blake secou a virilha da calça e, em seguida ergueu a cabeça. Por um momento, seus olhos se fixaram no Daemon e eu pude jurar que ele ia avançar no meu vizinho. Mas, então, ele fechou os olhos. Em silêncio e com movimentos duros, terminou de pescar o espaguete que ficara grudado na roupa. A garçonete surgiu rapidamente ao lado dele com mais guardanapos.

— Bom, de qualquer forma, vim aqui por um motivo. — Daemon pegou meu copo e tomou um gole. — Você precisa voltar pra casa.

Blake parou o que estava fazendo.

— Como?

— Será que eu falei rápido demais, Bart?

— O *nome* dele é *Blake* — rosnei. — E por que eu preciso voltar pra casa agora, nesse exato momento?

Daemon me encarou, o olhar intenso e carregado de significados.

— Aconteceu uma coisa e você precisa dar uma olhada imediatamente.

Uma coisa só podia significar negócios alienígenas. Um calafrio incômodo desceu por minha espinha. Agora sua súbita aparição fazia sentido. Por alguns minutos, eu quase acreditara que tivesse sido por uma pura e animalesca crise de ciúmes.

E, por mais que isso me deixasse desapontada, sabia que precisava ir embora.

Encolhi-me ao me virar para o Blake.

— Eu *realmente* sinto muito por isso, de verdade.

Blake olhou para nós dois enquanto pegava a conta.

— Não tem problema. Imprevistos acontecem.

Senti-me uma idiota, o que me parecia bastante adequado, uma vez que estava sentada ao lado do maior cretino de todos os tempos.

— Vou compensá-lo. Prometo.

Ele sorriu.

— Está tudo bem, Katy. Eu te levo em casa.

— Não será necessário. — Daemon sorriu de modo tenso. — Eu cuido disso, Biff.

Senti vontade de esbofetear a mim mesma.

— Blake. O nome dele é Blake, Daemon.

— Não se preocupe, Katy — retrucou Blake, apertando os lábios numa linha fina. — Preciso me trocar mesmo.

— Então está resolvido. — Daemon se levantou, abrindo espaço para que eu pudesse me levantar também.

LUX 2 ÔNIX

Blake pagou a conta e nós três saímos do restaurante. Parei ao lado do carro dele, ciente do olhar intenso com que Daemon me observava.

— Sinto muito, muito mesmo.

— Está tudo bem. Não foi você quem derramou a água e a comida em mim. — Fez uma pausa e, erguendo as sobrancelhas, olhou de cara feia para algo por cima do meu ombro. Duas chances para descobrir de quê... ou *de quem*... se tratava. Tirando o celular do bolso traseiro da calça, verificou alguma coisa e o guardou de novo. — Ainda que jamais tenha visto nada tão maluco. De qualquer forma, a gente compensa o que aconteceu depois que eu voltar da viagem, combinado?

— Combinado. — Fiz menção de abraçá-lo, mas parei no meio do caminho. A frente do suéter dele estava toda melecada.

Rindo, Blake se inclinou e me deu um rápido selinho.

— Eu te ligo.

Assenti com um menear de cabeça, imaginando como uma única pessoa podia arruinar tudo em menos de um minuto. Era um dom. Com um último aceno de despedida, Blake se foi, deixando-me sozinha com Daemon.

— Pronta? — chamou ele, abrindo a porta do carona.

Fui pisando duro até o carro, entrei e bati a porta com força.

— Ei. — Ainda parado do lado de fora, Daemon franziu o cenho. — Não desconte sua raiva na Dolly.

—Você chama seu carro de Dolly?

— Qual é o problema?

Revirei os olhos.

Ele deu a volta pela frente do carro e entrou. Assim que fechou a porta, virei-me no assento e lhe dei um soco no braço.

— Seu babaca! Sei que foi você quem fez aquele negócio com o copo e o prato. Aquilo foi *tão* errado!

Daemon levantou as mãos para o alto, rindo.

— O quê? Foi engraçado. A cara do Bo foi impagável. E o beijo que ele te deu? O que foi aquilo? Já vi golfinhos darem beijos mais arrebatadores do que ele.

— O nome dele é Blake! — Dessa vez o soco foi na perna. — E você sabe! Não posso acreditar que tenha agido daquele jeito. E ele não beija como um golfinho!

• 125 •

— Pelo que eu vi, beija, sim.

—Você não viu a última vez em que a gente se beijou.

A risada morreu. Ó céus. Daemon se virou para mim lentamente.

—Vocês já tinham se beijado antes?

— Isso não é da sua conta. — Corei, o que me entregou por completo. Um brilho de raiva cintilou naqueles olhos magnéticos.

— Não gosto dele.

Olhei boquiaberta para o Daemon.

—Você nem o conhece.

— Não preciso conhecê-lo para ver que tem algo… *errado* em relação a ele. —Virou a chave na ignição e o motor pegou com um rugido. — Acho que você não devia andar com ele.

— Ah, isso é fantástico, Daemon. Deixa pra lá. — Fixei os olhos à frente, abracei meus próprios cotovelos e estremeci. Eu estava tão irritada que minha cabeça parecia prestes a rodopiar.

— Tá com frio? Cadê sua jaqueta?

— Não gosto de jaquetas.

— Elas também te fizeram algo terrível e imperdoável? — Ele ajustou a temperatura. Um ar quente começou a soprar pelas grades de ventilação.

— Não, elas só… me incomodam. — Soltei um profundo suspiro. — O que era tão importante para você vir atrás de mim como um cão farejador?

— Não fui atrás de você como um cão farejador. — Ele soou ofendido.

— Ah, não? Você não usou seu GPS alienígena para me encontrar?

— Bom, mais ou menos.

— Argh! Isso é tão errado. — Duvidava seriamente de que Blake fosse me ligar de novo. Não podia culpá-lo. No lugar dele, eu não ligaria. Não quando eu tinha uma sombra em forma de alienígena psicótico. — Então, qual é o problema?

Daemon esperou até entrarmos na rodovia.

— Matthew convocou uma reunião, e você precisa comparecer. É sobre o DOD. Aconteceu alguma coisa.

[12]

Chegamos na casa dele antes do resto do grupo. Tentando manter a calma, me acomodei na poltrona reclinável que ficava num dos cantos da sala. Daemon não parecia muito preocupado, embora não soubesse ainda o motivo da reunião. Ao escutar os carros estacionando lá fora, abracei minha própria cintura. Ele veio para junto de mim e se sentou no braço da poltrona.

Ash e os dois irmãos foram os primeiros a entrar. Adam nos cumprimentou com um sorriso e se sentou ao lado da Dee. Ela ofereceu a ele um saco de pipocas que vinha devorando, o qual Adam aceitou com prazer. Andrew lançou um olhar na minha direção e revirou os olhos.

— Alguém sabe me dizer por que ela está aqui?

Eu odiava aquele gêmeo.

— Ela precisa participar — respondeu o sr. Garrison, fechando a porta e se posicionando no meio da sala. Todos os olhos se fixaram nele. Matthew sempre se vestia de maneira casual quando não estava dando aula. — Não quero alongar muito esta reunião.

Ash correu uma das mãos pela calça roxa apertada.

— O DOD descobriu sobre ela, certo? Estamos ferrados!

JENNIFER L. ARMENTROUT

Prendi a respiração. O tom de desprezo não me irritou. Muita coisa estaria em jogo se o DOD descobrisse sobre mim, sobre eles.

— E então, sr. Garrison?

— Até onde eu sei, não — respondeu ele. — Os antigos convocaram uma reunião ainda há pouco por conta do aumento no número de agentes do DOD na região. Ao que parece, alguma coisa chamou a atenção deles.

Aliviada, afundei na poltrona. Mas, então, percebi. Eu podia estar livre da enrascada, mas *eles* não. Corri os olhos pela sala, sem querer ver nenhum deles em apuros. Nem mesmo o Andrew.

Adam olhava fixamente para um grão de pipoca coberto de manteiga.

— Bom, o que eles viram? Ninguém fez nada de errado.

Dee botou o saco de pipocas de lado.

— Qual é o lance?

Os olhos extremamente azuis do Matthew percorreram o cômodo.

— Um dos satélites registrou um show de luzes no final de semana do Halloween, e eles estão analisando o campo, usando algum tipo de equipamento que capta resíduos de energia.

Daemon bufou.

— A única coisa que eles vão encontrar é um trecho chamuscado do solo.

— Eles sabem que podemos manipular a luz em defesa própria, portanto, pelo que entendi, não foi isso que chamou a atenção deles. — O sr. Garrison olhou de relance para o Daemon e franziu o cenho. — O problema é que o desprendimento de energia foi tão forte que afetou o sinal do satélite, de modo que eles não conseguiram registrar nenhuma imagem do evento. Nada do tipo jamais havia acontecido.

Daemon manteve a expressão impassível.

— Uau, sou realmente incrível!

Adam riu por entre os dentes.

—Você é tão poderoso que agora interfere no sinal dos satélites?

— Interferir no sinal? — A risada do sr. Garrison mais pareceu um rosnado. — Ele destruiu o satélite… um satélite desenvolvido para detectar luzes e energias de alta frequência. O aparelho mostrou que o evento aconteceu em Petersburg, mas foi *destruído* no processo.

LUX ❷ ÔNIX

— Como eu disse, sou incrível. — Daemon sorriu de maneira presunçosa, mas eu fui tomada por uma súbita ansiedade.

— Uau — murmurou Andrew, com um olhar de profundo respeito. — Isso foi realmente fantástico.

— Tanto que deixou o DOD bastante curioso. Os antigos acreditam que eles irão zanzar por aqui um tempo, monitorando tudo. Que eles já *estão* aqui. — Matthew olhou de relance para o próprio relógio. — É imperativo que todos se comportem da melhor maneira possível.

— O que os outros Luxen acham disso? — perguntou Dee.

— Por enquanto, eles não estão muito preocupados. E tampouco têm motivo para estar — respondeu o sr. Garrison.

— Porque não foram eles que causaram a explosão de energia, e sim o Daemon — comentou Ash e, subitamente, soltou um ofego. — O DOD desconfia dos nossos outros poderes?

— Acho que eles estão curiosos para saber como ele conseguiu causar uma coisa dessas. — Matthew analisou meu vizinho atentamente. — Os antigos disseram a eles que houve uma briga entre os Luxen. Ninguém mencionou seu nome, Daemon, mas eles sabem que você é forte. No seu lugar, esperaria uma visita a qualquer momento.

Daemon deu de ombros, mas eu fiquei com medo. Não fora ele quem matara o Baruck, portanto, como conseguiria explicar o que havia acontecido? E será que o DOD estava desconfiado de que os Luxen eram muito mais poderosos do que imaginavam, capazes de praticamente qualquer coisa?

Se estivesse, então meus amigos, inclusive Daemon, estariam em perigo.

— Katy, é muito importante que você tome cuidado quando estiver com os Black — continuou o sr. Garrison. — Não queremos que o DOD desconfie de que você sabe de alguma coisa que não deveria saber.

— Fale por você mesmo — murmurou Andrew.

Fuzilei-o com os olhos, mas Daemon respondeu antes que eu tivesse a chance.

— Andrew, vou te fazer engolir…

— Que foi? — exclamou ele. — Só estou dizendo a verdade. Não sou obrigado a gostar dela só porque você se encantou por uma humana idiota. Ninguém…

JENNIFER L. ARMENTROUT

Em meio segundo, Daemon estava do outro lado da sala. Envolto da cabeça aos pés numa intensa luz branco-avermelhada, agarrou Andrew pelo pescoço e o imprensou na parede com tanta força que os quadros balançaram.

— Daemon! — gritei ao mesmo tempo que o sr. Garrison, pulando da poltrona.

Ash também se levantou num pulo, boquiaberta.

— O que vocês estão fazendo?

Pegando novamente o saco de pipocas, Dee suspirou e se recostou no sofá.

— Aqui vamos nós. Alguém quer pipoca?

Adam pegou um punhado.

— Honestamente, Andrew bem que merece uma surra. Não é culpa da Katy o DOD estar aqui. Ela tem tanto a perder quanto a gente.

A irmã deles se virou para ele.

— Você está tomando o partido dela agora, é? De uma humana?

— Não se trata de tomar partidos — retruquei, os olhos fixos nos rapazes.

Ambos tinham assumido a forma original. Assim como Matthew. Nada além de uma intensa luz azulada com contornos masculinos, ele agarrou Daemon e o arrancou de cima do Andrew.

Ash me fitou de cara feia por um longo tempo.

— Nada disso estaria acontecendo se você não tivesse vindo para cá. Você jamais teria arrumado um rastro. O Arum nunca a teria visto e essa estúpida cadeia de eventos jamais teria acontecido.

— Ah, cala a boca, Ash. — Dee jogou um punhado de pipocas nela. — Fala sério! Katy arriscou a vida para se certificar de que o Arum não descobrisse onde a gente mora.

— Maravilha — devolveu ela. — Mas Daemon não teria dado uma de Rambo pra cima do Arum se sua preciosa humana não se metesse em confusão a cada cinco segundos. Isso é culpa dela.

— Não sou a preciosa humana do Daemon! — Inspirei fundo. — Sou apenas... amiga dele. E é isso o que os amigos fazem. Eles protegem uns aos outros.

Ash revirou os olhos.

Sentei-me de novo.

LUX 🌂 ÔNIX

— Bom, pelo menos é o que os amigos humanos fazem.

— Os Luxen também — interveio Adam, encarando a irmã. — Embora alguns tendam a esquecer.

Com um suspiro revoltado, ela se virou e seguiu para a porta.

— Vou esperar lá fora.

Enquanto a observava sair, imaginei se Ash arrumaria um motivo para me culpar por tudo, até mesmo por aquela calça roxa cafona. Contudo, de certa forma, a situação *era* culpa minha. Tinha sido minha bizarra explosão de energia que atraíra o DOD. Meu peito doeu.

O sr. Garrison finalmente conseguiu separar os dois. Andrew voltou à forma humana, observando com olhos estreitados um Daemon ainda iridescente.

— Cara, isso não teve a menor graça. Você pode tentar me derrubar o quanto quiser, mas não vou aceitá-la.

— Andrew... — alertou Matthew.

— Que foi? — De qualquer forma, ele recuou. — Vocês realmente acham que ela ficaria de bico fechado se o DOD a interrogasse? Por ela ser tão próxima de *você* e da Dee, eles *irão* interrogá-la. Então, me diga, quer repetir o que seu irmão fez? Quer morrer por ela também?

A luz do Daemon se intensificou, deixando claro que ele ia partir para cima do Andrew de novo. Isso era ridículo. Sem pensar duas vezes, atravessei a sala e o agarrei pelo reluzente pulso. Era estranho tocá-lo nesse estado. Uma corrente de calor e eletricidade subiu pelo meu braço. Minha nuca formigou.

— Isso foi golpe baixo — falei para o Andrew. Alguém precisava falar. — Ele não merece sua irritação, Daemon.

— Ela tem razão — disse Adam. Eu não o tinha visto se mover, mas de repente ele estava do outro lado do Daemon. — Mas, se você quiser dar uma surra nele e deixá-lo fora de circulação por uma semana por causa desse comentário, pode contar comigo.

— Uau, valeu, *irmão*. — Andrew fez uma careta.

Seguiu-se um silêncio tenso; Daemon deixou que sua luz diminuísse de intensidade até voltar à forma humana. Baixou os olhos para meus dedos, que ainda lhe envolviam o pulso, e, em seguida ergueu-os de novo e me fitou. Uma corrente de eletricidade passou da pele dele para a minha, surpreendendo-me com o *choque* súbito. Soltei seu pulso e enrijeci sob seu olhar penetrante.

— Esse é um belo exemplo do que não pode acontecer. — O sr. Garrison inspirou fundo. — Acho que já chega por hoje. Vocês dois precisam se acalmar e não esquecer que o DOD está aqui. Precisamos tomar cuidado.

Dizendo isso, todos foram embora, inclusive a Dee. Ela não só queria passar um tempo com o Adam como se certificar de que ele não tentasse dar uma surra no irmão, e acabei ficando sozinha com o Daemon. Eu devia ter ido embora também, mas após o infeliz comentário do Andrew eu precisava ter certeza de que ele estava bem.

Segui-o até a cozinha.

— Sinto muito pelo que o Andrew disse. Aquilo não foi legal.

Trincando o maxilar, Daemon pegou duas latas de Coca e me entregou uma.

— As coisas são como são.

— Ainda assim, não foi legal.

Seus olhos perscrutaram meu rosto de uma maneira que me fez sentir totalmente exposta.

— Você está preocupada com o fato de o DOD estar aqui?

Hesitei.

— Estou, claro.

— Não fique.

— Mais fácil falar do que fazer. — Brinquei com o anel da lata. — Não é comigo que estou preocupada. Eles acham que você foi o responsável pelo que aconteceu... aquela louca explosão de energia. E se acharem que você é... perigoso?

Daemon ficou quieto por alguns instantes.

— Não se trata só de mim, gatinha. Mesmo que tivesse sido eu, isso não afeta só a mim. Afeta todos os Luxen. — Fez uma pausa e baixou os olhos. — Sabe no que Matthew acredita?

— Não.

Um sorrisinho cínico repuxou-lhe os lábios cheios.

— Ele acredita que um dia, provavelmente não na nossa geração, mas um dia, haverá mais Luxen e Arum do que humanos.

— Jura? Isso é meio...

LUX ⊛ ÔNIX

— Assustador — completou ele.

Joguei o cabelo para trás.

— Não sei se eu usaria o termo assustador. Quero dizer, os Arum são definitivamente assustadores, mas os Luxen... tirando seus poderes bizarros, não são muito diferentes da gente.

— E quanto ao fato de sermos feitos de luz?

Abri um pequeno sorriso.

— Bem, afora isso.

— Estive pensando... — continuou Daemon. — Se alguns da nossa espécie realmente acreditam nisso, como pode o DOD não estar preocupado?

Bem colocado. Eu estava tentando não sucumbir ao medo que sentia por ele, mas meu cérebro ficava criando uma variedade de cenários terríveis. Todos terminando com ele sendo levado pelo DOD.

— O que vai acontecer se eles acharem que você é uma ameaça? E não tente me enrolar.

— Durante o tempo em que passei na base, conheci alguns Luxen que não conseguiram assimilar. — O músculo do maxilar se contraiu. — A maior parte porque não queria viver sob o jugo do DOD. Já outros, imagino, eram vistos como uma ameaça porque faziam perguntas demais. Quem pode dizer?

Senti a boca seca.

— O que aconteceu com eles?

Um longo momento se passou antes que Daemon respondesse. A cada segundo, o incômodo em meu estômago aumentava. Por fim, ele disse:

— Eles foram mortos.

[13]

Fui invadida por uma profunda sensação de horror. Sem que eu conseguisse impedir, a emoção desencadeou uma corrente de estática que se espalhou rapidamente por minha pele. A explosão de energia acendeu todo o aposento. Soltei a lata de refrigerante ainda fechada ao mesmo tempo que escutava um som de madeira arranhando o piso.

Uma das cadeiras da mesa voou e acertou meu joelho com tanta força que minha perna cedeu. Com um grito de dor, dobrei-me ao meio.

Daemon soltou uma série de palavrões e surgiu ao meu lado, agarrando-me um segundo antes que eu me estatelasse no chão.

— Uau, cuidado, gatinha.

Afastei o cabelo do rosto e levantei a cabeça.

— Puta merda...

Passando um ombro debaixo do meu braço, ele me suspendeu e me puxou de encontro a si.

— Você está bem?

— Estou ótima. — Desvencilhei-me do abraço e, com cuidado, apoiei meu peso na perna. Senti um filete quente escorrer por ela. Puxando a calça, constatei que era sangue. — Perfeito, sou um desastre natural.

LUX ❖ ÔNIX

— Acho que tenho que concordar.

Fuzilei-o com os olhos.

Ele me retribuiu com um sorrisinho de lado e uma piscadinha.

—Vamos lá, suba na mesa e me deixa dar uma olhada nisso.

— Estou bem.

Daemon não discutiu. Num segundo eu estava de pé — bem, mais ou menos —, no seguinte, sentada sobre a mesa. Meu queixo caiu.

— O que… como você fez isso?

— Habilidade — respondeu ele, apoiando meu pé numa das cadeiras. Enquanto enrolava a calça acima do joelho, as pontas dos dedos roçaram minha pele. Uma nova descarga de eletricidade percorreu minha perna, fazendo-me retrair. — Uau, você é realmente um desastre.

— Eca, estou sujando tudo de sangue. — Engoli em seco diante da visão. —Você não vai me curar, vai?

— Hum, não. Imagina o que isso poderia acarretar? Posso acabar te transformando num alien.

— Ha, ha.

Daemon se afastou, pegou uma toalha limpa e a umedeceu. Sem deixar nossos olhos se cruzarem, voltou para junto de mim e, ignorando meu braço estendido em direção à toalha, se ajoelhou e começou a limpar gentilmente o sangue, dessa vez tomando cuidado para não tocar minha pele.

— O que eu vou fazer com você, gatinha?

—Viu? Não tive a menor intenção de mover a cadeira e ela veio pra cima de mim como um míssil guiado por calor.

Ele fez que não e continuou a limpar o sangue.

— Quando a gente era criança, antes de aprendermos a controlar a Fonte, coisas desse tipo viviam acontecendo.

—A Fonte?

Ele anuiu.

—A energia dentro de nós. Chamamos de Fonte porque ela nos conecta com nosso planeta natal, entende? Como se fosse a origem primordial de tudo. Pelo menos, é o que os antigos dizem. De qualquer forma, quando éramos crianças e estávamos aprendendo a controlar nossos poderes, um monte de coisas loucas vivia acontecendo. Dawson tinha o hábito de mover

· 135 ·

a mobília, que nem você. Ele ia se sentar e, de repente, a cadeira saía voando de debaixo dele. — Daemon riu. — Mas ele era jovem.

— Ótimo. Isso significa que estou interagindo como uma criança de 2 ou 3 anos?

Seus olhos brilhantes se fixaram nos meus.

— Basicamente — respondeu ele, colocando a toalha suja de sangue de lado, o gesto fazendo com que a camiseta escura se esticasse sobre o peito. —Veja, já parou de sangrar. Não foi tão ruim assim.

Baixei os olhos para o corte no joelho. O aspecto era meio nojento, mas administrável.

— Obrigada por limpar o sangue.

— Não tem de quê. Acho que você não vai precisar de pontos. — Passou as pontas dos dedos de leve pela borda do corte.

O contato me fez retrair. Um ligeiro formigamento subiu por minha perna. Daemon parou com a mão no ar e ergueu a cabeça. Em questão de segundos, os olhos de um verde frio acenderam-se como fogo líquido.

— No que você está pensando? — perguntou ele.

Em me jogar nos seus braços, beijá-lo e acariciá-lo — exatamente no que eu não devia estar pensando. Pisquei.

— Nada.

Daemon se levantou lentamente, sem desgrudar os olhos dos meus. Senti o corpo inteiro enrijecer quando ele se aproximou e apoiou as mãos sobre a mesa, encurralando-me entre os braços. Debruçando-se sobre a cadeira, apoiou a testa na minha. Em seguida, inspirou fundo e soltou o ar de uma vez só. Ao falar, sua voz soou rouca.

— Sabe no que estive pensando o dia inteiro?

Em se tratando dele, só Deus saberia dizer.

— Não.

Seus lábios roçaram levemente minha bochecha.

— Se você fica tão linda de meias listradas quanto fica com as de rena.

— Fico.

Ele inclinou ligeiramente a cabeça de lado e abriu um sorriso indolente, arrogante. Predatório.

— Eu sabia.

LUX ❷ ÔNIX

Eu não devia estar permitindo que isso acontecesse. Os problemas eram muitos: a atitude dele, a conexão entre nós e meus poderes condizentes com os de um extraterrestre no jardim de infância. Engraçado, mas o fato de ele ser um alienígena era para mim o menor deles.

Havia também Blake. Isto é, se ele algum dia voltasse a falar comigo, o que não era muito provável. Graças à interrupção do Daemon durante nosso jantar, eu não havia conseguido conversar com ele. A ironia era uma puta traiçoeira.

Mesmo sabendo de tudo isso, não tentei me afastar. Nem ele. Ah, não, Daemon estava se aproximando ainda mais. Suas pupilas começaram a brilhar e a respiração pareceu ficar presa na garganta.

—Você tem ideia do que faz comigo? — perguntou, a voz ainda rouca.

— Não estou fazendo nada.

Ele mexeu a cabeça apenas o suficiente para que nossos lábios se roçassem levemente. Em seguida, repetiu o gesto, com um pouco mais de pressão. Esse beijo… não foi como das outras vezes, zangado e desafiador. Como se estivéssemos nos beijando para punir um ao outro. Esse foi gentil e delicado, leve como uma pluma. Infinitamente carinhoso. Como o beijo que havíamos trocado na clareira, na noite em que ele me curara. Uma luz se acendeu em meu corpo enquanto nos beijávamos e, em pouco tempo, isso já não era suficiente. Não quando um fogo baixo ardia sob minha pele — e sob a dele também.

Envolvendo meu rosto entre as mãos, ele soltou um gemido suave e aprofundou o beijo, seus lábios incendiando os meus até estarmos ambos ofegantes. Daemon se aproximou o máximo que a cadeira entre nós permitiu. Agarrando-o pelos braços, tentei puxá-lo ainda mais. A maldita peça de mobília impedia que qualquer outra parte do corpo, exceto nossos lábios e mãos, se tocasse. Frustrante.

Mexa-se, ordenei com impaciência.

A cadeira tremeu sob meu pé e, de repente, o pesado carvalho deslizou para longe de nós. Surpreendido pela súbita desobstrução, Daemon caiu para a frente. E eu, incapaz de conter o peso inesperado, estatelei-me de costas na mesa, trazendo-o comigo.

O contato daquele corpo quente contra o meu provocou um curto-circuito em meus sentidos. Com os dedos ainda envolvendo meu rosto, sua

JENNIFER L. ARMENTROUT

língua começou a brincar com a minha. Ele, então, deslizou uma das mãos pela lateral do meu corpo, fechando-a no quadril e me apertando ainda mais de encontro a si. O beijo tornou-se mais lento, seu peito se expandindo enquanto me sorvia. Com uma última carícia exploratória, Daemon ergueu a cabeça e sorriu para mim.

Meu coração pulou uma batida ao vê-lo ali, pairando sobre mim com uma expressão que calou fundo em meu peito. Daemon voltou a roçar os dedos por minha face, traçando um caminho invisível até a ponta do queixo.

— Não fui eu que movi a cadeira, gatinha.

— Eu sei.

— Imagino que ela estivesse atrapalhando, não é?

— Ela estava na sua frente — respondi, as mãos ainda fechadas em volta dos braços dele.

— Eu vi. — Daemon correu a ponta do dedo pelo meu lábio inferior antes de pegar minha mão e me ajudar a sentar. Ele, então, me soltou, mas ficou me observando atentamente, esperando. Esperando por...

A ficha do que acabara de acontecer foi caindo bem devagar. Eu o beijara. De novo. E pouco depois de ele ter arruinado meu encontro com outro garoto — o cara que eu deveria estar beijando agora. Ou não. Já não tinha mais certeza de nada.

— Não podemos continuar fazendo isso. — Minha voz tremeu. — A gente...

— A gente se gosta — retrucou ele, dando um passo à frente e agarrando a beirada da mesa com ambas as mãos, uma de cada lado do meu corpo. — E, antes que você fale qualquer coisa, já nos sentíamos atraídos um pelo outro antes de eu te curar. Não diga que não é verdade.

Ele inclinou a cabeça e roçou o nariz em minha bochecha. Um arrepio percorreu meu corpo ao senti-lo pressionar os lábios logo abaixo da orelha.

— Precisamos parar de lutar contra algo que ambos queremos.

O ar ficou preso em minha garganta. Quando os dedos puxaram a gola da minha blusa, abrindo caminho para que os lábios encontrassem minha ensandecida pulsação, fechei os olhos.

— Não vai ser fácil — continuou ele. — Já não era antes, nem será no futuro.

LUX ❷ ÔNIX

— Por causa dos outros Luxen? — Inclinei a cabeça para trás, os pensamentos embotados pelo toque dele. Havia algo de diabólico naqueles pequenos beijos que ele depositava em minha garganta. — Eles vão te expulsar. Como…

— Eu sei. — Daemon soltou a blusa e deslizou a mão por minha nuca, pressionando o corpo contra o meu. — Já pensei nas consequências… na verdade, não penso em outra coisa.

Parte de mim ansiava há tempos escutá-lo dizer exatamente isso. Um segredo que eu mantinha trancado no fundo do coração — o mesmo coração que agora pulava enlouquecidamente no peito. Abri os olhos. Os dele brilhavam.

— E isso não tem nada a ver com nossa conexão nem com o Blake?

— Não — respondeu ele e, então, suspirou. — Bom, talvez tenha um pouco a ver com o humano. Mas estou falando da gente. Do que sentimos um pelo outro.

A atração que eu sentia por ele era tão forte que chegava a doer. Estar perto dele fazia cada célula em meu corpo arder, mas não podia esquecer que se tratava do *Daemon*. Ceder a esse desejo era como dizer que a forma como ele havia me tratado não me magoara. E, o mais importante, eu precisaria acreditar cegamente na teoria de que nossos sentimentos eram reais. E quando o tempo provasse que não? Terminaria com o coração partido, porque sem dúvida acabaria ficando de quatro por ele — mais do que já estava.

Desci da mesa e mergulhei para passar debaixo do braço dele. Uma dor surda atravessou minha perna ao me reerguer.

— É como se você não soubesse que me queria até alguém mais me querer.

Daemon se recostou na mesa.

— Não é nada disso.

— Então o que é, Daemon? — Lágrimas de frustração brotaram em meus olhos. — Por que agora, quando três meses atrás você mal aguentava respirar o mesmo ar que eu? É por causa dessa conexão entre nós. É a única coisa que faz sentido.

— Que droga! Você acha que eu não me arrependo de ter te tratado feito um babaca? Já pedi desculpas. — Ele permaneceu onde estava, um gigante ao meu lado. — Você não entende. Isso não é fácil pra mim. Sei que também é difícil pra você. Sei que é muita coisa pra digerir. Mas, no meu caso, não é só a minha irmã, a raça inteira conta comigo. Eu não queria que você se aproximasse de mim. Não queria me preocupar com mais outra pessoa, com a possibilidade de *perdê-la*.

Inspirei fundo, e ele prosseguiu.

— Não agi corretamente. Sei disso. Mas posso fazer melhor… melhor do que o Benny.

— Blake. — Suspirei e me afastei mancando alguns passos. — Eu e o *Blake* temos muita coisa em comum. Ele gosta do fato de eu ler muito…

— Eu também gosto — rebateu Daemon.

— E ele também é ligado nessa coisa de blog. — Por que eu tinha a sensação de que estava recorrendo a toda e qualquer desculpa?

Daemon capturou uma mecha do meu cabelo e a enrolou no dedo.

— Não tenho nada contra a internet.

Afastei a mão dele com um safanão.

— E ele não gosta de mim por conta de uma conexão alienígena idiota nem porque outro cara me deseja.

— Eu também não. — Seus olhos faiscaram. — Você não pode continuar fingindo. É errado. Vai acabar quebrando o pobre coraçãozinho humano do menino.

— Não vou, não.

—Vai, sim. Porque você me quer tanto quanto eu te quero.

Lá no fundo, eu queria mesmo. Mas queria que ele *me desejasse*, não por sermos como um átomo dividido ao meio nem porque alguém mais gostava de mim. Balançando a cabeça de maneira frustrada, dirigi-me para a porta.

—Você fica dizendo essas coisas…

— Como assim? — exigiu ele.

Fechei os olhos por alguns segundos.

—Você diz que me quer, mas isso não é o suficiente.

— Eu também já te provei.

Virei-me para ele e ergui uma sobrancelha.

— Provou nada.

— E o que aconteceu ainda há pouco? — Daemon apontou para a mesa, fazendo-me corar. As pessoas comiam ali. — Acho que te dei uma

LUX ❧ 2 ❧ ÔNIX

boa prova do quanto gosto de você. Se não ficou claro, posso repetir. Além disso, te levei um copo de iogurte e um cookie outro dia na escola.

— Você meteu o cookie na *boca*! — Levantei as mãos para o céu.

Ele sorriu, como se aquilo fosse uma doce lembrança.

— O que aconteceu na mesa...

— Pular na minha perna como um cachorro no cio cada vez que me vê não prova que você gosta de mim, Daemon.

Ele fechou a boca, mas pude perceber que estava se contendo para não rir.

— Na verdade, é assim que eu mostro para as pessoas que gosto delas.

— Ah. Certo. Deixa pra lá. Nada disso importa, Daemon.

— Eu não vou a lugar nenhum, Kat. E não vou desistir.

Como se eu acreditasse que iria! Estendi a mão para abrir a porta, mas ele me impediu.

— Sabe por que eu quis te encontrar aquele dia na biblioteca? — perguntou.

— Como? — Encarei-o.

— Naquela sexta, depois que você se recuperou da gripe e voltou às aulas? — Correu uma das mãos pelo cabelo. —Você estava certa. Escolhi a biblioteca porque lá ninguém nos veria juntos.

Fechei a boca, sentindo um gosto de fel subir pela garganta, fazendo-a queimar.

— Sabe de uma coisa? Sempre achei que você tinha um ego grande demais para admitir humildemente que errou ou mentiu.

— E, como sempre, você tira conclusões precipitadas. — Seus olhos pareciam querer perfurar os meus. — Eu não queria que a Ash ou o Andrew começassem a encher seu saco como faziam com o Dawson e a Beth. Se acha que tenho vergonha de você ou que não estou pronto para demonstrar meu interesse em público, é melhor pensar direito. Porque, se isso é tudo, problema resolvido.

Fiquei olhando para ele. O que diabos eu deveria dizer? Sim, uma parte de mim até acreditava. Quantas pessoas escorraçariam uma garota da cantina da maneira como ele havia feito para depois começar a bajulá-la? Não muitas. Mas então me lembrei do fio de espaguete pendurado na orelha

· 141 ·

dele e escutei sua risada divertida, naquele dia que parecia ter acontecido tanto tempo atrás.

— Daemon...

O sorriso dele estava começando a me deixar preocupada.

— Eu te falei, gatinha. Adoro um desafio.

[14]

Lesa praticamente pulou em cima de mim assim que entrei em sala.

— Você escutou?

Ainda sonolenta, fiz que não. Eu tivera uma tremenda dificuldade em pegar no sono depois de tudo o que havia acontecido com o Daemon na noite anterior. As reviravoltas em meu estômago só podiam ser consequência da falta de café da manhã.

— Simon está desaparecido — informou ela.

— Desaparecido? — Não dei bola para o arrepio quente em minha nuca que indicava que Daemon tinha entrado em sala. — Desde quando?

— Desde a semana passada. — Lesa olhou de relance para algo atrás de mim e seus olhos se arregalaram. — Uau. Isso é ainda mais inesperado.

Senti um cheiro doce e familiar. Confusa, virei-me na cadeira. A ponta do meu nariz roçou uma solitária rosa, de um vermelho vibrante. Dedos bronzeados seguravam o caule. Ergui os olhos.

Daemon estava parado ao lado da carteira, os olhos verdes brilhando como lantejoulas. Bateu novamente com a rosa na ponta do meu nariz.

— Bom dia.

Simplesmente encarei-o, chocada.

— Pra você — acrescentou ao ver que eu continuava muda.

Todos os alunos me observaram fechar os dedos em torno do caule úmido. Daemon se sentou antes que eu pudesse dizer qualquer coisa. Fiquei ali, segurando a rosa até o professor entrar em sala e começar a chamada.

A risadinha gutural que ele soltou aqueceu meu peito.

Com o rosto pegando fogo, soltei a rosa sobre a carteira, mas não consegui tirar os olhos dela. Quando Daemon dissera que não ia desistir, eu não imaginava que ele recorreria a algo tão extremo sem hesitar. Por que tudo isso? Talvez ele apenas quisesse transar comigo. Só isso, certo? Em algum momento, o ódio se transformara em tesão. Poucos meses atrás, ele era totalmente contra minha simples amizade com sua irmã, e agora queria ficar comigo, mesmo que isso significasse desafiar os desejos de sua raça? Ele só podia estar viciado em alguma droga pesada.

A luz da sala incidiu sobre as pétalas orvalhadas.

Ergui os olhos e peguei Lesa me observando. Ela movimentou os lábios como quem diz: "Bacana."

Bacana? Aquilo era bacana, doce, romântico e mil outras coisas, tudo ao mesmo tempo. O tipo de coisa que fazia meu coração dar cambalhotas. Com um rápido olhar por cima do ombro, observei meu vizinho rabiscar alguma coisa numa folha branca do caderno. Suas sobrancelhas estavam cerradas em concentração. As pestanas grossas e negras escondiam-lhe os olhos.

De repente, ele ergueu a cabeça e seus lábios se abriram num sorriso.

Eu estava definitivamente em apuros.

A escola fervilhou de policiais nos dias seguintes, interrogando alunos e professores a respeito do Simon. Daemon e eu acabamos sendo uns dos primeiros com quem eles conversaram. Como se fôssemos uma versão moderna de Bonnie e Clyde, tramando para exterminar todos os atletas brutamontes do planeta. Bem, o fato de Daemon ter dado uma surra no Simon não contava a favor dele. No entanto, os policiais não nos trataram como suspeitos. Após meu primeiro e único interrogatório na sala

LUX ❷ ÔNIX

do diretor, tive quase certeza de que dois deles eram alienígenas. Fiquei também com a impressão de que eles suspeitavam de que eu conhecia seu segredo.

Imaginei se alguém teria mencionado alguma coisa. Ash era a principal suspeita, especialmente depois que Daemon começara a me encher de presentes. Num dia ele me levou um Caramelo Macchiato, um dos meus preferidos, no seguinte um croissant de ovos com bacon, no outro um donut açucarado e, por fim... um lírio. Ele não estava fazendo o menor esforço para esconder suas intenções.

Parte de mim se sentia mal por ela. Ash passara a vida inteira esperando ficar com ele. Eu não tinha ideia do que estaria pensando — se estava sofrendo pelo fim definitivo do relacionamento deles ou se apenas sentia por ter perdido algo que acreditava ser dela. Se meu corpo acabasse numa vala em algum lugar, eu definitivamente apostaria nela ou no Andrew. Adam deixara o lado sombrio e agora sempre se sentava com a Dee durante o almoço. Eles não conseguiam tirar as mãos de cima um do outro, literalmente... nem da nossa comida.

Daemon passava um tempo comigo todas as noites. Ele dizia que precisava ficar de olho em mim, certificar-se de que eu não seria novamente atacada por alguma cadeira. No mundo dele, isso significava aproveitar toda e qualquer oportunidade para ficar perto de mim. Perto mesmo, a ponto de deixar minha pele formigando e testar minha força de vontade de não ceder a ele.

Já Blake... bem, ele falava comigo na aula e me mandava algumas mensagens à noite, mas eu sempre precisava esperar até o Daemon decidir ir embora antes de poder responder. No entanto, não houvera nenhum convite para um novo encontro.

A tática de assustar pretendentes do meu vizinho era um sucesso, e algo de que ele se orgulhava sem um pingo de vergonha.

No sábado à tarde, estava concentrada redigindo uma maratona de resenhas quando escutei uma batida à porta. Terminei a última frase: *Uma estreia maravilhosa; com uma ação de tirar o fôlego e um romance arrebatador,* The Hidden Circle *é daqueles que você esquece-o-dever-de-casa, deixa-os-filhos-com- -fome e pede-demissão-do-emprego para ler de-uma-só-tacada;* e fechei o laptop.

· 145 ·

JENNIFER L. ARMENTROUT

Ao me aproximar da porta, senti o familiar arrepio na nuca. Daemon. Tropecei numa ponta virada do tapete do vestíbulo e levei um segundo para ajeitar o pulôver antes de abri-la.

Uma familiar sensação de ansiedade me corroeu por dentro. O que será que ele tinha na manga hoje? Em outras palavras, até onde conseguiria complicar ainda mais a minha vida? Minha política de sem beijos permanecia firme e forte desde segunda. Ainda assim, por mais estranho que pudesse parecer, nossos inocentes e clandestinos encontros tinham um grau de intimidade inegável.

Ele havia mudado.

Eu estava acostumada com um Daemon rude e sarcástico. De um jeito estranho, era mais fácil lidar com essa versão. Podíamos passar o dia inteiro trocando insultos. Já o novo Daemon... o que não desistia, este era doce, gentil, engraçado e — Pai do céu — *atencioso*.

Ele esperava na varanda, as mãos enfiadas nos bolsos da calça jeans. Estava com os olhos fixos em algum ponto ao longe, mas se virou no exato instante em que abri a porta.

Passou por mim e seguiu para a sala. Um perfume de natureza e especiarias o acompanhou. Um aroma intoxicante, totalmente característico dele.

—Você está bonita hoje — comentou, para minha surpresa.

Baixei os olhos rapidamente para meu pulôver cinza de capuz e prendi uma mecha de cabelo atrás da orelha.

— Hum, obrigada. — Pigarreei para limpar a garganta. — Bem... aconteceu alguma coisa?

Daemon sempre usava a mesma vaga desculpa para passar um tempo comigo: "Estou apenas cuidando de você", de modo que eu não esperava nada diferente.

— Eu queria te ver.

—Ah. — Bem, que diabos...

Ele deu uma risadinha.

— Achei que a gente podia sair para dar uma caminhada. Está uma tarde gostosa.

Lancei um rápido olhar para meu laptop, tentando me decidir. Passar um tempo com ele não era algo que eu devesse fazer. Servia apenas para encorajar seu... comportamento mais sociável.

LUX ✷ ÔNIX

—Vou me comportar — acrescentou ele. — Prometo.

Eu ri.

—Tudo bem, vamos.

O ar estava fresco, mas não tão frio quanto ficaria depois que o sol se fosse. Em vez de seguir para a mata, Daemon me guiou em direção a seu carro.

— Exatamente onde você estava pensando em dar a caminhada?

— Apenas uma volta ao ar livre — respondeu secamente.

— Bom, isso eu já tinha adivinhado.

—Você faz perguntas demais.

— Já me disseram que sou muito curiosa.

Ele se inclinou e sussurrou:

— Isso eu já tinha adivinhado.

Fiz uma careta, mas fiquei intrigada. Acomodei-me no banco do carona.

—Você escutou alguma novidade sobre o Simon? — perguntei assim que ele deu ré para sair da garagem. — Eu não.

— Nem eu.

Um borrão de folhas douradas, vermelhas e marrons começou a passar por nós ao entrarmos na rodovia.

—Você acha que o desaparecimento dele teve a ver com algum Arum?

Daemon fez que não.

— Acho que não. Faz tempo que eu não vejo um, mas não podemos ter certeza.

Não fazia o menor sentido Simon ter sido atacado por um Arum, mas os garotos da região não costumavam desaparecer sem que tivesse algo a ver com algum Luxen ou Arum. Olhei pela janela para o cenário familiar. Não levei muito tempo para perceber aonde estávamos indo. Confusa, observei Daemon sair da estrada e estacionar na entrada do campo que a galera usava para as festas.

O mesmo lugar onde havíamos lutado contra Baruck.

— Por que aqui? — perguntei, saltando do carro. O chão estava coberto de folhas de todas as cores. A cada passo, meu pé afundava um ou dois centímetros. Por um tempo, o único som que escutamos foi o estalar das folhas sendo esmagadas por nossos pés.

· 147 ·

— Esse lugar provavelmente contém muita energia residual, tanto da nossa luta quanto da morte do Baruck. — Ele contornou um galho caído. — Cuidado, há galhos espalhados por todos os lados.

Desviei-me de um particularmente retorcido.

— Pode parecer loucura, mas eu tinha vontade de voltar aqui. Não sei por quê.

— Não acho — respondeu ele baixinho. — Na minha opinião, faz sentido.

— Será que é por causa dessa história de energia?

— Do que sobrou dela. — Daemon se inclinou e tirou outro galho do caminho. — Quero ver se consigo sentir alguma coisa. Se o DOD esteve verificando a área, talvez seja bom a gente checar também.

Percorremos o restante do caminho em silêncio. Daemon na frente e eu ligeiramente atrás, tomando cuidado com o terreno irregular. Senti uma espécie de formigamento assim que o local surgiu em nosso campo de visão. O chão estava coberto de folhas, mas as árvores continuavam curvadas, parecendo ainda mais grotescas com seus troncos retorcidos em direção ao chão. Parei no limite da clareira e tentei identificar o lugar exato onde Baruck havia morrido.

Afastei algumas folhas mortas com a ponta do pé. Em pouco tempo, encontrei o trecho de solo enegrecido. A terra parecia ainda recordar o que acontecera naquela noite, recusando-se a abandonar a lembrança.

Era como um túmulo doentio.

— A terra nunca irá se recuperar — comentou Daemon baixinho, logo atrás de mim. — Não sei por que, mas ela absorveu a essência dele e nada jamais irá crescer neste lugar. — Ele assumiu meu trabalho e terminou de afastar as folhas até descobrir a área totalmente. — No começo, matar era algo que me incomodava.

Desviei os olhos do trecho queimado de terra. Um raio de luz do sol penetrou através das nuvens e incidiu sobre o cabelo dele, atribuindo-lhe reflexos avermelhados.

Daemon abriu um sorriso tenso.

— Eu não gostava de fazer isso. Ainda não gosto. Uma vida é sempre uma vida.

LUX **2** ÔNIX

— Mas é algo que você precisa fazer. Não pode mudar isso. Deixar que te afete não ajuda em nada. Também me incomoda saber que eu matei… dois deles, mas…

— O que você fez não foi errado. Nunca duvide disso. — Seus olhos encontraram os meus por um segundo, e ele pigarreou para limpar a garganta. — Não estou sentindo nada.

Meti as mãos no bolso do pulôver, fechando-as em torno do celular.

—Você acha que o DOD captou alguma coisa?

— Não faço ideia. — Daemon cruzou a pequena distância que nos separava, parando apenas quando fui obrigada a dobrar o pescoço para olhar para ele. — Só se eles estiverem usando algum equipamento que eu ainda não conheça.

— E se estiverem, o que isso significa? Algo com o que a gente precise se preocupar?

— Acho que não, mesmo que os níveis de energia estivessem mais altos. — Estendeu a mão e afastou uma mecha de cabelo que se soltara do meu rabo de cavalo. — Isso na verdade não lhes diz nada. Você andou tendo alguma explosão de energia recentemente?

— Não — menti, não querendo que ele se preocupasse sem necessidade. Ainda hoje eu tinha explodido a lâmpada do meu quarto. E fizera a cama andar quase um metro.

A mão dele demorou-se em meu rosto por alguns instantes e, então, ele capturou a minha, levou-a aos lábios e plantou um leve beijo no centro da palma. Uma descarga de calor desceu por meu braço. Mesmo com os olhos semiencobertos pelas pestanas escuras, seu olhar me queimava como fogo.

Entreabri os lábios, sentindo o coração farfalhar no peito como as folhas que caíam ao nosso redor.

—Você me trouxe aqui só pra me deixar à sua mercê?

— Isso talvez fosse parte do plano. — Daemon abaixou a cabeça e o cabelo pendeu para a frente, roçando minha bochecha. Ele repuxou ligeiramente a boca e, meio segundo depois, pressionou os lábios contra os meus, fazendo meu coração inflar.

Afastei-me, ofegante.

— Sem beijos — murmurei.

Seus dedos se fecharam com força em volta dos meus.

· 149 ·

JENNIFER L. ARMENTROUT

— Estou me esforçando.

— Então se esforce mais. — Soltei minha mão da dele e dei um passo para trás. Em seguida, meti as duas dentro do bolso do pulôver. — Acho melhor a gente voltar.

Ele suspirou.

— Como quiser.

Fiz que sim. Tomamos o caminho de volta para o carro, a princípio em silêncio. Mantive os olhos pregados no chão, numa luta interna entre o que eu queria e o que precisava. Daemon não podia ser ambos.

— Então, estive pensando... — disse ele após alguns instantes.

Fitei-o com uma expressão de cansaço.

— Sobre o quê?

— A gente devia fazer alguma coisa. Juntos. Não estou falando da sua casa nem de sair para caminhar. — Seus olhos estavam fixos à frente. — Podíamos ir jantar ou, quem sabe, ao cinema.

Meu coração idiota começou a dar cambalhotas de novo.

— Você está me convidando para sair?

Ele riu por entre os dentes.

— É o que parece.

As árvores começavam a se espaçar. Grandes fardos de feno surgiram à vista.

— Você não quer um encontro comigo.

— Por que você fica me dizendo o que eu não quero? — Um quê de curiosidade matizou sua voz.

— Porque não é possível — disse eu. — Você não pode querer nada disso comigo, não de verdade. Talvez com a Ash...

— Eu não quero nada com a Ash. — O semblante endureceu e ele parou para me encarar. — Se quisesse, estaria com ela. Mas não estou. Não é ela *quem* eu quero.

— Nem a mim. Não pode me dizer honestamente que arriscaria o repúdio de todos os Luxen da região só para ficar comigo.

Daemon balançou a cabeça, sem conseguir acreditar.

— Você precisa parar de presumir que sabe o que eu quero ou o que eu faria.

Recomecei a caminhar.

LUX ❋ ÔNIX

— O que te atrai é o desafio e a conexão, Daemon. O que você sente por mim não é real.

— Isso é ridículo — rebateu ele.

— Como pode ter tanta certeza?

— Porque eu tenho. — Daemon surgiu na minha frente, os olhos estreitados. Bateu com a mão no peito, bem em cima do coração. — Porque sei o que sinto aqui dentro. E não sou o tipo de pessoa que foge das coisas, por mais difíceis que sejam. É melhor bater de cara numa parede de tijolos do que passar o resto da vida imaginando o que teria acontecido. E quer saber de uma coisa? Achei que você também não fugisse das oportunidades. Talvez eu esteja enganado.

Chocada, tirei as mãos do bolso e as corri pelo cabelo, puxando-o para trás. Uma série de nós se formou em meu estômago — do tipo que se contorce agradavelmente.

— Eu não fujo.

— Não? Porque é exatamente isso o que está fazendo — argumentou ele. — Você finge que o que sente por mim não existe ou não é real. E eu sei muito bem que você não sente nada pelo Bobby.

— Blake — corrigi automaticamente. Desviando-me dele, segui para o carro. — Não quero falar…

Ao alcançarmos a divisa da mata com o campo, paramos de supetão. Dois gigantescos SUVs estavam estacionados um de cada lado do carro dele, bloqueando nossa saída. Dois homens esperavam ao lado de um dos carros, ambos vestidos com ternos pretos. Um incômodo profundo espalhou-se por meu corpo como uma onda fria e escura. Daemon se postou à minha frente, as mãos ao lado do corpo. Os músculos retesados traíam a tensão. Não precisei perguntar quem eram eles.

O DOD nos encontrara.

[15]

Um dos sujeitos de terno deu um passo à frente, os olhos fixos no Daemon.

— Olá, sr. Black, srta. Swartz.

— Oi Lane — respondeu Daemon numa voz monótona. Pelo visto conhecia o sujeito. — Não esperava vê-los hoje.

Sem saber direito o que fazer, cumprimentei os dois com um leve menear de cabeça e permaneci quieta, tentando não chamar nenhuma atenção para mim.

— Chegamos um pouco antes do previsto e vimos seu carro. — Lane sorriu, o que me provocou uma série de calafrios.

Os olhos do companheiro dele se voltaram para mim.

— O que vocês estão fazendo aqui?

— Viemos a uma festa aqui ontem à noite e ela perdeu o celular. — Daemon sorriu para mim. — Estávamos procurando.

O celular em meu bolso queimou como se fosse abrir um buraco.

— Então, posso encontrá-los mais tarde — continuou meu vizinho. — Assim que acharmos o...

A porta do carona de um dos Expeditions se abriu e uma mulher saltou. Os cabelos louros platinados estavam presos num coque apertado, deixando

LUX 2 ÔNIX

à mostra um rosto de traços marcantes que seria considerado bonito se ela não tivesse um ar de quem não pensaria duas vezes antes de me acertar com uma daquelas armas de choque.

— Menores de idade bebendo? — A mulher sorriu, fazendo-me pensar num daqueles sorrisos das bonecas Barbie. Falso. Plástico. De alguma forma, errado.

— Não bebemos — intervim, entrando no jogo. — Daemon conhece as consequências. Os pais dele são como os meus. Eles o matariam.

— Bom, estava esperando conversar um pouquinho com você, Daemon. Podemos ir… comer alguma coisa. — Lane apontou para seu Expedition. — Não temos muito tempo, só algumas horas. Odeio interferir na sua procura pelo celular, mas…

Por um momento, achei que Daemon fosse protestar, mas ele se virou para mim e disse:

— Tudo bem. Vou levá-la em casa e depois encontro com vocês.

— Isso não será necessário — interrompeu a mulher. — Podemos levá-la enquanto vocês dois conversam.

Pude sentir meu pulso reverberando nos tímpanos. Olhei de relance para o Daemon em busca de ajuda, mas ele continuou onde estava, o maxilar trincado, sem dizer nada. Percebi, então, que não havia nada que ele pudesse fazer. Forçando um sorriso, assenti com um menear de cabeça.

— Por mim tudo bem. Só espero que isso não obrigue vocês a sair do caminho.

A mão direita dele se crispou.

— Não tem problema — retrucou ela. — Adoramos as estradinhas dessa região. Todo esse colorido do outono. Pronta?

Olhei para o Daemon e, sentindo seu olhar de águia me acompanhar, segui para o carro da mulher. Murmurei um rápido agradecimento quando ela abriu a porta traseira e entrei, esperando seriamente não acabar com minha foto num cartaz de pessoa desaparecida.

Daemon seguiu para o próprio carro, mas, antes de entrar, parou e olhou de relance para mim. Pude jurar ter escutado sua voz em minha mente. *Vai ficar tudo bem.* Isso, porém, não podia ter acontecido de fato. Talvez fosse apenas uma projeção do meu próprio desejo, porque, por um momento, o medo percorreu minhas veias como água gelada. E se eu

· 153 ·

nunca mais o visse — ou qualquer outra pessoa? E se eles descobrissem que eu sabia sobre os Luxen?

E se descobrissem o que eu podia fazer?

Desejei ter permitido que ele me beijasse momentos antes. Porque, se era para desaparecer, pelo menos minha última lembrança me daria uma certa sensação de completude.

Forcei-me a respirar com calma e acenei para ele antes que a mulher fechasse a porta.

Ela se acomodou no banco do carona e virou para trás.

— Cinto?

Com as mãos trêmulas e suadas, prendi o cinto. O homem atrás do volante não disse nada, mas os pelos do bigode se moviam como se ele estivesse respirando pesadamente.

— Hum, obrigada pela carona.

— Não tem de quê. Meu nome é Nancy Husher — informou ela e, em seguida, apontou para o motorista. — E este é Brian Vaughn. Ele conhece a família do Daemon há anos. Só estou aqui para fazer companhia.

Tenho certeza que sim.

— Ah… muito legal da sua parte.

Nancy assentiu.

— Daemon é como se fosse um filho pro Brian, não é mesmo?

— É verdade — concordou ele. — Não é comum vê-lo com uma garota. Ele deve gostar muito de você para vir ajudá-la a encontrar o celular.

Meus olhos pulavam de um para o outro.

— Acho que sim. Ele e a irmã são muito legais.

— Dee é uma graça. Vocês são próximas? — perguntou Brian.

Eu estava sendo interrogada. Maravilha.

— Bem, como somos as únicas garotas na rua, eu diria que sim.

Nancy se virou para frente e olhou pela janela. Felizmente, reconheci que estávamos rumando de volta para Ketterman.

— E Daemon? Vocês também são próximos?

Minha boca secou.

— Não sei se entendi o que você quis dizer.

— Achei que você tinha dito que ele estava saindo com alguém, Brian.

— Se não me engano, uma tal de Ash Thompson — retrucou ele.

LUX ❖ 2 ÔNIX

Como se eles não soubessem quem era ela, mas, ei, eu também podia jogar aquele jogo.

— Acho que eles terminaram no último verão, mas isso não teve nada a ver comigo.

— Não? — perguntou Nancy.

Fiz que não, chegando à conclusão de que um pouco de verdade não machucaria ninguém.

— Somos apenas amigos. Na verdade, a gente vive brigando.

— Mas você disse que ele era legal.

Merda. Dei de ombros, tentando manter uma expressão impassível.

— Ele pode ser legal quando quer.

Ela arqueou uma sobrancelha.

— E quanto à Dee?

— Ela é dez. — Dei uma olhada pela janela. Como estávamos demorando! Eu ia acabar tendo um ataque cardíaco antes de chegar em casa. Alguma coisa no jeito da Nancy, além do óbvio, me deixava com os nervos à flor da pele.

— O que você acha dos pais deles?

Franzi o cenho. As perguntas eram bem estranhas, levando em consideração que eu não deveria saber nada.

— Não sei. São apenas pais.

Brian riu. Será que aquele cara era uma pessoa de verdade? Sua risada parecia meio robótica.

— O que eu quero dizer é: você gosta deles? — indagou ela.

— Não os vejo com frequência. Apenas chegando ou saindo. Nunca conversei com eles. — Fitei-a no fundo dos olhos, tentando convencê-la a acreditar em mim. — Não frequento muito a casa deles, de modo que quase não nos encontramos.

Ela manteve os olhos fixos nos meus por mais alguns momentos e, então, virou-se de novo para a frente. Depois disso, ninguém falou mais nada. O suor escorria por minha testa. Quando Brian finalmente virou na minha rua, quase chorei de alívio. Ele mal tinha encostado o carro e eu já estava desafivelando o cinto.

— Obrigada pela carona — agradeci apressadamente.

— Não tem de quê — respondeu Nancy. — Se cuide, srta. Swartz.

Os pelos do meu corpo se eriçaram. Abri a porta do carro e saltei.

E, nesse exato momento, num dos piores casos de "hora errada" da história, o telefone começou a tocar em meu bolso, o som tão alto quanto o de um alarme. *Puta merda...* Ergui os olhos imediatamente para Nancy.

Ela sorriu.

＊ ＊ ＊

— Tenho certeza de que ele está bem — repetiu Dee mais uma vez. — Katy, eles vivem fazendo isso. Chegam de surpresa, procuram pela gente e agem de um jeito estranhíssimo.

Parei diante da televisão dela, retorcendo as mãos. Desde que eles haviam me deixado na frente de casa, um medo profundo fincara raízes em minhas entranhas.

—Você não está entendendo. Daemon disse a eles que eu havia perdido o celular e que o estávamos procurando. Mas depois o maldito aparelho tocou na frente deles.

— Eu sei, mas qual é o problema? — Adam se sentou no sofá e jogou as pernas sobre o encosto. — Isso não vai fazer com que eles desconfiem de que você sabe alguma coisa.

Mas eles tinham nos pego na mentira, e pareciam espertos demais para deixar uma coisa dessas passar. Além disso, eu não podia contar à Dee o verdadeiro motivo de termos ido até o campo. Não que ela não tivesse perguntado. Eu lhe dera alguma desculpa esfarrapada sobre desejar ver o local onde o Baruck fora morto.

Ela não me parecera muito convencida.

Recomecei a andar de um lado para outro.

— Mas já se passaram horas. São quase dez da noite.

— Querida, ele tá bem. — Ela se levantou e agarrou minhas mãos. — Eles vieram aqui primeiro e depois foram atrás dele. Estão fazendo o que sempre fazem: sendo irritantes e o bombardeando de perguntas.

— Mas por que está demorando tanto?

LUX 2 ÔNIX

— Porque eles adoram encher o saco do Daemon e vice-versa — explicou Adam, fazendo o controle remoto flutuar até sua mão. — É como duas pessoas numa relação doentia.

Ri, embora sem muita vontade.

— Mas e se eles descobrirem que eu sei sobre vocês? O que irão fazer com ele?

Dee franziu as sobrancelhas.

— Eles não vão descobrir, Katy. Mas, se descobrissem, você deveria se preocupar mais consigo mesma do que com ele.

Assenti com um menear de cabeça, soltei as mãos e voltei a cavar um sulco no chão da sala. Eles não entendiam. Eu tinha visto os olhos da Nancy. Ela sabia que estávamos mentindo, mas me deixara ir. Por quê?

— Katy — começou Dee como quem não quer nada. — Estou surpresa por você estar tão preocupada com o bem-estar do meu irmão.

Senti o rosto queimar. Eu não queria parar para pensar sobre o motivo de estar tão preocupada.

— Só porque ele… ele é o Daemon… não significa que eu queira que algo de mau lhe aconteça.

Ela me fitou com atenção, arqueando uma sobrancelha.

— Tem certeza de que não é mais do que isso?

Parei.

— Tenho, claro.

— Ele tem levado um monte de presentinhos pra você na escola. — Adam recostou a cabeça, os olhos estreitados. — Ele nunca agiu assim com ninguém. Nem com a minha irmã.

— E vocês têm passado muito tempo juntos — acrescentou Dee.

— E daí? Você tem passado muito tempo com o Adam. — Assim que disse isso, percebi o quanto tinha sido estúpida.

Dee sorriu, os olhos brilhando.

— É verdade. A gente tem transado. Bastante.

Adam arregalou os olhos.

— Uau, Dee, você não quer um cartaz para anunciar na escola?

Ela deu de ombros.

— É verdade.

— Ai, credo, não é isso que está acontecendo.

Ela voltou para o sofá e se sentou ao lado do Adam, que estava vermelho feito um pimentão.

— Então o que está acontecendo?

Merda. Odiava mentir para ela.

— Ele tem me ajudado com os deveres.

— Deveres?

— De trigonometria — respondi rapidamente. — Sou horrível em matemática.

Ela riu.

— Certo. Se é o que você diz. Só quero que saiba que, se algo estiver acontecendo entre você e o meu irmão, não vou ficar chateada.

Encarei-a.

— Parte de mim entende o motivo de vocês quererem manter isso em segredo. Vocês são conhecidos pela troca de farpas e tudo o mais. — Ela franziu o cenho. — Mas quero que saiba que não tenho problema nenhum com isso. É meio louco, e espero que Daemon esteja preparado para enfrentar as consequências, mas quero vê-lo feliz. E se você o faz feliz...

— Certo, entendi. — Aquele era o tipo de conversa que eu definitivamente não queria ter com ela na frente do Adam.

Dee sorriu.

— Espero que reconsidere e venha jantar com a gente no Dia de Ação de Graças. Você sabe que é bem-vinda.

— Duvido muito que a Ash ou o Andrew fossem ficar felizes de *me* ver à mesa.

— Quem liga para o que eles pensam? — Adam revirou os olhos. — Eu não. Nem Daemon. E você também não devia ligar.

— Vocês são como uma família. Eu não...

Um arrepio percorreu minha nuca. De forma instintiva, girei nos calcanhares e atravessei a sala correndo. Abri a porta e saí ao encontro da noite fria.

Não pensei duas vezes.

Daemon mal havia terminado de subir a escada quando me lancei sobre ele, passando os braços em volta do seu pescoço e o abraçando com força.

Ele pareceu petrificado por um segundo, mas, então, me envolveu pela cintura. Nenhum de nós disse nada por alguns minutos. Não precisávamos. Tudo o que eu queria era abraçá-lo — e ser abraçada por ele. Talvez fosse por causa da conexão que nos atraía. Talvez fosse algo infinitamente mais profundo. Naquele momento, não dei a mínima.

— Espere um pouco, gatinha, o que foi que aconteceu?

Enterrei-me ainda mais em seu peito e inspirei fundo.

— Achei que o DOD tivesse te arrastado para algum laboratório e o prendido numa jaula.

— Numa jaula? — Ele riu, mas sem muita firmeza. — Não. Sem jaulas. Eles só queriam conversar. Demorou mais do que eu esperava, mas está tudo bem.

Dee pigarreou.

— Rran-rran.

Enrijeci, dando-me conta do que estava fazendo. Ai, aquilo não era nada legal. Soltei os braços que o envolviam ao mesmo tempo que me desvencilhava dos dele e, em seguida, recuei um passo, envergonhada.

— Eu… acho que me entusiasmei.

— É, deu pra perceber — retrucou Dee, rindo feito uma idiota.

Daemon me fitava como se tivesse acabado de ganhar na loteria.

— Acho que eu gosto desse entusiasmo. Me faz pensar em…

— Daemon! — Nós duas gritamos ao mesmo tempo.

— Que foi? — Ele deu uma risadinha, bagunçando o cabelo da irmã. — Eu só ia sugerir…

— Sabemos muito bem o que você ia sugerir. — Dee se afastou da mão dele. — Mas não quero acabar vomitando o jantar. — Ela sorriu para mim. — Viu? Eu te falei. Ele está ótimo.

Dava para ver. Assim como dava para ver o quanto ele era lindo, mas voltando ao ponto…

— Eles não suspeitaram de nada?

Ele fez que não.

— Nada além do de sempre, mas eles costumam ser paranoicos. — Fez uma pausa, os olhos perscrutando os meus sob a luz fraca da varanda. — Não precisa se preocupar, sério. Você está segura.

Não era comigo que eu estava preocupada. Ó céus, isso não era nada bom. Meu instinto de sobrevivência devia estar com sérios problemas. Honestamente, o que eu precisava era dar o fora dali.

— Certo, preciso ir pra casa.

JENNIFER L. ARMENTROUT

— Kat...

— Não. — Fiz sinal com a mão para ele nem tentar e comecei a descer os degraus. — Tenho que ir, de verdade. Blake ligou e preciso retornar a ligação.

— Boris pode esperar — replicou Daemon.

— Blake — corrigi, parando na calçada. Esperta como era, Dee tinha entrado, porém Daemon simplesmente viera até a beirada da varanda. Quando nossos olhos se encontraram, senti meus pensamentos e emoções expostos demais. — Eles me fizeram muitas perguntas... principalmente a mulher.

— Nancy Husher — disse, franzindo o cenho. Um segundo depois, estava parado diante de mim. — Pelo que sei, ela é uma figurona dentro do DOD. Eles queriam saber o que aconteceu no fim de semana do Halloween. Dei a eles minha versão editada.

— E eles acreditaram?

Ele fez que sim.

— Piamente.

Estremeci.

— Só que não foi você, Daemon. Fui eu. Ou talvez nós todos.

— Eu sei, mas eles não. — Envolveu meu rosto entre as mãos e acrescentou baixinho: — E jamais saberão.

Fechei os olhos. O calor do toque dele abrandou um pouco o medo.

— Não é comigo que estou preocupada. Se eles acharem que você fritou o satélite, podem vir a considerá-lo uma ameaça.

— Ou podem simplesmente achar que eu sou incrível.

— Não é engraçado — murmurei.

— Eu sei. — Ele se aproximou e, antes que eu desse por mim, estava em seus braços novamente. — Não se preocupe, nem comigo nem com a Dee. Sabemos lidar com o DOD. Confie em mim.

Deixei que ele me abraçasse por mais alguns instantes, aninhada em seu calor, mas, então, me afastei.

— Não disse nada a ela. Mas o maldito telefone tocou na hora em que eu estava saindo do carro. Ela sabe que a gente mentiu sobre o motivo de estarmos lá.

· 160 ·

LUX ❖ 2 ÔNIX

— Eles não vão dar bola para uma mentirinha a respeito de um celular. Provavelmente acham que estávamos lá transando ou algo assim. Não precisa se preocupar, Kat.

A ansiedade, porém, não me abandonou. Continuou me corroendo. Havia algo de estranho em relação a tal Nancy. Calculista. Como se ela tivesse nos apresentado um quiz e não houvéssemos acertado. Ergui os olhos e o fitei.

— Fico feliz que você esteja bem.

Ele sorriu.

— Eu sei.

Eu poderia ter ficado ali admirando aqueles olhos cintilantes a noite inteira, mas alguma coisa me disse para me afastar o máximo e o mais rápido possível. Algo ruim acabaria por resultar de tudo isso.

Assim sendo, virei e me afastei.

[16]

Como já esperava, passei a maior parte do Dia de Ação de Graças sozinha em casa. Minha mãe tinha sido escalada para um plantão duplo, que a obrigaria a trabalhar do meio-dia de quinta até o meio-dia de sexta.

Eu poderia ter ido até os meus vizinhos. Tanto a Dee quanto o Daemon tinham me convidado, mas não me parecera certo invadir a celebração alienígena deles. E, a julgar pelas minhas constantes espiadas furtivas através da janela sempre que a porta de um carro batia lá fora, todos os outros convidados eram extraterrestres. Ash chegou com os irmãos, porém com uma expressão mais condizente com um velório do que com um jantar comemorativo.

Parte de mim não gostou de vê-la ali. Certo, eu estava com ciúmes. Burra.

Ainda assim, não ir foi a decisão certa.

Eu estava uma pilha. Só hoje, tinha virado a mesinha de centro, quebrado três copos e explodido uma lâmpada. Provavelmente não seria muito inteligente participar de nenhum tipo de confraternização, ainda que eu fosse adorar me deixar levar pelas festividades por um tempo. A única boa notícia era que não tinha ficado com uma dor de cabeça de rachar o crânio após minhas demonstrações surtadas de poder.

LUX 2 ÔNIX

Por volta das seis, senti o já tão familiar arrepio na nuca segundos antes de o Daemon bater à porta. Um misto de sensações conflitantes se instalou em meu estômago enquanto corria para abri-la.

A primeira coisa que percebi foi uma caixa grande ao lado dele e, em seguida, senti o cheiro de peru assado com batatas-doces.

— Oi — cumprimentou Daemon, segurando uma pilha de travessas cobertas. — Feliz Dia de Ação de Graças.

Pisquei algumas vezes.

— Pra você também.

— Não vai me convidar a entrar? — Ergueu as travessas. — Trouxe alguns presentinhos em forma de comida.

Dei um passo para o lado.

Ainda sorrindo, Daemon entrou e fez um gesto com a mão livre. A caixa que ficara na varanda elevou-se no ar e entrou atrás dele como um cachorrinho. Ela, então, pousou no chão do vestíbulo. Enquanto fechava a porta, vi a Ash e o Andrew entrando no carro deles. Nenhum dos dois olhou para minha casa.

Com um bolo se formando na garganta, virei-me para o Daemon.

— Trouxe um pouquinho de tudo. — Ele seguiu para a cozinha. — Peru, batata-doce, molho de cranberry, purê de batata, caçarola de vagem, uma espécie de torta crocante de maçã e outra de abóbora... Gatinha? Você não vem?

Forcei-me a desgrudar da porta e fui atrás dele. Daemon estava botando a mesa, descobrindo as travessas e... eu não sabia o que pensar.

Ele levantou as mãos e dois castiçais de vidro que mamãe nunca usava vieram flutuando até a mesa. As velas vieram em seguida e, com um simples brandir dos dedos, todas se acenderam.

O bolo na minha garganta ficou maior, ameaçando me sufocar.

Diversas gavetas se abriram e delas saíram pratos, copos e talheres. Em seguida, foi a vez de o vinho da minha mãe deixar a geladeira e encher duas taças de cristal. Com Daemon parado no meio de tudo isso, era como uma cena retirada de *A Bela e a Fera*. Só faltava o bule e as xícaras começarem a cantar.

— Tenho outra surpresa pra você, mas só depois do jantar.

— Tem? — murmurei.

Ele assentiu.

· 163 ·

JENNIFER L. ARMENTROUT

— Mas você precisa comer comigo primeiro.

Aproximei-me da mesa e me sentei, observando-o com olhos enevoados. Daemon serviu um prato para mim e, em seguida, se sentou ao meu lado. Pigarreei para limpar a garganta.

— Daemon, eu... não sei o que dizer. Obrigada.

— Não precisa agradecer — retrucou ele. — Você não quis ir até a minha casa, o que eu entendo perfeitamente, mas achei que não devia ficar sozinha.

Baixei os olhos antes que ele percebesse as lágrimas, peguei a taça e virei de uma vez só o vinho branco rascante. Quando finalmente ergui a cabeça, Daemon me fitava com o cenho franzido.

— Bêbada — brincou.

Dei uma risadinha.

— Talvez... só por hoje.

Ele me cutucou com o joelho por baixo da mesa.

— Coma logo antes que esfrie.

A comida estava divina. Quaisquer dúvidas que eu pudesse ter sobre os dotes culinários da Dee evaporaram. Tomei mais outra taça de vinho durante nosso pequeno jantar. Também comi tudo o que Daemon colocou no meu prato, inclusive a segunda leva.

Quando finalmente finquei o garfo na fatia de torta de abóbora, já estava tonta o bastante para começar a acreditar que ele talvez estivesse sendo motivado por algo mais do que uma simples conexão. Talvez Daemon realmente gostasse de mim, porque se eu era capaz de lutar contra essa atração — bem, mais ou menos — ele com certeza conseguiria também se quisesse.

Talvez não quisesse.

Arrumar a bagunça foi uma experiência estranhamente íntima. Nossos cotovelos roçaram um no outro diversas vezes. Um silêncio amigável recaiu entre nós enquanto lavávamos a louça, lado a lado. Senti as bochechas coradas, os pensamentos anuviados.

Tinha tomado vinho demais.

Assim que terminamos de arrumar tudo, segui-o até o vestíbulo. Ele levou a caixa até a sala sem tocá-la. Alguma coisa tilintou dentro dela. Sentando-me na beirinha do sofá, cruzei as mãos sobre o colo e esperei, sem a menor ideia do que ele pretendia fazer.

LUX ✸2 ÔNIX

Daemon abriu a caixa, retirou um galho verde de pinheiro e me cutucou com ele.

— Acho que temos uma árvore de Natal para armar. Sei que a Parada já acabou, mas acho que está rolando um especial de Ação de Graças do Charlie Brown, o que, bem, não é tão ruim.

Foi a gota d'água. O bolo na garganta voltou, só que dessa vez não consegui segurá-lo. Pulei do sofá e saí correndo da sala. Lágrimas escorriam por minhas bochechas. Com a garganta fechada de emoção, tentei secar os olhos.

Daemon surgiu na minha frente, bloqueando a escada. Seus olhos estavam arregalados, as pupilas luminosas. Tentei me virar e fugir, mas ele rapidamente me envolveu em seus braços fortes.

— Não tive a intenção de te fazer chorar, gatinha.

— Eu sei. — Funguei. — É só…

— É só o quê? — Envolveu meu rosto entre as mãos e, com a ponta dos polegares, começou a secar as lágrimas. Minha pele formigou com o contato. — Gatinha?

— Acho que você não faz ideia do… que algo assim significa pra mim. — Inspirei fundo, mas as lágrimas idiotas teimavam em escorrer. — Não faço isso… desde que papai estava vivo. Desculpe estar chorando, não é de tristeza. Só não esperava nada assim.

— Não tem problema. — Daemon me puxou para perto de si. Não reclamei. Ele me apertou com força enquanto eu enterrava o rosto em seu peito. — Eu entendo. Apenas lágrimas de emoção.

A sensação de calor e aconchego dos braços dele parecia tão certa. Queria negá-la, mas pela primeira vez resolvi não lutar — simplesmente *aceitei*. Não fazia diferença se Daemon me via como um cubo de Rubik gigante que ele precisava resolver ou se era um efeito colateral da cura. Não no momento.

Fechei uma das mãos na camisa dele, aninhando-me ainda mais. Daemon podia achar que sabia o quanto aquilo significava para mim, mas não sabia. Jamais saberia.

Ergui a cabeça, estendi o braço e envolvi a pele macia de seu rosto em minha mão livre. Com uma pequena ajuda, trouxe seus lábios para junto dos meus e o beijei. Um beijo rápido e inocente, mas que me deixou arrepiada até a unha do pé. Afastei-me, ofegante.

· 165 ·

JENNIFER L. ARMENTROUT

— Obrigada. Estou falando sério. Obrigada.

Ele roçou as costas dos dedos em meu rosto, secando o restante das lágrimas.

— Não deixe que ninguém descubra esse meu lado doce. Tenho uma reputação a manter.

Ri.

— Combinado. Agora, vamos lá.

Armar uma árvore de Natal com um alienígena foi uma experiência diferente. Daemon afastou o divã da frente da janela com um mero levantar do queixo. As bolas pendiam no ar, juntamente com um pisca-pisca de luzinhas coloridas que *não* estavam plugadas na tomada.

Nós dois rimos. E muito. De vez em quando eu sentia a garganta apertar ao pensar na reação de minha mãe quando visse a árvore no dia seguinte. Acho que ela ficaria feliz.

Daemon soltou um festão prateado sobre a minha cabeça enquanto eu pegava uma das bolas penduradas no ar.

— Obrigada.

— Combina com você.

O aroma artificial de pinho impregnou a sala. O espírito das festas se acendeu dentro de mim como um gigante que acorda de um sono mágico. Sorri para ele ao suspender uma bola quase tão verde quanto seus olhos, decidindo que aquela seria a bola *dele*.

Coloquei-a logo abaixo da reluzente estrela.

Já era quase meia-noite quando finalmente terminamos. Sentados no sofá, nossas coxas pressionadas uma contra a outra, admiramos nossa obra-prima. Havia mais festões de um lado do que do outro, mas ela estava perfeita. Um arco-íris de luzinhas iluminava a sala. As bolas de vidro cintilavam.

— Adorei — falei.

— É, ficou muito bonita. — Ele se recostou em mim e soltou um bocejo. — Dee armou a árvore hoje de manhã. Faz questão de ter tudo de uma cor só, mas acho que a nossa ficou mais bonita. Parece uma discoteca.

Nossa árvore. Sorri, gostando do som disso.

Ele me deu uma cutucada com o ombro.

— Sabe de uma coisa? Me diverti muito fazendo isso.

— Eu também.

LUX 2 ÔNIX

Meu vizinho semicerrou as pestanas. Meu Deus, eu seria capaz de matar para ter cílios assim.

— Está tarde.

— Eu sei. — Hesitei. — Quer dormir aqui?

Ele ergueu uma sobrancelha.

O convite não tinha soado muito bem.

— Não foi *isso* o que eu quis dizer.

— Eu não iria reclamar se fosse. — Abaixou os olhos. — Não mesmo.

Revirei os meus, sentindo um aperto no fundo do estômago. Por que eu tinha que sugerir uma coisa dessas? Ele não havia presumido nada tão despropositado. Daemon não me parecia o tipo de cara que tira proveito da ausência dos pais. Lembrei-me da última, e única, vez em que tínhamos dividido uma cama. Rubra de vergonha, levantei do sofá. Não queria que ele fosse embora, mas também não queria... não fazia ideia do que eu queria.

—Vou trocar de roupa — declarei.

— Precisa de ajuda?

— Uau. Você é um verdadeiro cavalheiro.

O sorriso se ampliou, deixando à mostra um par de covinhas.

— A experiência seria proveitosa para ambos. Juro.

Não tinha dúvidas disso.

— Fique aqui — mandei, e subi correndo para o quarto.

Vesti rapidamente um par de shorts de pijama com uma camiseta térmica rosa. Não era uma indumentária exatamente sexy, mas após lavar o rosto e escovar os dentes, cheguei à conclusão de que era a melhor escolha. Qualquer outra coisa daria ideias a ele. Diabos, até um saco de papel seria o suficiente para encorajá-lo.

Estanquei imediatamente ao sair do banheiro. Daemon *não* me obedecera. Meu sorriso se apagou.

Ele estava parado ao lado da janela, de costas para mim.

— Fiquei entediado.

— Eu não demorei nem cinco minutos.

— Sofro de déficit de atenção. — Fitou-me de relance por cima do ombro, os olhos cintilando. — Belo short.

Dei uma risadinha. Ele tinha estampa de estrelinhas.

JENNIFER L. ARMENTROUT

— O que você está fazendo no meu quarto?

—Você disse que eu podia dormir aqui.—Virou-se para mim, o olhar recaindo sobre a cama. De repente, o quarto pareceu pequeno demais, e a cama menor ainda. — Não achei que estivesse sugerindo o sofá.

Já não sabia mais o que eu tinha sugerido. Suspirei. O que eu estava fazendo?

Daemon atravessou o quarto e parou diante de mim.

— Não vou morder.

— Bom saber.

— A menos que você queira — acrescentou com um sorrisinho diabólico.

— Ótimo — murmurei, dando um passo para o lado. Definitivamente, precisava de espaço. Não que tenha adiantado muito. Com o coração martelando no peito, observei-o tirar os sapatos e a camisa. Ele, então, fez menção de desabotoar o jeans. Meus olhos se arregalaram. — O que... o que você está fazendo?

— Me aprontando para deitar.

— Nu?

Daemon arqueou uma sobrancelha.

— Estou de cueca. Que foi? Você espera que eu durma de calça?

— Da última vez, você dormiu. — Eu precisava me abanar.

Ele riu.

— Na verdade, eu estava com a calça do pijama.

E uma camiseta também, mas e daí? Poderia dizer a ele para ir embora, entretanto me virei de costas e fingi estar analisando um livro que deixara sobre a escrivaninha. Um calafrio percorreu minha espinha ao escutar a cama ranger sob o peso dele. Inspirei rápido e superficialmente e me virei de volta. Daemon estava deitado, os braços cruzados sob a cabeça, com uma expressão de inocência estampada no rosto.

— Isso foi uma péssima ideia — murmurei.

— Na minha opinião, foi a mais inteligente que você já teve.

Esfreguei as palmas nos quadris.

— É preciso muito mais do que um jantar de Ação de Graças e uma árvore de Natal para me levar para a cama.

— Merda. Lá se vai o meu plano.

LUX ❷ ÔNIX

Fitei-o com um misto de fúria, vergonha e expectativa. Não devia ser possível alguém sentir tantas emoções ao mesmo tempo. Com a cabeça girando, aproximei-me do meu lado da cama — ó céus, desde quando havíamos estipulado *lados*? — e rapidamente me meti debaixo das cobertas. *Não* queria saber se ele havia tirado a calça ou não.

— Pode desligar a luz, por favor? — Sem que ele se mexesse, o quarto recaiu na escuridão. Vários momentos se passaram. — Essa é uma habilidade muito útil.

— Concordo.

Foquei os olhos na luz cálida que incidia através das cortinas.

— Talvez um dia eu consiga ser tão preguiçosa quanto você e apagar as luzes sem precisar me mexer.

— É sempre bom sonhar.

Relaxei um tiquinho e sorri.

— Meu Deus, você é tão modesto!

— Modéstia é para os santos e os idiotas. Não sou nenhuma das duas coisas.

— Uau, Daemon, uau!

Ele se virou de lado, e sua respiração começou a brincar com os pelos do meu pescoço. Meu coração veio parar na garganta.

— Não acredito que você ainda não me expulsou daqui.

— Nem eu — sussurrei.

Daemon se aproximou um pouco mais e, ai meu Deus, percebi que tinha se livrado da calça. As pernas nuas roçaram as minhas, fazendo minha pulsação acelerar.

— Realmente não tive a intenção de te fazer chorar.

Virei de barriga para cima e olhei para ele. Daemon havia se erguido num dos cotovelos. Uma franja sedosa lhe cobria os olhos reluzentes.

— Eu sei. Tudo isso que você fez foi realmente fantástico.

— Não gostei de saber que você ia passar o feriado sozinha.

Meu peito subia e descia de forma lenta e ritmada. Tal como quando ele me abraçara lá embaixo e eu o beijara, tentei não pensar em nada. Impossível com aqueles olhos me fitando com a intensidade de mil sóis.

Daemon estendeu o braço e, com a ponta dos dedos, afastou uma mecha de cabelo do meu rosto. Uma corrente de eletricidade percorreu meu corpo. Não havia como negar a atração — o desejo que parecia não querer abandonar nenhum dos dois. Tal como uma viciada, não conseguia desgrudar os olhos daqueles lábios. A lembrança do sabor dele me queimava por dentro. Tudo isso era muito louco. Convidá-lo para ficar, deixá-lo deitar na cama comigo e pensar nele da maneira como estava pensando. Louco. Excitante.

Engoli em seco.

— Acho melhor a gente tentar dormir.

Ele envolveu meu rosto com uma das mãos e desejei tocá-lo de volta. Queria me aconchegar a ele.

— É verdade — concordou.

Erguendo uma das mãos, rocei os dedos por seus lábios. Eles eram macios, porém firmes. Intoxicantes. Ao ver seus olhos faiscarem, senti um buraco no estômago. Daemon abaixou ligeiramente a cabeça e deixou os lábios roçarem o canto dos meus. A mão escorregou do meu rosto para o pescoço e, quando ele abaixou a cabeça novamente, sua boca raspou a ponta do meu nariz. Ele, então, me beijou. Um beijo lento e ardente que me deixou ansiando por mais, muito mais. Senti como se estivesse sendo tragada por aquele beijo, por ele.

Daemon se afastou com um gemido e se acomodou ao meu lado, passando um braço em volta da minha cintura.

— Boa noite, gatinha.

Com o coração martelando no peito, soltei um longo suspiro.

— Isso é tudo?

Ele riu.

— Isso é tudo… por enquanto.

Mordi o lábio e tentei forçar meu coração a diminuir o ritmo. Pareceu levar uma eternidade. Por fim, aconcheguei-me a ele, que passou um braço por baixo da minha cabeça. Virei, então, de lado e apoiei o rosto na parte superior do braço. Ficamos assim, olhando um para o outro em silêncio, nossas respirações se misturando, até que ele fechou os olhos. Pela segunda vez naquela noite, reconheci que eu talvez estivesse errada a respeito do Daemon. Talvez estivesse errada a respeito dos meus próprios sentimentos. E, dessa vez, não podia jogar a culpa no vinho.

Peguei no sono imaginando o que ele tinha querido dizer com "por enquanto".

[17]

Quando Blake me mandou uma mensagem pedindo que eu o encontrasse no Smoke Hole Diner na sexta à noite, não soube o que fazer. Parecia... errado sair para jantar com ele tendo dormido nos braços do Daemon na véspera.

Senti as bochechas corarem. Não tínhamos feito nada além daquele único beijo, mas ele parecera tão íntimo, para não dizer mais. Meus sentimentos pelo Daemon estavam de cabeça para baixo; o que ele fizera por mim, tanto o jantar como a árvore de Natal, era algo que eu não podia ignorar.

No entanto, também não podia ignorar o Blake. Ele era meu amigo e, depois da noite anterior, precisava me certificar de que ele não esperasse nada além disso — amizade. Porque, no decorrer do dia, ainda que não tivesse conseguido definir ao certo o que sentia pelo meu vizinho, percebi que ele estava certo a respeito de uma coisa.

Eu estava usando o surfista.

Blake era descomplicado e inofensivo. Um cara muito legal e namorável, porém eu não sentia nada além de uma doce afeição por ele. Nada semelhante ao que sentia pelo Daemon. E isso não era certo. Não podia acalentar esperanças em alguém que talvez gostasse de mim.

JENNIFER L. ARMENTROUT

Assim sendo, mandei outra mensagem concordando, rezando para que este não se tornasse o jantar mais constrangedor de toda a minha vida.

O tempo mudou assim que o sol se pôs atrás das montanhas. O agradável ar outonal deu lugar a ventos gélidos, e o céu tornou-se carregado e agourento.

Estacionei na vaga mais próxima da entrada do restaurante. Tinha feito o trajeto inteiro acompanhada pelos uivos do vento, e não estava com a menor vontade de abandonar o calor do meu carro. Não pude deixar de reparar que o espaço logo acima da placa com os horários de funcionamento do restaurante ostentava uma foto do Simon. Com uma careta, saltei do carro e segui correndo para a porta, surpreendendo-me ao ver que o lugar estava lotado.

Blake estava sentado próximo à lareira. Assim que me viu, levantou-se com um sorriso.

— Oi, que bom que você veio.

Ao vê-lo estender os braços como se quisesse me abraçar, fingi que não percebi e me sentei.

— Que frio é esse?! E aí, como foi a sua viagem?

Franzindo o cenho ligeiramente, ele se sentou e começou a arrumar os talheres de maneira metódica em torno de um prato imaginário.

— Não foi ruim. Mas também não foi empolgante. — Ao se dar por satisfeito com a arrumação dos talheres, levantou os olhos. — E você, como foi o feriado?

— Não muito diferente. — Fiz uma pausa, reconhecendo alguns dos garotos da escola. Estavam todos num grupinho, tomando refrigerante e dividindo uma pizza gigante. Chad, o garoto com quem a Lesa estava saindo, acenou para mim e eu acenei de volta. — Mas não estou pronta para voltar às aulas.

Suspendemos a conversa enquanto uma garçonete rechonchuda anotava nossos pedidos. Para mim, uma porção de batatas fritas com refrigerante e, para o Blake, uma sopa.

— Espero não acabar tomando um banho de sopa — brincou ele.

Encolhi-me. Pouco provável, uma vez que Daemon não estava ali... ainda.

— Sinto muito por aquilo.

LUX 2 ÔNIX

Blake tirou o canudo da minha mão e rasgou o invólucro de papel.

— Não tem problema. Essas coisas acontecem.

Assenti com um leve menear de cabeça, observando as janelas embaçadas. Ele pigarreou, franzindo novamente o cenho enquanto fitava com olhos estreitados um homem de meia-idade perto do bar que perscrutava o entorno nervosamente.

— Acho que aquele cara vai tentar sair sem pagar a conta.

— Ahn? Jura?

Ele anuiu.

— E ele pensa que vai se dar bem. Já fez isso muitas vezes antes.

Num silêncio estupefato, observei o sujeito tomar o último gole do seu drinque e se levantar sem pedir a conta.

— Mas tem sempre alguém vendo — acrescentou Blake com um leve sorriso.

Um casal sentado atrás dele, ambos de calça jeans e camisa de flanela, também observava o cliente prestes a fugir. O homem se inclinou na direção da mulher e sussurrou alguma coisa. O rosto dela se contorceu numa careta, e ela deu um forte tapa na mesa.

— Esses vagabundos, sempre achando que podem conseguir uma refeição grátis.

A explosão chamou a atenção do gerente, que estava próximo à saída, anotando um pedido. Ele se virou para o espantado cliente.

— Ei! Você já pagou?

O sujeito parou e meteu as mãos nos bolsos. Murmurando uma desculpa, soltou um bolo de notas amassadas sobre a mesa.

Virei-me de volta para o Blake.

— Uau, isso foi... extraordinário.

Ele deu de ombros.

Esperei até a garçonete voltar com nossos pedidos e se afastar, meu incômodo ficando maior a cada segundo.

— Como você sabia que ele ia tentar sair sem pagar?

Blake soprou uma colherada da sopa de legumes.

— Foi apenas um chute.

— Me engana que eu gosto — murmurei.

Seus olhos se fixaram nos meus.

· 173 ·

— Juro, um palpite de sorte.

Tinha minhas dúvidas. Blake não era um alien — pelo menos, imaginava que não, e nenhum dos Luxen que eu conhecia era capaz de ler mentes ou prever o futuro, mas isso tinha sido estranho demais. Podia ter sido um palpite de sorte, mas cada fibra do meu ser me dizia que havia algo mais.

Mastiguei um punhado de batatas.

—Você costuma dar muitos chutes certeiros?

Ele deu de ombros.

— De vez em quando. É uma questão de intuição.

— Intuição — repeti com um menear de cabeça. — Isso que é intuição!

— Pois então, ouvi falar que outro garoto desapareceu. Que merda!

A abrupta mudança de assunto foi enervante.

— É mesmo. A polícia está desconfiada de que ele fugiu.

Blake girou a sopa com a colher.

— Eles fizeram muitas perguntas ao Daemon?

Franzi o cenho.

— Por que fariam?

A mão dele parou no ar.

— Bem… porque o Daemon deu uma surra nele. Quero dizer, seria de esperar que eles o interrogassem.

Certo, ele tinha razão. Eu que estava exagerando a situação.

— É, acho que sim, mas ele não teve nada a ver com… — Congelei, sem conseguir acreditar no que estava sentindo. Aquele calor entre os seios…

Não podia ser.

Soltei a batata de volta no prato. A obsidiana queimava minha pele por baixo do suéter. De maneira frenética, puxei o cordão. Quando a pedra apareceu, envolvi-a em minha mão, retraindo-me ao senti-la queimar a palma. Ergui os olhos, sentindo o pânico subir pela garganta.

Blake estava fazendo alguma coisa com o pulso, porém meus olhos se fixaram na porta. Assim que ela se abriu, um amontoado de folhas se espalhou pelo chão. O zumbido baixo de conversas prosseguiu, os clientes alheios à chegada do monstro. A obsidiana agora irradiava um calor incendiário. Nossa mesa começou a chacoalhar.

LUX 2 ÔNIX

Junto à porta, uma mulher alta e pálida com óculos escuros que cobriam metade da cara esquadrinhava a multidão. O cabelo do tom das asas de um corvo pendia em mechas grossas e ensebadas em torno do rosto. Os lábios vermelhos estavam entreabertos num sorriso digno de uma cobra.

Uma Arum.

Prestes a arrancar o cordão com a obsidiana do pescoço, fiz menção de me levantar. Eu pretendia realmente atacá-la? Não sabia ao certo, mas não podia ficar ali e não fazer nada. Meus músculos tencionaram. Os Arum sempre viajavam em grupos de quatro, portanto, se ali estava uma, isso significava que havia outros três pelas redondezas.

O sangue começou a pulsar em meus ouvidos. Estava tão concentrada na fêmea Arum que não prestei atenção ao Blake até vê-lo se colocar na minha frente.

Ele ergueu uma das mãos.

Todos congelaram. *Todos.*

Algumas pessoas pararam com o garfo a meio caminho da boca. Outras no meio da conversa, os lábios abertos num riso silencioso. Algumas das que estavam andando tinham congelado com um dos pés no ar. Uma garçonete estava acendendo uma vela com um pequeno isqueiro. Ela parecia uma estátua, porém a chama dançava acima do pavio. Ninguém falava, se movia ou parecia sequer respirar.

Blake? Dei um passo para trás, insegura sobre de quem deveria ter mais medo: da mulher Arum ou do garoto surfista inofensivo.

Ela, por sinal, não havia congelado. Com a cabeça virando de um lado para outro em movimentos fluidos, analisava os humanos petrificados e, supunha eu, alguns Luxen.

— Arum — acusou Blake em voz baixa.

Ela girou o corpo na direção da voz. Tirou os óculos escuros e apertou os olhos.

— Um humano?

Blake riu.

— Não exatamente.

E, com isso, partiu para cima da mulher.

• 175 •

[18]

lake era um maldito ninja.

Movendo-se como um raio, ele passou por baixo do braço esticado da Arum e girou o corpo, desferindo um violento chute nas costas da mulher. Ela deu um passo cambaleante à frente e se virou. Uma nuvem de energia negra escureceu o ar em torno de sua mão. Ela, então, puxou o braço para trás, preparando-se para contra-atacar.

Blake se abaixou e deu uma rasteira, pegando em cheio a calça de couro da mulher. A energia negra se apagou enquanto ambos se punham novamente de pé e se encaravam, andando em círculos no apertado espaço entre o aglomerado de mesas e pessoas congeladas.

Fiquei parada no lugar, perplexa e chocada com a cena. O rosto do Blake não exibia nenhuma expressão. Era como se um interruptor o tivesse ligado em modo combate, seu corpo inteiro totalmente focado na Arum.

Ele atacou, a mão acertando o queixo da mulher e lançando sua cabeça para trás. Escutei um barulho de dentes chacoalhando e, quando ela abaixou novamente a cabeça, um líquido escuro e oleoso escorria de seu lábio.

Ela piscou e ressurgiu em sua forma verdadeira. Uma silhueta de sombras densas e esfumaçadas que se lançou contra o Blake.

Ele riu.

LUX **2** ÔNIX

E girou tão rápido que sua mão pareceu um simples borrão ao mergulhar fundo no que deveria ser supostamente o peito da mulher. Seu relógio... não era um relógio normal. Era uma peça de obsidiana que no momento encontrava-se enterrada no peito da Arum.

Blake puxou a mão de volta.

Ela reassumiu a forma humana, o rosto pálido e em choque. Um segundo depois, explodiu numa nuvem de fumaça negra que soprou meu cabelo para trás e deixou o ar impregnado com um cheiro amargo.

Sem sequer parecer ofegante, Blake se virou para mim e pressionou algo em seu relógio. Em seguida, prendeu-o novamente no pulso e correu a mão pelo cabelo bagunçado.

Eu o observava boquiaberta, sentindo a obsidiana em minha mão esfriar rapidamente.

—Você é uma espécie de... Jason Bourne ou algo do gênero?

Ele voltou até nossa mesa e soltou uma nota de vinte e outra de dez sobre a toalha quadriculada.

— Precisamos conversar em algum lugar mais reservado.

Inspirei fundo, os olhos arregalados. Meu mundo acabara de se tornar ainda mais insano, mas se eu podia lidar com alienígenas, com certeza conseguiria lidar com meu amigo ninja. O que não significava que estava disposta a ir a lugar algum com ele até saber o que diabos Blake era.

— Meu carro.

Ele assentiu com um menear de cabeça e seguimos para a porta. Blake a abriu para mim e em seguida se virou para o restaurante ainda petrificado. Com um brandir da mão, todos voltaram a se mover. Ninguém pareceu se dar conta de que havia ficado congelado por vários minutos.

Estávamos a dois passos do meu carro quando percebi que minhas mãos tremiam e senti o familiar arrepio na nuca.

— Só pode ser brincadeira — murmurou Blake, tomando minha mão.

Não precisei nem olhar. Não havia nenhuma caminhonete Infiniti estacionada diante do restaurante, não que eu pudesse ver. Mas também não precisava; Daemon tinha sua própria forma especial de viajar quando necessário.

· 177 ·

Uma sombra alta e intimidadora recaiu sobre nós, fazendo-me erguer os olhos. Lá estava meu vizinho, com um boné de beisebol preto enterrado na cabeça cobrindo a metade superior do rosto.

— O que... o que você está fazendo aqui? — perguntei, só então me dando conta de que Blake segurava minha mão. Soltei-a imediatamente.

Daemon estava com o maxilar tão trincado, tão duro, que seria capaz de partir uma placa de mármore.

— Estava prestes a te perguntar a mesma coisa.

Ai, ai, isso não era nada bom. No mesmo instante esqueci completamente da Arum e dos poderes ninja do Blake. Tudo o que me importava era o Daemon e o que ele devia estar pensando.

— Isso não é o que...

—Vejam bem, não faço ideia do que está rolando entre vocês... — Enquanto falava, Blake fechou a mão em volta do meu cotovelo. — Mas Katy e eu precisamos conversar.

Num segundo, ele estava falando e, no seguinte, espremido contra a janela do Smoke Hole Diner por um alien de mais de um metro e oitenta.

O rosto do Daemon encontrava-se a centímetros do de Blake, a aba do boné pressionando a testa do surfista.

— Se tocar nela de novo, eu...

—Você o quê? — rebateu Blake, os olhos estreitados.

Pousei a mão no ombro do meu vizinho e o puxei. Ele não se mexeu.

— Daemon, para com isso. Solta ele.

— Quer saber o que eu vou fazer com você? — Seu corpo inteiro tencionou sob minha mão. — Sabe a sua cabeça e a sua bunda? Bem, elas estão prestes a se conhecerem intimamente.

Ah, pai do céu. Estávamos começando a chamar a atenção. Algumas pessoas nos observavam de dentro de seus respectivos carros. Sem dúvida o restaurante inteiro também estava testemunhando a cena. Tentei separar os dois mais uma vez, mas ambos me ignoraram.

Blake abriu um sorrisinho presunçoso.

— Gostaria de te ver tentar fazer isso.

— Acho melhor você repensar. — Daemon soltou uma risada baixa. —Você não faz ideia do que eu sou capaz, garoto.

— Aí é que está a graça. — Blake agarrou o pulso do Daemon. — Sei exatamente do que você é capaz.

Um calafrio percorreu minha espinha. Quem diabos era ele?

O Cara da Camisa de Flanela saiu do restaurante suspendendo o jeans rasgado. Com uma bela cuspida no chão, aproximou-se da gente.

— Rapazes, acho melhor vocês pararem com isso antes que alguém chame a...

Blake ergueu a mão livre e o Cara da Camisa de Flanela parou. Com uma profunda sensação de desânimo, dei uma olhada por cima do ombro. Todos no estacionamento tinham congelado. Com certeza o pessoal dentro do restaurante estava na mesma situação.

O contorno do corpo do Daemon adquiriu um brilho vermelho--esbranquiçado. Um silêncio tenso recaiu sobre nós. Eu sabia que ele estava prestes a dar uma de Luxen para cima do surfista.

A mão que segurava o pescoço do Blake devia ter se fechado com mais força ainda, porque este soltou um ofego.

— Não me interessa quem ou o quê você é, mas é melhor me dar logo um bom motivo para não te mandar desta para sua próxima vidinha patética.

— Eu sei o que você é — soltou Blake, soando engasgado.

—Você não está ajudando — rosnou meu vizinho, e tive que concordar. Lancei um olhar ansioso para o Cara da Camisa de Flanela. Ele continuava parado no mesmo lugar, a boca aberta deixando à mostra os dentes manchados. A luz em torno do Daemon tornou-se mais intensa. —Vamos tentar de novo.

— Acabei de matar uma Arum e, mesmo que eu te ache um idiota arrogante, não somos inimigos. — As palavras seguintes foram interrompidas por uma tosse engasgada. Agarrei Daemon pelos ombros. Não podia deixar que ele estrangulasse o Blake. — Posso ajudar a Katy — continuou ele num fio de voz. — Isso é bom o bastante?

— Como assim? — exigi saber, abaixando as mãos.

—Veja bem, só de ouvir você pronunciar o nome dela, fico com vontade de te matar. Portanto, não, isso não é bom o bastante.

Os olhos do Blake se voltaram para mim.

— Katy, eu sei o que você é, os poderes que pode vir a desenvolver, e posso ajudá-la.

Fitei-o, chocada.

Daemon se inclinou na direção dele. Seus olhos, agora brancos, brilhavam como diamantes.

— Me responda uma coisa. Se eu te matar, essas pessoas irão descongelar?

Blake arregalou os olhos, e percebi que Daemon não estava brincando. Ele já não gostava do surfista e, para piorar as coisas, o garoto, ou o que quer que ele fosse, era obviamente uma ameaça. Ele sabia demais, e pelo visto sabia também o que eu era. Espere um pouco. *O que eu era?*

Dei um passo à frente.

— Solta ele, Daemon. Preciso saber do que ele está falando.

Seus olhos brilhantes continuaram focados no Blake.

— Afaste-se, Kat. Estou falando sério. Afaste-se.

Até parece.

— Para com isso. — Como ele não respondeu, gritei: — Para! Será que dá para parar por dois malditos minutos?

Daemon piscou e se virou para mim. Aproveitando a distração, Blake enfiou o braço entre ele e meu vizinho e se desvencilhou. Em seguida, deu alguns passos cambaleantes para o lado, colocando uma distância segura entre os dois.

— Jesus! — O surfista esfregou a garganta. — Você tem sérios problemas de agressividade. Isso é uma doença.

— A cura pra isso é te dar uma surra.

Blake descartou o comentário com um brandir da mão. Daemon fez menção de atacá-lo novamente, mas me meti na frente dele. Com as mãos em seu peito, fitei-o no fundo dos olhos, no momento irreconhecíveis.

— Para com isso. Você precisa parar agora.

Os lábios dele se curvaram num rosnado.

— Ele é um…

— Nós não sabemos o que ele é — interrompi, já sabendo o que ele ia dizer. — Mas ele matou a Arum. E não feriu ninguém mais, embora tenha tido oportunidade mais do que suficiente de fazer isso.

Meu vizinho soltou o ar com força.

— Kat…

LUX ❷ ÔNIX

— Precisamos escutar o que ele tem a dizer, Daemon. *Eu* preciso escutar. — Inspirei fundo. — Além disso, essas pessoas já foram congeladas duas vezes. Isso não pode ser bom para elas.

— Não estou nem aí. — O olhar dele se fixou em Blake e, Deus do céu, a expressão em seu rosto deveria ter feito o surfista fugir correndo. Daemon, porém, apenas sacudiu os ombros largos e deu um passo para trás, voltando aqueles olhos de diamante para mim. *Eu* me encolhi. — Ele vai falar. Depois eu decido se irei deixá-lo ou não ver o dia de amanhã.

Bom, isso era o melhor que poderíamos esperar a essa altura. Olhei de relance para o Blake, que revirou os olhos. O garoto só podia estar com vontade de morrer.

— Será que você pode, hum, dar um jeito neles? — Apontei para o Cara da Camisa de Flanela.

— Claro. — Ele brandiu o pulso.

— Polícia. — Terminou de dizer o sujeito.

Virei-me para ele.

— Está tudo bem. Obrigada. — Virei-me de volta e afastei o cabelo do rosto. — Meu carro... isto é, se vocês conseguirem se comportar num espaço fechado.

Sem responder, Daemon seguiu até o carro e se acomodou no banco do carona. Soltei um suspiro desanimado e me dirigi para o lado do motorista.

— Ele é sempre nervosinho assim? — perguntou Blake.

Lancei-lhe um olhar furioso e abri a porta. Sem olhar para o meu vizinho, liguei o aquecimento e, em seguida, me virei no assento de modo a poder encarar Blake, que se acomodara no banco de trás.

— O que você é?

Com os olhos fixos na janela, Blake mexeu o maxilar algumas vezes antes de responder:

— A mesma coisa que eu suspeito que você seja.

Minha respiração ficou presa na garganta.

— E o que você acha que eu sou?

Daemon estalou o pescoço, mas não disse nada. Parecia uma granada cujo pino fora puxado. A qualquer momento viria a explosão.

— No começo eu não fazia ideia. — Blake se recostou no assento. — Algo em você me atraiu, mas eu não sabia o que era.

JENNIFER L. ARMENTROUT

— Escolha suas próximas palavras com cuidado — rosnou Daemon.

Revirei-me no assento, apertando a obsidiana em minha mão.

— O que você quer dizer com isso?

Blake balançou a cabeça e manteve os olhos fixos à frente.

— Na primeira vez que te vi, percebi que havia algo diferente. Depois, quando você congelou o galho e eu vi a obsidiana, entendi. Só quem sabe que precisa temer as sombras usa uma pedra dessas. — Alguns segundos se passaram em silêncio. — Então teve o nosso encontro... sei muito bem que o copo e o prato não viraram no meu colo por acidente.

Uma risadinha sarcástica ecoou do banco do carona.

— Bons tempos.

Uma sensação desconfortável triplicou a velocidade dos meus batimentos cardíacos.

— O quanto você sabe?

— Existem duas raças de alienígenas na Terra: os Luxen e os Arum. — Ele fez uma pausa enquanto Daemon se virava no banco. Em seguida, engoliu em seco. — Você é capaz de mover coisas sem tocá-las, e também consegue manipular a luz. Tenho certeza de que pode fazer mais ainda. Ah, e também tem o poder de curar os humanos.

O carro pareceu ficar pequeno demais. Não havia ar suficiente ali dentro. Se Blake sabia a verdade sobre os Luxen, então o DOD também sabia, certo? Soltei o colar e fechei as mãos em volta do volante, meu coração martelando enlouquecidamente.

— Como você sabe de tudo isso? — perguntou Daemon, a voz surpreendentemente calma.

Seguiu-se uma pausa.

— Eu tinha treze anos. Estava deixando um treino de futebol com um amigo... Chris Johnson. Ele era um garoto normal, como eu, exceto pelo fato de que era superveloz, nunca ficava doente e eu jamais ter visto seus pais em nenhum dos nossos jogos. Mas quem liga, certo? Eu não dava a mínima, até o momento em que, distraído, desci da calçada na frente de um táxi. Chris me curou. Foi assim que descobri que ele era um alienígena. — Seus lábios se contorceram num sorriso irônico. — Achei aquilo o máximo. Meu melhor amigo era um alien. Quem pode dizer uma coisa dessas? O que eu não sabia e que ele também não me contou foi que isso me

· 182 ·

LUX ❋ ÔNIX

transformou num maldito farol. Cinco dias depois, quatro homens invadiram a minha casa. Os sujeitos queriam saber onde *eles* estavam — continuou ele, crispando as mãos. — Eu não fazia ideia do que estavam falando. Eles, então, mataram meus pais e minha irmãzinha na minha frente. E, como nem assim conseguiram que eu os ajudasse, me surraram até quase me matarem.

— Ai meu Deus — murmurei, horrorizada. Daemon desviou os olhos, o maxilar trincado.

— Não tenho muita certeza de que Ele exista — retrucou Blake, soltando uma risada totalmente destituída de humor. — De qualquer forma, levei um tempo para descobrir que a cura faz com que você absorva os poderes deles. As coisas começaram a voar de um lado para outro logo depois que fui morar com meu tio. Quando me dei conta de que meu amigo havia me transformado, pesquisei o máximo que consegui. Não que eu precisasse. Os Arum me encontraram de novo.

Um bolo de ácido se instalou em meu estômago.

— Como assim?

— A Arum que apareceu no restaurante, ela não conseguia me sentir por causa do quartzo beta... é, sei sobre isso também. Mas, se sairmos da área de alcance do quartzo, somos que nem o seu... *amigo* aí para eles. Na verdade, mais saborosos.

Bem, isso confirmava um dos meus medos. Minhas mãos escorregaram do volante. Não sabia o que dizer. Era como ter o tapete puxado de baixo dos seus pés e cair de cara no chão.

Blake suspirou.

— Quando percebi o perigo em que me encontrava, comecei a treinar para melhorar minha capacidade física e a trabalhar os meus poderes. Aprendi sobre a fraqueza deles através dos... outros. Sobrevivi da melhor maneira que consegui.

— Isso é tudo muito legal, essa história toda de cuidar e compartilhar, mas como você veio parar aqui, com tanto lugar no mundo?

Ele olhou para o Daemon.

— Quando descobri sobre o quartzo beta, eu e meu tio nos mudamos para cá.

— Que conveniente! — murmurou meu vizinho.

— E é mesmo. As montanhas. De fato, muito conveniente.

· 183 ·

— Existem muitos outros lugares protegidos pelo quartzo beta. — O tom do Daemon transbordava desconfiança. — Por que aqui?

— Me pareceu uma área menos populosa — respondeu Blake. — Imaginei que não me depararia com muitos Arum por aqui.

— Então era tudo mentira? — perguntei. — Santa Monica? O surfe?

— Não, nem tudo. Eu realmente sou de Santa Monica e adoro surfar. Menti tanto quanto você, Katy.

Ele tinha razão.

Blake recostou a cabeça no banco e fechou os olhos. Mergulhou em sombras, o cansaço fazendo os ombros penderem. Pelo visto o pequeno espetáculo de congelar uma plateia inteira o deixara exaurido.

— Você foi ferida, certo? E depois curada por um deles.

Ao meu lado, Daemon enrijeceu. Minha lealdade para com meus amigos jamais me permitiria confirmar nada. Eu não os trairia, nem mesmo para alguém que talvez fosse como eu.

Ele suspirou novamente.

— Não vai me dizer quem foi?

— Isso não é da sua conta — respondi. — Como você sabia que eu era diferente?

— Além do óbvio? Da obsidiana, do guarda-costas alienígena e do galho? — Ele riu. — Você exala eletricidade. Quer ver? — Estendeu o braço entre os assentos e pousou a mão sobre a minha. A estática resultante do contato fez com que ambos nos retraíssemos.

Daemon agarrou a mão do Blake e a tirou de cima da minha.

— Não gosto de você.

— O sentimento é mútuo, parceiro. — Blake olhou para mim. — A mesma coisa acontece sempre que tocamos um Arum ou um Luxen, não é mesmo? Você não sente a pele deles vibrar?

Lembrei-me da primeira vez em que havíamos nos tocado na aula de biologia.

— Você sabe sobre o DOD?

— Sei. Por causa de outra humana como a gente. Ela estava sob a guarda do DOD. Ao que parece, a garota expôs seus poderes e isso atraiu a atenção deles. Ela me contou tudo sobre eles e o que realmente querem. E não é nem os Luxen nem os Arum.

LUX 2 ÔNIX

Daemon agora estava totalmente atento. Ele quase pulou para o banco de trás.

— Como assim?

— Eles querem pessoas como a Katy. O DOD não dá a mínima para os aliens. É a gente que eles querem.

Um terror gélido invadiu meu corpo enquanto eu o fitava boquiaberta.

— *O quê?*

— Explique isso direitinho — exigiu Daemon, a estática ficando mais forte dentro do espaço apertado.

Blake inclinou-se para a frente.

—Você realmente acha que o DOD não sabe do que os Arum e os Luxen são capazes de fazer depois de terem estudado a espécie de vocês por décadas e mais décadas? Que eles não sabem com quem estão lidando? Se você realmente acredita que não, então é burro ou ingênuo.

Outra onda de pavor percorreu meu corpo, mas dessa vez pelo Daemon e meus amigos. Embora eu sempre houvesse tido minhas dúvidas, eles haviam me parecido totalmente convencidos de que tinham conseguido esconder seus poderes.

Daemon fez que não.

— Se o DOD soubesse sobre os nossos poderes, não nos deixariam viver em liberdade. Eles nos trancariariam num piscar de olhos.

—Tem certeza? O DOD sabe que os Luxen são uma raça pacífica, ao contrário dos Arum. Deixar vocês em liberdade resolve o problema com os outros. Além disso, não é verdade que eles se livram de qualquer Luxen que cause problemas? — Blake recuou ao ver Daemon fazer menção de pular por cima do banco. Segurei-o pelo suéter. Não que eu pudesse mantê-lo no lugar se ele não quisesse, mas Daemon parou. — Entenda, tudo o que estou dizendo é que o DOD está interessado em peixes maiores. Em outras palavras, nos humanos transformados pelos Luxen. Nós somos tão fortes quanto vocês… em alguns casos, até mais fortes. O único problema é que nos cansamos muito mais rápido e levamos um tempo maior para recarregar, por assim dizer.

Daemon se acomodou de volta no banco, as mãos abrindo e fechando sem parar.

· 185 ·

JENNIFER L. ARMENTROUT

— O único motivo para o DOD deixar vocês acreditarem que seu segredinho está bem escondido é porque sabem o que vocês podem fazer com os humanos — prosseguiu Blake. — E é em nós que eles estão interessados.

— Não pode ser — murmurei, meu cérebro se recusando a aceitar a ideia. — Por que o DOD se importaria mais com a gente do que com eles?

— Meu Deus, Katy, por que o governo se interessaria por um bando de humanos com mais poderes do que as próprias criaturas que os criaram? Não sei. Talvez porque isso deixaria à disposição deles um exército de super-humanos capazes de se livrar dos alienígenas caso fosse preciso?

Daemon soltou uma maldição por entre os dentes — uma obra de arte no quesito palavrões. O que me deixou ainda mais assustada, porque isso significava que ele estava começando a prestar atenção ao que Blake dizia. Começando a acreditar.

— Mas como… como você pode ser mais forte do que um Luxen? — indaguei.

— Boa pergunta — concordou Daemon baixinho.

— Sabe aquele negócio de eu saber que o cara lá no restaurante ia sair sem pagar a conta? Foi porque consegui captar fragmentos dos pensamentos dele. Não tudo, mas o suficiente para saber o que ele estava planejando. Posso escutar praticamente qualquer humano… qualquer um que não tenha sofrido mutação.

— Mutação? — Deus do céu, a palavra evocava imagens realmente pavorosas.

—Você passou por uma. Me diga uma coisa, por acaso andou doente nos últimos tempos? Com uma febre realmente alta?

A onda de apreensão surgiu com tanta força que me deixou tonta. No banco ao lado, Daemon tencionou.

— Pela sua expressão, posso ver que sim. Me deixa adivinhar, a febre foi tão forte que você sentiu como se seu corpo inteiro estivesse pegando fogo, não é mesmo? Ela durou uns dois dias e depois você ficou bem… sentindo-se melhor do que nunca? — Ele se virou para a janela de novo e sacudiu a cabeça. — E agora você consegue mover as coisas sem tocar nelas, certo? Provavelmente sem o menor controle. Não fui eu quem fez a mesa tremer lá dentro. Foi *você*. Essa é apenas a ponta do iceberg. Em pouco tempo você será capaz de fazer muito mais, e, se não aprender a controlar

LUX **2** ÔNIX

esses poderes, a situação vai ficar feia. Esse lugar está repleto de agentes disfarçados do DOD. Eles estão aqui à procura de híbridos. Até onde eu sei, não é comum os Luxen curarem humanos, mas acontece. — Olhou de relance para o Daemon. — Obviamente.

Com as mãos trêmulas, prendi o cabelo atrás das orelhas. Não adiantava mentir sobre o que eu era capaz de fazer. Blake estava certo. Jesus. Daemon havia me transformado numa *mutante*.

— Então por que você está aqui se existe tanto risco?

— Por sua causa — respondeu ele, ignorando o rosnado quase imperceptível do meu vizinho. — Para ser honesto, cheguei a pensar em não voltar. Em me mudar para outro lugar, mas tem o meu tio... e agora você. Não há muitos de nós que ainda não tenham sido capturados pelo DOD. Você precisava saber em que tipo de perigo está metida.

— Mas você nem me conhece. — Parecia absurdo que ele fosse se arriscar tanto.

— E nós não te conhecemos — acrescentou Daemon, os olhos estreitados.

Ele deu de ombros.

— Eu gosto de você. Não de você, Daemon. — Sorriu. — Da Katy.

— E eu realmente não gosto nem um pouquinho de você.

Senti o estômago revirar. Não era hora de entrar nesse tipo de discussão. Meu cérebro estava a mil.

— Blake...

— Não falei isso pra te obrigar a dizer se gosta de mim ou não. Só estou declarando um fato. Eu gosto de você. — Olhou de relance para mim, os olhos semicerrados. — E você não sabe no que se meteu. Posso ajudá-la.

— Uma ova — retrucou Daemon. — Se ela precisar de ajuda para controlar os poderes, eu posso fazer isso.

— Pode? Pra você, isso é como uma segunda natureza. Mas não pra Katy. Precisei aprender a domar meus poderes. E posso ensinar. Ajudar a estabilizar a situação.

— Estabilizar? — Minha risada soou meio engasgada. — O que vai acontecer? Eu vou explodir ou algo do gênero?

Ele me fitou.

· 187 ·

—Você pode acabar machucando alguém ou a si mesma seriamente. Escutei alguns casos, Katy. Humanos transformados que... Bem, digamos apenas que a coisa não terminou bem.

—Você não precisa assustá-la.

— Não estou tentando fazer isso. Estou apenas dizendo a verdade — retrucou Blake. — Se o DOD descobrir sobre você, eles irão capturá-la. E se não conseguir controlar seus poderes, irão matá-la.

Soltei um ofego e desviei os olhos. Eles iriam me matar? Como se eu fosse um animal selvagem? Tudo estava acontecendo rápido demais. Menos de vinte e quatro horas antes eu havia passado um tempo agradável, *normal* com o Daemon. A mesma coisa que havia desejado ter com o Blake, que acabara provando não ser nem um pouco normal. E, o tempo inteiro em que eu acreditara que ele estivesse atraído por mim pelo simples fato de eu ser quem era, ele na verdade se sentira atraído por sermos ambos X-Men em potencial.

Ah-ah. A ironia era uma verdadeira filha da mãe.

— Katy, sei que é muita coisa pra digerir. Mas você precisa estar preparada. Se sair da cidade, os Arum irão atrás de você. Isto é, se você conseguir despistar o DOD.

—Tem razão. É muita coisa pra digerir. — Encarei-o. — Achei que você fosse normal. Mas não é. Agora vem me dizer que o DOD está de olho em mim. Que se eu decidir deixar a cidade, vou virar um Pacote de Salgadinhos para algum Arum. E, o melhor de tudo, que posso perder completamente o controle de quaisquer poderes que eu tenha e acabar matando uma família inteira, para depois ser *aniquilada!* Tudo o que eu queria fazer hoje era comer uma maldita porção de batatas fritas e *ser normal!*

Daemon soltou um assobio baixo e Blake se retraiu.

—Você nunca mais será normal, Katy. Nunca mais.

— Não brinca! — rosnei. Queria bater em alguma coisa, mas precisava me controlar. Se havia aprendido algo com a doença do meu pai era que o destino não podia ser alterado. O que eu podia fazer era mudar o modo de encará-lo. Desde que me mudara para aquela cidade, desde que conhecera o Daemon e a Dee, eu havia mudado.

Inspirei fundo, tentando domar a raiva, o medo e a frustração. Era preciso manter uma perspectiva.

LUX 2 ÔNIX

— O que podemos fazer?

— Não precisamos da ajuda dele — disse Daemon.

— Precisam, sim — murmurou Blake. — Ouvi falar do que aconteceu com o Simon e as janelas.

Olhei de relance para meu vizinho, mas ele fez que não.

— O que você acha que vai acontecer na próxima vez? Simon fugiu, só Deus sabe pra onde. Você não vai ter a mesma sorte de novo.

O desaparecimento do Simon não era uma sorte. Não queria encarar isso dessa maneira. Recostei a cabeça no banco e fechei os olhos. Meus membros pareciam pedras de gelo. Não era mais apenas uma questão de temer expor os Luxen, o medo agora era de me expor também. E a minha mãe.

— Como você sabe tanto sobre eles? — perguntei num fio de voz.

— Sabe a garota sobre a qual eu falei? Ela me contou tudo. Tentei ajudá-la a… fugir, mas ela não quis. O DOD estava com algo ou alguém que significava muito pra ela.

Deus do céu. O DOD era como a máfia. Eles lançariam mão de quaisquer meios necessários. Estremeci.

— Quem era ela?

— Liz alguma coisa — respondeu Blake. — Não sei o sobrenome.

O carro pareceu ficar ainda mais apertado. Encurralada. Eu me sentia encurralada.

Sentado ao meu lado, Daemon fervia.

—Você sabe — disse ele para o surfista — que não tem nada que me impeça de te matar aqui e agora.

—Tem, sim. — A voz do Blake manteve-se calma. — Tem a Katy e o fato de que eu duvido de que você seja um assassino sangue-frio.

Meu vizinho enrijeceu.

— Não confio em você.

— Não precisa. Quem precisa confiar em mim é a Katy.

Esse era o problema. Não tinha certeza se confiava nele, mas Blake era como eu. Se ele pudesse me ajudar a não expor Daemon nem meus amigos, estava disposta a fazer o que fosse necessário. Simples assim. O resto eu teria que pagar para ver.

Olhei para o Daemon. Ele estava com os olhos fixos à frente, uma das mãos apertando o painel como se o plástico pudesse ajudá-lo de alguma forma. Será que ele se sentia tão impotente quanto eu? Não fazia diferença. Eu não podia... não arriscaria colocá-lo em perigo.

— Quando começamos? — perguntei.

— Amanhã, se você puder — respondeu Blake.

— Minha mãe sai pra trabalhar às cinco. — Engoli em seco.

Blake assentiu e Daemon declarou:

— Estarei lá.

— Não é necessário — revidou o surfista.

— Não dou a mínima. Você não vai fazer nada com a Katy sem a minha presença. — Virou-se para o garoto de novo. — Vamos deixar uma coisa bem clara: não confio em você.

— Problema seu. — Blake saltou do carro e uma lufada de ar frio invadiu o veículo. Ao me ouvir chamá-lo, parou com a mão na porta. — Que foi?

— Como você conseguiu escapar do ataque dos Arum? — perguntei.

Ele ergueu a cabeça para o céu e apertou os olhos.

— Não estou pronto pra falar sobre isso, Katy. — Fechou a porta e partiu correndo para seu próprio carro.

Fiquei ali parada por vários minutos, os olhos fixos na janela, mas sem ver coisa alguma. Daemon murmurou qualquer coisa por entre os dentes e abriu a porta, desaparecendo na escuridão que cercava o restaurante. Ele havia me deixado.

Sequer reparei no trajeto até em casa. Assim que parei na entrada da garagem, desliguei o carro, me recostei no banco e fechei os olhos. Ao sentir a noite envolver o carro silencioso, saltei, inspirei fundo e escutei os degraus da minha varanda rangerem.

Daemon chegara antes de mim. Ele veio ao meu encontro, o boné enterrado na cabeça ocultando-lhe os olhos.

Balancei a cabeça, frustrada.

— Daemon...

— Não confio nele. Não confio em nada do que diz respeito a ele, Kat. — Tirou o boné, correu os dedos pelo cabelo e enfiou-o de novo na cabeça. — Ele surge do nada e sabe *tudo*. Todos os meus instintos me dizem que Blake não é confiável. Não sabemos quem ele é, se não está trabalhando para alguma organização. Não sabemos nada sobre ele.

LUX ❋2❋ ÔNIX

— Eu sei. — Um súbito cansaço tomou conta de mim. Tudo o que eu queria era me deitar. — Mas pelo menos desse jeito podemos ficar de olho nele, certo?

Daemon soltou uma risada curta e grave.

— Há outras maneiras de lidarmos com ele.

— Como assim? — Minha voz soou demasiadamente alta, mas foi logo carregada pelo vento. — Daemon, você não está pensando...

— Não sei no que estou pensando. — Recuou um passo. — Merda, nesse momento minha cabeça está uma confusão. — Fez uma pausa. — De qualquer forma, por que você estava com ele?

Meu coração deu um salto.

— Fomos comer alguma coisa. Eu queria...

— Queria o quê?

De alguma forma, senti que havia sido pega em outra armadilha ainda maior. Sem saber ao certo o que responder, não disse nada. Grande erro.

A ficha caiu e ele ergueu o queixo. Por um momento, seus olhos verdes escureceram com uma mágoa profunda.

— Você foi se encontrar com o Byron depois...

Depois de ter passado a noite com ele... aconchegada nos braços *dele*. Fiz que não, precisando fazê-lo entender o motivo de ter ido me encontrar com o Blake.

— Daemon...

— Sabe de uma coisa? Isso não me surpreende. — Seu sorriso pareceu ao mesmo tempo amargo e condescendente. — Nós nos beijamos. Duas vezes. Você passou a noite me usando como seu travesseiro particular... e sei que gostou disso. Tenho certeza de que assim que eu fui embora você começou a surtar. E foi correndo para os braços do Boris porque ele não te faz sentir nada. O fato de sentir algo por mim te deixa apavorada.

Fechei a boca.

— Não fui correndo para os braços do *Blake*. Ele me enviou uma mensagem me convidando para comer alguma coisa. Não foi um encontro, Daemon. Só fui até lá para dizer a ele...

— Então foi o quê, gatinha? — Ele deu um passo à frente, os olhos me perscrutando. — É óbvio que ele gosta de você. Vocês já se beijaram antes. O cara está disposto a arriscar a própria segurança para te *treinar*.

— Não é o que você está pensando. Se me deixar explicar…

—Você não sabe o que eu estou pensando — rebateu ele.

Uma sensação horrível se alojou em meu estômago.

— Daemon…

—Você é inacreditável, sabia?

Ele não estava dizendo isso no bom sentido.

— Lembra da noite da festa, quando você achou que eu tinha ficado com a Ash? Você ficou tão puta que saiu e acabou explodindo uma série de janelas, expondo a si mesma.

Encolhi-me. Pura verdade.

— E agora você está fazendo… o quê? Saindo com *ele* logo depois de me beijar?

Eu gosto de você. Meus lábios, porém, recusaram-se a pronunciar as palavras. Não sabia por que, mas não conseguia dizê-las. Não com ele me olhando cheio de raiva e desconfiança e, pior ainda, decepção.

— Não estou saindo com ele, Daemon! Somos amigos. Só isso.

Cético, seus lábios se apertaram numa linha fina.

— Não sou idiota, Kat.

— Eu não disse que você é! — De repente, a irritação tornou-se maior do que a dor em meu peito. —Você não está me dando uma chance de explicar. Como sempre, está agindo como um maldito sabe-tudo, me interrompendo o tempo todo!

— E, como sempre, você é um problema maior do que eu jamais poderia imaginar.

Encolhi-me como se tivesse levado um tapa e dei um passo para trás.

— Não sou problema seu. — Minha voz falhou. — Não mais.

A raiva deu lugar ao arrependimento.

— Kat…

— Não. Em primeiro lugar, nunca fui problema seu. — A raiva se espalhou pelo meu corpo como um incêndio florestal fora de controle. — Agora é que não sou mesmo, pode acreditar.

A janela de emoções que eu podia ver em seus olhos se fechou, deixando-me sozinha a tremer no escuro. De repente, percebi. Compreendi que o havia magoado mais do que imaginava ser possível. Eu o magoara de um jeito muito pior do que ele jamais fizera comigo.

LUX 2 ÔNIX

— Maldição. Nada disso… — Fez um gesto com a mão como se me envolvesse. — Importa no momento. Esquece.

Ele desapareceu antes que eu tivesse a chance de completar o pensamento. Chocada, corri os olhos em volta, mas Daemon não estava em lugar algum. Senti uma fisgada no peito e meus olhos se encheram de lágrimas ao me virar de volta para minha casa.

A súbita realização foi como uma pancada na cabeça.

Eu passara tanto tempo preocupada em afastá-lo, em dizer a ele que o que quer que houvesse entre nós não era real. E agora, ao perceber a profundidade do que ele sentia por mim — e do que eu sentia por ele —, Daemon se fora.

[19]

Passei a manhã inteira e parte da tarde perambulando pela casa como um zumbi. Meu coração pulsava de um jeito estranho. Meus olhos doíam com o excesso de lágrimas não derramadas. O que me fez lembrar dos meses após a morte do meu pai.

Sem grande disposição, redigi uma rápida resenha sobre um romance distópico que havia lido na semana anterior e fechei o laptop. Em seguida, deitei e fiquei olhando para a teia de rachaduras no teto do quarto. Era difícil encarar a verdade. Vinha tentando negá-la a manhã inteira. O nó de emoções turbulentas que se formara sob minhas costelas na noite anterior continuava lá. Na verdade, ele parecia ainda mais pesado, mais intenso.

Eu gostava do Daemon — gostava dele *de verdade*.

Tinha passado tanto tempo concentrada em acalentar a mágoa pela maneira como ele havia me tratado logo após nos conhecermos que me tornara cega em relação aos meus próprios sentimentos, ao que eu desejava e ao modo como ele se sentia. E agora? Daemon, que nunca desistia de coisa alguma, fora embora sem me deixar explicar nada.

Não havia como negar. Eu o magoara.

Virei de lado e enterrei o rosto no travesseiro. O perfume dele continuava impregnado no tecido. Apertei-o com força e fechei os olhos. Como as coisas tinham ficado tão enroladas? Quando exatamente minha vida se tornara uma novela bizarra de ficção científica?

— Tá se sentindo bem, querida?

Abri os olhos e foquei-os em minha mãe, que usava um uniforme estampado com coraçõezinhos e pequenas espirais. Onde ela arrumava aquelas coisas?

— Tô, só um pouco cansada.

— Tem certeza? — Ela se sentou na beirada da cama e pousou a mão em minha testa. Ao se certificar de que eu não estava com febre, abriu um ligeiro sorriso. — A árvore de Natal ficou muito bonita.

Um misto de emoções explodiu dentro de mim.

— Verdade — respondi numa voz rouca. — Ficou mesmo.

— Quem te ajudou a armar?

Mordi a bochecha.

— O Daemon.

De forma carinhosa, ela afastou o cabelo do meu rosto.

— Muito doce da parte dele.

— Eu sei. — Fiz uma pausa. — Mãe?

— Diga, querida.

Não fazia ideia do que dizer a ela. Era tudo tão... complicado, tão entranhado na verdade sobre o que meus amigos realmente eram. Balancei a cabeça, frustrada.

— Nada, não. Só queria dizer que te amo.

Sorrindo, ela se curvou e depositou um beijo em minha testa.

— Também te amo. — Levantou-se e parou ao alcançar a porta. — Estive pensando em convidar o Will pra jantar esta semana. O que você acha?

Que bom que a vida amorosa da minha mãe estava indo de vento em popa.

— Por mim tudo bem.

Assim que ela saiu para o trabalho, forcei-me a levantar. Blake chegaria em pouco tempo. Daemon também, isto é, se ele resolvesse aparecer.

Fui até a cozinha e peguei uma lata de Coca na geladeira. Para passar o tempo, reuni todos os livros que eu tinha em duplicata e os empilhei sobre a minha escrivaninha. Uma boa doação me faria sentir melhor. Quando desci novamente para procurar a lata — que aparentemente fugira de mim em algum momento —, um familiar arrepio quente espalhou-se por minha nuca.

Congelei no último degrau, a mão apertando o corrimão.

Seguiu-se uma batida à porta.

Pulei do degrau para o chão, corri até a entrada e abri a porta. Parei com a mão na maçaneta, ofegante.

— Oi.

Daemon arqueou uma das sobrancelhas escuras.

— Pelo barulho, achei que você fosse passar direto pela porta.

Corei.

— Eu, ahn, estava... procurando meu refrigerante.

— Procurando seu refrigerante?

— Não sei onde coloquei a lata.

Ele olhou por cima do meu ombro e um sorrisinho se desenhou em seus lábios.

— Ela está bem ali, em cima da mesa.

Virei-me e vi a lata vermelha e branca rindo de mim do canto da mesa.

— Ah, bem, obrigada.

Daemon entrou, roçando meu braço ao passar. Estranho, mas o fato de ele entrar sem esperar ser convidado já não me deixava mais chateada. Ele meteu as mãos nos bolsos e se recostou na parede.

— Gatinha...

Um arrepio percorreu meu corpo.

— Daemon...?

O meio sorriso estava ali, embora sem sua costumeira presunção.

—Você parece cansada.

Aproximei-me dele ligeiramente.

— Não dormi bem essa noite.

— Pensando em mim? — perguntou baixinho.

Respondi sem a menor hesitação.

— Sim.

Seus olhos se arregalaram, surpresos.

— Uau, estive preparando um discurso inteiro para te convencer de que você precisa parar de negar que pensa em mim o tempo todo quando está acordada e sonha comigo à noite. Agora não sei mais o que dizer.

LUX 2 ÔNIX

Recostei-me na parede ao lado dele, sentindo o calor de seu corpo.

— Você, sem palavras? Isso merece ser registrado em cartório.

Daemon abaixou a cabeça, os olhos tão infinitamente profundos e intensos quanto a floresta lá fora.

— Também não dormi bem essa noite.

Aproximei-me ainda mais, até sentir meu braço roçar no dele. Daemon enrijeceu ligeiramente.

— Na noite passada...

— Eu queria pedir desculpas — interveio ele, chocando-me novamente. Virou-se de modo a ficar de frente para mim, e encontrei sua mão sem sequer precisar olhar. Seus dedos se entrelaçaram aos meus. — Sinto muito...

Alguém pigarreou.

Tomei um susto. Antes que eu pudesse me virar, os olhos do Daemon se estreitaram e faiscaram de raiva. Ele soltou minha mão e recuou um passo. *Merda.* Tinha esquecido completamente do Blake. E esquecera também de fechar a porta.

— Estou interrompendo alguma coisa? — perguntou ele.

— Está, Bart, você está sempre interrompendo — retrucou meu vizinho.

Virei, meu coração murchando como se alguém o tivesse alfinetado. Minhas costas queimavam sob a intensidade do olhar do Daemon.

Blake abriu a porta de tela e entrou.

— Desculpe ter demorado tanto.

— Podia ter demorado mais. — Daemon se espreguiçou de maneira distraída, como um gato. — Uma pena que você não se perdeu no caminho ou...

— Fui comido por um javali ou morto em um terrível acidente de carro. Entendi — interrompeu Blake, passando por nós. — Você não precisa ficar aqui, Daemon. Ninguém está te forçando.

Ele girou nos calcanhares e seguiu o Blake.

— Estou exatamente onde quero estar.

Minha cabeça já estava começando a pulsar. Treinar com o Daemon presente não ia ser fácil. Segui lentamente para a sala. Ambos se encaravam como dois gladiadores.

Pigarreei para limpar a garganta.

— Então… como vamos fazer isso?

Daemon abriu a boca, e só Deus sabe o que ele ia dizer, mas Blake o cortou:

— Em primeiro lugar, precisamos definir o que você já consegue fazer.

Prendi o cabelo num rabo de cavalo, incomodada com a maneira como os dois me fitavam, como se eu fosse… sei lá.

— Hum, não sei bem o que eu consigo fazer.

Blake contraiu os lábios.

— Bom, você congelou o galho. E também explodiu as janelas. Já são duas coisas.

— Mas não fiz nada disso de propósito. — Ao ver a expressão confusa do Blake, virei-me para o Daemon. Refestelado no sofá, ele parecia entediado. — O que eu quero dizer é: não foi algo consciente.

— Ah! — As sobrancelhas se abaixaram. — Bem, isso é desanimador.

Jesus. Obrigada. Minhas mãos penderam ao lado do corpo.

O olhar cintilante do Daemon se voltou para o Blake.

— Você sabe motivar como ninguém.

O surfista o ignorou.

— Então os dois casos foram manifestações inconscientes de poder? — Ao me ver assentir, ele apertou o osso do nariz.

— Talvez isso diminua com o tempo? — perguntei, esperançosa.

— Se fosse diminuir, já teria acontecido. Entenda, até onde eu sei, quatro coisas podem acontecer após uma mutação. — Ele começou a andar pela sala, botando uma distância segura entre nós. — O humano é curado e ela retrocede depois de algumas semanas, às vezes meses. Mas ela também pode permanecer, e o humano acaba desenvolvendo os mesmos poderes de um Luxen… ou mais. Há também aqueles que, digamos assim, se autodestroem. Mas você já passou desse estágio.

Graças a Deus, pensei com sarcasmo.

— E?

— Bem, e há humanos cuja mutação ultrapassa as expectativas.

— Como assim? — Daemon tamborilou os dedos no braço do sofá.

Fuzilei ambos com os olhos.

Blake cruzou os braços e começou a se balançar.

LUX 2 ÔNIX

— Uma mutação tanto no departamento físico quanto mental. É diferente para cada pessoa.

— Quer dizer que eu vou virar uma mutante deformada? — guinchei.

Ele riu.

— Não acredito.

Não acredito não era lá muito tranquilizador.

Daemon parou com o irritante tamborilar dos dedos.

— E como você sabe de tudo isso, Flake?

— Blake — corrigiu ele. — Como eu disse, conheci outros como a Katy que acabaram capturados pelo DOD.

—Ã-hã. — Daemon soltou uma risadinha presunçosa.

Blake balançou a cabeça, pensativo.

— De qualquer forma, voltando ao que interessa. Precisamos verificar se você consegue controlar seus poderes. Se não…

Antes que eu tivesse a chance de responder, meu vizinho estava de pé, parado diante do surfista.

— Se não o quê, Hank? E *se* ela não conseguir?

— Daemon. — Suspirei. — Em primeiro lugar, o nome dele é Blake. B-L-A-K-E. Agora, sério, será que podemos fazer isso sem nenhum dos dois ficar dando uma de macho-man? Caso contrário, isso vai levar uma eternidade.

Ele se virou e me lançou um olhar furioso que me fez revirar os olhos.

— Ok. O que você sugere, então?

— O melhor é começar vendo se você consegue mover alguma coisa de maneira consciente. — Blake fez uma pausa. — Acho que podemos partir daí.

— Mover o quê?

Ele correu os olhos pela sala.

— Que tal um livro?

Um livro? Diabos, qual? Com um sacudir de cabeça, foquei no que tinha a capa de uma garota com um vestido que se desfazia em pétalas de rosa. Tão lindo! Era uma história sobre reencarnação com um mocinho de tirar o fôlego em todos os sentidos. Meu Deus, eu adoraria namorar…

— Concentre-se — disse Blake.

· 199 ·

Fiz uma careta, mas, tudo bem, eu não estava realmente me concentrando. Imaginei o livro se erguendo no ar e vindo para a minha mão do modo como tinha visto o Daemon e a Dee fazerem tantas vezes.

Nada aconteceu.

Tentei com mais afinco. E esperei por mais tempo. O livro, porém, continuou sobre o sofá... assim como as almofadas, o controle remoto e uma revista de fofocas das celebridades da mamãe.

Três horas depois, o melhor que eu conseguira fora fazer a mesinha de centro tremer e Daemon pegar no sono no sofá.

Que fracasso.

Cansada e irritada, resolvi terminar o treino e acordar o Daemon com um chute na perna da mesinha.

— Tô com fome. E cansada. Já chega.

Blake ergueu as sobrancelhas.

— Certo. Podemos continuar amanhã. Sem problemas.

Fuzilei-o com os olhos.

Daemon bocejou e se espreguiçou.

— Uau, Brad, você é um ótimo treinador. Estou admirado.

— Cala a boca — mandei, acompanhando Blake até a porta. Ao chegarmos à varanda, pedi desculpas. — Sinto muito por estar tão irritada, mas estou me sentindo um tremendo fracasso no momento. Como se eu fosse a capitã do meu próprio barco naufragado.

Ele sorriu.

— Você não é um fracasso, Katy. Isso pode levar um tempo, mas no final toda essa frustração irá valer a pena. A última coisa que você quer é o DOD descobrir que você foi transformada e vir atrás do responsável.

Estremeci. Eu morreria se isso acontecesse.

— Eu sei. E... obrigada por me ajudar. — Mordi o lábio e olhei de relance para ele. Talvez Daemon estivesse certo. Blake estava arriscando muito. A maioria das pessoas se afastaria se soubesse que havia tantos agentes do DOD zanzando pela cidade. Eu só não queria acreditar que ele estivesse fazendo isso por gostar de mim. — Sei que isso é perigoso pra você e não...

— Tá tudo bem, Katy. — Ele pousou a mão no meu ombro e apertou de leve. Retirou-a, porém, quase no mesmo instante, provavelmente

LUX 2 ÔNIX

temendo que Daemon aparecesse do nada e quebrasse sua mão. — Não espero nada em troca.

Uma ligeira onda de alívio me inundou.

— Não sei o que dizer.

— Não precisa dizer nada.

Não mesmo? Confiar nele era um salto de fé, ainda que Blake houvesse tido inúmeras oportunidades de entregar tanto a mim quanto o Daemon e não tivesse feito isso. Abracei minha própria cintura para me proteger do frio.

— O que você está fazendo para me ajudar é fantástico. Só queria dizer isso.

O pequeno sorriso se ampliou, fazendo seus olhos amendoados parecerem dançar.

— Pelo menos assim consigo passar mais tempo com você. — Suas bochechas coraram e ele desviou os olhos, pigarreando para limpar a garganta. — Bom, a gente se vê amanhã. Combinado?

Assenti com um menear de cabeça. Com um último meio sorriso, Blake foi embora. Voltei para dentro de casa, sentindo-me totalmente exaurida.

Daemon já não estava mais no sofá, é claro. Por instinto, segui até a cozinha. Lá estava ele, com algumas fatias de pão, as sobras de frios que encontrara na geladeira e um pote de maionese espalhados sobre a bancada.

— O que você está fazendo?

Ele se virou para mim, brandindo a faca.

—Você disse que estava com fome.

Meu coração deu uma pequena cambalhota.

—Você… não precisava ter vindo aqui preparar nada pra mim, mas obrigada.

— Eu também estava com fome. — Daemon passou a maionese no pão, espalhando-a uniformemente. Dois sanduíches de presunto com queijo ficaram prontos num piscar de olhos. Virando-se, entregou-me um e se recostou na bancada. — Coma.

Encarei-o.

Ele sorriu e deu uma bela dentada no próprio sanduíche. Mastigando devagar, observou-me comer, o silêncio entre nós estendendo-se pelo que me pareceu uma eternidade. Após preparar outra rodada de sanduíches de queijo e presunto, que na verdade consistiam basicamente em queijo e maionese, coube a mim a limpeza. Assim que terminei de lavar as mãos e fechei a torneira, ele pousou as dele de cada lado do meu quadril, curvando os dedos sobre a bancada. Uma onda de calor se espalhou por minhas costas; não ousei me mover. Ele estava demasiadamente perto.

— Pelo que pude perceber, você teve uma conversa bastante interessante com o Butler na varanda. — Sua respiração fez cócegas no meu pescoço.

Lutei contra o estremecimento, sem muito sucesso.

— O nome dele é Blake. Estava ouvindo atrás da porta, Daemon?

— Não, só mantendo um olho em você. — A ponta do nariz roçou a lateral do meu pescoço, fazendo meus dedos se contraírem sobre a pia de aço inoxidável. — Quer dizer que ele te ajudar é fantástico?

Fechei os olhos e soltei um palavrão por entre os dentes.

— Ele está se arriscando, Daemon. Quer você goste dele ou não, precisa respeitá-lo por isso.

— Não preciso fazer nada além de dar uma surra nele, que é o que o cara merece. — Apoiou o queixo em meu ombro. — Não quero que você continue com isso.

— Daemon…

— Não tem nada a ver com o fato de eu detestar o cara. — Suas mãos soltaram a bancada e se fecharam nos meus quadris. — Ou com o fato de…

— Você estar com ciúmes? — completei, virando o rosto de modo que nossas bocas ficaram desafiadoramente próximas.

— Eu? Com ciúmes? De jeito nenhum. Estava me referindo ao fato de ele ter um nome idiota. Blake? Rima com xeique. Admite.

Revirei os olhos. Daemon, porém, empertigou o corpo e me apertou de encontro a si. Com minhas costas coladas em seu peito, passou os braços em volta da minha cintura. Um calor entontecedor espalhou-se por minhas veias. Por que, droga, por que ele tinha sempre que estar tão perto de mim?

— Não confio nele, gatinha. Tudo a respeito dele é conveniente demais.

A meu ver, o motivo do Daemon não confiar no surfista era bastante óbvio. Desvencilhei-me do abraço e girei o corpo para encará-lo. As mãos dele voltaram a se apoiar na bancada.

— Não quero falar sobre o Blake.

Ele arqueou uma das sobrancelhas escuras.

LUX ✦ ÔNIX

— Quer falar sobre o quê, então?

— Sobre ontem à noite.

Daemon me fitou por um momento e, em seguida, recuou. Postou-se do outro lado da mesa da cozinha como se, de repente, estivesse com medo de mim. Cruzei os braços.

— Na verdade, quero terminar a conversa que estávamos tendo antes de o Blake chegar.

— Que era sobre ontem à noite.

— Exatamente — concordei, pronunciando a palavra bem devagar.

Ele coçou a barba por fazer que lhe cobria o queixo.

— Não lembro mais o que eu estava dizendo.

Ergui as sobrancelhas. Que decepção!

— Veja só, eu estava meio fora de mim ontem à noite. Fui pego desprevenido por... tudo o que aconteceu. — Fechou os olhos por um breve instante. — De qualquer forma, isso não é importante. O que importa é esse negócio com o Bart.

Abri a boca para retrucar, mas ele continuou:

— Parte de mim adoraria poder me livrar dele. Isso seria fácil. — Ao ver meu queixo bater no chão, Daemon abriu um sorriso frio. — Estou falando sério, gatinha. Ele não é só um perigo pra você. Se o cara estiver nos enganando, é um perigo para a Dee também. Assim sendo, quero mantê-la o mais longe possível disso.

— Claro — murmurei. De forma alguma eu a envolveria.

Ele cruzou os braços musculosos, absolutamente sério agora.

— Mas o que você disse ontem é verdade. Desse jeito podemos ficar de olho nele.

Não era sobre essa parte da conversa da véspera que eu queria falar. Depois de ver o modo como ele tinha ficado ao pensar que eu havia aceitado um encontro romântico com o Blake — mesmo parecendo ter superado isso bem rápido —, e depois de eu ter passado o dia inteiro me sentindo péssima, o que eu queria era falar sobre a gente. Sobre o que havia finalmente percebido após ficar perambulando pela casa o dia todo.

— Não gosto disso, mas... — Fez uma pausa. — Mas vou te pedir mais uma vez para parar com essa história de treino com ele. Confie em mim, vou encontrar um meio de te ajudar... de ajudar nós dois.

· 203 ·

JENNIFER L. ARMENTROUT

Queria dizer a ele que sim, mas como o Daemon podia pedir ajuda a alguém sem despertar suspeitas? Se o DOD estava infiltrado em tudo quanto era lugar, quem poderia afirmar que não havia nenhum Luxen trabalhando para eles? Qualquer coisa era possível.

Como não respondi de cara, ele presumiu que minha resposta seria não. Exalou um misto de suspiro e risada e anuiu com um menear de cabeça. Senti como se meu coração tivesse sido alfinetado.

— Tudo bem. É melhor você descansar um pouco. Amanhã será um grande dia. Mais Butler. Mal posso esperar.

Dizendo isso, foi embora. Na verdade, saiu da cozinha andando, em vez de lançar mão de sua supervelocidade como geralmente fazia. Fiquei parada no lugar, imaginando o que diabos dera errado e por quê. Não o detive para dizer a ele o que eu estava pensando.

O que estava sentindo.

Coragem — definitivamente precisava encontrar a coragem para dizer a ele o que estava sentindo. Até amanhã no máximo, antes que as coisas entre nós ficassem ainda piores.

[20]

s dias foram passando, virando semanas. Cada manhã começava exatamente como a anterior. Eu acordava tonta, sentindo como se não tivesse dormido nada. A cada dia minhas olheiras ficavam mais pronunciadas.

Mal falava com a minha mãe de manhã, o que era um saco, porque era o único momento que tínhamos realmente juntas. Ela estava ocupada com o trabalho e com Will, enquanto eu tinha que lidar com a escola, Blake e um distante e fechado Daemon, o qual passava a maior parte dos treinos observando o surfista como uma águia de olho na presa.

Uma parede de gelo se erguera entre nós e, sempre que eu tentava falar sobre o nosso relacionamento, Daemon rapidamente desconversava. Meu coração doía.

Mesmo que ele não tivesse mais tentado impedir os treinos e raramente faltasse algum, ainda era terminantemente contra a ideia. Na maioria das vezes que conseguíamos passar algum tempo sozinhos, Daemon tentava me convencer de que Blake não era confiável. De que havia algo inerentemente errado em relação ao garoto, além do fato de ele ser um híbrido. Como eu.

No entanto, à medida que as semanas foram passando e o DOD não apareceu na minha porta atrás de mim, fui ficando cada vez mais convencida de que tudo não passava de paranoia do Daemon. Ele tinha motivos para não confiar no surfista. Devido ao que acontecera com o Dawson e a Bethany, meu vizinho desconfiava de todo e qualquer humano.

Blake, por sua vez, dava o melhor de si para conviver com o Daemon. Era preciso reconhecer isso. A maioria das pessoas teria desistido, especialmente se levássemos em conta que eu era um verdadeiro fracasso no que dizia respeito aos meus poderes e que Daemon fazia de tudo para que ele não se sentisse bem-vindo. Blake era paciente e incentivador, enquanto Daemon era uma pedra no sapato com uma atitude ruim.

Os treinos após as aulas acabavam com toda e qualquer chance de uma vida social. Todo mundo sabia que Blake e eu estávamos nos encontrando. Mas ninguém, nem mesmo a Dee, sabia que o Daemon estava sempre presente também. Como ela passava todo o seu tempo livre com o Adam, não fazia ideia de onde o irmão estava nem o que ele andava fazendo. Carissa e Lesa achavam que Blake e eu estávamos namorando, e eu já desistira de tentar convencê-las do contrário. O que também era um saco, porque elas pensavam que eu estava tão gamada nele que nada mais importava. Sem querer, eu me tornara uma *daquelas garotas* cuja vida gira exclusivamente em torno do namorado.

Só que eu não tinha um namorado.

Elas tentavam de maneira incessante me atrair de volta para o mundo delas, mas toda vez que a Dee me convidava para ir ao shopping ou a Lesa sugeria que saíssemos para comer alguma coisa depois da aula, eu era obrigada a recusar.

Minhas noites se resumiam aos treinos. Não havia tempo para ler. Nem para me dedicar ao blog. As coisas que costumavam preencher todo o meu tempo livre tinham sido postas de lado.

Antes do início de cada treino, eu sempre fazia a mesma pergunta ao Blake:

—Você viu algum Arum hoje?

E a resposta era sempre a mesma:

— Não.

Daemon, então, aparecia e, em geral, as coisas acabavam virando uma loucura. Blake tentava me ensinar ao mesmo tempo que se esforçava para ignorar o alien homicida e demasiadamente espaçoso.

LUX 2 ÔNIX

—Tecnicamente, quando usamos nossos poderes é como se estivéssemos enviando um pedaço de nós mesmos — explicou ele. — Por exemplo, se eu quiser pegar alguma coisa, quem realiza a tarefa é uma parte do meu corpo, uma extensão de mim. É por isso que o uso dos poderes nos enfraquece.

Para mim isso não fazia o menor sentido, mas assenti mesmo assim. Daemon revirou os olhos.

Blake riu.

—Você não faz a menor ideia do que eu estou falando.

— Não. — Sorri.

— Certo, de volta aos braços. — Os dedos dele pousaram nos meus ombros, e a loucura começou.

Em um centésimo de segundo, Daemon, até então esparramado no sofá, estava de pé, forçando Blake a se afastar. Inspirei fundo para manter a calma e me virei para o alienígena.

Seus olhos fuzilavam o surfista, obrigando-o a retroceder.

— Posso ajudá-la com isso.

Blake se sentou no braço do sofá e brandiu uma das mãos.

— Claro. Você é quem manda. Ela é toda sua.

Daemon deu uma risadinha.

— E é mesmo.

Minha mão coçou de vontade de dar-lhe uma bofetada.

— Não sou de ninguém. — Parte de mim, porém, desejava vê-lo me contradizer.

— Quieta — retrucou ele, aproximando-se.

— Quieta é o cara…

— Gatinha, isso não é linguagem digna de uma moça. — Ele parou atrás de mim e pousou as mãos em meus ombros. Eu precisava admitir, a corrente de eletricidade provocada pelo toque dele era muito mais poderosa… e tentadora. Daemon se curvou, a bochecha roçando meu cabelo.

— Seu amigo Ben não está totalmente errado. Sempre que usamos nossos poderes… que recorremos à Fonte… é como se estivéssemos comandando uma parte do nosso ser. É como uma extensão da nossa forma física.

Ele estava fazendo tanto sentido quanto o Blake, mas achei melhor não contestar.

— Imagine que você tem uma centena de braços.

Fiz o que ele mandou. Tentei me imaginar como a deusa hindu. Comecei a rir.

— Katy. — Blake suspirou.

— Desculpa.

— Agora, imagine que esses braços são transparentes. — Daemon fez uma pausa. — Você pode vê-los; pode ver os livros espalhados pela sala. Consegue? Sei que você sabe onde cada um está.

Sabendo que se dissesse alguma coisa perderia a concentração, apenas anuí.

— Certo. Ótimo. — Seus dedos apertaram meus ombros ligeiramente. — Agora quero que você transforme esses braços em luz. Uma luz intensa e brilhante.

— Tipo… a sua?

— Isso mesmo.

Inspirei fundo de novo e tentei visualizar meus braços hindus como compridos tentáculos de luz. Certo, era uma imagem ridícula.

— Consegue ver? — perguntou ele baixinho. — Consegue acreditar?

Eu me detive antes de responder, e dei o melhor de mim para acreditar no que eu estava vendo. Os braços de uma luz branca ofuscante *eram* meus. Tal como Daemon e Blake tinham falado, eles eram uma extensão do meu ser. Imaginei cada uma daquelas mãos pegando os livros espalhados.

— Abra os olhos — instruiu Blake.

Ao abri-los, vi os livros flutuando pela sala. Movi-os até a mesinha de centro, onde os empilhei em ordem alfabética sem sequer encostar um dedo neles. Uma sensação de triunfo percorreu meu corpo. Finalmente! Quase comecei a pular e guinchar de tão feliz.

Daemon me soltou, seu sorriso uma mistura de orgulho e algo mais. Algo que calou fundo em meu peito. Tanto que precisei desviar os olhos, e meu olhar acabou colidindo com o do Blake.

Ele sorriu, e sorri de volta.

— Finalmente consegui fazer alguma coisa.

— Conseguiu mesmo. — Ele se levantou. — E foi perfeito. Bom trabalho.

LUX ❷ ÔNIX

Virei-me para falar com o Daemon, mas senti um leve deslocamento de ar e constatei que o lugar onde ele se encontrava antes agora estava vazio. A porta se abriu e fechou.

Surpresa, virei-me de volta para o Blake.

— Eu...

— Ele definitivamente consegue se mover rápido — comentou o surfista, balançando a cabeça. — Eu também, mas... diabos... não tão rápido assim.

Assenti, piscando para conter as lágrimas. Era a primeira vez que eu realmente conseguia alguma coisa e o Daemon se mandara. Tão típico!

— Katy. — Blake me chamou baixinho, fechando a mão em meu braço. — Você está bem?

— Estou. — Puxei o braço para me soltar e inspirei fundo algumas vezes.

Ele me seguiu até a sala.

— Quer falar sobre isso?

Soltei uma risada engasgada, constrangida.

— Não.

Ele ficou em silêncio por alguns instantes.

— Provavelmente é melhor assim.

— É? — Cruzei os braços, me esforçando para conter as lágrimas. Chorar não ajudaria em nada.

Ele assentiu.

— Pelo que pude perceber, relacionamentos entre humanos e Luxen não dão certo. E não venha me dizer que não há nada entre vocês. Posso ver o modo como vocês se olham. Só que isso não vai funcionar.

Se com aquele discurso ele pretendia me tranquilizar, não estava dando certo. Blake pegou o primeiro livro da pilha e correu a mão pela brilhante capa roxa.

— É melhor você cortar logo isso. Ou ele, antes que alguém acabe se machucando.

Senti um buraco no estômago.

— Se machucando?

Ele anuiu de modo grave.

· 209 ·

—Veja por esse ângulo. Se o Daemon achasse que o DOD está de olho em você, o que acha que ele faria? Arriscaria a própria vida, certo? E se o DOD descobrir que você foi transformada, eles irão querer saber quem foi o responsável. A suspeita logo recairá sobre o Daemon.

Fiz menção de dizer a ele que não tinha sido o Daemon, mas isso pareceria suspeito. E, diabos, ele tinha razão. Meu vizinho seria o primeiro suspeito. Sentei, esfregando a testa com a base da mão.

— Não quero que ninguém se machuque — disse eu por fim.

Blake se sentou ao meu lado.

— Ninguém quer, não é verdade? Mas o que a gente quer raramente muda o resultado final, Katy.

Assim que me acomodei para a aula de trigonometria no dia seguinte, Daemon me deu uma cutucada nas costas com a caneta.

— Não vou poder comparecer ao treino hoje — disse em voz baixa.

A declaração me deixou profundamente decepcionada. Ainda que em geral ele não fosse de grande ajuda durante os treinos, eu acreditava piamente que fora ele o responsável por me fazer conseguir mover os livros na véspera.

Além disso, estava ansiosa para encontrá-lo mais tarde. Suspirei.

Forcei um dar de ombros, fingindo não ligar a mínima.

—Tudo bem.

Seus olhos cor de esmeralda se fixaram nos meus por um breve instante, mas, então, ele se recostou de volta na cadeira e começou a rabiscar algo em seu caderno. Sentindo-me ignorada, virei de volta para o quadro-negro e expirei o ar lentamente.

Carissa soltou um bilhete dobrado sobre a minha carteira. Curiosa, desdobrei-o imediatamente.

Por que essa carinha :(?

LUX  ÔNIX

Jesus, será que era tão óbvio assim? Rabisquei uma rápida resposta.

Só estou cansada. Adorei seus óculos novos.

E tinha mesmo. A armação era de zebra. Joguei o bilhete de volta para ela. Não estávamos preocupadas com o professor. Era pouco provável que ele conseguisse enxergar o que acontecia no fundo da sala. O sujeito fazia o Papai Noel parecer jovem.

Segundos depois, o bilhete estava de volta sobre a minha carteira. Dei uma risadinha e o abri.

Valeu. Lesa me pediu para te dizer que o Daemon "está um gato hoje". Preciso concordar.

Ri por entre os dentes e escrevi de volta:

Daemon é sempre um gato!!!

Estiquei o braço para soltar o bilhete sobre a carteira dela. Antes que eu pudesse fazer isso, ele foi arrancado da minha mão. Filho de uma mãe desnaturada! Meu queixo caiu e minhas bochechas coraram. Virando-me no assento, fuzilei Daemon com os olhos.

Ele apertou o bilhete de encontro ao peito e deu uma risadinha.

— Ficar passando bilhetinhos é falta de educação — murmurou.

— Devolve isso — sibilei.

Ele fez que não e, para meu horror — e da Lesa e da Carissa também, com certeza —, desdobrou o papel. Tive vontade de morrer enquanto o observava correr rapidamente aqueles olhos vibrantes pelas linhas. Ao vê--lo erguer as sobrancelhas escuras, soube imediatamente que tinha chegado à minha parte.

Daemon sorriu, tirou a tampa da caneta com a boca e anotou alguma coisa. Com um grunhido, olhei de relance para minhas amigas. Lesa estava com a boca aberta e Carissa parecia tão vermelha quanto eu. Céus, pelo visto ele não estava com a menor pressa.

Por fim, Daemon dobrou o bilhete e me devolveu.

— Aí está, gatinha.

— Eu te odeio. — Virei-me de volta para o professor. Bem a tempo, porque ele estava correndo os olhos pela sala. Enquanto o observava retornar para junto do quadro-negro, mantive o papel apertado em minha mão como se fosse uma bomba. Em seguida, de forma lenta e cuidadosa, desdobrei o maldito.

Tive vontade de morrer de novo.

Aquele bilhete jamais veria a luz do dia novamente. Com movimentos duros e o corpo em chamas, dobrei o papel mais uma vez e o meti na mochila.

Daemon soltou uma risadinha.

❋ ❋ ❋

Por vários dias Blake e eu trabalhamos sozinhos. Como já era de esperar, tudo transcorreu com muito mais tranquilidade sem a presença ameaçadora do Daemon. Sob a orientação do surfista, passei da fase de conseguir mover pequenos objetos por curtos períodos de tempo a rearrumar a sala inteira com um único pensamento. A cada nova conquista, Blake se mostrava exultante. Eu tentava compartilhar essa felicidade — porque era algo realmente bom —, mas não conseguia evitar sentir uma pontinha de desapontamento.

Queria compartilhar meus triunfos com o Daemon, e ele não estava lá.

Por fim, Blake passou para novos desafios, tentando me ensinar a controlar coisas mais complicadas através de uma série tenebrosa de tentativas e erros. Na primeira vez que tentei manipular o fogo, terminei com o que eu poderia jurar serem queimaduras de segundo grau nos dedos.

Ele alinhou uma série de velas brancas e mandou que eu me concentrasse e acendesse todas ao mesmo tempo. A princípio, eu podia tocar nelas e, após várias horas encarando-as com um caso sério de estômago vazio, consegui acender uma visualizando a chama em minha mente e me concentrando na imagem.

Uma vez tendo feito isso algumas vezes, passamos para o estágio seguinte, em que eu não podia mais tocar na vela. Tinha que criar a chama

LUX ❋ ÔNIX

apenas olhando para ela. Como demonstração, Blake brandiu uma das mãos sobre a fileira de velas e todos os pavios se acenderam imediatamente.

— Mole, mole — disse ele, correndo a mão novamente sobre elas. Todas se apagaram.

— Como você fez isso? Como as apagou? Os Luxen também conseguem?

Ele sorriu.

— Eles conseguem controlar tudo que é relacionado a alguma forma de luz, certo? Mover e parar objetos, assim como manipular o fogo, tudo isso faz parte do repertório deles. Eles podem gerar energia suficiente para criar eletricidade e provocar uma tempestade.

Assenti, lembrando-me da tempestade que surgira do nada no dia em que o Daemon voltara do lago e encontrara o professor Garrison à sua espera.

— É como sugar os átomos presentes no ar à nossa volta, portanto, sim, eles podem criar rajadas de vento. A única diferença é que somos mais fortes do que eles nesse quesito.

—Você vive dizendo isso, mas não entendo como.

Blake deu de ombros.

— Eles possuem apenas um tipo de DNA. — Fez uma pausa e franziu o cenho. — *Se* é que possuem DNA. Mas, pelo bem da argumentação, vamos dizer que sim. Nós possuímos dois tipos diferentes. O que faz de nós o melhor de dois mundos.

Não muito científico.

— De qualquer forma, tenta. — Deu-me uma cutucada com o joelho.

Fiz exatamente o que tinha feito enquanto segurava a vela, mas alguma coisa deu errado.

Meus dedos se acenderam como se fosse o Quatro de Julho.

— Puta merda! — Blake se afastou num pulo, me puxando junto. Chocado, arrastou-me para a cozinha, abriu a torneira da pia e meteu minhas mãos sob o fluxo de água fria. Era a primeira vez que eu o escutava soltar um palavrão. — Katy, eu te pedi para acender a vela, não seus dedos! Não é tão difícil assim. Credo!

— Desculpa — murmurei, observando minha pele assumir um tom feioso de rosa e, em seguida, vermelho. Não levou muito tempo para que as bolhas começassem a surgir.

· 213 ·

JENNIFER L. ARMENTROUT

—Você talvez não seja capaz de controlar o fogo — comentou ele, enrolando meus dedos gentilmente numa toalha. — Se fosse, não teria se queimado. Ele seria uma *parte* de você. Que negócio foi aquele? Você quase provocou um incêndio!

Franzi o cenho, sentindo meus dedos latejarem.

— Espera um pouco. Existe uma chance de que eu não consiga manipular o fogo e você me deixou tentar?

— De que outra forma poderei definir suas limitações?

— Cacete! — Puxei a mão, furiosa. — Isso não foi legal, Blake. Qual será o próximo passo? Me colocar na frente de um veículo em alta velocidade e me pedir para pará-lo, mas, ops, eu não sou capaz de fazer isso e agora estou morta?

Blake revirou os olhos.

—Você provavelmente é capaz de fazer isso. Pelo menos, espero que sim.

Irritadíssima, voltei para junto das velas. Precisando provar algo a mim mesma, tentei repetidas vezes. No entanto, por mais que eu tentasse, não conseguia acendê-las sem tocá-las.

Na manhã seguinte, tive que inventar uma boa desculpa para minha mãe. Algo idiota como ter colocado a mão sobre um queimador aceso do fogão, mas ela acreditou e acabei ganhando alguns analgésicos leves.

Nesse mesmo dia, Blake me confessou que nunca tinha sido capaz de curar ninguém. Perguntei a ele quando e como surgira a oportunidade, mas ele não teve a chance de responder. Um arrepio quente espalhou-se por minha nuca e, segundos depois, escutei uma batida à porta.

Soltei um grito.

— Daemon.

— Iupi! — O fingido entusiasmo soou tão convincente que Blake poderia ser um ator.

Ignorando-o, fui correndo abrir a porta.

— Oi — cumprimentei num ofego, sentindo uma onda de calor e tontura ao vê-lo. A beleza de tirar o fôlego do meu vizinho nunca deixava de me surpreender. —Vai me ajudar hoje?

Ele baixou os olhos para meus dedos enfaixados e assentiu.

—Vou. Cadê o Bilbo?

— Blake — corrigi. — Ele está na sala.

LUX ✦ 2 ÔNIX

Daemon entrou e fechou a porta.

— Quanto à sua mão...

Quando ele me perguntara durante a aula o que tinha acontecido, eu evitara responder. Duvidava seriamente de que ele fosse aceitar que houvesse sido um simples acidente. E a última coisa que qualquer um de nós precisava era meu vizinho matar o Blake devido à minha própria inaptidão.

— Queimei no fogão ontem à noite. — Dei de ombros, baixando os olhos para as pontas das botas pretas que despontavam por baixo da bainha do jeans.

—Você é... tão...

Suspirei.

— Estabanada?

— É, estabanada demais, Kat. Talvez seja melhor ficar longe do fogão por um tempo.

Ele passou por mim e seguiu para a sala. Fui correndo atrás, sabendo que não podia deixá-lo sozinho com o Blake nem um minuto.

O surfista o cumprimentou com um aceno de mão desanimado.

— Que bom que você resolveu aparecer.

Com uma risadinha, Daemon se sentou ao lado dele no sofá e estendeu o braço sobre o encosto, deixando Blake quase sem espaço.

— Sei que você sentiu a minha falta. Não se preocupe, estou de volta.

— Legal — retrucou Blake, soando realmente sincero.

Começamos com exercícios de mover objetos de um lado para outro. Daemon não falou muito, nem mesmo um "Uau" ou "Parabéns", mas manteve os olhos fixos em mim. O tempo todo.

— Na verdade, mover objetos é um truque barato — comentou Blake, os braços apertados junto ao tronco.

— Uau. — Daemon inclinou a cabeça de lado ligeiramente. — Só agora você descobriu isso?

Blake o ignorou.

—A boa notícia é que agora você consegue fazer isso de forma consciente, o que não significa que tenha total controle sobre esse poder. Espero que sim, mas não temos como ter certeza.

Merda. Blake adorava me dar um banho de água fria de vez em quando.

· 215 ·

JENNIFER L. ARMENTROUT

— Tive uma ideia. Você vai precisar confiar em mim completamente. Se eu te pedir para fazer alguma coisa, não quero que me responda com milhares de perguntas. — Fez uma pausa ao sentir os olhos do Daemon se estreitarem. — Precisamos ver algo extraordinário.

Extraordinário? Eu estava movendo coisas sem tocar! Isso para mim já era extraordinário o bastante. Por outro lado, tinha o fracasso com a história do fogo.

— Estou dando o melhor de mim.

— Seu melhor não é bom o suficiente. — Exalou o ar com força. — Tudo bem. Fique aí.

Olhei de relance para o Daemon enquanto Blake desaparecia em direção ao vestíbulo.

— Não faço ideia do que ele está tramando.

Meu vizinho arqueou uma sobrancelha.

— Tenho a impressão de que não vou gostar nadinha.

Como se o Blake pudesse fazer algo que o Daemon fosse gostar. O que ele não sabia ou não entendia era que o surfista não tinha tentado dar em cima de mim. Nem uma única vez desde a noite do restaurante, em que fizera menção de me dar um abraço. Talvez fosse apenas um daqueles casos de santo que não bate.

Enquanto esperávamos, escutei um abrir e fechar de gavetas na cozinha, seguido por um *tilintar* de talheres. Ai, meu Deus, mais utensílios para destruir.

Blake voltou e parou na soleira da porta com uma das mãos atrás das costas.

— Pronta?

— Claro.

Ele sorriu e revelou o braço escondido. A luz refletiu numa ponta afiada de metal. Uma faca? De repente, a *faca de açougueiro* estava voando em direção ao meu peito.

Meu grito ficou preso na garganta. Ergui uma das mãos, ao mesmo tempo horrorizada e em pânico. A faca parou no meio do ar. A centímetros do meu peito, a ponta afiada virada para mim. Ela ficou ali, suspensa em pleno ar.

Blake bateu palmas.

— Eu sabia!

LUX ❷ ÔNIX

Simplesmente o encarei, esperando que minha capacidade de raciocínio crítico voltasse ao normal.

— Que diabos foi isso?

Várias coisas aconteceram ao mesmo tempo. Com a concentração quebrada, a faca despencou no chão. Blake continuava aplaudindo. Soltei uma série de palavrões que fariam minha mãe chorar, enquanto Daemon, que aparentemente ficara sem reação diante do que Blake havia feito, voltou a si subitamente.

Ele levantou do sofá feito um foguete, assumindo sua forma verdadeira. Num piscar de olhos, Blake estava espremido contra a parede, os pés balançando no ar, banhado por uma intensa luz vermelha e esbranquiçada que iluminava a sala inteira.

Estiquei o pescoço e murmurei:

— Santa velocidade!

— Ei! Ei! — gritou Blake, brandindo os braços de maneira frenética. —Você precisa de um terapeuta. A Katy não estava em perigo.

Daemon não disse nada, pelo menos nada que Blake pudesse ouvir, mas eu sim. Alto e claro. *Já chega. Vou matar o desgraçado.*

As janelas começaram a chacoalhar e as paredes a tremer. A televisão de tela plana sobre o aparador estremeceu. Por toda a volta, pequenas nuvens de pó de gesso espalharam-se pelo ar. A luz do Daemon tornou-se ainda mais intensa, engolindo Blake completamente e, por um terrível momento achei que ele tivesse realmente matado o surfista.

— Daemon! — guinchei, contornado a mesinha de centro. — Para com isso!

De repente escutei um estalo, como se o espocar de um relâmpago tivesse deixado o ar sobrecarregado de eletricidade. Ainda em sua forma alienígena, Daemon recuou, soltando Blake. O surfista despencou no chão e deu um passo titubeante para o lado, tentando recuperar o equilíbrio.

Daemon soltou um assobio e fez menção de partir para cima dele de novo, mas me interpus entre os dois.

— Ok. Vocês precisam parar com isso.

Blake correu as mãos pela própria camiseta para alisar os vincos.

— Não estou fazendo nada.

—Você jogou uma maldita faca em mim — retruquei. Foi a coisa errada a dizer, porque escutei a promessa do Daemon em minha mente. *Vou parti-lo ao meio.* — Parem.

Um braço surgiu em meio à luz ofuscante e os dedos acariciaram meu rosto. O toque suave como seda durou menos de um segundo, tão rápido que duvidava de que Blake tivesse visto. Em seguida, a luz do Daemon se apagou. Ele voltou à forma humana, tremendo com uma raiva mal contida, os olhos ainda brancos e penetrantes como adagas de gelo.

— O que diabos você estava pensando?

— Ela não estava em perigo! Se eu achasse por um segundo que a Katy não conseguiria deter a faca, jamais a teria jogado!

Daemon se desvencilhou de mim, a mão grande crispada com força. Humano ou alienígena, meu vizinho poderia provocar um dano real.

—Você não tinha como saber que ela conseguiria! Não com cem por cento de certeza!

Blake sacudiu a cabeça, os olhos arregalados e suplicantes fixos em mim.

— Juro que você não estava em perigo, Katy. Se eu achasse que você não conseguiria deter a faca, não a teria jogado.

Daemon soltou outro palavrão e eu me coloquei novamente na frente dele.

— Que idiota faz uma coisa dessas? — demandou ele, o calor irradiando do corpo.

— Na verdade, Kiefer Sutherland fez. No filme que deu origem à série Buffy — explicou o surfista. Vendo que eu continuava a fitá-lo de boca aberta, fez uma careta. — Ele passou algumas noites atrás. Kiefer jogou uma faca na direção da Buffy e ela a pegou.

— Quem fez isso foi Donald Sutherland... o pai — corrigiu Daemon, para minha surpresa.

Blake deu de ombros.

— Dá no mesmo!

— Eu não sou a Buffy! — gritei.

Um pequeno sorriso se desenhou em seus lábios.

—Você sem dúvida é mais bonita que ela.

Não foi a coisa mais esperta a dizer. Um rosnado baixo reverberou no fundo da garganta do Daemon.

LUX 2 ÔNIX

— Quer morrer, é? Você tá realmente pedindo, parceiro. Estou falando sério. Você tá me provocando. Posso espremê-lo contra aquela parede até a vida se esvair do seu corpo. Acha que pode me impedir? Não? Não achei que pudesse.

Blake projetou o queixo para a frente.

— Certo. Desculpa. Mas, se ela não tivesse conseguido deter a faca, eu teria. Ou você. Ninguém teria se machucado. Sem consequências.

Um redemoinho de puro ódio voltou a ferver dentro do Daemon, fazendo-me duvidar de que conseguiria impedi-lo de novo, caso ele resolvesse partir novamente para cima do Blake. Fiquei tensa.

— Acho que chega por hoje.

— Mas...

— Blake, *juro*, é melhor você ir embora — falei, séria. — Tudo bem? É melhor você ir.

Ele olhou por cima do meu ombro e pareceu entender, pois assentiu com um menear de cabeça.

— Certo. — Começou a se dirigir para a porta, mas parou no meio do caminho. — De qualquer forma, você foi ótima, Katy. Acho que não faz ideia do quanto é formidável.

Um grunhido baixo estremeceu as tábuas do piso. Blake captou o aviso e se mandou. Só relaxei após escutar o motor da caminhonete dele sendo ligado.

— Já chega — disse Daemon baixinho. — Essa foi a última vez.

Virei-me lentamente. Os olhos dele continuavam brilhando. De perto, eram bem bonitos — estranhos, porém lindos.

— Ele podia ter te matado, Kat. Não posso aceitar isso. Não vou aceitar.

— Daemon, ele não estava tentando me matar.

Ele me fitou com incredulidade.

— Tá louca?

— Não. — Cansada, curvei-me e peguei a gigantesca faca do chão. Enquanto a segurava, a ficha caiu. Eu tinha detido uma faca que vinha voando em direção ao meu peito. Olhei para meu vizinho e engoli em seco.

Ele continuava resmungando.

— Não quero que você treine mais com ele. Não quero nem te ver perto dele. Aquele garoto tem alguns parafusos soltos.

JENNIFER L. ARMENTROUT

Congelar algo era um feito e tanto. Segundo o Blake e o Daemon, era uma das formas mais incríveis de se usar a Fonte, tirando utilizá-la como uma arma.

— Vou surrar tanto aquele desgraçado que ele vai precisar de cirurgia plástica. Não...

— Daemon — murmurei.

— ... acredito que ele fez isso. — Num movimento súbito, estava com os braços em volta de mim, apertando-me de encontro ao peito. Por milagre, não o esfaqueei acidentalmente. — Meu Deus, Kat, ele podia ter te ferido.

Um tanto chocada pela proximidade que ele vinha evitando desde a noite em que me preparara um sanduíche, permaneci imóvel. Seu corpo inteiro vibrava. A mão que envolvia minha nuca tremia ligeiramente.

— Bom, é óbvio que você já desenvolveu algum controle. Posso ajudá-la a aperfeiçoar ainda mais — disse, pousando o queixo no topo da minha cabeça. Pai do céu, aqueles braços, aquele corpo! Ele era tão quente, tão perfeito. — Isso não vai acontecer de novo.

— Daemon. — Minha voz soou abafada de encontro ao peito dele.

— Que foi? — Ele se afastou um tiquinho e abaixou a cabeça.

— Eu congelei a faca.

Ambas as sobrancelhas se ergueram.

— Ahn?

— Eu *congelei* a faca. — Desvencilhei-me do abraço e brandi a maldita no ar. — Não consegui só detê-la, eu a congelei. Ela ficou suspensa no ar.

Finalmente, a ficha dele caiu.

— Puta que...

Eu ri.

— Isso foi um feito e tanto, não foi?

— Foi, sim. Um... tremendo espetáculo.

Fui tomada por uma onda de animação.

— Não podemos parar os treinos.

— Kat...

— Não podemos! Olha, o fato de ele ter jogado a faca em mim não foi legal. Deus sabe que não foi nada divertido, mas funcionou. De verdade. Estamos conseguindo...

LUX 2 ÔNIX

— Que parte de "Ele podia ter te matado" você não entendeu? — Daemon recuou, o que geralmente significava que ele estava muito, muito zangado mesmo. — Não quero que você treine com ele. Não com aquele idiota colocando sua vida em risco.

— Ele não está colocando minha vida em risco. — Não além do fato de ter me feito atear fogo nos próprios dedos e do incidente com a faca. De qualquer forma, os riscos valiam a pena. Se eu pudesse aprender a controlar meus poderes e os usasse para proteger o Daemon e a Dee, então não seria mais apenas uma simples humana… ou uma humana mutante a um passo de expor todos eles para o mundo. — Não podemos parar — argumentei. — Estou aprendendo a controlar e usar a Fonte, que nem você e a Dee. Vou poder ajudá-lo…

— A quê? — Daemon me encarou e, então, riu. — A lutar contra os Arum?

Certo, não era o que eu ia dizer, mas agora que ele havia mencionado, por que não? De acordo com Blake, eu tinha potencial para me tornar mais forte do que meu vizinho. Cruzei os braços diante do peito e tamborilei a ponta da faca num deles.

— E se eu quiser fazer isso?

Ele riu de novo. Senti vontade de chutá-lo.

— Gatinha, você não vai me ajudar a lutar contra os Arum.

— Por que não? Se eu puder controlar a Fonte, por que não? Eu poderia lutar.

— Por um monte de razões — gritou ele, já sem nenhum traço de humor. — Em primeiro lugar, porque você é humana.

— Não exatamente.

Seus olhos se estreitaram.

— Certo, você é uma humana mutante, mas muito mais fraca e vulnerável do que um Luxen.

Soltei o ar lentamente.

—Você não sabe se eu continuarei sendo fraca e vulnerável depois de treinada.

— O que não muda nada. Em segundo lugar, lutar contra os Arum não é problema seu. Isso não vai acontecer.

— Daemon…

— Não vou deixar, não enquanto eu viver. Entendeu? Você não vai atrás de nenhum Arum. Não quero saber se você é capaz de fazer o planeta parar de girar.

Tentei engolir a raiva. Uma coisa que eu odiava mais do que o lado babaca do Daemon era ele tentar me dizer o que fazer.

—Você não é meu dono.

— Não se trata de ser dono de ninguém, sua louca.

— Louca? — Fuzilei-o com os olhos. — Cuidado com os adjetivos, tenho uma faca em minha mão.

Ele me ignorou.

— Em terceiro lugar, tem algo errado com o Blake. Não me diga que você não consegue ver nem sentir.

—Ah, não…

—Você não sabe nada a respeito dele… nada além do fato de que ele gosta de surfar e que teve um blog. Grande coisa.

— Isso não é suficiente para me fazer desistir.

— E quanto a… porque eu não quero te ver em perigo? Isso é bom o bastante pra você? — gritou ele, fazendo-me pular. Em seguida, desviou os olhos e inspirou fundo algumas vezes.

Eu não tinha me dado conta de que este poderia ser o verdadeiro motivo por trás de todas aquelas desculpas. Meu coração abrandou e meu mau humor se esvaiu como um floco de neve derretendo sob o sol.

— Daemon, você não pode me impedir apenas para me proteger.

Seus olhos se voltaram novamente para mim.

— Eu *preciso* te proteger.

Precisar era uma palavra tão forte que roubou tanto meu ar quanto meu coração.

— Daemon, fico lisonjeada… de verdade, mas não cabe a você me proteger. Não sou a Dee. Não sou uma de suas responsabilidades.

— Claro que você não é a Dee! Mas é minha responsabilidade, sim. Eu te meti nessa confusão. E não vou te arrastar ainda mais fundo.

Minha mente girava. Os motivos para ele querer que eu parasse de treinar com o Blake eram válidos, porém errados. Eu precisava provar a ele que não era uma fraqueza nem alguém que precisava ser constantemente

LUX 2 ÔNIX

vigiada. Se Daemon continuasse se arriscando por minha causa, ele ou a irmã acabariam mortos.

— Não vou parar de treinar — declarei.

Ele me encarou.

— Será que faz alguma diferença o fato de eu não querer te ver em perigo? Que não vou compactuar com algo tão idiota quanto te ajudar a se preparar para combater os Arum?

Encolhi-me. Ai, essa doeu.

— Querer ajudar você e sua espécie é algo idiota?

Ele trincou o maxilar.

— É.

— Daemon — murmurei. — Sei que você se importa...

— Você não entende. Esse é o problema! — Ele parou, inspirando fundo para se acalmar, sugando todo o ar da sala. — Não vou tomar parte nisso. Estou falando sério, Katy. Se você optar por continuar, então... deixa pra lá. Não vou permitir que isso perturbe minha cabeça diariamente como o que aconteceu com o Dawson. Não vou cometer outro erro compactuando com isso.

Inspirei fundo. Meu peito doía só de pensar na culpa que ele carregava — uma culpa que não era dele.

— Daemon...

— O que vai ser, Katy? — Olhou-me no fundo dos olhos. — Diz logo.

— Não sei o que dizer — murmurei, os olhos ardendo devido às lágrimas. Será que ele não entendia? Continuar com os treinos me garantiria uma chance melhor de não terminar como a Bethany e o Dawson, de ser capaz de cuidar de mim mesma e protegê-lo, porque um dia ele acabaria precisando.

Daemon recuou um passo como se eu o tivesse esbofeteado.

— Resposta errada. — Seu rosto endureceu, os olhos parecendo duas geleiras. O frio que irradiava dele me deixou gelada até os ossos. Ele jamais me fitara com tamanha frieza. — Pra mim chega.

[21]

Embora eu soubesse que não poderia me esconder para sempre, parte de mim desejava não ir à aula no dia seguinte. Para minha surpresa, foi Daemon quem não apareceu. Tampouco o vi perambulando pelos corredores, nem quando fui pegar minhas coisas no armário antes do almoço. Ele simplesmente sumira.

Eu o fizera fugir correndo da maldita escola.

— Oi — cumprimentou Blake, aproximando-se de mim. —Você continua com uma cara péssima.

Eu tinha passado a aula quase toda de biologia com a cara enfiada no livro. Suspirei e fechei o armário.

— Oi, não estou muito bem hoje.

— Com fome? — Quando neguei com um sacudir de cabeça, ele segurou minha mochila. — Eu também não. Conheço um lugar onde podemos ir, sem pessoas nem comida.

Parecia uma boa ideia, uma vez que a última coisa que eu conseguiria digerir agora seria o Adam e a Dee se derretendo um para o outro na mesa do almoço. Acabei descobrindo que o lugar que Blake tinha em mente era o auditório vazio. Perfeito.

LUX ❷ ÔNIX

Sentamos no fundo e apoiamos os pés no encosto das cadeiras à nossa frente. Blake tirou uma maçã de dentro da própria mochila.

— O Daemon se acalmou ontem depois que eu fui embora?

Gemi internamente.

— Na verdade... não.

— Era o que eu temia. — Ele fez uma pausa enquanto dava uma mordida na fruta de um vermelho brilhante. —Você definitivamente não estava em perigo. Se não tivesse conseguido deter a faca, um de nós teria.

— Eu sei. — Escorreguei ligeiramente na cadeira e apoiei a cabeça no encosto. — Ele só não quer que eu me machuque. — No entanto, dizer isso machucava. Porque embora eu soubesse que havia uma estrada inteira de boas intenções por trás de tudo o que ele dissera na noite anterior, Daemon precisava me ver como uma igual. Não como uma pessoa fraca que precisava de proteção.

— Isso é admirável. — Blake deu uma risadinha. —Você sabe que eu não gosto do idiota, mas sei que ele se importa com você. Sinto muito. Não quis causar problemas entre vocês.

— Não é culpa sua. — Dei-lhe um tapinha no joelho, sem me surpreender ao sentir a ligeira descarga elétrica. —Vai ficar tudo bem.

Ele assentiu.

— Posso te perguntar uma coisa?

— Claro.

Blake deu outra mordida na maçã antes de continuar:

— Foi Daemon quem te curou? Só estou perguntando isso porque saber quem te transformou pode fazer com que eu entenda melhor o seu poder.

Fui invadida por uma súbita ansiedade.

— Por que você acha que foi ele?

Blake me lançou um olhar penetrante.

— Isso explicaria a proximidade entre vocês. Meu amigo e eu ficamos muito próximos depois que ele me curou. Eu quase sempre sabia quando ele estava por perto. Éramos como duas metades de um todo. A gente tinha uma forte... conexão.

A cura era algo tão contra as leis que nem mesmo um exército de Arum me faria admitir que tinha sido o Daemon.

· 225 ·

— Bom saber, mas não é este o caso. — Não consegui, porém, disfarçar a curiosidade. —Você disse que vocês dois eram próximos. Você se sentia... atraído por ele?

— O quê? — Blake riu. — Não. Éramos como irmãos. A conexão... ou seja lá o nome que se dá ao que eles fazem com a gente... não te faz sentir nada. Ela só te torna mais próximo de quem te curou. É como um laço familiar, só que mais forte, mas sem nenhum tipo de conotação emocional ou sexual.

Baixei os cílios antes que ele pudesse ver as lágrimas que me queimavam os olhos. Ótimo, eu era uma verdadeira imbecil. Passara tanto tempo jogando na cara do Daemon a história da conexão alienígena quando, na verdade, não era isso o que o movia.

— Bom saber. — Minha voz soou estranha aos meus próprios ouvidos. — De qualquer forma... por que é tão importante saber quem me curou?

Ele me fitou como se duvidasse do meu QI enquanto terminava de comer a maçã.

— Porque o potencial do seu poder depende da força do Luxen que te curou. Pelo menos foi isso que a Liz me disse. O poder e as limitações dela eram equivalentes aos daquele que a havia curado. O mesmo aconteceu comigo.

—Ah. — Isso explicava como eu havia destruído um satélite em pleno espaço. O ego do Daemon chegaria à lua se ele descobrisse. Fiz menção de dar uma risadinha, mas só de pensar nele senti outra fisgada no peito.

— Foi por isso que eu pensei que tinha sido o Daemon, mas ele é poderoso demais. Sem ofensa, mas você não fez nada de tão extraordinário assim até o momento, portanto...

— Credo, o que eu devo dizer, obrigada? — Ri ao notar a expressão constrangida dele. — De qualquer forma, não foi ninguém que você esperaria, e isso é tudo o que eu estou disposta a contar, ok?

— Ok. — Ele ergueu o miolo da maçã diante do rosto e franziu o cenho. —Você não confia em mim, confia?

Tive vontade de dizer que sim, mas me detive. Pelo menos alguém merecia que eu fosse honesta.

— Não leve isso para o lado pessoal, mas, no momento, confiança não é algo que eu vá oferecer com facilidade.

LUX 2 ÔNIX

Blake me lançou um olhar de esguelha e sorriu.

— Bem colocado.

＊ ＊ ＊

Se eu visse mais uma faca nos próximos dez anos, precisaria de outros tantos de terapia. Passar meu tempo livre com uma faca sendo atirada em mim repetidas vezes não era minha ideia de diversão.

Por sorte, fui capaz de detê-la todas as vezes. E, sem a presença do Daemon, Blake conseguiu permanecer incólume.

Ao final da semana, ele passou a jogar objetos não letais na minha cabeça, como almofadas e livros. Após horas e mais horas, aprendi a dominar a arte de não comer tecido. Os livros, porém, jamais batiam em mim nem caíam no chão. Isso seria um sacrilégio.

Parecia totalmente absurdo alguém começar com facas e terminar com almofadas, mas eu compreendia a intenção dele. Meus poderes estavam ligados às minhas emoções — medo, por exemplo. Eu precisava ser capaz de acessar e usar esses sentimentos mesmo que não estivesse em pânico. E de controlá-los nos momentos de crise emocional.

Gemi enquanto catava todas as almofadas do chão e a pilha de livros sobre a mesinha de centro, a fim de colocar cada um de volta no seu devido lugar.

— Cansada? — observou Blake, recostado na parede.

— Tô! — Bocejei.

— Sabe como os Luxen se cansam quando usam seus poderes? — Ele pegou o último livro e o botou de volta no lugar de onde o tirara: o móvel da TV.

— Sei, e lembro de você dizer alguma coisa sobre nós cansarmos mais rápido do que eles.

— Somos que nem os Luxen nesse sentido. Eles consomem energia ao realizarem qualquer tarefa… essa história de enviar-um-pedaço-de-você-mesmo? Somos exatamente iguais, só que eles conseguem aguentar muito mais tempo do que a gente. Não sei por quê. Acho que tem algo a ver com

· 227 ·

o fato de possuirmos apenas metade do DNA alienígena. Mas precisamos tomar cuidado, Katy. Quanto mais usamos nossos poderes, mais cansados ficamos. E rápido.

— Ótimo — murmurei. — Isso significa que o Daemon poderia ter te segurado contra a parede a noite inteira?

— Poderia. — Blake parou ao meu lado. — Consumir açúcar ajuda. Assim como a Pedra da Melodia.

— O quê? — Esfreguei a nuca e despenquei no sofá.

— É um tipo de cristal… uma opala muito rara. — Ele se sentou ao meu lado, tão perto que sua coxa pressionou a minha. Afastei-me ligeiramente.

— O que ela faz?

Ele apoiou a cabeça numa das almofadas e, virando-se meio de lado, deu de ombros.

— Pelo que entendi, ela ajuda a ampliar nossos poderes. Acho que os estabiliza também, de modo que a gente não se cansa como os Luxen.

Essa história de cristal não fazia o menor sentido. Parecia uma daquelas baboseiras de Nova Era, mas, por outro lado, quem era eu para dizer qualquer coisa?

—Você tem uma?

Blake riu.

— Não. Elas são difíceis de encontrar.

Peguei outra almofada, meti-a debaixo da cabeça e fechei os olhos, aconchegando-me ao braço do sofá.

— Bem, imagino então que somos só eu e o açúcar.

Fez-se uma pausa.

—Você se saiu muito bem hoje. Tá aprendendo rápido.

— A-há! Você não dizia isso na primeira semana de treinamento. — Bocejei de novo. — Talvez isso não seja tão difícil. Se eu aprender a controlar meus poderes… tudo vai voltar ao normal.

— As coisas jamais voltarão ao normal, Katy. Assim que você sair da área de proteção do quartzo beta, os Arum irão atrás de você. — O sofá ao meu lado afundou, mas eu estava cansada demais para abrir os olhos. — No entanto, se você realmente aprender a controlar seus poderes, será capaz de se defender.

Era exatamente isso o que eu queria. Poder estar ao lado do Daemon, e não acovardada atrás dele.

— Você me deu uma excelente notícia, sabia?

— Não foi minha intenção.

A almofada do assento afundou mais um pouco e, em seguida, senti os dedos do Blake afastando meu cabelo do rosto. Abri os olhos imediatamente e me empertiguei num pulo, virando-me para encará-lo.

— Blake.

Ele tirou a mão e a deixou cair sobre a coxa.

— Desculpa. Não quis assustá-la. Só queria me certificar de que você estava confortável.

Só? Ou teria algo mais? Ó céus, isso era tão estranho.

— As coisas estão muito complicadas no momento.

— É compreensível — comentou o surfista, recostando-se no sofá. — Você gosta dele, não gosta?

Apertei a almofada de encontro ao peito, sem saber ao certo o que dizer.

— Não minta. — Ao me ver franzir o cenho, soltou uma risada. — Você sempre fica vermelha quando mente.

— Não sei por que as pessoas vivem me dizendo isso. Minhas bochechas não são um detector de mentiras. — Comecei a brincar com um fio solto do tecido, sabendo que precisávamos ter *aquela* conversa, principalmente agora que estávamos trabalhando juntos. — Sinto muito. É só que o momento...

— Tá tudo bem, Katy. — Ele pousou a mão sobre a minha e apertou de maneira tranquilizadora. — De verdade. Eu gosto de você. Gosto mesmo. É óbvio. Mas sei que você tá enrolada com um monte de coisas, algumas provavelmente desde antes de eu vir pra cá. Portanto, não tem problema. Juro.

Esbocei um sorriso, o primeiro de verdade em dois dias.

— Obrigada por ser tão... compreensivo.

Blake se levantou do sofá e correu uma das mãos pelo cabelo.

— Bom, tenho tempo para ser paciente. Não vou a lugar algum.

JENNIFER L. ARMENTROUT

Sentada em sala de aula, tentei me concentrar no que a Carissa e a Lesa estavam dizendo. Minha pele oscilava entre momentos de calor e de frio.

— Então, Katy, você tem passado muito tempo com o surfista. — Lesa ergueu uma sobrancelha. — Não vai compartilhar os detalhes com a gente?

Encolhi-me na cadeira.

— Não. A gente só tá saindo.

— Saindo — repetiu Lesa com malícia —, é um código para fazendo sexo.

O queixo da Carissa caiu.

— Não é, não!

— Você obviamente não saiu com muitos dos caras daqui. — Lesa se recostou na cadeira e prendeu o cabelo num nó. — Na verdade, praticamente qualquer coisa pra eles é código pra sexo.

— Preciso concordar com a Carissa nesse quesito. Até onde eu sei, sair com alguém não significa fazer sexo...

Um arrepio percorreu minha nuca, e meu coração acelerou. Assim que percebi o Daemon passar pela porta, me concentrei no rosto da Lesa como se minha vida dependesse disso.

Daemon passou por mim e se acomodou na carteira às minhas costas. Apertei as beiradas do meu caderno, rezando para que o professor não demorasse muito a chegar.

Uma caneta cutucou minhas costas.

Fui invadida por uma inacreditável onda de felicidade. Virei-me lentamente. Ele ostentava uma expressão impassível, que não me disse nada.

— Vejo que você tem andado... ocupada — disse, os olhos semicerrados.

Uma das coisas chatas de morar ao lado do Daemon era que ele via praticamente tudo o que eu fazia. O que significava que ele sabia que eu continuava treinando com o Blake.

— É, um pouco.

Ele apoiou os cotovelos na mesa e, em seguida, descansou o queixo entre as mãos.

— Então, o que o Bobo anda fazendo?

LUX 2 ÔNIX

— O nome dele é *Blake* — corrigi baixinho. — E você sabe muito bem o que a gente tem feito. Se quiser...

— Esquece. — Soltou uma risada por entre os dentes, mas sem o menor traço de humor, e se aproximou um pouco mais. O verde das íris escureceu. — Gostaria que você tivesse pensado melhor a respeito disso.

— E eu gostaria que *você* tivesse pensado melhor.

Ele não me respondeu. Em vez disso, retirou os cotovelos da mesa e cruzou os braços. Pelo visto, nossa conversa acabara. Virei-me de volta para o quadro-negro, sentindo-me meio mal.

As aulas do período da manhã se arrastaram. Encontrei a Lesa esperando por mim antes do começo da aula de biologia.

— Posso te fazer uma pergunta? — Ela correu os olhos em volta.

Suspirei.

— Claro.

Lesa me puxou em direção a um dos armários vazios.

— O que tá acontecendo? Você beijou o Daemon antes do Halloween, depois saiu com o Blake, e agora tá saindo com ele de novo, mas é óbvio que tem alguma coisa entre você e o Daemon.

Fiz uma careta.

— Credo, falando assim até parece que eu sou uma vadia.

Foi a vez de a Lesa fazer uma careta.

— Eu sou a última pessoa que poderia te passar um sermão. Confie em mim. Só estou curiosa. Tem ideia do que você tá fazendo?

Um dos motivos de eu gostar da Lesa era que ela não era do tipo de fazer rodeios. Lesa falava o que lhe vinha à cabeça e, por causa disso, eu conseguia me abrir mais com ela do que com qualquer outra pessoa.

— Honestamente, não. Quero dizer, sei, sim. Não estou... namorando o Blake. Nem o Daemon.

— Não?

Recostei-me na porta de aço e soltei um suspiro.

— É complicado.

— Não pode ser tão complicado assim — retrucou ela. — De quem você gosta?

Fechei os olhos e, finalmente, criei coragem para admitir:

— Do Daemon.

— A-há! — Ela me deu uma cutucada com o quadril. — Espera um pouco. Como assim, é complicado? Daemon é louco por você. Todo mundo consegue ver isso, mesmo quando vocês dois ficam trocando farpas. E você gosta dele. Qual é o problema?

Como explicar o rolo em que me metera?

— Só é realmente complicado. Acredite em mim.

Lesa franziu o cenho.

— Vou ter que aceitar a sua palavra, porque o Blake tá vindo pra cá. — Ela se virou tão rápido que deu a impressão de ter sido pega tentando espiar por baixo da minha blusa.

A aula de biologia transcorreu sem maiores incidentes. Blake agiu como sempre quando estávamos na escola, como se não fôssemos dois mutantes. Sentia-me grata por isso. Pelo menos ali eu podia ser normal, por mais estranho que isso fosse.

O almoço servido no refeitório foi lasanha fria acompanhada por uma salada com um cheiro engraçado. Delícia! Despejei um pouco no prato, desejando secretamente um copo de iogurte de morango. Pouco provável que eu fosse ganhar um hoje. Desde que os treinos haviam começado, Daemon parara de me trazer guloseimas. Sentia falta disso. Sentia falta dele.

Sentei-me diante da Dee e do Adam, atracados num beijo interminável. Olhei de relance para Carissa, que revirou os olhos. Sorri. Apesar da minha fracassada vida amorosa, eu continuava a fazer parte do time de pessoas que acham que o Amor é Tudo. A única coisa que eu realmente não conseguia aguentar era ver minha mãe e o Will juntos, algo que na véspera tivera que testemunhar por um tempão antes de ela sair para o trabalho. Eca.

— Não vai comer a salada? — perguntou Dee.

— É bonitinho ver você parar de beijar por causa de comida. — Soltei uma risada e empurrei minha bandeja para ela. — Oi, Adam.

Ele corou.

— Oi, Katy.

— Desculpa. É que beijar me abre o apetite. — Dee deu uma risadinha.

— Acabei de perder o meu — murmurou Carissa.

Blake não apareceu no refeitório, mas Daemon sim. Ele se sentou do lado do Andrew e da Ash. Mesmo contra a minha vontade, meus olhos

LUX 2 ÔNIX

se fixaram nele, que ergueu a cabeça, com um copo de iogurte na mão e um sorrisinho presunçoso estampado no rosto.

Canalha.

Voltei minha atenção para a Dee.

— Como você consegue comer isso? As pontas da alface estão marrons. É nojento.

Adam riu.

— Dee consegue comer qualquer coisa.

—Você também. — Ela espetou um tomate com o garfo e ofereceu a ele. — Quer?

— Certo. — Recostei-me na cadeira. — Se você for ficar dando comida pra ele na boca, vou procurar outra mesa.

— Eu também — concordou Carissa.

Dee revirou os olhos, mas aquiesceu.

— Gosto de compartilhar. O que tem de errado nisso? — Olhou então para mim com uma expressão esperançosa. — Fico feliz que você tenha decidido almoçar com a gente hoje... e sozinha.

Assenti com um menear de cabeça desconfortável e me concentrei na lasanha. Odiava comida em camadas, a não ser que fossem camadas de chocolate e manteiga de amendoim.

Quando por fim as aulas do período da tarde terminaram, dei uma passadinha no correio para pegar a correspondência antes que o Blake aparecesse lá em casa.

Estava colocando os pacotes e cartas no banco de trás quando vi de relance uma Expedition preta parada próximo à saída do estacionamento, como se alguém tivesse encostado abruptamente e deixado o motor ligado.

Pode ser o carro de qualquer pessoa, falei comigo mesma ao fechar a porta, porém um calafrio percorreu minha espinha e os pelos dos meus braços se eriçaram. Talvez eu estivesse desenvolvendo algum tipo de sexto sentido distorcido junto com meus poderes alienígenas.

Dirigi-me para o banco do motorista, mas mantive um olho na Expedition. Uma nuvem de fumaça saiu pelo cano de descarga e se espalhou pelo ar.

De repente, a porta do carona se abriu e pude ver duas pessoas. Brian Vaughn, o agente do DOD com a risada mais assustadora que eu já vira

· 233 ·

JENNIFER L. ARMENTROUT

na vida, estava debruçado sobre o banco do carona, tentando fechar a porta. Sua boca estava apertada numa linha fina e zangada enquanto um dos braços se estendia em direção à porta e o outro mantinha uma garota sentada no lugar.

Em vez de entrar logo no meu carro e sumir dali, apertei os olhos para ver melhor a menina. A última coisa que eu precisava era que Vaughn me pegasse espiando, mas... eu *conhecia* a garota.

Já vira o rosto dela num folheto preso numa das janelas do FOOLAND. Os cabelos castanhos estavam amarrados num rabo de cavalo, deixando à mostra um rosto pálido e delicado. Seus olhos não emitiam o mesmo brilho divertido ao se virarem para a porta e observarem Vaughn fechá-la com um puxão, trancando-a lá dentro... e a mim do lado de fora.

Aqueles olhos pareciam vazios.

Mas era ela.

Bethany.

· 234 ·

[22]

ethany, a namorada do Dawson, estava viva. E com o DOD. Isso era uma loucura, o que me fez passar por todos os estágios de negação enquanto seguia para casa, mas *era* ela. Aquele rosto ficara gravado em minha mente. Chocada com o que isso poderia significar, andei de um lado para outro dentro de casa até o Blake aparecer.

Assim que me viu, ele franziu o cenho.

—Você tá com cara de quem viu um fantasma.

—Acho que vi.— Minhas mãos abriam e fechavam ao lado do corpo.— Acho que vi a Bethany hoje com um dos agentes do DOD.

Blake franziu ainda mais o cenho.

— Quem é Bethany?

Talvez fosse errado falar com ele sobre isso, mas eu precisava contar para *alguém*.

— Bethany era a namorada do Dawson. E ele era irmão do Daemon e da Dee. Eles foram supostamente atacados e mortos por um Arum, mas seus corpos foram levados pelo DOD antes que o Daemon ou a Dee pudessem vê-los.

A compreensão pareceu assentar nos olhos dele.

— Cara, eu estava curioso. Os Luxen sempre nascem em trios.

Fiz que sim.

— Mas se era ela, e eu tenho certeza de que era, o que isso significa?

Blake se sentou no braço da poltrona e começou a brincar com o controle remoto da TV... sem tocá-lo.

— Eles eram muito ligados?

Foi então que a ficha caiu. Tudo ficou imediatamente claro. As paredes pareceram se fechar à minha volta ao mesmo tempo que uma sensação de pânico abria um buraco em meu peito.

— Ai, meu Deus. O Dawson curou a Bethany. Pelo menos é isso o que todo mundo acha. Que ela se machucou de alguma forma e ele a curou. Ele pode tê-la... transformado... certo?

Blake assentiu.

— Jesus...

— Aposto que Bethany é diminutivo de Elizabeth e... Como é que era aquela menina mesmo... a que você disse que estava com o DOD e que se chamava Liz?

Ele ergueu as sobrancelhas.

— O cabelo dela era castanho, um pouco mais escuro que o seu. E o rosto tinha traços marcantes. Ela era muito bonita.

Tudo começava a se encaixar.

— Isso é loucura. Como o DOD descobriu a respeito dela? Dawson e ela desapareceram uns dois dias depois do que quer que tenha acontecido entre eles, a menos... a menos que alguém que suspeitasse que ela havia sido curada tenha falado para o DOD. — Prendi o cabelo num nó frouxo, sentindo meu estômago se retorcer. — Quem faria uma coisa dessas? Um dos Luxen?

— Não faço ideia. Eu não duvidaria de que o DOD tem alguns Luxen trabalhando para eles — observou ele, esfregando a testa. — Cara, isso é péssimo.

Péssimo não dava nem para começar. Isso significava que alguém próximo dos Black os traíra da pior forma possível. A raiva começou a borbulhar dentro de mim. Virei-me ao sentir as cortinas balançarem como se uma lufada de vento tivesse varrido a sala. Um pequeno ciclone de livros e revistas se formou, girando sem parar.

LUX ❷ ÔNIX

— Uau, acalme-se, Tempestade.

Pisquei e o ciclone se desfez. Com um suspiro, peguei os livros e revistas espalhados pela sala. Meu pulso reverberava em meus ouvidos, minha mente repassando sem parar o que eu acabara de descobrir.

— Se o DOD está com a Beth, então o que eles fizeram com o Dawson? Você acha que ele ainda está vivo?

Uma faísca de esperança se acendeu diante da ideia. Se Dawson estivesse vivo, isso seria... seria como se meu pai também estivesse. Minha vida mudaria completamente. A do Daemon e da Dee também, e para melhor. Eles seriam uma família de novo...

Blake me pegou delicadamente pelo braço e me virou para ele.

— Sei o que você está pensando. Que seria maravilhoso ele ainda estar vivo, mas Katy, não é o Dawson que o DOD quer. Eles querem a Bethany. E vão fazer *o que for preciso* para controlar os humanos transformados. Se o DOD disse para os irmãos que ele estava morto...

— Você não sabe se eles disseram a verdade — protestei.

— Por que eles o manteriam vivo, Katy? Se a garota que você viu é realmente a Liz... ou a Beth... então eles já têm o que querem. Dawson pode estar morto.

Eu não podia acreditar nisso. Havia uma chance de que ele estivesse vivo, e de forma alguma eu conseguiria viver comigo mesma sem contar nada ao Daemon e à Dee.

— Katy, duvido que ele esteja vivo. O DOD é implacável — insistiu ele, apertando meu braço um pouco mais. — Você entende o que eu tô dizendo, certo? — Blake me sacudiu. Com força. — Certo?

Surpresa pela súbita insistência, ergui o queixo. Quando nossos olhos se encontraram, percebi que havia algo errado com os dele, algo ligeiramente insano e assustador, tal como na vez em que ele sorrira e jogara a faca em cima de mim. Meu sangue gelou.

— Certo, entendo. Provavelmente nem era ela. — Engoli em seco e forcei um sorriso. — Blake, pode soltar meu braço? Você tá me machucando.

Ele piscou e pareceu se dar conta de que estava me segurando com força. Soltou meu braço e abafou uma risada.

— Me desculpa. Só não quero que você crie esperanças para depois perdê-las. Nem que faça nenhuma loucura.

— Não vou criar esperanças. — Esfreguei o braço e recuei um pouco. — De qualquer forma, o que eu poderia fazer? Eu jamais diria nada pro Daemon nem pra Dee sem ter certeza.

Aliviado, ele sorriu.

— Ótimo. Vamos começar o treino.

Assenti com um menear de cabeça e deixei o assunto de lado, rezando para que Blake fizesse o mesmo. Nosso treino consistiu em congelar coisas e, assim que ele foi embora, corri para pegar meu celular. Já era quase meia-noite, mas mandei uma mensagem para o Daemon de qualquer forma.

Pode vir aqui?

Esperei dez minutos e mandei outra.

É importante!!!

Outros dez minutos se passaram. Estava começando a me sentir como uma daquelas namoradas psicóticas que ficam mandando uma mensagem atrás da outra até o cara responder. Maldição. Xingando, mandei a terceira:

É sobre o Dawson.

Menos de um minuto depois, senti o familiar arrepio quente na nuca. Com o estômago dando cambalhotas, fui abrir a porta.

— Daemon... — Minhas palavras falharam. Arregalei os olhos. Eu devia tê-lo acordado, porque...

Ele estava sem camisa. De novo.

Devia estar abaixo de zero lá fora, mas ele estava parado diante de mim apenas com a calça de flanela do pijama e nada mais. Nada cobrindo aqueles maravilhosos e perfeitamente desenvolvidos músculos do tórax. Não tinha me esquecido de como o Daemon ficava sem camisa, mas minha memória não lhe fizera justiça.

Ele entrou. Seus olhos estavam arregalados e brilhantes.

— O que tem o Dawson?

LUX ❖ ÔNIX

Fechei a porta, meu coração batendo acelerado. E se contar a ele fosse um erro? E se o Dawson estivesse morto? Eu estaria complicando a vida dele ainda mais. Talvez devesse ter dado ouvidos ao Blake.

— Kat — chamou, impaciente.

— Desculpa. — Passei por ele, tomando cuidado para não tocar nem num pedacinho daquela pele exposta, e segui para a sala. Ele surgiu subitamente na minha frente e plantou as mãos em meus quadris. Inspirei fundo. — Eu vi a Bethany hoje.

Ele inclinou a cabeça de lado e piscou uma, e então, duas vezes.

— *O quê?*

— A namorada do Dawson...

— Eu escutei o que você falou — interrompeu-me ele, correndo ambas as mãos pelos cabelos bagunçados. Fiquei momentaneamente distraída pelo modo como os músculos dos braços e dos ombros dele se retesaram. *Concentre-se.* — Como pode ter certeza de que era ela, Kat? Você nunca a viu.

— Vi o folheto de pessoa desaparecida com a foto dela. Jamais esqueceria aquele rosto. — Sentei no sofá e esfreguei as mãos sobre os joelhos. — Era ela.

— Puta merda... — Ele se sentou ao meu lado e deixou as mãos caírem entre as pernas. — Onde foi que você a viu?

Vendo sua expressão confusa, desejei poder confortá-lo de alguma maneira.

— No correio, depois da aula.

— E esperou até agora para me contar? — Antes que eu pudesse responder, Daemon soltou uma risada por entre os dentes. — Ah, claro, você estava treinando com o Bilbo Baggins e precisava esperar até ele ir embora, acertei?

Apertei os joelhos e projetei o queixo. Eu devia ter ido direto até ele. O choque pelo que eu tinha visto e o treino não eram importantes nem serviam como desculpa.

— Sinto muito, mas estou te contando agora.

Ele anuiu com um breve menear de cabeça e voltou o olhar para a árvore de Natal. Tinha a impressão de que haviam passado anos desde que a tínhamos armado.

— Cara, não sei... não sei o que dizer. Beth está viva?

· 239 ·

Fiz que sim, e apertei os lábios.

— Daemon, eu a vi com o Brian Vaughn. Ela está com o DOD. Eles pararam na beira da estrada e a porta do carro se abriu. Foi assim que vi os dois. Ele tentava fechar a porta, e parecia zangado.

Daemon virou a cabeça lentamente para mim, e nossos olhos se encontraram. Vários minutos se passaram. Um misto de emoções cruzou os olhos dele, e o verde brilhante adquiriu um tom mais escuro e tempestuoso. Vi o momento exato em que a ficha caiu — o segundo em que seu mundo foi abaixo, apenas para ser imediatamente reconstruído.

Deduzir que o Dawson havia curado a Bethany e chegar à conclusão de que o desaparecimento dos dois era obra do DOD e não de um Arum não era tão absurdo assim. Não depois de ele ter descoberto que, ao me curar, tinha também me transformado. Faltava só jogar Blake na mistura e tudo o que o surfista tinha dito sobre o DOD e o interesse deles por humanos híbridos.

E Daemon era esperto.

Ele se levantou num pulo e, em questão de segundos, estava em sua forma verdadeira e ofuscante. Sua luz cintilava num tom de vermelho-esbranquiçado enquanto ele andava de um lado para outro da sala. Uma rajada de vento chacoalhou os enfeites da árvore de Natal. *Ela estava com o DOD?*, sussurrou ele, a voz transbordando ódio. *O governo é responsável pelo desaparecimento deles?*

Eu sempre levava alguns segundos para me acostumar com a voz dele em meu cérebro e, por força do hábito, respondi verbalmente:

— Não sei, Daemon. Mas essa não é a pior parte. Como o DOD poderia saber o que aconteceu entre eles, a menos que...?

A menos que alguém tenha contado? A luz pulsou e uma onda de calor invadiu a sala. *Mas se o Dawson não contou que a curou nem pra mim, como alguém mais poderia saber? A menos que a pessoa os tenha visto e desconfiado de alguma coisa, e então nos traído...*

Assenti, sem saber ao certo se ele estava olhando para mim ou não. Tudo o que eu podia ver era sua forma, sem traços nem olhos.

— É nisso que andei pensando. Só pode ter sido alguém que sabia, o que provavelmente reduz o número de suspeitos.

LUX **2** ÔNIX

Vários minutos se passaram, e a temperatura na sala continuava subindo. *Preciso descobrir quem nos traiu. Seja lá quem for, farei com que se arrependa de ter pousado neste planeta.*

Com os olhos arregalados, levantei do sofá e arregacei as mangas do pulôver. Engolindo em seco, resolvi verificar. *Daemon?*

A luz piscou. *Estou te ouvindo.*

Outra prova de que nossa conexão não enfraquecera nem um pouco. *Sei que você está louco pra se vingar, porém o mais importante é: e se o Dawson ainda estiver vivo?*

Ele se aproximou de mim, fazendo com que pequenas gotas de suor brotassem em minha testa. *Então não sei se devo ficar feliz ou triste. Se ele estiver vivo, onde está? Digamos que o DOD esteja com ele, nesse caso, que tipo de vida meu irmão está levando? Há dois anos?* As palavras seguintes soaram entrecortadas mesmo em minha mente. *O que eles fizeram com ele?*

Meus olhos se encheram de lágrimas, tornando sua silhueta de luz um borrão. *Sinto muito, Daemon. De verdade. Mas, se ele estiver vivo… então ele está vivo!!!* Estendi o braço e, através da luz, toquei o peito dele. A luz pulsou freneticamente por alguns instantes e, então, se acalmou. Meus dedos vibravam. *Isso deve significar alguma coisa, certo?*

Deve, deve sim. Ele recuou um passo e, um segundo depois, estava de volta à forma humana.

— Preciso descobrir se meu irmão está vivo. Se não estiver… — Desviou os olhos, o maxilar tremendo. — Preciso saber como e por que ele morreu. O motivo de eles quererem a Beth é óbvio, mas o meu irmão?

Sentei-me de novo no sofá e sequei a testa com a palma da mão.

— Não sei… — Ele agarrou minha mão tão rápido que soltei um ofego. — O que você tá fazendo?

Daemon a virou, franzindo as sobrancelhas.

— O que é isso?

— Ahn? — Baixei os olhos, e senti meu coração pular uma batida. Havia uma forte mancha arroxeada em torno do pulso, bem no lugar onde Blake havia me segurado. — Não é nada — respondi, rápido demais. — Bati o braço na bancada da cozinha hoje à tarde.

Seus olhos buscaram os meus, inquisitivos.

— Tem certeza de que foi isso que aconteceu? Porque, se não for, é só me falar e eu juro que *esse* problema está resolvido.

Forcei uma risada e um revirar de olhos. Não tinha dúvidas de que o Daemon faria algo terrível com o Blake, mesmo que tivesse sido acidental. Com ele, era tudo preto ou branco.

— Tenho, Daemon, foi só isso. Credo!

Ainda me analisando, ele recuou e se sentou no sofá. Vários momentos se passaram.

— Não fale nada com a Dee sobre isso, ok? Não até descobrirmos algo de concreto. Não quero que ela saiba de nada até termos certeza.

Ótimo. Mais uma mentira, embora pudesse entender o motivo.

— Como você vai descobrir algo de concreto?

— Você disse que viu a Bethany com o Vaughn, certo?

Fiz que sim.

— Bom, por acaso sei onde ele mora. E ele provavelmente sabe onde a Beth está e o que aconteceu com o Dawson.

— Como você sabe onde ele mora?

Ele abriu um sorrisinho diabólico.

— Tenho meus meios.

Uma nova onda de pânico me invadiu como gelo.

— Espera um pouco. Ah, não, você não pode ir atrás dele. Além de ser loucura, é perigoso!

Daemon arqueou uma sobrancelha negra como carvão.

— Como se você se importasse com o que acontece comigo, gatinha.

Meu queixo caiu.

— Eu me importo, seu cretino! Promete que não vai fazer nenhuma estupidez.

Ele me observou por alguns segundos, e o sorriso tornou-se triste.

— Não vou fazer promessas que sei que irei quebrar.

— Merda! Você é frustrante, sabia? Não te contei isso pra você sair correndo e fazer algo idiota.

— Não vou fazer nada idiota. E mesmo que meu plano seja louco e arriscado, é uma loucura bem calculada.

Revirei os olhos.

LUX ❀2 ÔNIX

— Muito tranquilizador. De qualquer forma, como você sabe onde ele mora?

— Já que estou cercado por pessoas com potencial para fazer mal à minha família, tendo a ficar de olho nelas da mesma forma que elas ficam de olho em mim. — Ele se recostou e ergueu os braços até as costas se curvarem. Bom Deus, precisei desviar os olhos. Mas não antes de captar o brilho de satisfação nos dele. — Ele alugou uma casa em Moorefield, só não sei exatamente qual.

Mudei de posição e bocejei.

— O que vai fazer? Vigiar o bairro inteiro?

— Exatamente.

— O quê? Você tem complexo de James Bond, é?

— Mais ou menos — retrucou Daemon. — Só preciso de um carro que não seja facilmente reconhecível. Sua mãe vai trabalhar amanhã?

Levantei as sobrancelhas.

— Não, ela tem a noite de folga. Provavelmente vai aproveitar pra dormir, mas...

— O carro dela seria perfeito. — Ele se ajeitou no sofá, ficando tão perto que seu braço pressionou o meu. — Mesmo que Vaughn já tenha visto o carro dela, não irá desconfiar de nada.

Afastei-me um pouco.

— Não vou deixar você pegar o carro da minha mãe.

— Por que não? — Ele se aproximou de novo, sorrindo. Um sorriso cheio de charme... o mesmo que usara com a mamãe quando a conhecera. — Eu dirijo bem.

— Essa não é a questão. — Colei no braço do sofá. — Não posso te emprestar o carro dela sem que eu vá junto.

Ele franziu o cenho.

— Não vou deixar você se meter nisso.

Mas eu queria me meter, porque a situação dizia respeito a mim também. Fiz que não.

— O carro da minha mãe vai comigo dentro. Promoção: dois pelo preço de um.

Daemon bateu com a ponta do dedo no queixo, observando-me através das pestanas grossas.

· 243 ·

JENNIFER L. ARMENTROUT

— Você, de presente? Esse é um acordo bem interessante.

Minhas bochechas coraram. Ele já me tinha, só não sabia.

— Estou falando de parceria, Daemon.

— Hum. — Num piscar de olhos, ele estava na porta. — Esteja pronta depois da aula. Dê um jeito de dispensar o Bartholomew. E não diga nada pra ele. Você e eu vamos brincar de espiões sozinhos.

[23]

pós inventar uma desculpa esfarrapada sobre ter que passar um tempo com a minha mãe, consegui dispensar um emburrado Blake. Pegar as chaves do carro dela também não foi difícil. Tendo acabado de voltar de dois plantões seguidos, mamãe desmaiou assim que chegou em casa. Eu sabia que ela não acordaria para perceber que o carro havia sumido. Esperamos até o cair da noite, o que ocorreu por volta das cinco e meia.

Daemon me encontrou no jardim e tentou pegar as chaves.

— De jeito nenhum. É o carro da minha mãe, o que significa que eu dirijo.

Ele me lançou um olhar irritado, mas se acomodou no banco do carona. Mal havia espaço para suas pernas compridas. Daemon parecia um gigante dentro de um carrinho de brinquedo. Ri, e ele me fuzilou com os olhos.

Liguei o rádio numa estação de rock, e ele trocou para outra de músicas antigas. Moorefield ficava a apenas quinze minutos, mas seria o trajeto mais longo da minha vida.

— Então, como você conseguiu dispensar o Cara de Banha? — perguntou Daemon antes mesmo que eu tivesse tirado o carro da garagem.

Foi a minha vez de lançar-lhe um olhar irritado.

JENNIFER L. ARMENTROUT

— Disse a ele que tinha um compromisso com a minha mãe. Não é como se eu passasse todo o meu tempo livre com o Blake.

Ele bufou.

— Que foi? — Fitei-o de esguelha. Ele estava com os olhos fixos na janela, uma das mãos segurando o "Deus me livre!". Como se eu dirigisse *tão* mal assim. — Que foi? — repeti. —Você sabe o que eu tenho feito. Até parece que temos saído para ir ao cinema.

— Será que sei realmente o que você tem feito com ele? — retrucou baixinho.

Apertei o volante com força.

— Sabe.

Ele trincou o maxilar e se virou para mim, posicionando o corpo da melhor maneira que podia num espaço tão limitado.

— Sua vida não precisa se resumir aos treinos com o Bradley.Você pode tirar algum tempo de folga.

— E você pode se juntar a nós. Eu gostava quando... você me aju-dava, quando estava presente — admiti, sentindo as bochechas queimarem.

Fez-se uma pausa.

—Você sabe minha posição em relação a isso, mas não precisa evitar a Dee. Ela sente a sua falta. O que não é nada bacana.

A culpa me corroeu com seus dentes pequenos e afiados.

— Sinto muito.

— Sente? — rebateu ele. — Pelo quê? Por ser uma péssima amiga?

Fui tomada por uma raiva súbita, quente e explosiva como uma bola de fogo.

— Não estou tentado ser uma *péssima* amiga, Daemon.Você sabe o que eu tenho feito. Foi *você* quem me disse para mantê-la fora disso. Simplesmente peça desculpas a Dee por mim, tá bem?

O tradicional desafio se fez presente em sua voz.

— Não.

— Será que podemos ficar em silêncio então?

—Também não.

Mas ele não falou mais nada, exceto para me dar as direções do bairro onde Vaughn vivia. Estacionei a uma certa distância das seis casas suspeitas, grata por minha mãe ter instalado insulfilm nos vidros.

LUX ❖ 2 ÔNIX

Daemon, então, retomou o assunto.

— Como você está se saindo nos treinos?

— Se você resolvesse dar o ar da graça, saberia.

Ele deu uma risadinha presunçosa.

—Você ainda consegue congelar as coisas? Mover objetos de um lado para outro? — Fiz que sim, e seus olhos se estreitaram. — Teve alguma explosão inesperada de poder nos últimos dias?

Tirando o miniciclone que eu criara na sala depois de ter visto a Bethany, não.

— Não.

— Então por que continuar com os treinos? O objetivo era você aprender a controlar seus poderes. Já aprendeu.

Gemi, com vontade de começar a bater a testa no volante.

— Esse não é o único objetivo, Daemon. E você sabe.

— Obviamente, não — replicou ele, recostando-se no banco.

— Deus do céu, adoro o modo como você não para de meter o bedelho na minha vida pessoal, mas não quer se envolver nela.

— Gosto de falar sobre a sua vida pessoal. É divertido e sempre me faz rir.

— Bom, eu não — rebati.

Daemon suspirou e se virou novamente no assento, tentando arrumar uma posição confortável.

— Este carro é um horror.

— A ideia foi sua. Eu, por outro lado, acho que ele é perfeito. Talvez seja porque não sou do tamanho de uma montanha.

Ele soltou uma risadinha.

—Você é do tamanho de uma daquelas bonequinhas fofoletes.

— Se disser uma bonequinha retardada, vou te bater. — Comecei a brincar com o colar, enrolando-o nos dedos. — Entendeu?

— Sim, madame.

Fixei os olhos no para-brisa, dividida entre querer continuar zangada — porque isso era fácil — e desejar me explicar. Havia tanta coisa borbulhando dentro de mim que eu não conseguia expelir nada.

Ele suspirou.

· 247 ·

—Você tá exausta. E a Dee tá preocupada. Ela não para de me atazanar pedindo pra que eu verifique o que tem de errado, uma vez que vocês não passam mais nenhum tempo juntas.

— Ah, então voltamos àquela história de você fazer coisas pra deixar sua irmã feliz? Essas perguntas todas vão te fazer ganhar pontos? — perguntei, antes que pudesse me impedir.

— Não. — Ele estendeu o braço e pegou meu queixo com delicadeza, forçando-me a encará-lo. Assim que fiz isso, perdi o fôlego. Seus olhos pareciam agitados. — Eu estou preocupado. Estou preocupado por mil razões diferentes, e odeio essa sensação… odeio sentir que não posso fazer nada para mudar isso. A história está se repetindo, e mesmo que eu consiga perceber isso claro como o dia, não posso fazer nada.

As palavras dele abriram um buraco em meu peito, fazendo-me pensar subitamente no meu pai. Quando eu era pequena e ficava chateada, geralmente por conta de algo idiota como um brinquedo que desejava ganhar, nunca conseguia colocar minha frustração em palavras. Em vez disso, fazia uma cena e ficava de bico. E meu pai… dizia sempre a mesma coisa:

Diga o que você quer com palavras, Kitty-cat. Use as palavras.

As palavras eram a mais poderosa das ferramentas. Simples e muitas vezes subestimadas. Elas podiam curar. Ou destruir. E eu precisava delas agora. Fechei os dedos em volta do pulso dele, apreciando a descarga de eletricidade que o toque sempre provocava.

— Sinto muito — murmurei.

Daemon pareceu confuso.

— Pelo quê?

— Por tudo… por não passar mais tempo com a Dee e ser uma amiga terrível tanto para a Lesa quanto para a Carissa. — Inspirei fundo e puxei a mão dele gentilmente. Fixei os olhos no para-brisa, piscando para conter as lágrimas. — E sinto muito por não conseguir interromper os treinos. Entendo o motivo de você não querer que eu faça isso. De verdade. Assim como entendo que você não quer me ver em perigo e que não confia no Blake.

Daemon se recostou no banco e eu me forcei a continuar.

— Acima de tudo, sei que você tem medo de que eu acabe como a Bethany e o Dawson… o que quer que tenha acontecido de fato com

LUX ❋2❋ ÔNIX

eles... e que só deseja me proteger. Eu compreendo. E... me mata saber que estou te magoando, mas você precisa entender que eu tenho que ser capaz de controlar e usar meus poderes.

— Kat...

— Me deixa terminar, por favor? — Olhei de relance para ele e, ao vê-lo assentir, inspirei fundo de novo. — Isso não se trata só de você e do que você quer. Ou do que tem medo. Isso diz respeito a mim também... ao meu futuro e à minha vida. Reconheço que nunca soube o que eu queria da vida no sentido carreira, mas agora sou obrigada a encarar um futuro no qual se eu sair da proteção do quartzo beta serei caçada. Como você. Minha *mãe* vai estar em perigo se um Arum me vir e me seguir até em casa. Para não falar nessa confusão com o DOD.

Fechei a mão em volta da obsidiana.

— Preciso ser capaz de defender a mim mesma e as pessoas que eu amo. Não posso esperar que você esteja sempre por perto para me proteger. Não é certo nem justo com nenhum de nós. É por isso que estou treinando com o Blake. Não é pra te irritar. Nem pra ficar com ele. Estou fazendo isso para que eu possa ficar ao seu lado como uma igual, e não como alguém que precisa de proteção. E estou fazendo por mim, para que eu não precise contar com ninguém para me salvar.

Daemon baixou os cílios, ocultando os olhos. Após alguns segundos de silêncio, disse:

— Eu sei. Entendo o porquê de você querer fazer isso. E respeito. De verdade. — Tinha um "mas" vindo. Podia sentir em meus ossos. — Mas é difícil ficar parado e deixar rolar.

—Você não pode prever o futuro, Daemon.

Ele assentiu com um menear de cabeça e se virou para a janela do carona. Ergueu uma das mãos e esfregou o maxilar.

— É difícil. É tudo o que eu posso dizer. Respeito a sua vontade, mas é difícil.

Soltei o ar que não percebera que estivera prendendo e anuí. Eu sabia que ele não ia dizer mais nada sobre esse assunto. Respeitar minha decisão era melhor do que um pedido de desculpas. Pelo menos agora estávamos na mesma frequência, e isso era importante.

Olhei para ele.

— De qualquer forma, o que você vai fazer se virmos o Vaughn?

— Ainda não pensei nisso.

— Uau. Ótimo plano. — Fiz uma pausa. — Duvido que a Bethany esteja em uma dessas casas. Seria arriscado demais.

— Concordo, mas por que deixá-la sair em público daquele jeito? — A pergunta de um milhão de dólares. — Num lugar onde ela poderia ser vista?

Balancei a cabeça, tão perdida quanto ele.

— Tive a impressão de que Vaughn não estava muito feliz. Talvez ela tenha escapado.

Ele me fitou.

— Isso faz sentido. Por outro lado, Vaughn sempre foi um imbecil.

— Você o conhece?

— Não muito bem, mas ele começou a trabalhar com o Lane alguns meses antes do Dawson *desaparecer*. — A última palavra pareceu ficar agarrada na língua, como se ele ainda estivesse se acostumando com a possibilidade de o irmão não estar morto. — Lane tem sido o agente responsável por nós, Deus sabe há quanto tempo, e de repente Vaughn aparece a tira-colo. Ele estava presente quando nos disseram que o Dawson e a Bethany tinham sido mortos.

Daemon engoliu em seco.

— Lane parecia genuinamente chateado. Como se o Dawson não fosse apenas um *ser* que havia morrido, mas uma pessoa de verdade. Talvez ele tivesse criado certo carinho pelo meu irmão no decorrer dos anos. Entenda...

— Pigarreou para limpar a garganta. — Dawson tinha um forte efeito nas pessoas. Mesmo quando meu irmão dava uma de espertinho, era impossível não gostar dele. Vaughn, por outro lado, não estava nem aí.

Não sabia o que dizer. Simplesmente estendi a mão e apertei o braço dele. Daemon se virou para mim, os olhos brilhando. Às suas costas, grandes flocos de neve caíam em silêncio.

Ele pousou a mão sobre a minha por um breve instante. Algo infinitamente doce faiscou entre nós — mais forte do que uma simples atração física, o que era estranho, porque alimentou a atração que eu sentia por ele. Mas, então, ele me soltou e voltou a observar a neve.

— Sabe no que eu tô pensando?

LUX ❷ ÔNIX

Por que eu ainda não tinha pulado o freio de mão e me aboletado no colo dele? Maldição, estava pensando exatamente a mesma coisa. Se o carro não fosse pequeno demais para esse tipo de proeza... Pigarreei para limpar a garganta.

— No quê?

Ele se recostou no banco e continuou a observar a neve, assim como eu.

— Se o DOD sabe o que podemos fazer, então nenhum de nós está seguro. Não que estivéssemos antes, mas isso muda tudo. — Virou a cabeça para mim. — Acho que não te agradeci.

— Pelo quê?

— Por me contar sobre a Bethany. — Fez uma pausa, e um pequeno sorriso repuxou-lhe os lábios.

— Você precisava saber. Eu teria... *Espera um pouco.* — Um par de faróis surgiu no fim da rua. Já era o quinto, mas este pertencia a um SUV. — Lá vem um.

Os olhos do Daemon se estreitaram.

— É uma Expedition.

Observamos a Expedition preta diminuir e parar diante da entrada da garagem de uma casa térrea, a duas outras de distância da gente. Mesmo sabendo que as janelas do carro da minha mãe tinham insulfilm, senti vontade de escorregar no banco e encolher a cabeça. A porta do motorista se abriu e Vaughn saltou, franzindo os olhos para o céu como se estivesse nevando apenas para irritá-lo. A porta do carona bateu e uma figura aproximou-se da luz do poste.

— Merda — comentou Daemon. — Nancy está com ele.

— Bem, você não estava planejando ir até lá falar com o cara, estava?

— Mais ou menos.

Chocada, fiz que não.

— Isso é loucura. O que você ia fazer? Invadir a casa e exigir respostas? — Ao vê-lo assentir, meu queixo caiu. — E depois o quê?

— Ainda não tinha pensado nisso.

— Credo — murmurei. — Você é um horror nesse negócio de espionagem.

Daemon riu.

— Bem, não podemos fazer nada hoje. Um deles desaparecer provavelmente não seria tão problemático, mas dois vai levantar suspeitas.

Senti o estômago revirar enquanto observava os dois agentes desaparecerem casa adentro. Uma luz se acendeu e, em seguida, uma figura esguia surgiu diante da janela e fechou as cortinas.

— Pessoal reservado, não?

— Talvez eles estejam se preparando para uma sessão de lesco-lesco-bang-bang.

Olhei para ele.

— Eca!

Daemon abriu um sorriso cheio de dentes.

— Ela definitivamente não faz o meu tipo. — Seus olhos baixaram para meus lábios, e parte de mim estremeceu sob o calor daquele olhar. — Agora fiquei com isso na cabeça.

Eu não conseguia respirar.

— Você parece um cachorro no cio.

— Se você me fizer um carinho...

— Não ouse terminar essa frase — rebati, lutando para não rir. Isso apenas o encorajaria, e ele não precisava de mais um motivo para ser um terror. — E pode parar com a cara de inocente. Conheço muito bem...

A obsidiana se acendeu, esquentando ao mesmo tempo o pulôver e meu peito como se alguém tivesse encostado um carvão em brasa na minha pele. Soltei um grito de susto, e bati com a cabeça no teto do carro.

— Que foi?

— Arum. — Soltei num ofego. — Tem um Arum por perto! Você não tá com a sua obsidiana?

Daemon começou a esquadrinhar a rua escura, imediatamente tenso e alerta.

— Não. Ela ficou no meu carro.

Fitei-o, chocada.

— Sério? Você deixou a única coisa que mata o inimigo no carro?

— Não preciso dela para matá-los. Espere aqui. — Fez menção de abrir a porta, mas agarrei-o pelo braço. — Que foi?

LUX 2 ÔNIX

—Você não pode sair. Estamos na frente da casa deles! Os agentes vão te ver. — Ignorei o medo crescente que sempre surgia ao sentir um Arum. — Ainda estamos perto o bastante das Seneca Rocks?

— Estamos — rosnou Daemon. — Elas oferecem proteção por um raio de 75 quilômetros.

— Então fique quieto.

Ele me fitou como se não entendesse direito o conceito, mas tirou a mão da maçaneta e se recostou no banco. Alguns segundos depois, uma sombra atravessou a rua, mais escura do que a própria noite. Ela seguiu até o acostamento e passou deslizando por cima dos gramados cobertos por uma fina camada de neve, parando diante da casa do Vaughn.

— Que diabos é isso? — Daemon apoiou as mãos no painel.

O Arum assumiu a forma humana, bem ali, no meio da rua. Estava vestido como todos os que eu havia encontrado antes: calça escura e jaqueta preta, só que sem os óculos escuros. O cabelo louro-claro balançou ligeiramente ao seguir até a porta e tocar a campainha.

Vaughn atendeu e, ao vê-lo, fez uma careta. Sua boca se moveu, mas não consegui entender o que ele disse. O agente, então, deu um passo para o lado e deixou o Arum entrar.

— Macacos me mordam! — exclamei, os olhos arregalados. — Não acredito no que estou vendo!

Ainda recostado, a voz do Daemon transbordava ódio ao falar.

— Pode acreditar. E acho que acabamos de descobrir como o DOD sabe sobre os nossos poderes.

Com a mente dando nós, olhei para ele.

— O DOD e os Arum estão trabalhando juntos? Santos bebezinhos alienígenas… Por quê?

Ele franziu as sobrancelhas e balançou a cabeça.

—Vaughn disse um nome… Residon. Consegui ler os lábios dele.

Esse novo desdobramento era pior do que péssimo.

— O que a gente faz agora?

— O que eu quero fazer é explodir aquela maldita casa, mas isso atrairia muita atenção.

Contraí os lábios.

· 253 ·

— Não brinca!
— Precisamos falar com o Matthew. Imediatamente.

Matthew vivia numa área ainda mais isolada do que a gente e, se a neve continuasse caindo, não fazia ideia de como conseguiria levar o carro da mamãe de volta para casa. Ele morava em uma cabana grande construída na encosta da montanha. Comecei a galgar com cuidado o cascalho da íngreme entrada de garagem que o Prius da minha mãe jamais ousaria subir.

— Se você cair e quebrar alguma coisa, vou ficar muito irritado. — Daemon agarrou meu braço ao perceber que eu estava escorregando.

— Desculpa, mas nem todo mundo consegue ser tão incrível... — guinchei ao senti-lo passar um braço pelas minhas costas e me levantar no colo. Ele subiu correndo a entrada, o vento e a neve soprando em meu rosto. Assim que me colocou no chão, dei alguns passos titubeantes para o lado, tonta. — Da próxima vez será que dá pra me avisar?

Ele deu uma risadinha e bateu à porta.

— E perder a cara que você fez? Nunca.

De vez em quando eu realmente tinha vontade de esbofeteá-lo, porém, ver aquele lado da personalidade dele de novo me fez derreter em todos os lugares certos.

— Você é incorrigível.

— E você adora.

Antes que eu pudesse responder, o sr. Garrison abriu a porta. Seus olhos se estreitaram ao me ver ao lado do Daemon, tremendo de frio.

— Isto é... inesperado.

— Precisamos conversar — disse meu vizinho.

Com um olhar de soslaio para mim, o sr. Garrison nos conduziu até uma sala modestamente decorada. As paredes eram feitas de troncos e um fogo crepitava na lareira, exalando calor e um aroma de pinho. Não havia nenhuma decoração de Natal. Precisando me esquentar, sentei perto do fogo.

— O que foi que aconteceu? — perguntou Matthew, pegando um pequeno copo cheio de algum líquido vermelho. — Imagino que seja algo que eu não queira saber, considerando que ela está com você.

Contive-me para não responder. Além de ser um alienígena, o homem era meu professor de biologia.

Daemon se sentou ao meu lado. No caminho para lá, tínhamos concordado em não dizer ao sr. Garrison que eu havia sido curada, para meu grande alívio.

—Acho melhor começarmos pelo início, e acredito que você vá querer se sentar.

Ele balançou a mão, sacudindo o líquido vermelho no copo.

— Ah, isso já tá começando bem.

— Katy viu a Bethany ontem com o Vaughn.

O sr. Garrison ergueu as sobrancelhas. Ele não se moveu por um longo tempo e, então, tomou um gole do drinque.

— Não era isso que eu esperava que você fosse dizer. Katy, tem certeza de que era ela?

Fiz que sim.

—Tenho, sr. Garrison.

— Matthew, pode me chamar de Matthew. — Recuou um passo, balançando a cabeça. Senti como se tivesse realizado uma tarefa importantíssima e, como prêmio, ganhara o direito de chamá-lo pelo primeiro nome. Matthew pigarreou para limpar a garganta. — Realmente não sei o que dizer.

— E isso não é o pior — falei, esfregando as mãos.

— Sei onde um dos agentes do DOD mora, e fomos até lá ainda há pouco.

— O quê? — Matthew abaixou o copo. — Estão loucos?

Daemon deu de ombros.

— Enquanto vigiávamos a casa, Nancy Husher apareceu e... adivinha quem mais?

— O Papai Noel? — retrucou o professor de modo seco.

Soltei uma sonora gargalhada. Uau, ele tinha senso de humor.

Daemon ignorou.

· 255 ·

— Um Arum, e eles o deixaram entrar. Chegaram até a cumprimentá-lo pelo *nome*... Residon.

Matthew virou o drinque todo de uma vez só e botou o copo sobre o consolo da lareira.

— Isso não é nada bom, Daemon. Sei que você quer voltar lá e descobrir como a Bethany pode ainda estar viva, mas não faça isso. É perigoso demais.

— Consegue entender o que isso significa? — Daemon se levantou e deu um passo à frente, estendendo as mãos com as palmas viradas para cima. — O DOD está com a Bethany. Vaughn foi um dos oficiais que vieram nos dizer que os dois estavam mortos. Isso significa que eles mentiram a respeito dela. Talvez tenham mentido a respeito do Dawson também.

— Por que eles estariam com o Dawson? Eles nos disseram que ele estava morto. Obviamente a Bethany não está, mas isso não significa que ele esteja vivo. Tire isso da cabeça, Daemon.

Os olhos profundamente verdes do Daemon cintilaram de raiva.

— Se fosse um dos seus irmãos, você "tiraria isso da cabeça"?

— Todos os meus irmãos estão mortos. — Matthew atravessou a sala e parou diante de nós. — Vocês são tudo o que eu tenho, e não vou ficar parado e deixar você alimentar falsas esperanças que podem acabar te levando à morte ou coisa pior!

Daemon se sentou de novo e inspirou fundo.

— Você é parte da família. Dawson também te considerava assim, Matthew.

O professor se virou de costas, mas não antes que eu pudesse perceber a dor naqueles olhos extremamente brilhantes.

— Eu sei. Eu sei. — Ele andou até uma poltrona e despencou sobre ela, balançando a cabeça. — Honestamente, é melhor que ele esteja morto, e você sabe. Não posso nem pensar...

— Mas, se ele estiver vivo, precisamos fazer alguma coisa a respeito. — Daemon fez uma pausa. — E, se ele estiver realmente morto, então...

Então que tipo de desfecho isso seria? Eles já acreditavam que ele estivesse morto, mas descobrir que não tinha sido obra de um Arum seria como abrir velhas feridas e jogar sal nelas.

LUX 2 ÔNIX

— Você não entende, Daemon. O DOD não teria nenhum interesse na Bethany, a menos… a menos que o Dawson a tenha curado.

Blake tinha dito exatamente a mesma coisa. A confirmação foi um alívio.

— Sobre o que você está falando, Matthew? — perguntou Daemon, nitidamente perdido.

O professor esfregou a testa e se retraiu.

— Os antigos… eles não dizem o motivo de não ser permitido curar os humanos, e com razão. Isso é proibido não só pelo risco de exposição, mas por causa do que faz com o humano. Eles sabem. E eu também.

— Como assim? — Daemon olhou de relance para mim. — Você sabe o que acontece?

Ele anuiu.

— A cura altera o humano, ligando o DNA dele ou dela ao nosso. Mas é preciso haver uma *vontade* real para que ela funcione. O humano absorve nossos poderes, os quais nem sempre perduram. Muitas vezes eles se desgastam com o tempo. Em outras, o humano morre por causa disso ou a mutação sai pela culatra. No entanto, se for bem-sucedida, ela forma uma conexão entre os dois.

À medida que Matthew prosseguia, Daemon foi ficando mais agitado, e com motivo.

— A conexão entre um humano e um Luxen após uma cura severa é inquebrável, em nível celular. Ela funde os dois. Um não sobrevive se o outro morrer.

Meu queixo caiu. Blake não tinha me dito nada disso, o que significava…

Daemon levantou num pulo, o peito arfando com cada respiração arranhada e dolorida.

— Então, se a Bethany está viva…

— Dawson teria que estar — completou Matthew, soando cansado. — Partindo do pressuposto de que ele a curou.

Ele tinha que estar. Caso contrário, o DOD não estaria tão interessado na Bethany.

JENNIFER L. ARMENTROUT

Daemon manteve o olhar fixo no fogo, que dançava e crepitava. Mais uma vez, desejei poder confortá-lo de alguma forma, mas o que eu poderia fazer para melhorar a situação?

Fiz que não, frustrada.

— Mas você acabou de dizer que ele não pode estar vivo.

— Foi uma débil tentativa de persuadi-lo a não arriscar o pescoço.

—Você... você sabia disso o tempo todo? — A voz do Daemon transbordava emoção. Sua forma humana começou a piscar, como se ele estivesse perdendo o controle. — Sabia?

Matthew fez que não.

— Não. Claro que não! Eu achava que os dois estivessem mortos, mas se ele a curou... a transformou... e ela está viva, então ele também tem que estar. Mas isso é um grande se... um se baseado no fato de a Katy ter reconhecido alguém que nunca viu.

Daemon se sentou de novo, os olhos cintilando sob a luz do fogo.

— Meu irmão está vivo. Ele... ele está vivo. — Ele parecia atordoado, fora de si.

Com vontade de chorar por ele, puxei o ar, ainda que só superficialmente.

— O que você acha que estão fazendo com ele?

— Não sei. — Matthew oscilava, o que me fez imaginar o quanto ele já tinha bebido antes de a gente chegar. — Seja lá o que for, não pode ser...

Não podia ser coisa boa. Eu tinha uma forte suspeita. Segundo Blake, o DOD estava interessado nos humanos híbridos. Que forma melhor de conseguir um do que capturando um Luxen e o forçando a criá-los? O fel subiu para a garganta. Mas, se era preciso uma vontade real para que um humano fosse transformado com sucesso, como Dawson conseguiria algo assim sendo forçado? E, se ele estivesse fracassando, o que estaria acontecendo com os humanos? O próprio Matthew já tinha dito. Se a transformação não transcorresse bem, eles sofreriam mutações terríveis ou morreriam. Meu Deus, o que isso poderia fazer com uma pessoa... com o Dawson?

— O DOD sabe, Matthew. Eles sabem o que a gente pode fazer — declarou Daemon. — Eles provavelmente sabem desde o começo.

O professor ergueu os cílios e confrontou o olhar do Daemon.

· 258 ·

LUX 2 ÔNIX

— Para ser honesto, nunca acreditei que eles não soubessem. O único motivo de nunca ter dito nada foi porque não queria que vocês se preocupassem.

— E os antigos… eles sabem também?

— Os antigos se sentem gratos por terem um lugar para viver em paz, afastados da raça humana. Eles preferem viver como avestruzes, com a cabeça enterrada no chão, Daemon. Provavelmente optaram por acreditar que nossos segredos estão seguros. — Matthew olhou de relance para o copo vazio. — É… mais fácil para eles.

Isso soava incrivelmente idiota, e eu disse. Em resposta, Matthew sorriu com sarcasmo.

— Cara mocinha, você não faz ideia do que é viver como um convidado, faz? Imagine viver sabendo que a sua casa e tudo o mais poderia ser arrancado de você a qualquer momento? E, ao mesmo tempo, você precisa liderar seu povo, mantê-los calmos e felizes… seguros. A pior coisa possível seria expressar seus piores medos para as massas. — Fez uma pausa e olhou novamente para o copo. — Me diga, o que os humanos fariam se soubessem que há alienígenas vivendo entre eles?

Minhas bochechas queimaram.

— Hum, eles provavelmente surtariam e criariam uma revolução.

— Exatamente — murmurou ele. — Nossas espécies não são tão diferentes assim.

Nada mais foi dito depois disso. Ficamos ali sentados, perdidos em nossos próprios problemas. Meu coração parecia partido em um milhão de pedaços só por saber que o Daemon desejava ir confrontar o Vaughn e a Nancy, embora ele não fosse tão impulsivo assim. Havia também a Dee, e qualquer atitude dele a afetaria.

E, pelo visto, a mim também. Se ele morresse, eu também morreria. Não conseguia forçar minha mente a digerir isso. Não agora, com tanta coisa acontecendo. Decidi deixar para surtar a respeito disso depois.

— E quanto ao Arum? — perguntei.

— Não sei. — Matthew se serviu de outro drinque. — Não consigo imaginar o motivo para o DOD estar trabalhando com os Arum… o que eles estariam ganhando com isso. Os Arum absorvem nossos poderes, mas não são capazes de curar… nada dessa magnitude. Eles têm uma

· 259 ·

assinatura de calor diferente da nossa, de modo que, com as ferramentas certas, o DOD saberia que não estava lidando com a gente. No entanto, não há como diferenciar um Arum de um Luxen se você simplesmente cruzar com um na rua.

— Espera aí. — Joguei o cabelo para trás, olhando de relance para um silencioso Daemon. — E se o DOD tiver capturado um Arum achando que fosse um Luxen? Vocês foram estudados, certo? Forçados a assimilar o mundo humano. Não sei o que essa assimilação implica, mas tenho certeza de que envolve algum tipo de observação. Assim sendo, eles não acabariam percebendo a diferença, especialmente com esse negócio de assinatura de calor?

Matthew se levantou e foi até um armário num dos cantos da sala. Abrindo-o, retirou uma garrafa quadrada e se serviu de outro copo.

— Eles nunca viram nossos poderes durante o período de assimilação. Assim sendo, se nos basearmos na teoria de que eles já sabiam sobre isso há algum tempo, então é porque estudaram nossos poderes em Luxen que jamais tiveram a oportunidade de contar a ninguém sobre o conhecimento deles.

Fui acometida por um forte enjoo.

— Você está dizendo que esses Luxen estão...

— Mortos — completou ele, virando-se e tomando um gole do drinque. — Não sei quanto o Daemon te contou, mas nem todos os Luxen conseguiram assimilar. Eles foram aniquilados... como animais selvagens. Não é preciso muita imaginação para deduzir que eles usaram alguns desses Luxen para estudar seus poderes, aprender mais sobre a gente e depois se livraram deles.

Ou os enviaram para servir de espiões. Luxen que poderiam manter um olho nos companheiros e contar ao DOD qualquer atividade suspeita. Parecia paranoia, mas *era* do governo que estávamos falando.

— Mas isso não explica por que um Arum estaria trabalhando com o DOD.

— É verdade, não explica. — Matthew se aproximou da lareira. Com um dos cotovelos apoiados sobre o consolo, girou o líquido vermelho no copo. — Tenho medo de teorizar sobre o que isso pode significar.

· 260 ·

LUX 2 ÔNIX

— Parte de mim não dá a mínima para isso no momento — disse Daemon finalmente, soando cansado. — Alguém traiu meu irmão. Alguém deve ter contado para o DOD.

— Poderia ser qualquer um — retrucou Matthew, também cansado. — Dawson nunca tentou esconder seu relacionamento com a Bethany. Se alguém os estivesse observando de perto, poderia ter desconfiado de alguma coisa. Todos nós presenciamos o desenrolar da história deles. Tenho certeza de que alguém não parou por aí.

Isso não ajudou a acalmar o Daemon nem um pouco. Não que eu esperasse que fosse. Deixamos a casa do Matthew pouco depois, ambos quietos, perdidos em algum lugar entre a esperança e o desespero.

Ao alcançarmos o carro da minha mãe, ele me pediu as chaves e eu lhe entreguei sem contestar. Comecei a me dirigir para o lado do carona, mas parei. Virando-me, voltei até ele e passei os braços em torno daquele corpo tenso.

— Sinto muito — murmurei, apertando-o com força. — A gente vai bolar alguma coisa. Vamos trazê-lo de volta.

Após um momento de hesitação, seus braços me envolveram com tanta força que senti meu corpo se moldar ao dele.

— Eu sei — disse ele, a boca encostada no topo da minha cabeça, a voz firme e forte. — Vou trazê-lo de volta nem que seja a última coisa que eu faça.

Embora parte de mim já soubesse, não queria nem imaginar o que ele estaria disposto a sacrificar pelo irmão.

[24]

aemon não queria que a irmã soubesse que havia uma boa chance de o Dawson estar vivo. Prometi que não diria nada, em grande parte por entender que imaginar o que estaria sendo feito com ele era provavelmente pior do que pensar que ele estava morto. Daemon não queria compartilhar esse desespero com a irmã.

Ele era esse tipo de homem, e eu o respeitava por isso.

Desejava, porém, conseguir aliviar um pouco a dor que ele sentia pelo irmão.

Nos dois dias que se seguiram, após o treino com o Blake, Daemon e eu fomos até Moorefield. Brian não havia retornado desde a noite em que o víramos com a Nancy e o Arum. Não fazia ideia do que meu vizinho estava planejando, mas, o que quer que fosse, não o deixaria fazer nada sozinho. E, pela primeira vez, ele não parecia inclinado a tanto.

Na quinta-feira antes do feriado de Natal, Blake e eu trabalhamos na habilidade de manipular a luz. Era mais difícil do que congelar um objeto. Eu tinha que puxar o poder de dentro de mim, buscar algo sobre o qual não tinha uma verdadeira compreensão.

LUX ❷ ÔNIX

Frustrado após horas e mais horas sem que eu conseguisse produzir nem mesmo uma maldita faísca, Blake dava a impressão de estar com vontade de esmurrar a cabeça na parede.

— Não é tão difícil assim, Katy. Você tem isso dentro de você.

Bati um dos pés no chão.

— Tô tentando.

Ele se sentou no braço da poltrona e esfregou a testa.

— Você já consegue mover objetos com facilidade. Isso não pode ser muito mais difícil.

Ele estava fazendo maravilhas pela minha autoconfiança.

— Imagine cada célula do seu corpo envolta em luz. Agora se imagine reunindo todas essas células e sinta essa luz. É uma sensação de calor. De algo vibrando e zumbindo. É como se relâmpagos espocassem em suas veias. Pense em algo assim.

Bocejei.

— Já tentei…

Ele se levantou da poltrona, movendo-se mais rápido do que eu jamais vira. Fechando a mão em meu pulso até o polegar e o indicador se encontrarem, olhou no fundo dos meus olhos arregalados.

— Você não está se esforçando o suficiente, Katy. Se não puder manipular a luz, então…

— Então o quê? — exigi saber.

Blake inspirou fundo.

— É só que… se não conseguir controlar o que há de mais forte em você, talvez nunca seja capaz de controlar tudo de fato. O que significa que jamais poderá se defender.

Imaginei se tinha sido tão difícil assim para a Bethany.

— Estou me esforçando. Juro.

Ele soltou meu pulso e correu a mão pelos cabelos espetados. Em seguida, abriu um sorriso.

— Tenho uma ideia.

— Ah, não. — Neguei com um sacudir de cabeça. — Não gosto nem um pouco das suas ideias.

Blake deu uma risadinha por cima do ombro e pescou as chaves do carro no bolso.

· 263 ·

JENNIFER L. ARMENTROUT

—Você disse que confiava em mim, certo?

— Certo, mas isso foi antes de você jogar uma faca em mim e atear fogo aos meus dedos.

Ele riu, e fuzilei-o com os olhos. Isso não era nada engraçado.

— Não vou fazer nada do tipo. Só acho que a gente precisa sair daqui um pouco. Vamos comer alguma coisa.

Desconfiada, troquei o peso de um pé para o outro.

— Jura? Isso… até que não é má ideia.

— Pois então? Vá pegar um casaco pra gente poder ir. — Nos últimos tempos, eu vivia com fome, de modo que a ideia de um pouco de comida gordurosa selou o acordo. Vesti meu surrado pulôver e segui Blake até a caminhonete dele. Ela não era tão grande quanto as que os caras da região costumavam dirigir, mas era bonita e novinha em folha. — O que você tá com vontade de comer? — Ele bateu palmas para esquentar as mãos enquanto ligava o motor.

— Qualquer coisa que me faça ganhar uns cinco quilos. — Prendi o cinto.

Blake riu.

— Conheço o lugar perfeito.

Recostei no assento e resolvi fazer a pergunta que vinha me incomodando desde que eu e o Daemon tínhamos falado com o Matthew.

— O que aconteceu com o Luxen que te curou?

As mãos dele se fecharam em volta do volante com tanta força que os nós dos dedos ficaram brancos.

— Eu… eu não sei. E isso me mata, Katy. Faria qualquer coisa pra descobrir.

Olhei para ele, tomada por uma profunda tristeza. Como Blake estava ali, o amigo tinha que estar vivo. Provavelmente o DOD estava com ele. Fiz menção de dizer alguma coisa, mas me detive.

Eu vinha me sentindo cada vez mais estranha quando estava com ele. Não sabia definir exatamente o que era, e talvez fosse apenas pelo fato de o Daemon ficar repetindo isso sempre que podia, mas já não confiava tanto assim no surfista.

— Por que a pergunta? — Olhou de relance para mim, o rosto tenso. Dei de ombros.

LUX 2 ÔNIX

— Só curiosidade. Sinto muito pelo que aconteceu.

Ele assentiu com um menear de cabeça, e nenhum de nós disse mais nada por um tempo. No entanto, assim que passamos pela saída que levava a Moorefield, comecei a ficar nervosa.

— É seguro a gente se afastar tanto assim das Seneca Rocks? O raio de proteção delas é de uns 75 quilômetros, certo?

— Isso é apenas uma estimativa. Vamos ficar bem.

Anuí, incapaz de acalmar a súbita ansiedade que revirava minhas entranhas. A cada quilômetro que Blake me afastava de casa, a agitação crescia. Com certeza havia Arum nas redondezas, e eles talvez até soubessem quem a gente era, visto que andavam de conluio com o DOD. Isso era impulsivo, estúpido até. Esfreguei as mãos nas pernas do jeans e olhei pela janela enquanto Blake assoviava um rock que tocava no rádio.

Enfiei a mão na bolsa e pesquei o celular. Se estivéssemos dentro da área de proteção do quartzo beta, Blake não se importaria que eu avisasse ao Daemon.

—Você não é uma daquelas garotas que tem que avisar ao namorado tudo o que faz, é, Katy? — Apontou com a cabeça para o celular e sorriu, porém o sorriso não alcançou os olhos. — De qualquer forma, já chegamos.

Eu não era uma dessas garotas, mas...

Ele parou no estacionamento de um pequeno restaurante que se vangloriava de ter as melhores asinhas de frango da West Virginia. Luzinhas de Natal decoravam as janelas escuras. Uma gigantesca estátua de um montanhês guardava a entrada.

O lugar parecia inacreditavelmente normal.

Em silêncio, culpei o Daemon por me fazer desconfiar do Blake. Meti o celular de volta na bolsa e o segui até o restaurante.

O jantar foi estranhamente tenso. Nada semelhante às duas primeiras vezes em que havíamos saído. Forçá-lo a conversar, mesmo que fosse sobre surfe, foi como tentar espremer vidro — doloroso e sem sentido. Falei sobre o quanto sentia falta do blog e de ler, enquanto ele mandava mensagens sem parar via celular. Ou jogava algum joguinho — eu não saberia dizer. Em determinado momento, achei ter escutado um porco guinchar. Por fim, parei de tentar puxar conversa e me concentrei em retirar a pele das asinhas.

· 265 ·

Já passava das seis, e continuávamos sentados em nossa pequena mesa, tomando o terceiro refil de refrigerante. Não aguentei mais.

—Vamos embora?

— Só mais alguns minutos.

Era a segunda vez que ele dizia "Só mais alguns minutos". Recostei-me na cadeira, soltei um longo suspiro e comecei a contar os quadradinhos vermelhos da camisa de flanela de um dos outros clientes. Eu já havia decorado a canção de Natal que tocava sem parar.

Olhei de relance para meu companheiro.

— Eu *realmente* quero ir pra casa.

Um brilho de irritação cintilou naqueles olhos amendoados, escurecendo ainda mais os riscos castanhos.

— Achei que você gostasse de sair para esfriar a cabeça.

— E gosto, mas estamos sentados aqui sem nem mesmo conversar enquanto você joga algum joguinho de matar porcos no celular. De verdade, eu não considero isso diversão.

Ele apoiou os cotovelos na mesa e repousou o queixo entre as mãos.

— Sobre o que você quer conversar, Katy?

O tom da voz me deixou ainda mais irritada.

— Estou há horas tentando puxar conversa com você sobre qualquer assunto.

— Então, algum plano para o Natal? — perguntou ele.

Inspirei fundo para manter a calma.

— Sim. Pra variar, minha mãe vai estar de folga. Estamos planejando algo com o Will.

— O médico? Pelo visto o relacionamento tá ficando sério.

— Tá mesmo. — Apertei o pulôver em volta do corpo, tremendo de frio ao sentir alguém abrir a porta. — Tenho certeza de que esse é o único motivo pra...

O telefone do Blake bipou, e ele verificou imediatamente o que era. Irritada, fechei a boca e fixei os olhos na mesa vazia atrás dele.

—Vamos? — perguntou o surfista.

Graças ao bom Deus. Peguei minha bolsa, me levantei e segui para a porta sem esperar a conta. Escutei gelo e neve sendo esmagados sob minhas

LUX ✦ 2 ÔNIX

botas ao sair. Desde o começo de novembro, nevava um ou dois centímetros dia sim dia não. Um belo prelúdio para a nevasca que estava por vir.

Blake apareceu uns dois minutos depois, o cenho franzido.

— Que bom que você esperou.

Revirei os olhos e não disse nada ao me acomodar na caminhonete. Retomamos o caminho de volta em silêncio. Com os braços cruzados diante do peito, eu me sentia como uma namorada furiosa, o que não fazia o menor sentido. Não estávamos namorando, mas parecia que tínhamos acabado de ter o pior encontro do planeta.

Para piorar tudo ainda mais, Blake dirigia como uma vovó. Eu quicava minhas pernas, irritada e impaciente. Queria chegar logo em casa. Não haveria mais treinos por hoje. Tudo o que eu pretendia fazer era pegar um maldito livro e ler por *diversão*. Depois acessaria o blog. Não pensaria nem no Blake nem naquele poder alienígena idiota. Meu olhar se voltou para meus pés. Havia algo no chão, alguma coisa dura e fina sob uma das minhas botas. Movi o pé para o lado e a luz dos postes que passavam iluminou um objeto dourado e brilhante. Curiosa, fiz menção de me agachar.

Sem aviso, a obsidiana começou a esquentar sob meu pulôver ao mesmo tempo que Blake saía da estrada e parava ao lado de uma vala.

Virei-me para ele, sentindo o coração acelerar e a obsidiana queimar minha pele.

— Tem um Arum por aqui.

— Eu sei. — Desligou o motor, o maxilar trincado. — Sai do carro, Katy.

— O quê? — guinchei.

— Sai do carro! — Blake estendeu o braço e soltou meu cinto. — Hora do treino.

A ficha caiu, implacável e assustadora. Soltei um suspiro trêmulo, sentindo a obsidiana esquentar ainda mais.

— Você me tirou da área de proteção do quartzo beta de propósito!

— Se os seus poderes estão ligados às suas emoções, precisamos descobrir um meio de acessá-los durante uma crise emocional e ver o que você consegue fazer, para depois praticarmos sem a ajuda da emoção. Tal como fizemos primeiro com a faca e depois com as almofadas. — Ele se esticou ainda mais e abriu a porta do meu lado. — Os Arum conseguem nos sentir melhor do que sentem os Luxen. É o lance do DNA. O dos Luxen tem uma espécie de revestimento. O nosso não.

Meu peito subia e descia em rápidas arfadas.

—Você nunca me disse isso antes.

—Você estava segura dentro da área protegida pelo quartzo beta. Isso não era um problema.

Fitei-o, horrorizada. E se eu tivesse saído da área de proteção do quartzo beta para fazer compras com a minha mãe sem saber disso? Nós teríamos sido atacadas. Será que Blake dava a mínima para a minha segurança?

— Agora, sai do carro — mandou ele.

Nem pensar.

— De jeito nenhum! Não vou sair sabendo que tem um Arum aí fora! Você é louco...

—Vai ficar tudo bem. — Ele soava como se estivesse me incentivando a dar um discurso na frente de uma turma e não a encarar um alienígena assassino. — Não vou deixar nada acontecer com você.

Blake, então, saltou do carro e desapareceu no meio de uma densa fileira de árvores, me deixando sozinha. Petrificada demais para me mover, corri os olhos pela profunda escuridão que me cercava. Não podia acreditar que ele tinha feito isso.

Se eu sobrevivesse, ia matá-lo.

Uma sombra negra como piche atravessou a estrada e seguiu a trilha que Blake percorrera ao sumir na mata. Uma explosão de luz iluminou o céu, mas rapidamente se apagou. Escutei um grito de dor.

Saltei do carro aos tropeços, bati a porta e perscrutei a escuridão.

— Blake? — Após alguns momentos sem obter resposta, uma onda de pânico me subiu à garganta. — Blake!

Parei no limite da floresta, apreensiva em entrar. Tremendo de frio, apertei o pulôver em volta do corpo. Um silêncio sobrenatural reinava por todo o entorno. Pro inferno com isso. Virei-me e voltei para o carro. O melhor a fazer era ligar para minha mãe. Ou para o Daemon. De jeito nenhum eu...

Antes que eu pudesse dar mais um passo, a sombra surgiu diante da porta do carona. Escura e oleosa, ela começou a tomar forma até se transformar nos contornos de um homem.

LUX ❷ ÔNIX

— Merda — murmurei.

O sujeito que surgiu diante de mim era assustadoramente parecido com o que Daemon e eu tínhamos visto do lado de fora da casa do Vaughn.

— Olá, garotinha. Você é uma coisinha... especial.

Girei nos calcanhares e me pus a correr, o pulôver inflando às minhas costas como um par de asas. Corri o mais rápido que consegui — mais do que jamais correra em toda a minha vida. Tão rápido que os flocos de neve que batiam em meu rosto pareciam diminutas pedrinhas. Não tinha nem certeza se meus pés estavam tocando o chão.

No entanto, por mais que eu corresse, o Arum era mais rápido.

A sombra escura e nebulosa apareceu ao meu lado e, em seguida, na minha frente. Meus pés deslizaram sobre a neve e o gelo ao mesmo tempo que eu pegava a obsidiana, pronta para espetá-la em qualquer parte do corpo da criatura que eu conseguisse alcançar.

Antecipando o movimento, seu braço adquiriu consistência e me acertou um soco na barriga. Fui lançada no ar e caí de lado. Uma excruciante fisgada de dor atravessou meus ossos. Rolei de costas e pisquei para soltar a neve dos cílios.

Agora eu entendia por que Daemon era tão contra a ideia de eu sair para lutar contra os Arum. Eu estava levando uma surra, e a luta não havia nem começado.

A sombra escura e insidiosa surgiu em meu campo de visão. Em sua forma natural, a voz do Arum soou como um murmúrio ameaçador em meu cérebro. *Vocccê não é uma Luxen, massss é uma coisssinha sssingular. Que poderessss vocccê tem?*

Poderes? Os que o Daemon tinha passado para mim ao me transformar. Se o Arum me matasse, ele os absorveria. Mas eu já matara um antes, usando o poder do Daemon e da Dee. Blake acreditava que isso, a Fonte, continuava existindo em mim. Rezei para que ele tivesse razão, caso contrário, eu morreria.

E eu queria ser capaz de me defender. Não ficar simplesmente ali, esperando que alguém viesse me salvar.

O que Blake tinha me mandado imaginar mesmo? Células envoltas em luz e um espocar de relâmpagos em minhas veias?

O Arum se debruçou sobre mim; seus tentáculos de fumaça negra eram mais densos e mais frios do que o chão. Um sorriso translúcido e esfumaçado surgiu em seu rosto. *Maisss fácccil do que penssssei.*

Fechei os olhos com força e imaginei cada celulazinha estranha que já tinha visto na aula de biologia envolta em luz, tentando me lembrar daquele momento — daquela única vez em que sentira um espocar de relâmpagos em minhas veias. Agarrei-me à imagem ao sentir o leve roçar dos dedos gelados do Arum em meu rosto. E me concentrei no fluxo de lava fervente que se espalhava pelo meu sangue.

Tudo começou com um estalo, uma pequena faísca por trás das minhas pálpebras fechadas. Uma sensação estranha e escaldante se espalhou pelo meu braço. A luz por trás das pálpebras era de um vermelho-esbranquiçado; a fonte de um poder profundamente destrutivo. Um poder absurdamente complexo.

Eu podia senti-lo queimando em minhas veias, sussurrando centenas de promessas. Ele me chamava, me recebia de braços abertos. Estivera esperando, imaginando quando eu responderia ao chamado.

Uma lufada de vento soprou a neve debaixo dos meus pés ao me levantar. Abri os olhos e vi o Arum deslizando para trás, alternando entre a forma humana e alienígena.

Eu estava de pé agora, e mal conseguia respirar. Podia sentir o *poder*, uma sensação ao mesmo tempo empolgante e assustadora. Cada nervo do meu corpo pareceu acordar, vibrando de expectativa. *Ele*, o poder, desejava ser usado. De repente, parecia a coisa mais natural do mundo. Meus dedos se fecharam. O mundo à minha volta se acendeu em tons de vermelho e branco.

Acabe com ele.

O Arum voltou à sua forma original, uma nuvem negra que parecia se estender infinitamente contra o céu noturno.

Outro estalo eclodiu dentro de mim e a Fonte emergiu das pontas dos meus dedos, acertando o Arum com uma velocidade impressionante.

Ele girou no ar, mas a Fonte o seguiu. Ou eu a fiz segui-lo. De qualquer forma, ele começou a alternar entre uma forma e outra tão rápido que me deixou tonta. De repente, congelou e explodiu em um milhão de diminutos fragmentos vítreos de sombra.

A obsidiana esfriou.

LUX ✦2✦ ÔNIX

— Perfeito — comentou Blake, aplaudindo. — Isso foi inacreditável. Você matou o Arum com um único golpe!

As ondas de eletricidade voltaram para dentro de mim, e a luz vermelho-esbranquiçada se apagou. A Fonte se recolheu, levando consigo grande parte da minha energia. Virei-me para o surfista, sentindo outra emoção substituir o buraco deixado pela Fonte.

—Você… você me deixou sozinha com um Arum.

— É verdade, mas olha só o que você fez! — Ele deu um passo à frente, sorrindo como se eu fosse uma pupila exemplar. —Você matou um Arum, Katy. E fez isso sozinha!

Inspirei fundo, e o simples movimento *doeu*. Tudo doía.

— E se eu não tivesse conseguido?

Sua expressão tornou-se confusa.

— Mas você conseguiu.

Recuei um passo, encolhendo-me ao sentir as calças encharcadas em contato com minha pele arranhada.

— Mas e se não tivesse conseguido?

Blake balançou a cabeça.

— Então…

— Então eu estaria morta. — Minha mão tremeu ao apoiá-la no quadril. Minhas costas pulsavam devido ao tombo. — Será que você se importa?

— Claro que eu me importo! — Ele deu mais outro passo e pousou uma das mãos em meu ombro.

Soltei um grito ao sentir fisgadas de dor irradiarem pelo braço.

— Não… não me toque.

Em um segundo, a expressão confusa desapareceu, substituída pela raiva.

—Você está fazendo uma cena quando devia estar comemorando. Você fez algo… fantástico. Não consegue entender? Ninguém mata um Arum com um golpe só.

— Não dou a mínima! —Voltei mancando para junto do carro. — Quero ir pra casa.

— Katy! Não faça isso. Está tudo bem. Você…

— Me leva pra casa — gritei, à beira das lágrimas e de um completo colapso nervoso. Tinha que haver algo errado com ele. — Quero ir pra casa.

· 271 ·

[25]

Atrasada para a aula de trigonometria no último dia de aulas antes do feriado, encolhi-me ao sentar no meu lugar. Eu provavelmente havia quebrado meu traseiro na véspera. Sentar era extremamente doloroso. Lesa ergueu uma sobrancelha enquanto me observava tentar arrumar uma posição menos desconfortável.

— Tá tudo bem? — perguntou Daemon, me fazendo dar um pequeno pulo.

— Tá — respondi num ofego, virando-me com cuidado, surpresa por ele não ter me cutucado com a caneta. — Acho que dormi de mau jeito.

Ele me fitou com um olhar penetrante.

— Você dormiu no chão ou algo parecido?

Soltei uma risada seca.

— A sensação é de que sim.

Fiz menção de me virar de volta para o quadro, mas ele me impediu.

— Que foi? — perguntei, um tanto incomodada. Sentia como se estivesse nua quando ele me fitava daquele jeito.

— Nada, não. — Ele se recostou e cruzou os braços, os olhos estreitados. — Tudo em cima pra hoje à noite?

LUX ❷ ÔNIX

Mordi o lábio e assenti, fazendo uma anotação mental para não me esquecer de comprar alguns energéticos na volta. Ao chegar em casa na véspera, tinha atacado o suprimento secreto de chocolate da minha mãe. O que não havia me ajudado em nada a recobrar a energia. Virei-me com cuidado para o quadro-negro, trincando os dentes ao sentir a fisgada de dor. Podia ser pior. Eu podia estar morta.

Passar a aula inteira sentada foi uma droga elevada à enésima potência. Meu corpo inteiro doía da queda no chão frio e duro. Meu único alívio foi não ver a cara do Blake na aula de biologia. Não sabia bem o que pensar a respeito dele. Tinha passado grande parte da noite acordada, relembrando tudo o que acontecera. Será que ele teria permitido que eu fosse ferida ou morta se não tivesse conseguido acessar a Fonte para acabar com o Arum? Não fazia ideia, e isso me incomodava.

Quando estava saindo da aula de biologia, Matthew me chamou. Ele esperou a sala terminar de esvaziar antes de dizer:

— Como você está se sentindo, Katy?

— Bem — respondi, surpresa. — E você?

Ele me ofereceu um sorriso tenso e se recostou na quina da mesa.

— Durante a aula, tive a impressão de que você estava com dor. Espero que minha palestra não tenha sido tão ruim.

Corei.

— Não, não foi sua palestra. Dormi de mau jeito ontem à noite. Estou toda quebrada.

Ele desviou os olhos.

— Não quero te prender, mas como está...

Só então entendi o porquê de ele ter me chamado. Olhei de relance para a porta aberta.

— Daemon está bem. Quero dizer, tão bem quanto seria de esperar.

Matthew fechou os olhos por alguns instantes.

— Aquele rapaz é como um filho pra mim... na verdade, tanto ele quanto a Dee. Não quero que ele faça nenhuma loucura.

— Ele não vai fazer — respondi, tentando tranquilizá-lo. Não queria que o Matthew soubesse que o Daemon estava vigiando o Vaughn. Ele não aceitaria isso muito bem.

· 273 ·

— Espero que não. — Matthew me fitou, os olhos injetados. — Às vezes a ignorância é uma bênção, sabia? As pessoas buscam respostas e nem sempre gostam do que encontram. De vez em quando, a verdade é pior do que a mentira. —Virou-se para a mesa e começou a mexer numa pilha de papéis. — Espero que você recupere o sono, Katy.

Tomando isso como uma dispensa, saí de sala, mais incomodada do que nunca. Será que o Matthew estava bebendo durante o trabalho? Essa tinha sido a conversa mais estranha que já tivera com ele. E a mais longa também.

Sentei com meus amigos para almoçar e tentei esquecer o que aconteceva na véspera. Observar a Dee e o Adam juntos era uma boa distração. Durante os raros momentos em que a boca da minha amiga não estava colada na dele, ela falava sem parar sobre o fim de semana e o Natal. No entanto, sempre que olhava para mim, havia certa tristeza em seus olhos. Um abismo se instalara entre nós. Eu sentia falta dela. Sentia muita falta dos meus amigos.

Assim que as aulas terminaram, fui até meu armário pegar o livro de literatura inglesa para poder fazer o trabalho que deveria ser entregue após o feriadão. Tinha acabado de metê-lo na mochila quando escutei alguém me chamar.

Ergui os olhos e fiquei imediatamente tensa ao ver o Blake.

— Oi... você faltou à aula de biologia.

— Cheguei atrasado — respondeu ele, recostando-se no armário ao lado do meu. — Não vou poder treinar hoje nem durante o feriado. Vou viajar com meu tio para visitar a família.

O alívio foi tanto que fiquei tonta. Depois da noite anterior, não tinha certeza se queria continuar a treinar com ele, mesmo sabendo que precisava aprender a me defender. Mas agora simplesmente não era o momento de conversar sobre isso.

— Tudo bem. Divirta-se. — Ele assentiu, mas seu olhar pareceu distante e fechado. Pigarrei para limpar a garganta. — Bom, é melhor eu ir. A gente se vê quando...

— Espera. — Ele se aproximou um passo. — Queria conversar com você sobre ontem à noite.

Fechei o armário calmamente, embora a vontade fosse de bater a porta.

— Sobre o que você quer falar?

— Sei que você tá puta.

LUX ❋2❋ ÔNIX

— É, tô sim. — Encarei-o. Será que ele realmente não entendia o porquê de eu estar puta? — Você arriscou a minha vida ontem. E se eu não tivesse conseguido acessar a Fonte? Estaria morta agora.

— Eu jamais deixaria ele te machucar. — A voz e os olhos transbordavam sinceridade. — Você estava segura.

— Os hematomas espalhados pelo meu corpo dizem que eu me machuquei.

Ele soltou um suspiro exasperado.

— Não entendo o motivo de você não estar feliz. O poder que você demonstrou ontem… é fantástico.

Ajeitei a mochila para que não batesse em minhas costas doloridas.

— Podemos conversar sobre os treinos depois que você voltar?

Ele me fitou como se quisesse discutir, o verde dos olhos escurecendo de revolta, mas virou a cara e soltou outro suspiro. Tudo o que eu queria era sair dali, ir para casa e me deitar, ficar o mais longe possível *dele*. Afastar-me daquele garoto que eu costumava acreditar ser normal, alguém que eu achava que queria me ajudar por sermos parecidos. Agora já não sabia se ele realmente ligava a mínima para o fato de eu ser capaz de sobreviver às suas técnicas de treinamento.

❋ ❋ ❋

Ao chegar em casa, vesti um par de calças largas com uma camiseta térmica e fui tirar um cochilo. Dormi o restante da tarde. Quando acordei, minha mãe já tinha saído para o trabalho. Preparei, então, um sanduíche e reuni todos os livros que havia recebido no último mês.

Empilhei-os ao lado do laptop e estava ajeitando a webcam para que ela não focalizasse apenas o meu nariz quando senti o familiar arrepio quente na nuca. Olhei de relance para o relógio. Ainda não eram nem dez horas.

Com um suspiro, levantei e fui abrir a porta antes que o Daemon batesse. Deparei-me com ele parado na varanda, a mão erguida em pleno ar.

— Estou começando a ficar incomodado com o fato de você saber quando estou por perto — disse ele, franzindo o cenho.

· 275 ·

— Achei que você adorasse. Isso te permite ser formidável nessa sua obsessão.

— Já te falei, não é *obsessão*. — Ele me seguiu até a sala. — É só uma maneira de ficar de olho em você.

— Qual a diferença? — Sentei no sofá.

Daemon se acomodou ao meu lado, a coxa pressionando a minha.

— Existe uma diferença.

— Às vezes a sua lógica me assusta. — Desejei ter trocado de roupa. Ele usava apenas um jeans e um pulôver, mas continuava lindo. Minha camiseta térmica, por outro lado, tinha pequenos morangos estampados. Constrangedor. — Por que você chegou tão cedo?

Ele se recostou nas almofadas, ficando ainda mais próximo do que antes. Seu perfume era como uma fresca manhã de outono. Por que, Pai do céu, por que ele tinha sempre que ficar tão perto?

— Bill não veio hoje?

Prendi o cabelo atrás da orelha, ignorando o louco desejo de me aconchegar nos braços dele.

— Não. Ele tinha planos com a família.

Seus olhos se estreitaram ao fitar o laptop.

— O que você estava fazendo? Outro daqueles vídeos?

— Estava me preparando pra isso. Não faço um há tempos, mas aí você chegou. Meu plano foi por água abaixo.

Ele deu uma risadinha.

— Dá tempo de gravar um. Prometo que vou me comportar.

— Tá, até parece.

— Por que não? — Ergueu a mão, e o livro no topo da pilha flutuou até ela. — Ei, tenho uma ideia. Eu podia fingir ser ele.

— O quê? — Franzi o cenho ao ver o rapaz louro na capa. — Espera um pouco. Você não tá dizendo...

Daemon piscou e, em seu lugar surgiu uma réplica exata do modelo da capa, com direito a cabelos louros cacheados, olhos azul-bebê e um olhar sombriamente ameaçador. *Uau, muito lindo!*

— Olá...

— Ai, meu Deus. — Cutuquei de leve aquele rosto bronzeado. Era de verdade. Eu ri. — Você não pode fazer isso. As pessoas surtariam.

LUX ❷ ÔNIX

— Mas sem dúvida atrairia muita atenção. — Deu uma piscadinha. — E seria divertido.

— Mas o modelo da capa... — Arranquei o livro da mão dele e o brandi no ar. — É uma pessoa de verdade, que vive em algum lugar. Ele provavelmente ficaria curioso para saber como apareceu num dos vídeos do meu blog.

Seus lábios cheios fizeram um biquinho.

—Tem razão. — O modelo da capa desapareceu e o verdadeiro Daemon ressurgiu. — Mas não se prenda por mim. Vai lá, faz o vídeo. Posso ser seu assistente.

Fitei-o, tentando determinar se ele estava falando sério ou não.

— Não sei, não.

—Vou ficar quietinho. Apenas segurarei os livros pra você.

— Não acho que você seja capaz de ficar tão quieto assim.

— Prometo — retrucou ele, rindo.

Isso provavelmente seria um desastre, mas a ideia de vê-lo no vídeo me deixou toda feliz e contente. Ajustei a webcam para que ele fosse incluído no quadro e apertei o botão de gravar.

Inspirei fundo e comecei o vlog.

— Oi, eu sou a Katy, do Katy's Krazy Obsession. Desculpa por ter ficado tanto tempo sumida. Andei um tanto atrapalhada com... — Meus olhos se desviaram para o Daemon por uma fração de segundo. — A escola e outras coisas, mas, de qualquer forma, tenho um convidado. Este é...

— Daemon Black — respondeu ele por mim. — Sou o cara que faz com que ela fique acordada à noite, fantasiando.

Sentindo as bochechas corarem, dei-lhe uma cotovelada.

— *Que* mentira! Ele é meu vizinho...

— E o cara pelo qual ela está completamente obcecada.

Forcei um sorriso amarelo.

— Ele é muito egocêntrico e adora escutar a própria voz, mas me prometeu ficar quietinho. Não foi?

Daemon assentiu e sorriu de modo angelical para a câmera, os olhos traindo o prazer com a brincadeira. É, tinha sido uma péssima ideia.

— Acho que ler é sexy. — Ele sorriu consigo mesmo.

Arqueei as sobrancelhas.

· 277 ·

JENNIFER L. ARMENTROUT

— Acha, é?

— Acho, sim, e sabe o que mais eu acho sexy? — Daemon se inclinou até seu rosto preencher completamente o quadro e apontou com a cabeça para mim. — Blogueiras como esta aqui. Uma gata.

Revirei os olhos e dei-lhe um tapa no braço.

— Afaste-se — murmurei.

Daemon se recostou e *tentou* permanecer quieto por cinco minutos. Ia me entregando cada livro, incapaz de se abster de um comentário e de roubar totalmente a câmera para si. Dizia coisas do tipo: "O sujeito parece um idiota" ou "Que obsessão é essa com anjos caídos?". Meu momento predileto foi quando ele segurou um livro na *frente* do meu rosto e disse: "Esse ceifador já faz mais o meu tipo. O trabalho dele é matar pessoas."

Ao final da gravação, eu não conseguia disfarçar o sorrisinho idiota grudado em meu rosto.

— Isso é tudo por hoje. Obrigada por assistir!

Daemon praticamente me derrubou do sofá para inserir um último comentário.

— E não se esqueçam. Há coisas mais legais aí fora do que anjos caídos e caras mortos. É só uma opinião. — E deu uma piscadinha.

Imaginei uma legião inteira de garotas babando. Empurrei-o para o lado e, com um contrair de músculos involuntário, apertei o botão que desligava a câmera.

— Você gosta de fazer isso, de ver sua cara no vídeo.

Ele deu de ombros.

— Foi divertido. Quando vai ser o próximo?

— Na semana que vem, se eu conseguir mais livros.

— Mais livros? — Seus olhos se arregalaram. —Você acabou de dizer que tem aí uns dez que não leu ainda.

— O que não significa que eu não vá arrumar mais. — Sorri ao ver sua expressão de incredulidade. — Não tenho tido muito tempo para ler ultimamente, mas vou mudar isso, e aí não corro o risco de ficar sem nada novo.

—Você não tem tido tempo por causa *dele*, e isso é ridículo. — Desviou os olhos, o maxilar tremendo. — Sei que você ama ler. E postar no blog. Duas coisas que deixou de lado completamente.

— Não deixei, não!

· 278 ·

LUX ✦ 2 ÔNIX

— Mentirosa — rebateu ele. — Andei verificando o blog. Você só postou cinco vezes no último mês.

Meu queixo bateu no chão.

— Você tá obcecado pelo meu blog também?

— Como eu disse antes, não estou obcecado por nada nem ninguém. Só estou *mantendo um olho* em você.

— E como eu disse antes, sua razão não tem a menor lógica. — Inclinei-me para a frente e fechei o laptop. — Você sabe que o que eu tenho feito está tomando todo o meu tempo...

— Que diabos é isso? — explodiu ele, suspendendo a parte de trás da minha camiseta térmica.

— Ei. — Girei o corpo, ignorando as novas fisgadas de dor. — O que você tá fazendo? Tira as mãos daí, seu filho da mãe.

Ele ergueu os olhos, que cintilavam com um quê de desespero e vingança.

— Me diz por que suas costas estão com um aspecto de alguém que caiu de uma janela do segundo andar.

Ah, merda. Precisando de espaço, levantei e fui até a cozinha. Enquanto pegava uma Coca na geladeira, senti o Daemon parado bem atrás de mim.

— Eu... eu caí durante o treino. Mas não foi nada. — Era uma desculpa plausível, uma vez que a verdade apenas o lançaria numa explosão de ódio assassino que ninguém desejava no momento. Além disso, ele não precisava de mais outro motivo para se estressar. — Eu te falei que tinha dormido de mau jeito porque imaginei que você fosse tirar sarro de mim.

— É, eu teria tirado sarro de você... só um pouquinho, mas credo, Kat, tem certeza de que não quebrou nada?

Na verdade, não.

— Eu tô bem.

A preocupação era visível em seu rosto ao me seguir até a mesa, os olhos fixos em mim, sem piscar.

— Você tem se machucado muito ultimamente.

— Nem tanto.

— Sei que você não é tão estabanada assim, gatinha. Então, como tem acontecido isso? — Deu um passo à frente, movendo-se como um predador prestes a atacar. De repente, não sabia ao certo o que era pior: ele se mover na velocidade da luz ou com passos lentos e calculados que me provocavam um calafrio na espinha.

— Tropecei num galho na noite em que descobri a respeito de você.

— Lembrei-o.

— Boa tentativa. — Fez que não. —Você disparou pelo meio de uma mata escura como breu. Até mesmo eu... — Deu uma piscadinha. — Bem, talvez não eu, mas qualquer pessoa *normal* teria tropeçado. Alguém não tão incrível quanto eu.

— Bem... — Meu Deus, o garoto era cheio de si.

—Tá com cara de que tá doendo.

— Um pouco.

— Então me deixa dar um jeito nisso. — Estendeu o braço, os dedos perdendo a nitidez.

— Espera. — Recuei. — Acha uma boa ideia você fazer isso?

—Te curar não vai mudar nada. Não a essa altura. —Tentou me tocar de novo, mas afastei sua mão com um safanão. — Só estou tentando ajudar!

Eu tinha me encurralado.

— Não preciso da sua ajuda.

Daemon virou a cabeça, o músculo do maxilar tremendo. Tive a impressão de que ele havia desistido, mas então seu braço me envolveu pela cintura e, um segundo depois, estávamos de volta no sofá, comigo aboletada em seu colo.

Encarei-o, chocada.

— Isso não é justo!

— Eu não precisaria fazer algo assim se você parasse de ser tão teimosa e me deixasse te ajudar. — Ele me manteve parada, ignorando meus protestos ao deslizar a mão por baixo da minha camiseta térmica e repousá-la sobre a base das minhas costas. Contraí-me ao sentir a vibração que seu toque produzia. — Posso acabar com essa dor. É ridículo você querer me impedir.

— Temos coisas a fazer, pessoas a vigiar, Daemon. Me deixa levantar. — Contorci-me, tentando me desvencilhar, e soltei um gemido de dor. Não sei por que eu não queria que ele me curasse; já tínhamos provado que isso não me fazia mais desenvolver um rastro. Daemon, porém, já tinha pessoas demais contando com ele.

LUX ❂ ÔNIX

— Não — retrucou ele. Um calor se espalhou por minhas costas, agradável e entontecedor, ameaçando me consumir por inteira. Seus lábios se repuxaram no canto ao escutar meu leve suspiro. — Não posso ficar ao seu lado sabendo que você está com dor, entende?

Abri a boca, mas não disse nada. Ele desviou os olhos e os focou em algum ponto da parede.

— Saber que eu estou machucada realmente te incomoda? — perguntei.

— Eu não sinto a sua dor, se é isso o que você quer saber. — Fez uma pausa, expirando o ar calmamente. — Só que saber que você tá machucada é o bastante pra me deixar incomodado.

Baixei os olhos e parei de me debater. Ele estava apenas com uma das mãos em mim, mas eu podia senti-la em cada célula do corpo. Quando Blake me dissera para pensar em algo como um espocar de relâmpagos, tinha pensado no toque do Daemon — no modo como ele beijava. Isso era o que eu havia sentido ao recorrer à Fonte e destruir o Arum.

O lance da cura tinha um efeito relaxante. Era como lagartear no sol ou se aconchegar a alguém debaixo de cobertores fofinhos. A falta de sono e o toque dele eram como um varrer de ondas reconfortantes. Relaxada em seus braços, apoiei a cabeça no ombro dele e fechei os olhos. O toque, o calor da cura penetrou fundo em minha pele, remendando ossos e músculos machucados.

Passado um tempo, percebi que nada mais doía, mas ele continuava me segurando em seu colo. Daemon, então, se levantou, ainda comigo nos braços. Tentei me mexer.

— O que você está fazendo?

— Te levando pra cama.

Senti o corpo inteiro queimar ao escutar essas palavras.

— Eu posso andar.

— E eu posso te levar até lá mais rápido. — Foi o que ele fez. Num segundo estávamos na sala, cercados pelo brilho intermitente das luzinhas da árvore de Natal, e, no seguinte, em meu quarto. — Viu?

Como se estivesse em transe, eu o observei me botar na cama, afastando as cobertas sem sequer tocar nelas. Uma habilidade e tanto quando você estava com as mãos ocupadas.

Daemon me cobriu e, em seguida, me fitou de maneira hesitante.

· 281 ·

JENNIFER L. ARMENTROUT

— Está melhor?

— Estou — murmurei, incapaz de desviar os olhos. Vê-lo ali, debruçado sobre mim, os olhos brilhantes em contraste com a escuridão do quarto, era como observar algo retirado dos meus sonhos... ou dos livros que eu costumava ler.

Ele pigarreou de leve.

— Posso...? — Fez uma pausa, e meu coração pulou uma batida. — Posso te abraçar? Isso é tudo... tudo o que eu quero fazer.

Um nó se formou em minha garganta e meu peito se apertou, deixando-me sem voz. Eu não queria que ele fosse embora, portanto assenti.

O alívio inundou aquele rosto estoico, amenizando as linhas duras. Daemon, então, andou até o lado *dele* da cama, tirou os sapatos e se deitou ao meu lado. Aproximou-se e estendeu o braço como num convite. Sem pensar duas vezes, aconcheguei-me ao corpo dele, aninhando a cabeça no espaço entre o ombro e o peito.

— Eu até que gosto de ser seu travesseiro — admitiu ele, a voz traindo o sorriso. — Mesmo quando você baba em cima de mim.

— Eu não babo. — Sorri e apoiei a mão em seu peito. — E quanto à história de vigiar o Vaughn?

— Isso pode esperar até amanhã. — Inclinou ligeiramente a cabeça, e seus lábios roçaram meu cabelo ao falar. — Descanse, gatinha. Não se preocupe, irei embora antes de amanhecer.

O bater constante do coração dele sob a minha palma combinava com o meu, ligeiramente acelerado. Seria isso um efeito da cura ou apenas da proximidade? Não sabia. Mas, antes que me desse conta, resvalei para o sono mais profundo e tranquilo que tivera em semanas.

[26]

Acordei de um sono profundo e reparador ao som de "KATY ANN SWARTZ!", seguido por uma rouca risada masculina. Abri os olhos, tentando me lembrar da última vez em que minha mãe usara meu nome todo. Ah, sim, fazia anos, quando eu tentara fazer carinho num filhote de porco-espinho que surgira na nossa varanda.

Mamãe estava parada de roupão na porta do meu quarto, boquiaberta. Will estava logo atrás dela, com um estranho sorrisinho de satisfação estampado na cara.

— Que foi? — balbuciei. Meu travesseiro se mexeu. Baixei rapidamente os olhos e senti as bochechas corarem. Daemon continuava deitado ao meu lado, eu meio que esparramada em cima dele. Uma de suas mãos envolvia a minha, apertando-a de encontro ao peito. *AimeuDeusnão...*

Envergonhada até não poder mais, soltei a mão.

— Isso não é o que parece.

— Não? — Minha mãe cruzou os braços.

— Eles são apenas crianças — interveio Will, dando uma risadinha. — Pelo menos estão vestidos.

—Você não está ajudando — rebateu ela.

Fiz menção de me sentar, mas o braço do Daemon apertou minha cintura enquanto ele se virava e aninhava o rosto em meu pescoço. Empurrei-o, desejando morrer mil vezes. Ele não se mexeu.

Seus olhos se entreabriram.

— Hum, qual é o problema? — Lancei um olhar significativo para a porta. Ele ergueu as sobrancelhas, virou a cabeça e congelou. — Ai, isso é estranho. — Pigarreou para limpar a garganta e puxou o braço que envolvia minha cintura. — Bom dia, sra. Swartz.

Minha mãe abriu um sorriso tenso.

— Bom dia, Daemon. Acho que está na hora de você ir pra casa.

Ele foi embora tão rápido quanto seria humanamente possível. Minha mãe, então, desceu sem dizer uma palavra. Sabendo que estava enrascada, passei direto pelo Will, ainda parado no corredor. Ele estava descalço. Pelo visto eu não era a única mulher na casa a ter dormido com um homem.

Encontrei-a preparando café na cozinha.

— Mãe, não é o que você tá pensando. Juro.

Ela se virou com as mãos nos quadris.

— Tinha um garoto no seu quarto, na sua cama. O que eu deveria pensar?

— Pelo visto alguém dormiu com você também. — Ajeitei o filtro que ficara metade para fora da cafeteira.

— Eu sou adulta. Posso convidar quem quer que seja para a minha cama, mocinha.

Will, que havia nos seguido e parado junto à porta, riu.

— Preciso discordar. Espero ser o único que você convida para a sua cama.

— Eca — gemi, indo até a geladeira pegar o suco.

Minha mãe fitou o namorado com os olhos estreitados.

— É isso o que você faz nas minhas noites de plantão, Katy?

Suspirei.

— Não, mãe. Juro que não. A gente estava estudando… e pegamos no sono.

—Vocês estavam estudando no seu quarto? — Ela afastou uma mecha de cabelos desgrenhados do rosto. — Nunca precisei estabelecer regras com você antes, mas vejo agora que preciso.

LUX ❷ ÔNIX

— Mãe — gemi, olhando de relance para o Will. — Para com isso...

— Não quero garotos no seu quarto. De forma alguma. — Pegou a caixa de leite. — E não quero garotos dormindo aqui, em nenhum lugar da casa.

Sentei e tomei um gole do suco de laranja.

—Você pode parar de se referir a garotos no plural? Credo!

Ela se serviu de uma xícara de café.

— Blake vive aqui. E agora o Daemon. Portanto, sim, estou falando de garotos no plural.

Empertiguei-me, irritada.

— Nenhum dos dois é meu namorado.

—Você acha que isso faz com que eu me sinta melhor por ter encontrado um deles na *sua* cama? — Tomou um gole do café e enrugou o nariz como quem não havia gostado do sabor. — Querida, nunca precisei me preocupar com a possibilidade de você fazer alguma idiotice.

Levantei e entreguei a ela o açúcar.

— Não estou fazendo nenhuma idiotice. Não tem nada rolando com nenhum dos dois. Somos apenas amigos.

Ela ignorou a declaração.

— Não posso estar aqui o tempo todo, e preciso confiar em você. Por favor, diga que você está... se protegendo.

— Ai, meu Deus. Mãe, não estou transando com ninguém.

Pela sua expressão, ela não ficou totalmente convencida.

— Só se certifique de tomar cuidado. Você é muito jovem pra virar mãe.

— Ai, Deus do céu — sussurrei, escondendo o rosto atrás das mãos.

— Eu estou preocupada — continuou ela. — Primeiro foi o Daemon. Depois você começou a se encontrar com o Blake, e agora...

— Não estou saindo com nenhum dos dois — falei pelo que me pareceu a centésima vez.

—Vocês dois pareciam muito próximos. — Will apoiou o quadril na bancada, observando nós duas. —Você e o Daemon.

— Isso não é da sua conta — retruquei, zangada por ele estar presenciando uma conversa particular e profundamente constrangedora.

— Katy — rosnou minha mãe.

Will soltou uma gargalhada.

— Não. Está tudo bem, Kell. Ela tem razão. Não é da minha conta. Mas os dois parecem ter alguma história juntos.

Por um momento, o sorriso dele me lembrou o de outra pessoa. Falso. Plástico. Nancy Husher. Estremeci. Meu Deus, eu estava paranoica.

— Somos apenas amigos.

— Amigos que dormem de mãos dadas?

Olhei de relance para minha mãe, mas ela estava ocupada analisando o interior da xícara lascada. Sentindo-me absurdamente exposta, cruzei os braços diante do peito.

— Desculpa, mãe. Não quis te chatear. Não vai acontecer de novo.

— Espero que não. — Ela lavou a xícara, o cenho ainda ligeiramente franzido. — A última coisa de que eu preciso no momento é de um neto.

Chega de conversa. Apertei-me para passar pelo Will e segui para a sala. Credo, minha mãe achava que eu estava fazendo bebês. Até mesmo eu fiquei incomodada com a ideia.

Peguei minha mochila do chão e a arrastei até o sofá. Ao erguer os olhos, vi minha mãe e o Will no corredor. Ele sussurrou alguma coisa no ouvido dela, fazendo-a rir baixinho. Antes que eu pudesse desviar os olhos, Will a beijou... com o olhar fixo em mim.

❋ ❋ ❋

Horas se passaram e Will continuava lá — na minha casa. Não na dele. Será que todos os sábados de folga da minha mãe seriam assim? Observando os dois fazerem palavras cruzadas entre um beijo e outro? Tinha vontade de arrancar meus olhos das órbitas.

O modo como ele me fitava me dava a sensação de estar com milhares de baratinhas andando sob a pele. Devia ser paranoia, mas eu não conseguia me livrar do asco.

Dei uma rápida verificada no blog e descobri que tinha mais de vinte comentários na minha caixa de entrada. Curiosa com a súbita demonstração de amor, passei os olhos pelas mensagens. Algumas elogiavam os livros que eu havia mostrado. Outras o garoto sentado ao meu lado.

LUX 2 ÔNIX

Merda. Daemon sequestrara o meu blog.

Botei os fones de ouvido e selecionei algumas músicas para ouvir enquanto lia o dever de literatura inglesa. Tempos depois, mamãe apareceu. Tirei os fones, rezando para que não fôssemos ter outra conversa sobre sexo. Principalmente sabendo que o Will estava na cozinha, à vontade como se estivesse em casa.

— Querida, a Dee está aí fora. — Ela se aproximou e fechou o livro. — E, antes que você diga que está ocupada ou que vai sair com algum garoto, vá lá falar com ela.

Engoli o último pedaço já frio da minha Pop-Tart e franzi o cenho.

— Tuuudo bem…

Ela jogou os cabelos para trás.

— Você não pode passar o tempo todo estudando ou agarrada com o Blake ou seja lá quem for.

Seja lá quem for? Até parece que a minha lista de garotos era longa! Soltei um suspiro e me levantei. Antes de deixar a sala, peguei-a olhando para a árvore de Natal e me perguntei o que ela estaria pensando.

Dee me esperava na varanda, uma visão em branco. Levei alguns segundos para perceber que o suéter branco que ela estava usando se mesclava com o fundo. Nevava profusamente, tanto que mal dava para ver a fileira de árvores a poucos metros de distância.

— Oi — cumprimentei, meio sem graça.

Ela piscou e desviou os olhos imediatamente dos meus.

— Oi — respondeu, com um entusiasmo forçado. — Espero não estar te atrapalhando.

Recostei-me na porta.

— Bem, tinha acabado de começar o trabalho de literatura inglesa. Quero me livrar logo disso.

— Ah. — Seus lábios rosa fizeram um muxoxo. — Que pena, mas o trabalho vai ter que esperar. Você vai ao cinema comigo.

Recuei um passo. Com tudo o que estava acontecendo, todas as mentiras, não era fácil ficar perto da Dee.

— Talvez outra hora. Agora estou realmente ocupada. Que tal no fim de semana que vem? — Não esperei resposta. Comecei a fechar a porta.

· 287 ·

Dee lançou mão de sua supervelocidade e me impediu. Parecia uma pequena fada furiosa.

— Isso foi muito grosseiro, Katy.

Corei. Não podia negar, mas nem assim o gesto a mandara embora, é óbvio.

— Desculpa. É que estou atolada de trabalho pra fazer.

— Já entendi. — Ela abriu a porta um pouco mais. — Mas você vai ao cinema comigo e com o Adam.

— Dee...

— Não vou te deixar arrumar desculpa. — Ela me encarou, e pude ver a mágoa refletida em seus olhos. Engoli em seco e desviei os meus. — Sei que você e o Daemon estão... bem, seja lá o que for que esteja acontecendo entre vocês. Assim como sei que você tem esse negócio com o Blake, e que eu tenho passado muito tempo com o Adam, mas isso não significa que não podemos ser amigas.

Ela se balançava nos calcanhares, as mãos entrelaçadas debaixo do queixo.

—Vai calçar os sapatos, Katy, e vamos. Por favor. Tô com saudade de você. *Por favor.*

Como eu podia dizer não? Virei o corpo ligeiramente de lado e vi minha mãe parada na porta da cozinha. Sua expressão também era de súplica. Fiquei presa entre as duas, ambas ignorando o fato de que eu estava tentando me manter longe da Dee pelo próprio bem dela.

— Por favor — repetiu Dee.

Lembrei do Daemon me dizendo que eu estava sendo uma péssima amiga. Eu não queria isso, nem a Dee merecia. Portanto, concordei com um menear de cabeça.

—Vou pegar um pulôver e calçar os sapatos.

Dee deu um pulo e me envolveu num rápido abraço de urso.

— Eu te espero aqui.

Para o caso de eu tentar escapar sorrateiramente, pensei. Com um olhar incriminatório para minha mãe, peguei meu surrado pulôver de capuz nas costas da poltrona e calcei um par de botas de pele de carneiro falsificada que vinham até o joelho. Após meter algum dinheiro no bolso da calça jeans, saí ao encontro da fria tarde de dezembro.

LUX 2 ÔNIX

Uma camada de neve cobria o chão, deixando-o escorregadio. Dee passou deslizando por mim e correu para se lançar nos braços do Adam. Rindo, deu um beijo no topo da cabeça dele e, em seguida, se desvencilhou do abraço.

Parei um pouco afastada, as mãos no bolso dianteiro do pulôver.

— Oi, Adam.

Ele pareceu surpreso em me ver.

— Oi. Você vai com a gente mesmo?

Fiz que sim.

— Legal. — Olhou de relance para a Dee. — E quanto a...?

Ela contornou a frente do SUV do Adam, fuzilando o namorado com os olhos.

Acomodei-me no banco de trás.

— Você convidou mais alguém?

Dee prendeu o cinto e se virou para mim.

— Ahn, convidei, mas tá tudo bem. Você vai ver.

Assim que o Adam terminou de manobrar e saiu para a rua, senti o familiar arrepio quente na nuca. Incapaz de me conter, virei no banco, louca para vê-lo.

Daemon estava parado na varanda, só de jeans e com uma toalha pendurada no ombro, mesmo que estivesse frio demais ali fora. Impossível, mas eu podia jurar que nossos olhares se cruzaram. Continuei olhando até a casa sumir de vista, certa de que ele também esperaria até não conseguir mais ver o carro.

✷ ✷ ✷

Fiquei mais do que um pouco irritada ao descobrir *quem* a Dee tinha convidado. Ash Thompson nos esperava na porta do cinema. Ela me lançou seu tradicional olhar de superioridade e entrou na frente, conseguindo, de alguma forma, rebolar os quadris apertados num jeans skinny enquanto se equilibrava num salto dez sobre a calçada coberta de gelo.

Eu teria quebrado o pescoço.

Para minha sorte, acabei sentando entre ela e a Dee. Afundei na cadeira, dando o melhor de mim para ignorar a Ash enquanto esperávamos as luzes se apagarem e o filme começar.

— Quem foi que escolheu um filme de zumbis? — demandou ela, segurando um balde de pipoca maior do que sua cabeça. — Foi a Katy? Ela se parece um pouco com eles.

— Ha-ha — murmurei, olhando para a pipoca. Aposto como ela não tinha muita coisa entre as orelhas para alimentar um zumbi.

Do meu outro lado, Dee e Adam tinham feito a limpa no balcão de doces. Minha amiga mergulhou uma barra de chocolate num potinho de molho de queijo, me fazendo tapar a boca com a mão para não vomitar.

— Isso é nojento.

— Não é nada — retrucou ela, dando uma mordida no chocolate. — É o melhor de dois mundos. Chocolate e queijo, duas das coisas mais deliciosas do planeta.

— Eu sei — disse Ash, franzindo o nariz. — Mas vou ter que concordar com a morta-viva aqui. É nojento.

Franzi o cenho.

— Eu tô com uma cara tão ruim assim?

Ash disse "sim" ao mesmo tempo que Dee dizia "não". Cruzei os braços e apoiei os pés no assento vazio à minha frente.

— Deixa pra lá — murmurei.

— Então — interveio Adam, pronunciando a palavra de maneira arrastada —, as coisas entre você e o Blake estão indo bem?

Afundei ainda mais no assento, engolindo uma série de palavrões.

— Estão. Tudo ótimo.

Ash bufou.

— Bem, você tem passado muito tempo com ele. — Dee me fitou enquanto mergulhava outra barra de chocolate no molho de queijo. — Deve estar tudo ótimo mesmo.

— Olhe só, preciso ser honesta. — Ash jogou um grão de pipoca amanteigada na boca. — Você tinha o Daemon... o *Daemon*. E eu sei o quanto ele é delicioso. Confie em mim.

Fui tomada por uma súbita crise de ciúmes, tão forte que desejei enfiar o balde de pipocas goela abaixo da Ash.

LUX ❷ ÔNIX

— Tenho certeza de que sim.

Ela deu uma risadinha.

— De qualquer forma, não sei por que você prefere o *Blake* a ele. O garoto até que é bonitinho, mas não pode ser tão gostoso…

— Eca! — Dee franziu o rosto numa expressão de asco. — Será que podemos parar de falar sobre as características deliciosas do meu irmão ou qualquer outro assunto que vá me forçar a fazer anos de terapia? Obrigada.

Ash riu e sacudiu o balde de pipoca.

— É só uma opinião…

— Não dou a mínima para a sua opinião. — Peguei um punhado da pipoca dela só para vê-la estreitar os olhos. — Não quero falar sobre o Daemon. E, a propósito, Blake e eu não estamos namorando.

— Amizade colorida? — perguntou Adam.

Grunhi. Em que momento a saída se tornara uma discussão sobre a minha vida sexual inexistente?

— Não tem amizade colorida nenhuma.

Depois disso, eles pararam de me interrogar sobre o Daemon e o Blake. Na metade do filme, os três alienígenas se levantaram e voltaram com mais comida. Experimentei o chocolate com molho de queijo, que, como já esperava, era nojento. Mesmo obrigada a aturar a Ash, eu estava me divertindo. Enquanto assistia zumbi após zumbi comer as mais variadas partes dos humanos, esqueci de todos os meus problemas. As coisas pareciam normais. Saí do cinema sorrindo e brincando com a Dee. O sol já havia se posto, e o estacionamento estava imerso no brilho suave dos postes da rua e das luzinhas de Natal.

Dee e eu seguimos de braços dados, um pouco atrás da Ash e do Adam.

— Fico feliz que você tenha vindo — comentou ela baixinho. — Foi divertido.

— Foi mesmo. Eu… sinto muito por ter andado meio distante nos últimos tempos.

O vento soprou os cachos dela diante do rosto.

— Tá tudo… bem com você? Quero dizer, sei que muita coisa aconteceu desde que você se mudou pra cá. Fiquei com medo de que não

· 291 ·

quisesse mais ser minha amiga por causa do que eu sou e de tudo que isso implica.

— Não. De jeito nenhum. — Apressei-me em tranquilizá-la. — Por mim você podia ser uma lhamasomem. Você ainda é minha melhor amiga, Dee.

— Não tenho me sentido assim há tempos. — Ela me ofereceu um sorriso meio amarelo. — A propósito, o que é uma lhamasomem?

Eu ri.

— É uma mistura de lhama com humano, que nem lobisomem.

Dee franziu o nariz.

— Isso é bizarro.

— É mesmo.

Paramos diante do carro do Adam. Ash brincava com as chaves ao mesmo tempo que inspecionava as unhas. Começara a nevar de novo, cada floco maior do que o anterior. Fechei os olhos por um segundo e, ao reabri-los, a neve havia parado. Simples assim, num piscar de olhos.

[27]

Eu adorava o Natal quando meu pai era vivo. Éramos o tipo de gente que altera completamente os hábitos na manhã de Natal. Eu descia a escada ao nascer do sol e me sentava sozinha diante da árvore, esperando meus pais acordarem. Um ritual que só foi quebrado com a morte dele.

Nos últimos três anos, tinha preparado sozinha os bolinhos de canela, impregnando o ar com seu aroma adocicado. Esperava, então, minha mãe chegar em casa do trabalho para podermos abrir os presentes.

Mas esse ano seria diferente.

Quando acordei, senti imediatamente o cheiro de canela no ar. Will estava na sala, vestindo um roupão quadriculado e tomando café com a minha mãe. Ele tinha passado a noite lá. De novo. Ao me ver parada à porta, se levantou e veio me dar um abraço.

Congelei, com os braços pendendo de maneira inerte ao lado do corpo.

— Feliz Natal — disse ele, dando-me um tapinha nas costas.

Murmurei o mesmo de volta, ciente da minha mãe sentada no sofá com um sorriso radiante estampado no rosto. Abrimos os presentes, tal como costumávamos fazer com meu pai. Talvez tenha sido isso o que me fez ficar de mau humor o resto da manhã, me arrastando pela casa, determinada a arruinar o feriado.

Mamãe subiu para tomar um banho após mandar Will e eu prepararmos o jantar. Ele tirou um presunto do forno. Suas tentativas de puxar conversa foram amplamente ignoradas, até que tocou *naquele* assunto.

— Alguma outra visitinha noturna? — perguntou com um sorrisinho conspiratório e cheio de malícia.

Comecei a amassar as batatas com mais determinação ainda, imaginando se o médico estava tentando ser bacana apenas para que eu não atazanasse a cabeça da mamãe a respeito do relacionamento deles.

— Não.

—Você não me contaria nada mesmo que tivesse rolado, certo? — Ele soltou a luva de cozinha sobre a bancada e me encarou.

Para ser honesta, eu não via o Daemon desde sábado de manhã. Já fazia dois dias que não tinha notícias dele.

— Ele parece ser um bom garoto — continuou Will, pegando uma das facas que o Blake atirara na minha cabeça. — Só um pouco intenso, eu diria. — Fez uma pausa, erguendo a faca diante do rosto e arqueando ligeiramente as sobrancelhas. — Bom, o irmão também era.

Quase deixei a espátula cair.

— Tá falando do Dawson?

Ele anuiu.

— Ele era o mais sociável dos dois, mas tão intenso quanto. Agia como se o mundo fosse acabar a qualquer minuto e cada segundo precisasse ser vivido plenamente. Daemon nunca me deu essa impressão. Ele é um pouco mais reservado, não?

Reservado? Fiz menção de negar, mas, pensando bem, Daemon sempre fora um tanto… contido. Como se tentasse resguardar a parte mais importante de si mesmo.

Will deu uma risadinha enquanto fatiava o fumegante presunto.

— Eles sempre foram muito unidos. Acho que isso é normal entre trigêmeos. Veja os irmãos Thompson.

Meu pulso acelerou sem nenhum motivo aparente. Voltei a esmagar as batatas.

—Você parece conhecê-los muito bem.

LUX ❋2❋ ÔNIX

Ele deu de ombros e começou a arrumar as fatias em uma das sofisticadas travessas de porcelana da minha mãe que não via a luz do dia havia anos.

— Essa é uma cidade pequena. Conheço quase todo mundo aqui.

— Nenhum deles jamais mencionou você. — Botei a tigela com as batatas sobre a bancada e fui pegar o leite.

— Ficaria surpreso se tivessem. — Virou a cabeça ligeiramente para mim, sorrindo. — Acho que eles nem sabem que a Bethany era minha sobrinha.

A caixa de leite escorregou dos meus dedos, bateu na bancada e caiu no chão. O líquido branco e espumoso espalhou pelo piso. Continuei congelada no lugar. Bethany era sobrinha dele?

Will soltou a faca e pegou algumas toalhas de papel.

— Coisinha escorregadia, não?

Forcei-me a sair do transe e me agachei para pegar a caixa.

— Bethany era sua sobrinha?

— Era. Uma história muito triste. Tenho certeza de que já a escutou.

— Já. — Soltei o leite de volta sobre a bancada e o ajudei a limpar a sujeira. — Sinto muito sobre... o que aconteceu.

— Eu também. — Ele jogou as toalhas molhadas no lixo. — Minha irmã e o marido ficaram arrasados. Eles se mudaram há mais ou menos um mês. Acho que não aguentavam mais morar aqui, serem relembrados o tempo todo do sumiço da filha. Pouco depois, aquele garoto Cutters desapareceu, tal como aconteceu com a Bethany e o Dawson. É muito triste ver tantos jovens desaparecendo.

O Daemon e a Dee nunca tinham dito nada sobre o Will ser parente da Bethany, mas, por outro lado, eles não falavam muito dela. Incomodada pelo parentesco e a menção ao Simon, terminei de preparar as batatas em silêncio. Ele gostava delas à moda rústica, ou seja, com casca. Que nojo!

— Preciso que você entenda uma coisa, Katy. — Will entrelaçou os dedos. — Não estou tentando tomar o lugar do seu pai.

Fitei-o, surpresa pela súbita mudança de assunto.

Ele me fitou de volta, os olhos claros firmemente concentrados nos meus.

— Sei que é difícil perder um pai, mas não estou aqui para substituí-lo.

JENNIFER L. ARMENTROUT

Antes que eu pudesse responder, ele me deu um tapinha no ombro e saiu da cozinha. O presunto esfriava sobre a bancada. As batatas estavam prontas, assim como a caçarola de macarrão. Eu estivera faminta até então, mas a menção ao meu pai acabara com o meu apetite.

No fundo eu sabia que Will não estava tentando tomar o lugar dele. Nenhum homem jamais conseguiria substituir meu pai, mas mesmo assim senti duas lágrimas grandes rolarem pelo rosto. Eu tinha chorado muito no primeiro Natal sem ele, mas nos outros dois não. Talvez estivesse chorando agora porque era o primeiro feriado que passava com a mamãe e mais alguém que não o meu pai.

Ao me virar para sair, meu cotovelo bateu na tigela, fazendo-a girar e escorregar pela borda da bancada. Sem pensar, congelei-a para que todo o meu trabalho não acabasse espalhado pelo chão. Em seguida, peguei a tigela em pleno ar e a coloquei de volta sobre a bancada. Ao me virar de novo, captei uma sombra no corredor, bem perto da porta da cozinha. Com a respiração presa na garganta, escutei um som de passos mais pesados do que os da minha mãe atravessarem o corredor e começarem a subir a escada. *Will.*

Será que ele tinha me visto congelar a tigela?

Se tinha, por que não invadira a cozinha exigindo saber como eu havia feito isso?

✹ ✹ ✹

Quando acordei no dia seguinte, Will já havia desmontado a árvore. Só isso lhe garantiu alguns sérios pontos negativos. Que direito ele tinha? A árvore não era dele. Além disso, eu queria ter ficado com a bola verde, que agora estava guardada junto com o resto no sótão em que não me arriscava a entrar. Somando a isso minha crescente implicância com o sujeito, não era difícil imaginar que teríamos sérios problemas no futuro.

Será que ele tinha me visto congelar a tigela? Não fazia ideia. Seria coincidência que o tio da menina transformada numa humana híbrida, tal como eu, estivesse namorando a minha mãe? Pouco provável. No entanto,

· 296 ·

eu não tinha provas. E com quem poderia conversar sobre isso? Bom, *havia* uma pessoa.

Horas após minha mãe ter saído para trabalhar e momentos antes de eu decidir subir para o quarto, senti o familiar arrepio quente na nuca. Parei no meio do corredor e esperei com a respiração presa na garganta.

Escutei uma batida à porta.

Daemon estava na varanda com as mãos nos bolsos e um boné preto enterrado na cabeça escondendo a parte superior do rosto. O visual destacava aqueles lábios sensuais repuxados num sorrisinho meio de lado.

— Tá ocupada?

Fiz que não.

— Quer dar uma volta?

— Claro. Vou só pegar um casaco. — Fui correndo pegar minhas botas e o pulôver de capuz e, em seguida, voltei para junto dele. — O que você quer fazer, espionar o Vaughn?

— Na verdade, não. Descobri uma coisa. — Ele me conduziu até seu carro e esperou que ambos nos acomodássemos antes de continuar. — Mas, em primeiro lugar, como foi o Natal? Pensei em dar uma passadinha, mas vi que sua mãe estava em casa.

— Legal. Will passou o dia com a gente. Isso foi estranho. E o seu?

— Bacana. Dee quase ateou fogo na casa tentando preparar um peru. Fora isso, nada de mais. — Manobrou para sair da garagem. — Então, a história de sábado te trouxe muitos problemas?

Corei, grata pela escuridão.

— Tive que escutar um sermão sobre não transformar minha mãe numa avó. — Daemon riu e eu suspirei. — Agora serei obrigada a seguir regras, mas nada muito sério.

— Desculpa, foi mal. — Ele sorriu e me lançou um olhar de esguelha. — Não tive a intenção de pegar no sono.

— Não tem problema. Então, pra onde estamos indo? O que você descobriu?

— No domingo à noite, Vaughn passou em casa por uns dez minutos. Eu o segui até um dos armazéns de um complexo industrial que não é usado há anos, nos arredores de Petersburg. Ele ficou lá por algumas horas e depois foi embora, mas deixou dois oficiais de vigia. — Diminuiu a velocidade ao ver um cervo atravessar a estrada. — Eles estão mantendo alguma coisa lá.

Vibrei de entusiasmo.

—Você acha que a Bethany ou o Dawson podem estar lá?

Ele me lançou um olhar de esguelha, os lábios apertados numa linha fina.

— Não sei, mas preciso entrar pra ver e quero que alguém fique de olho enquanto eu estiver fazendo isso.

Concordei com um menear de cabeça, me sentindo útil.

— E se os dois oficiais ainda estiverem de vigia?

— Eles não estavam fazendo nada até o Vaughn aparecer. E ele está em casa agora. Com a Nancy. — Os lábios se curvaram num ligeiro sorriso. — Acho que tem alguma coisa rolando entre eles.

Que nem entre o Will e a minha mãe. Nojento. Pensar nisso me fez lembrar de algo que eu precisava perguntar.

—Você sabia que o namorado da minha mãe é tio da Bethany?

— Não. — Daemon ergueu as sobrancelhas, mas não desviou os olhos da estrada. — Nunca fiz questão de tentar conhecê-la melhor. Merda, nunca fiz questão de conhecer nenhuma garota humana.

Senti um estranho bater de asinhas na barriga.

—Você nunca saiu com uma humana?

— Sair, tipo, namorar? Não. — Lançou um rápido olhar em minha direção, parecendo decidir o que dizer. — Amizade colorida? Sim.

O bater de asas se transformou numa cobra de fogo serpenteando em minhas entranhas. Amizade colorida — o tipo de *amizade colorida* que todo mundo achava que existia entre mim e o Blake? Quis socar alguma coisa.

— De qualquer forma, não sabia que eles eram parentes.

Forcei-me a botar o ciúme de lado. Agora não era a hora.

— Não acha isso estranho? Quero dizer, ele é tio da Bethany, uma híbrida, que nem eu, e agora tá namorando a minha mãe. Sabemos que ela e o Dawson foram traídos por alguém.

— É meio estranho, mas como ele poderia ter sacado alguma coisa? O cara precisaria conhecer muito bem todo o processo de cura pra saber identificar os sinais.

—Talvez ele seja um espião.

LUX ❋ 2 ÔNIX

Daemon me fitou com um olhar penetrante, mas não disse nada. A possibilidade era perturbadora. Will podia estar usando a minha mãe para ficar de olho em mim. Ganhando aos poucos sua confiança, dormindo na cama dela... Eu ia matá-lo.

Passados alguns momentos, Daemon pigarreou para limpar a garganta.

— Andei pensando no que o Matthew disse... naquela história da fusão do DNA.

Todos os músculos do meu corpo tencionaram, mas mantive os olhos grudados à frente.

— E...?

— Conversei com ele depois e perguntei sobre a conexão, se ela induziria alguém a sentir qualquer coisa. Ele disse que não. Eu já sabia. Mas achei que você gostaria de ouvir isso.

Fechei os olhos e assenti. Claro, eu também já sabia. Cerrei os punhos. Quase contei como, mas mencionar o Blake apenas arruinaria o momento.

— E quanto ao lance de, se um morrer, o outro morre?

— O que é que tem? — retrucou ele, os olhos novamente na estrada. — Não há nada que a gente possa fazer a respeito a não ser evitar ser morto.

— Só que é mais do que isso — comentei, observando os picos nevados das montanhas pelas quais passávamos. — A gente tá realmente conectado. Você sabe, tipo, pra sempre...

— Eu sei — replicou ele baixinho.

Não havia mais nada que eu pudesse acrescentar.

Chegamos ao complexo industrial abandonado perto da meia-noite, tendo passado por ele primeiro para nos certificarmos de que não havia nenhum outro carro na área. Era um aglomerado de três prédios próximos a um campo coberto de neve. Um deles era uma construção térrea simples, de tijolos. Já o do meio possuía vários andares, e era grande o bastante para guardar um jato.

Daemon seguiu para os fundos de um dos prédios e estacionou entre dois grandes barracões que davam de frente para a única entrada. Virando-se para mim, desligou o motor.

— Preciso entrar naquele prédio. — Apontou para o mais alto. — E quero que você fique no carro enquanto faço isso. Além de não saber o que me aguarda lá dentro, preciso que alguém fique de olho na estrada.

· 299 ·

O medo retorceu minhas entranhas.

— E se tiver alguém lá dentro? Quero ir com você.

— Eu sei me cuidar. Você tem que ficar aqui, é mais seguro.

— Mas...

— Não, Katy, fique aqui. Me manda uma mensagem se vir alguém. — Estendeu o braço em direção à porta. — Por favor.

Sem opção, fiquei quieta enquanto Daemon saltava do carro. Virando-me no assento, observei-o desaparecer pela lateral da construção. Soltei a respiração que não percebera que estivera prendendo e me ajeitei novamente no banco, a fim de ficar de olho na estrada.

E se a Bethany estivesse lá dentro? Diabos, e se o *Dawson* estivesse lá? Não conseguia sequer imaginar o que isso significaria. Tudo mudaria de uma hora para outra. Esfregando as mãos, inclinei-me para a frente e fiquei observando a estrada. Não conseguia parar de pensar no Will. Se ele fosse um espião, então eu estava definitivamente ferrada. Havia uma boa chance de o Will ter me visto congelar a tigela. No entanto, se ele fosse de fato um espião, por que não entrara em contato com o DOD imediatamente?

Alguma coisa não se encaixava bem nessa teoria.

Minha respiração começou a formar pequenas nuvens de vapor no interior cada vez mais frio do carro. Tinham se passado apenas dez minutos, mas parecia uma eternidade. O que o Daemon estava fazendo lá? Passeando?

Mudei de posição, tentando me manter aquecida. De repente, vi o brilho de um par de faróis ao longe. Prendi a respiração.

Passa direto, por favor. Passa direto, por favor.

O veículo diminuiu ao se aproximar da entrada do complexo industrial. Meu coração acelerou ao perceber que se tratava de uma Expedition preta.

— Merda. — Pesquei o celular no bolso e mandei uma rápida mensagem para o Daemon. *Temos companhia.*

Vendo que ele não respondia nem saía do armazém, comecei a ficar nervosa. A Expedition sumiu de vista, provavelmente tendo ido estacionar diante do prédio. Virei-me no assento, apertando com tanta força o revestimento de couro que meus dedos doeram.

Nem sinal do Daemon.

Não ia deixar o medo nem o desejo absurdo dele de me manter em segurança me impedirem de ajudá-lo. Inspirei fundo, abri a porta do carro,

LUX ❋2❋ ÔNIX

saltei e a fechei com cuidado. Atendo-me às sombras, segui pé ante pé até o canto do prédio, passando por uma série de compartimentos trancados com cadeado. O prédio não possuía janelas, apenas uma pequena porta de aço que, após testar a maçaneta, percebi que também estava trancada. Havia algo incrustado no tijolo logo acima dela, alguma coisa redonda e brilhante sob o reflexo da lua, embora estivesse escuro demais para definir a cor. Com um olhar de relance por cima do ombro, reparei que os compartimentos fechados, perfeitos para grandes descarregamentos, também exibiam um objeto redondo incrustado neles.

Agachei e estiquei o pescoço para dar uma espiada pela lateral. O caminho estava livre. Não muito aliviada, continuei prosseguindo, grudada à parede. Vi outra porta um pouco mais à frente. Será que o Daemon tinha entrado por ela? Mordi o lábio e me aproximei dessa entrada.

Percebi um movimento pelo canto do olho. Prendendo a respiração, colei na parede do prédio enquanto dois homens vestidos de preto da cabeça aos pés se aproximavam pela frente, conversando baixinho. O brilho alaranjado de um cigarro rodopiou no ar e se apagou ao bater no chão.

Eu estava encurralada.

Um pavor profundo fez com que eu soltasse o ar tão rápido que fiquei tonta. Virei a cabeça de lado, os músculos travados. O mais alto dos dois — o fumante — ergueu os olhos. Soube imediatamente que ele tinha me visto.

— Ei! — gritou o fumante. —Você aí, parada!

Até parece. Forcei-me a desgrudar da parede e fugi correndo. Não consegui me afastar nem um metro antes que o sujeito gritasse de novo:

— Pare ou eu atiro!

Parei e levantei as mãos para o alto. Cada respiração arranhava dolorosamente o fundo da minha garganta. *Merda. Merda. Merda.*

— Mantenha as mãos no alto e vire devagar — ordenou o fumante. —Agora!

Fiz o que ele mandou e me virei. Eles estavam a alguns passos de distância, com suas pistolas pretas apontadas direto para mim. Estavam vestidos como paramilitares ou algum outro tipo de indumentária de combate. Jesus, em que enrascada o Daemon havia se metido?

— Fique onde está — disse o mais baixo, aproximando-se com cuidado. — O que você está fazendo aqui?

Fechei a boca e senti o fluxo de poder da Fonte espalhar-se por minhas veias, acionado pelo medo. Uma descarga de eletricidade começou a se formar sob minhas roupas, eriçando os pelos do meu corpo. O poder pedia para ser acessado, usado. No entanto, fazer isso seria expor quem eu era.

— O que você está fazendo aqui? — repetiu o mais baixo, agora a apenas um passo de distância.

— Eu... estou perdida. Estava procurando a interestadual.

O fumante olhou de relance para o companheiro.

— Mentira.

Meu coração batia com tanta força que dava a impressão de que ia pular do peito, mas me esforcei para manter a Fonte trancafiada.

— É sério. Estava rezando para que isso fosse um centro de informações ou algo do gênero. Acho que peguei a saída errada.

O que estava mais perto abaixou a arma um tiquinho.

— A estrada fica a vários quilômetros daqui. Você deve ter perambulado a esmo um bom tempo

Assenti com um menear de cabeça ansioso.

— Não sou da área. E todas as estradas e placas se parecem. Assim como as cidades — balbuciei, fingindo ser idiota. — Estava tentando chegar a Moorefield.

— Ela está mentindo — rosnou o fumante.

Qualquer fagulha de esperança que pudesse ter surgido se apagou de imediato. O fumante se aproximou, mantendo a arma apontada para mim. Estendeu uma das mãos e encostou a palma em meu rosto. Ela fedia a cigarros e desinfetante.

— Viu? — disse o mais baixo, guardando a arma de volta no coldre preso à coxa. — Ela só está perdida. Você está ficando paranoico. Vamos lá, querida, vá embora.

O fumante grunhiu e, ignorando o parceiro, encostou a mão na minha outra bochecha. Senti algo quente e afiado em sua palma. O medo fez meu coração acelerar. Seria uma faca?

— Eu estou perdida. Juro...

LUX ❷ ÔNIX

Uma fisgada abrasiva de dor se espalhou por meu rosto, desceu pelo pescoço e irradiou pelo ombro. Abri a boca para gritar, mas não saiu som algum.

A dor vinha em ondas. Minha visão começou a escurecer. Dobrei-me ao meio, quebrando o contato com o que quer que ele estivesse segurando.

— Meu Deus! — exclamou o mais baixo. — Você tem razão. Ela é um *deles*.

Caí de joelhos ao sentir a dor amainar, tornando-se apenas um pulsar dolorido em minha pele. Inspirei fundo e levei a mão ao rosto, esperando encontrar um talho profundo, mas a pele estava só ligeiramente quente.

— Eu te falei. — O fumante me agarrou pelo braço e me deu um puxão. Ergui a cabeça e senti a arma ser pressionada contra minha testa.

— O que tem aqui nesse cano pode fazer um grande estrago. Portanto é melhor pensar com cuidado antes de responder à próxima pergunta. Quem é você?

Eu estava sem palavras, paralisada pelo medo.

Ele me sacudiu.

— Responda.

— Eu...eu...

— O que está acontecendo aí? — perguntou outra voz, aproximando-se por trás dos dois.

O fumante deu um passo para o lado e, ao ver o Vaughn, meu coração foi parar nos pés.

— Encontramos a garota espionando — respondeu o sujeito, soando como se tivesse pescado o maior peixe do mundo. — Ela é um deles.

Vaughn franziu o cenho e chegou mais perto, soltando a respiração com tanta força que fez soprar o bigode.

— Bom trabalho. Deixem a garota comigo.

Eu não conseguia respirar. Vaughn tinha saído lá de dentro, onde o Daemon supostamente estava. Será que o agente havia pego meu vizinho e feito alguma coisa com ele? Se tivesse, a culpa era toda minha. Fora eu quem começara essa história contando a ele que tinha visto a Bethany. Eu podia não ter controle sobre o curso da pedra, mas tinha sido eu quem a empurrara pela lateral da montanha.

— Tem certeza? — perguntou o mais baixo.

· 303 ·

JENNIFER L. ARMENTROUT

Vaughn fez que sim. Estendendo a mão, me agarrou pelo outro braço e me suspendeu.

— Estou de olho nessa aqui faz tempo.

— As jaulas precisam ser reforçadas — comentou o fumante, soltando meu braço com relutância. — Levou um tempo para ela sentir o efeito. Você talvez queira aumentar a dose.

Jaulas? Engoli em seco.

O outro oficial me olhou de cima a baixo, os olhos estreitados.

— A gente não merece um prêmio por ter pego essa aí?

— Prêmio? — retrucou Vaughn em voz baixa.

O fumante riu.

— É, que nem com a outra. Ela foi uma recompensa e tanto. Husher não vai perceber nenhuma diferença se a gente não deixar vestígios.

Antes que meu cérebro pudesse entender o que ele estava querendo dizer, Vaughn me empurrou para o lado com tanta força que perdi o equilíbrio e caí sentada no chão. O agente ergueu uma das mãos. Pequenas faíscas irradiavam de seu braço, emitindo um brilho vermelho-esbranquiçado que foi lhe envolvendo o corpo até não restar nada além de luz.

Ofeguei, percebendo subitamente que o Vaughn era... o Daemon.

— Merda! — gritou o fumante, tentando pegar a arma. — É um truque!

Com a luz e o poder pulsando à sua volta, Daemon liberou a energia. Acertou primeiro o fumante, lançando-o alguns metros para trás. A luz, então, fez um arco e acertou o oficial mais baixo, o qual também foi lançado contra a lateral do prédio. Escutei um barulho nauseante de ossos se partindo e o sujeito despencou no chão, a pele e as roupas soltando fumaça. Ele estremeceu uma vez e, então, seu rosto virou... *cinzas*.

— Ai, meu Deus — sussurrei.

Uma leve brisa começou a soprar, envolvendo o homem e levantando pedacinhos dele no ar, os quais foram se desfazendo até não sobrar mais nada. O mesmo aconteceu com o fumante. Não restou nada dos dois.

A luz ofuscante perdeu intensidade e, quando olhei para o Daemon, ele já estava de volta à forma humana. Esperei que me passasse um sermão por não ter ficado no carro, mas ele simplesmente estendeu o braço e, com

delicadeza, me ajudou a levantar. O boné escondia-lhe os olhos, mas os lábios estavam pressionados num linha fina e implacável.

— Precisamos dar o fora daqui.

Concordei imediatamente.

[28]

e volta a minha casa, nos sentamos no sofá de pernas cruzadas, um de frente para o outro. Eu segurava uma caneca de chocolate quente que ele me entregara, mas não conseguia me aquecer. Ficava repassando mentalmente tudo o que acontecera, e como acabara com os oficiais virando cinzas. Lembrei dos vídeos sobre a bomba atômica lançada em Hiroshima. Da intensa explosão de calor que transformou as pessoas em cinzas e deixou suas sombras permanentemente impressas nas paredes dos prédios.

Tínhamos levado o carro deles para o meio da floresta, onde Daemon o fritara, queimando-o até não sobrar quase nada. Apagamos todo e qualquer vestígio de que havíamos estado lá, porém as pessoas acabariam dando por falta dos dois e começariam a fazer perguntas, principalmente os familiares. Porque eles tinham família.

O boné encontrava-se sobre a mesinha de centro, mas eu ainda não conseguia decifrar nada nos olhos do Daemon. Ele se mantivera em silêncio desde que havíamos saído do complexo industrial.

Apertei a caneca entre as mãos.

— Daemon… você tá bem?

Ele fez que sim.

LUX 2 ÔNIX

— Tô.

Tomei um gole do chocolate, observando-o por trás dos cílios.

— O que tem dentro do prédio?

Ele esfregou a nuca e fechou os olhos por alguns instantes.

— Nos dois primeiros aposentos, nada. Só material de escritório, mas a julgar pela quantidade de copinhos vazios de café e cinzeiros cheios, o lugar é bastante usado. Mais pra dentro, encontrei... jaulas. Cerca de dez, sendo que uma delas parecia ter sido usada recentemente.

Um forte enjoo revirou meu estômago.

— Você acha que eles estavam mantendo pessoas presas lá dentro?

— Você quer dizer Luxen? Acho. E talvez outros como você. — Soltou as mãos sobre o colo. — Percebi sangue seco numa das jaulas. Todas elas tinham correntes e algemas revestidas num material vermelho-escuro que eu nunca tinha visto antes.

— Vi algo semelhante do lado de fora do prédio, acima das portas. O objeto brilhava, e parecia preto, mas talvez fosse porque estava escuro. — Botei a caneca de lado. — O oficial que me pegou encostou algo em minha bochecha que doeu pra burro. Talvez seja a mesma coisa que você viu.

Seus lábios poéticos fizeram um muxoxo.

— Como está se sentindo agora?

— Perfeitamente bem. — Brandi a mão como quem descarta o assunto. — Viu mais alguma outra coisa?

— Não tive tempo de subir, mas fiquei com a sensação de que havia... algo mais lá em cima. — Ele se levantou com uma graça fluida e cruzou os braços atrás da cabeça. — Preciso voltar lá.

Meus olhos o seguiram.

— Daemon, é perigoso demais. As pessoas vão acabar dando por falta dos oficiais. Você não pode voltar lá.

Ele se virou e me encarou.

— Meu irmão pode estar preso naquele lugar, ou então posso descobrir alguma coisa que me leve até ele. Não posso simplesmente desistir porque é perigoso.

— Eu entendo. — Levantei também, crispando os punhos. — Mas como você vai poder ajudar o Dawson... ou a Dee... se for capturado?

Ele me fitou por um longo momento.

· 307 ·

— Preciso fazer alguma coisa.

— Eu sei, mas temos que pensar nisso direitinho, e não fazer que nem seus outros planos até agora. — Ignorei o brilho de irritação naqueles olhos cintilantes. — Você podia ter sido pego hoje à noite.

— Não estou preocupado comigo, Kat.

— Esse é o problema!

Seus olhos se estreitaram.

— Eu não teria te envolvido nisso se soubesse que você ia meter o rabo entre as pernas.

— Meter o rabo entre as pernas? — Os eventos da noite tinham acentuado tudo o que eu vinha sentindo, e eu estava a ponto de explodir, prestes a ter um colapso nervoso e ir me sentar num canto qualquer. Talvez me balançar para a frente e para trás nesse canto. — Fui *eu* que envolvi *você* nisso. Eu vi a Bethany.

— E eu concordei em te deixar ir comigo na primeira vez. — Correu uma das mãos pelos cabelos bagunçados e exalou o ar com força. — Se você tivesse ficado no carro, eu teria tido tempo de checar os outros andares.

Meu queixo caiu.

— Você teria sido encurralado lá dentro. Só saltei do carro porque você não respondeu à minha mensagem! Se eu não tivesse feito nada, nós dois estaríamos dentro de uma daquelas jaulas agora.

Ele corou e desviou os olhos.

— Certo. Nós dois estamos de cabeça quente no momento. É melhor deixarmos o assunto de lado por hoje. Vá descansar um pouco ou qualquer outra coisa.

Eu não queria deixar o assunto de lado, mas ele tinha razão. Cruzei os braços.

— Tudo bem.

Com um último olhar em minha direção, Daemon pegou o boné na mesinha de centro e se virou para ir embora, mas parou ao lado do sofá. Seus ombros tremeram e a voz saiu num sussurro:

— Eu nunca tinha matado um humano antes.

De repente, a irritação dele fez mais sentido. Não era só devido a uma sensação de impotência por não poder fazer nada. Senti uma vontade física de confortá-lo, de tocar nele. Estendi o braço e pousei a mão no dele.

· 308 ·

— Está tudo bem.

Daemon se desvencilhou da minha mão e me fitou com irritação.

— Não está tudo bem, *Katy*. Eu matei dois humanos. E não... por favor, não faça nada.

Encolhi-me, mais pelo uso do meu nome verdadeiro do que pela atitude. Daemon piscou e, em seguida, a porta da frente bateu. Corri ambas as mãos pelos cabelos e mordi o lábio com tanta força que senti um gosto metálico na boca.

Ele não ia voltar àquele armazém. Nem em um milhão de anos.

No entanto, não consegui convencer nem a mim mesma.

※ ※ ※

Não consegui pegar no sono com facilidade naquela noite, e passei a maior parte do dia seguinte tensa como uma corda de violão esticada demais. Ficava verificando sem parar a entrada de garagem da casa vizinha, a fim de me certificar de que o carro do Daemon continuava lá. Embora soubesse que ele podia lançar mão de sua velocidade alienígena para ir até o armazém, ver o carro me dava certo alívio.

Os dois dias seguintes do feriado de inverno passaram sem maiores incidentes. A maior parte do tempo eu esperava que uma equipe da SWAT invadisse minha casa a qualquer momento, exigindo saber o que acontecera com os dois oficiais. No entanto, nada aconteceu. No dia anterior à véspera do Ano-Novo, Dee apareceu.

— Gostou das minhas botas novas? — Ela estendeu uma das pernas esguias para mostrar a bota de couro preta que vinha até o joelho. O salto era assassino. — Foi o Daemon quem me deu.

— Elas são lindas. Que tamanho você calça?

Dee deu uma risadinha e meteu um pirulito de volta na boca.

— Certo, antes que você diga não, já chequei tudo com a Ash.

Franzi o cenho.

— Checou o quê?

— Ash vai dar uma pequena festa de Ano-Novo na casa dela. Uma reuniãozinha para poucas pessoas. Daemon vai.

— Ah, duvido que a Ash vá querer me ver na festa dela.

— Vai, sim. — Dee saltitava pela sala como uma borboleta capturada numa rede. — Ela prometeu não criar problemas. Acho que está começando a gostar de você.

— Como alguém gosta de uma urticária — murmurei. Observar a Dee me deixava tonta. — Não sei, não.

— Ah, vamos lá, Katy. Você pode convidar o Blake se quiser.

Fiz uma careta.

— De jeito nenhum.

Ela parou de supetão, o pirulito balançando entre os dedos.

— Vocês brigaram? — perguntou, esperançosa.

— Quer saber? Se estivéssemos namorando, ficaria chateada ao ver o quanto você parece feliz com essa possibilidade, mas já que *não* estamos, tudo bem.

Dee estreitou os olhos, desconfiada.

— Então o que tá rolando entre vocês?

— Nada. — Suspirei.

Ela chupou o pirulito por alguns segundos, os olhos fixos em mim.

— E também não tem nada rolando com o meu irmão, certo? Ele adora zanzar por aqui sem motivo.

Contraí os lábios.

— Dee...

— Ele é meu irmão, Katy. Eu o amo. E você é minha melhor amiga, mesmo que não tenha agido como uma ultimamente. — Ofereceu-me um rápido sorriso antes de continuar: — Eu fico dividida entre vocês. Sei que nenhum dos dois me colocou nessa posição, mas quero ver... vocês felizes.

Sentei no sofá e soltei um suspiro, imaginando como a conversa acabara se desviando para esse assunto.

— Dee, é realmente complicado.

— Não pode ser tão complicado assim — retrucou ela, parecendo a Lesa. — Vocês se gostam. Sei que o Daemon estaria assumindo um grande risco entrando num relacionamento com você, mas a escolha é dele. — Dee

LUX ❀2❀ ÔNIX

se sentou ao meu lado, o corpo vibrando de energia. — De qualquer forma, acho que vocês deveriam conversar ou... sei lá. Ceder logo a essa paixão mal resolvida.

Soltei uma gargalhada.

— Ai, meu Deus, você não tá falando sério, tá?

Ela deu uma risadinha.

— Então, você vai à festa com a gente amanhã à noite?

Por mais que eu quisesse conhecer a casa dos Thompson, que devia ser superbacana e sofisticada, continuava indecisa.

— Vou pensar no assunto.

— Promete? — Ela me deu uma leve cotovelada. — Eu ficaria muito feliz se você fosse.

Festejar com eles parecia uma ideia melhor do que o que eu havia planejado, ou seja, nada. Dee ficou mais um pouco e, então, pegou dois livros emprestados e foi embora. Por volta da hora do jantar, Will apareceu com comida chinesa. Não recusei a comida, embora não tenha me empenhado em tentar puxar conversa. Minha mãe praticamente flutuava pela cozinha, radiante por ter um namorado tão fenomenal.

Assim que eles saíram para o trabalho, passei o resto da tarde e o começo da noite lendo, terminando um livro que prometera resenhar para o blog e começando outro que não tinha programado ler. Ter tempo para os meus livros era legal e relaxante. Sentia como se estivesse resgatando meu velho eu. Não a Katy tímida, mas a que fazia o que queria porque isso lhe dava prazer.

Perto das dez, botei o livro de lado e pensei em dar uma verificada no Daemon. Será que ele pretendia voltar ao armazém sozinho? Provavelmente, sim. Tentando distrair a mente, entrei num dos sites de noticiário local a fim de ver se havia alguma menção aos dois oficiais desaparecidos. Vinha checando todas as noites, mas até agora não me deparara com nada.

Hoje, porém, foi diferente.

A manchete do *Charleston Gazette* dizia:

ESTÃO DESAPARECIDOS DOIS OFICIAIS DO DEPARTAMENTO
DE DEFESA. FORAM VISTOS PELA ÚLTIMA VEZ
PRÓXIMO A PETERSBURG.

JENNIFER L. ARMENTROUT

Prendi a respiração enquanto corria os olhos pelo artigo. *O oficial Robert McConnell e o oficial James Richardson foram vistos pela última vez perto de Petersburg, no dia 26 de dezembro. Desde então, ninguém teve notícias deles. As autoridades não revelaram a natureza de suas ações no Condado de Grant, mas estão pedindo a qualquer um que tenha visto os dois ou que saiba de alguma coisa para que entre em contato.*

Abaixo do artigo havia duas fotos. Reconheci-as imediatamente. Fechei o site e fiz outra busca. Em primeiro lugar, procurei por Nancy Husher via Google, mas não consegui nada. O fumante havia mencionado a agente pelo sobrenome, dizendo que ela não ficaria aborrecida se eles não... deixassem nenhum vestígio em mim.

Estremeci.

Achava que encontraria pelo menos algo relacionado ao DOD, mas a mulher não existia na internet. A busca seguinte foi sobre o namorado da minha mãe. Encontrei alguns sites listando os diversos prêmios que ele recebera da comunidade médica, mas nada falando de seu parentesco com a Bethany.

No entanto, vi algo que me deixou com um gosto amargo na boca.

A manchete de um dos artigos dizia:

MÉDICO LOCAL SUPERA A LEUCEMIA E PEDE AJUDA PARA
A CRIAÇÃO DE UM NOVO CENTRO DE TRATAMENTO
CONTRA O CÂNCER NO CONDADO DE GRANT.

Dei uma rápida olhada na matéria. Era sobre o Will. Havia uma foto dele, provavelmente tirada durante o tratamento, visto que reconheci aquela típica aparência cadavérica.

Não conseguia acreditar. Será que minha mãe sabia disso? Quero dizer, o câncer não era motivo para uma pessoa deixar de namorar alguém, mas depois de tudo o que ela havia passado com meu pai? Será que ela conseguiria passar por isso novamente se a doença voltasse?

E se por acaso ele não fosse um espião e eu começasse a gostar do sujeito, será que conseguiria lidar com isso de novo? Retornei à página de buscas, incapaz de tirar essa nova notícia da mente.

Fiz um intervalo para pegar uma xícara de chocolate quente e, em seguida, voltei para minha investigação amadora. Meus dedos pairaram sobre

LUX 2 ÔNIX

o teclado enquanto uma sensação de culpa me deixava com o rosto pegando fogo. Mas então, com um dar de ombros, digitei Blake Saunders no Google, dizendo a mim mesma que só queria dar uma olhada no antigo blog dele, que, por sinal, o surfista jamais me dissera o nome.

As primeiras entradas diziam respeito a algum atleta universitário, porém, mais perto do final da página, encontrei um artigo sobre o assassinato dos pais dele. Clicando no link, li o relato absurdamente triste sobre a morte dos pais e da irmã do Blake. O caso fora arquivado como latrocínio.

Encontrei mais uns dois artigos falando a mesma coisa e, então, o obituário dos pais, o que me levou ao site de uma funerária em Santa Monica, Sunny Acres. Quem diabos batizava uma funerária de Sunny Acres, ou Jardim Ensolarado? Com um balançar de cabeça, tomei um gole do chocolate e abri as fotos que o site tinha da família. O jovem Blake era uma gracinha, assim como a irmã. Senti o estômago revirar ao olhar para uma foto dos dois brincando num balanço. A garotinha era jovem demais; sua morte devia ter sido terrível. Pisquei para conter as lágrimas, comovida pela história de uma pessoa que nem sequer conhecera. É que isso simplesmente não era certo nem justo. A morte dificilmente era qualquer dessas coisas, porém isso... isso era muito errado.

Continuei passando pelas imagens até parar numa mais antiga do pai do Blake. Dava para ver a semelhança no sorriso fácil e nos olhos amendoados. O homem ao lado dele me pareceu estranhamente familiar. Ele compartilhava os mesmos traços que o pai do Blake, porém seu rosto era mais redondo. Algumas das fotos continham legendas, mas essa não. Ansiosa, verifiquei as duas seguintes, e parei em uma que parecia ter sido tirada durante uma reunião de família em algum feriado.

Aproximei o nariz da tela e botei a xícara de lado antes que a derrubasse no chão. Minha respiração ficou dolorosamente presa na garganta ao dar uma boa olhada no mesmo cara que estava na foto com o pai do Blake.

O homem estava com uma das mãos apoiada no ombro de um jovem Blake, sorrindo para a câmera por trás de um espesso bigode castanho-claro. A legenda abaixo dizia que se tratava de Brian Vaughn.

Com a mente dando voltas, cliquei de novo no obituário, procurando pelos familiares sobreviventes. Brian Vaughn era citado como um meio-irmão do falecido — do pai do Blake.

Minha risada de surpresa soou estrangulada. Levantei e corri os olhos em torno da sala em expectativa, embora não soubesse exatamente o que estava procurando. Eu estava chocada, lutando para controlar a crescente onda de raiva.

Blake era parente de um dos oficiais do DOD.

Que... coincidência!

Comecei a andar de um lado para outro da sala, soltando a respiração em fortes golfadas. Uma parte ilógica do meu cérebro tentava convencer a mim mesma de que era coincidência, de que se tratava de *outro* Brian Vaughn, por acaso parecido com o agente do DOD. Contudo, não podia me desvencilhar da dura realidade de ter sido enganada... atraída como um peixe direto para as mãos do DOD.

O parentesco dele com o oficial explicava como Blake sabia tanto sobre os Luxen e os humanos híbridos. E por que perguntara tantas vezes quem havia me curado. Explicava também suas atitudes cada vez mais impulsivas e perigosas durante os treinos. Eu nem mesmo sabia onde ele morava.

Mas sabia onde Vaughn morava.

Detive-me antes de sair correndo e pegar as chaves do carro. Eu não ia até a casa do Vaughn, de jeito nenhum. Fazer o quê? Arrombar o lugar? Isso era pior do que os tradicionais planos do Daemon.

Recostei nas almofadas e puxei os joelhos para junto do peito, dividida entre querer conversar com ele e deixar o assunto em banho-maria até saber com o que estava lidando. Será que eu fora enganada a esse ponto? De trabalhar esse tempo todo com alguém ligado ao DOD?

Fui invadida por um surto alternante de medo e raiva, o qual durou alguns minutos. Ele, então, cedeu, dando lugar a outro sentimento.

Meus olhos encontraram as chaves. Vaughn não ficava muito em casa, e Blake *tinha dito* que ia estar fora da cidade durante o feriado, visitando a família com o... *tio*. Seria a oportunidade perfeita para tentar encontrar alguma prova irrevogável de que ele estava trabalhando com o DOD.

— Merda! — Explodi, levantando num pulo.

A fúria se tornou uma entidade de carne e osso dentro de mim, colorindo tudo com uma luz branco-avermelhada. Parte dela era direcionada a mim mesma, porém a maior parte possuía um alvo. Blake estivera na *minha*

LUX 2 ÔNIX

casa, conversara com a *minha mãe*, ganhara a *minha confiança* e *me beijara*. Uma traição desse tipo deixava uma marca permanente na sua alma.

Daemon era a última pessoa que eu precisava ver no momento. Se Blake estivesse trabalhando com o DOD, era fundamental manter meu vizinho longe de tudo isso. Pelo menos até ter certeza de que ele não sairia correndo para fazer alguma idiotice ainda maior do que a que eu estava prestes a fazer.

Cansada de pensar, vesti meu pulôver de capuz. Em seguida, peguei as chaves do carro, o celular e saí de casa.

Eu já fizera um monte de coisas estúpidas na vida. Acariciar um filhote de porco-espinho tinha sido uma delas, assim como aparecer subitamente na frente de um caminhão em alta velocidade. Tinha até postado um manifesto totalmente sem sentido no blog uma vez, puta por causa da pirataria de livros.

Mas o que eu pretendia fazer agora provavelmente iria para o topo da lista.

Só que agora, ao pegar a estrada, as mãos apertando o volante com força, eu era uma pessoa completamente diferente. Podia dar uma surra em qualquer cretino caso fosse necessário, e não ia deixar Blake sair livre dessa.

Parei o carro a duas ruas de distância da casa do Vaughn e saltei ao encontro do ar gelado que cheirava a neve. Puxei o capuz para cobrir a cabeça, meti as mãos no bolso dianteiro do pulôver e segui para a casa do agente. A ironia de ter atazanado o Daemon por causa de sua ausência de planos não passou despercebida, porém agora eu entendia que, de vez em quando, certas situações pediam uma bem pensada idiotice.

Essa era uma delas.

Ao me aproximar pelos fundos, tive a impressão de que a casa estava vazia. Por sorte, as duas ao lado não eram muito grudadas. Uma exibia um cartaz indicando ter sido confiscada pelo governo por causa de atraso na hipoteca, e a outra estava totalmente às escuras. Uma neve fraca começou a cair enquanto eu seguia sorrateiramente até a frente. Minha respiração saía em nuvens de vapor.

Não havia nenhum carro na entrada da garagem.

Sabendo que isso não era garantia de que não houvesse ninguém lá dentro, ponderei sobre o que fazer. Não tinha vindo até ali para ficar olhando para a fachada da casa. Precisava entrar lá. Queria encontrar alguma prova que ligasse Blake ao Vaughn e ver se descobria algo acerca do paradeiro do Dawson e da Bethany.

Voltei para os fundos da casa e testei a porta. Como já esperava, estava trancada, mas lembrei que tanto o Daemon quanto o Blake tinham dito que as fechaduras eram fáceis de manipular. Deveria ser moleza.

Um alarme, entretanto, seria outra história.

Pressionando o corpo contra a porta, fechei os olhos e visualizei a fechadura. Uma corrente de eletricidade desceu pelos meus braços, passou pelas pontas dos dedos e penetrou a madeira. O clique da trava soou como uma bomba nuclear em meu cérebro.

Levei alguns instantes me preparando para o que poderia encontrar do outro lado da porta. Se houvesse alguém na casa, eu seria obrigada a me defender. A ideia de ferir uma pessoa, talvez até matar, me deixou enjoada, mas eu sabia que quem quer que estivesse lá dentro não pensaria duas vezes antes de me prender numa jaula.

Dizendo a mim mesma que conseguiria fazer isso, abri a porta e entrei cuidadosamente na cozinha. Uma luz acesa sobre o fogão proporcionava ao aposento uma suave iluminação. Fechei a porta e inspirei fundo. *Isso é loucura.* Prossegui pé ante pé, grata pelas solas finas das minhas botas.

Ao inferno com a antiga tímida Katy... eu agora era uma boa e velha gatuna.

Com as mãos crispadas sob as mangas do pulôver, atravessei o corredor. A sala de jantar estava vazia, exceto por um saco de dormir enrolado no chão. A sala de estar continha apenas dois sofás encostados nas paredes. Não havia TV. O lugar me fazia lembrar um showroom onde tudo é falso.

Ele me dava arrepios.

Prendendo a respiração, subi a escada lentamente. Nada naquela casa parecia real. Não havia cheiros de perfumes ou de restos de comida no ar. Ela cheirava a um local abandonado. Ao alcançar o primeiro andar, deparei--me com um banheiro que vinha sendo nitidamente usado. Havia xampu e condicionador sobre a pia, assim como gel e duas escovas de dentes.

Senti o estômago apertar ao sair do banheiro. Todos os quartos estavam com as portas abertas. Cada um deles continha somente uma cama e uma cômoda. Todos vazios.

LUX 2 ÔNIX

O último cômodo ao final do corredor parecia uma espécie de escritório. O único móvel era uma mesa posicionada bem no centro. Um monitor descansava sobre ela, mas não vi nenhuma torre. Aproximando-me da mesa, abri a gaveta do meio. Nada. Verifiquei, então, as gavetas laterais, frustrada ao perceber todas vazias. Por fim, escancarei a última.

— Bingo! — sussurrei.

Encontrei uma pasta grossa e pesada no fundo. Tirei-a com cuidado e a abri sobre a mesa. Eram fotos, centenas de fotos.

Ao vê-las, minhas mãos começaram a tremer. Fui passando de uma em uma, sentindo os ouvidos zumbirem.

Numa delas eu estava com uma camiseta de mangas curtas, saltando do carro na frente da escola. Havia várias tiradas do lado de fora do Smoke Hole Diner, de um ângulo que dava para ver Dee e a mim sentadas próximo à janela; outra da gente saindo pela porta, eu com o braço na tipoia e ela rindo. Diversas outras mostravam nós duas juntas: na escola, na *varanda da minha casa*, no carro dela. Havia até uma de nós duas abraçadas diante do FOOLAND, no dia em que eu a conhecera.

Havia fotos do Daemon também, os olhos estreitados e o rosto tenso enquanto dava a volta no próprio carro com as chaves na mão. Outra dele em pé na varanda, de jeans e sem camisa, diante de uma furiosa Katy parada nos degraus.

Peguei uma delas e a segurei sob o facho de luz que penetrava pela janela. Eu estava com o meu biquíni vermelho, parada na beira do lago. Meu rosto estava virado de lado e Daemon me observava, sorrindo — realmente sorrindo —, algo que me deixou totalmente surpresa. Naquela época, eu não fazia ideia de que ele era capaz de sorrir.

Soltei a foto como se ela queimasse meus dedos. O que, em um nível surreal, era verdade.

Havia muitas outras. Um registro quase diário de fotos, desde o momento em que eu me mudara para a cidade até poucos dias atrás. Fotos da minha mãe indo trabalhar; algumas dela com Will. Só não havia nenhuma do Blake comigo.

Mas a pior delas, a que quase me fez cair de joelhos, foi uma do Daemon me carregando de volta do lago na noite em que eu ficara doente. Ela era escura e granulada, mas dava para distinguir meu camisetão branco, o modo

· 317 ·

como meu braço pendia inerte, e o olhar de pura concentração do Daemon ao botar o pé no degrau da varanda.

Diabos, estariam eles me vigiando agora? Não podia pensar nisso.

Uma profunda sensação de invasão de privacidade me corroeu por dentro. Eles estavam nos vigiando desde o começo. Minha vontade era pegar todas aquelas fotos e queimá-las. Onde deveria haver medo, havia somente raiva. Quem dera a eles o direito de fazer uma coisa dessas? Com uma fúria tão potente que conseguia senti-la na boca, guardei as fotos de volta na pasta. Sabia que não podia levá-las. Devolvi, então, a pasta à gaveta, as mãos tremendo.

Ao fazer isso, percebi algo despontando pela quina do papel adesivo que revestia o fundo. Puxei-o com cuidado, revelando uma série de folhas de papel. A maioria era recibos; estranho que alguém quisesse esconder uma coisa dessas, considerando tudo. Havia também extratos bancários e comprovantes de transferência. Arregalei os olhos ao ver os montantes. De repente, reparei num pedacinho de papel com um endereço e as letras DB embaixo.

Dawson Black? Dee Black? Daemon Black?

Meti o papelzinho no bolso e colei o revestimento do fundo de volta com cuidado. Fechei, então, a gaveta e comecei a me levantar, sentindo-me anestesiada.

— O que você está fazendo aqui? — demandou uma voz.

[29]

o escutar a pergunta, meu coração veio parar na garganta. Dei um pulo, sentindo imediatamente a corrente de energia se espalhar por minha pele, mas, assim que botei os olhos na pessoa parada na soleira da porta, soltei o ar.

A luz da lua que incidia através da janela iluminou o rosto pálido e o corpo esguio da Bethany quando ela entrou no escritório, vestida com uma simples calça jeans e uma camiseta. Os cabelos sujos pendiam em mechas ensebadas.

— O que você está fazendo aqui?

— Bethany? — Minha voz soou como o coaxar de um sapo.

Ela inclinou a cabeça ligeiramente de lado.

— Katy? — A dela soou igualzinha à minha.

Surpresa por ela saber o meu nome, fitei-a fixamente.

— Como você sabe quem eu sou?

Um leve e estranho sorriso se desenhou em seus lábios.

— Todo mundo sabe quem você é — respondeu numa voz cantante que me fez lembrar a de uma criança. — E eu também.

Engoli em seco.

—Você está falando do DOD?

— Estou falando de qualquer um que esteja vigiando. Eles sempre sabem. E sempre torcem. Toda vez que algum de nós se aproxima. — Ela fez uma pausa, fechou os olhos e suspirou. — Eles torcem para que a gente se aproxime.

Ó céus, a garota era mais pancada do que aquele ovo maluco, Humpty Dumpty.

— Beth, o DOD está te mantendo presa?

— Presa? — Ela deu uma risadinha. — Nada mais consegue me prender. Ele sabe. Mesmo assim, vive indo atrás de mim. É quase como um jogo. Um jogo interminável onde não há vencedores. Vim até aqui… atrás da minha família. Mas eles não estão mais aqui.

Ela suspirou.

— Você não devia estar aqui. Eles vão te ver. E vão te capturar.

— Eu sei. — Esfreguei as palmas suadas na calça jeans. — Beth, nós podemos…

— Não confie nele — sussurrou, correndo os olhos ao redor do aposento. — Eu confiei. Confiei minha vida a ele, e veja o que aconteceu.

— Ele quem? Blake? — Não que eu precisasse de confirmação. — Olha só, você pode vir comigo. Nós a manteremos em segurança.

Ela se empertigou e fez que não.

— Ninguém pode me ajudar agora.

— A gente pode. — Dei um passo à frente e estendi a mão. — Nós podemos te ajudar, te proteger. Podemos pegar o Dawson de volta.

— Dawson? — repetiu ela, arregalando os olhos.

Fiz que sim, na esperança de ter dito a coisa certa para fazê-la me escutar.

— É, o Dawson! Sabemos que ele está vivo…

Bethany ergueu uma das mãos e uma rajada de vento condizente com um furacão acertou meu peito, me levantando do chão. Bati na parede com tanta força que podia jurar ter escutado o reboco rachar. E fiquei ali, suspensa a quase um metro do chão, os braços e as pernas grudados na parede.

Pelo visto, mencionar o Dawson não tinha sido a coisa certa a fazer.

Ela se moveu tão rápido que não consegui acompanhar. De repente, estava parada logo abaixo de mim. Os cabelos compridos e ensebados flutuavam ao redor da cabeça, fazendo-a parecer uma Medusa dos tempos modernos. Seus pés levitaram do chão ao mesmo tempo que o contorno do corpo perdia nitidez, engolido por uma luz azulada. Em questão de segundos, seus olhos estavam no mesmo nível que os meus.

Puta merda... eu nunca tinha visto o Blake fazer nada parecido.

— Não existe mais esperança pra mim — disse ela, deixando de lado a voz infantil. — Não sei nem se ainda existe esperança pra *você*. É melhor ir embora e arriscar suas chances com os Arum, ou você vai acabar como eu.

Um arrepio de medo percorreu minha espinha.

— Bethany...

— Escute com atenção. — Ela agora estava acima de mim, a cabeça curvada para não bater no teto abobadado. — *Todos* são mentirosos. O DOD? — Riu, uma risada alta e esganiçada. — O DOD não faz a menor ideia do que está para acontecer. Eles estão chegando.

— Sobre o que você está falando? — Tentei desgrudar a cabeça da parede, mas ela não me deixava mexer. — Beth, quem está chegando?

A luz azul a envolveu por completo.

— Você precisa ir. AGORA!

Despenquei subitamente, me estatelando no chão diante da porta com um grunhido alto. Coloquei-me de pé e me virei.

Bethany parecia um Luxen, exceto que a luz dela era azul e menos intensa. Ela flutuava junto ao teto, sua voz reverberando em meu cérebro. *Vá. Antes que seja tarde. Vá!*

Uma corrente de energia me empurrou para fora do escritório e ao longo do corredor. Bethany não estava me dando muita escolha. Ao alcançar o topo da escada, virei e tentei mais uma vez:

— Bethany, nós podemos...

Ela desceu deslizando pela parede e levantou as duas mãos. Antes que eu pudesse gritar, meu pé escorregou do primeiro degrau e eu caí de costas escada abaixo. Parei a menos de meio metro da plataforma do meio, quicando no ar como se estivesse presa por um elástico invisível.

Mas assim que as pontas dos meus pés encostaram no piso fui imediatamente liberada.

Vá, repetiu ela, com urgência na voz. *Afaste-se daqui.*

Eu fui.

JENNIFER L. ARMENTROUT

◆ ◆ ◆

Quando por fim girei a chave para ligar o sedã, minhas mãos estavam trêmulas e geladas. A neve caía de forma constante, cobrindo as ruas com um manto branco. Precisava chegar em casa antes que a situação piorasse. Meus pneus carecas não eram páreo para mais do que um ou dois centímetros de neve. E eu realmente não queria acabar atolada no meio da rua. Mantive a mente ocupada pensando nessas coisas. Precisava empurrar todo o resto para escanteio até chegar em casa e poder surtar em paz. O que eu tinha que fazer agora era me concentrar em dirigir sem sair da estrada e acabar batendo numa árvore.

Na metade do caminho, vi um par de faróis vindo na direção oposta, seguindo para o mesmo lugar de onde eu acabara de vir. Assim que o carro se aproximou, senti um arrepio quente na nuca. Os pneus do SUV guincharam com o cavalinho de pau que ele fez para se posicionar atrás de mim.

— Merda! — murmurei, olhando de relance para o relógio do painel. Era quase meia-noite.

Daemon me seguiu até em casa, ligando sem parar. Ignorei as ligações, concentrada em prosseguir em meio a uma visibilidade cada vez menor. Assim que estacionei na entrada da garagem, ele surgiu ao lado do carro e abriu a porta.

— De onde diabos você está vindo? — exigiu saber.

Saltei do carro.

— Para onde você estava indo?

Ele me fuzilou com os olhos.

—Tenho a impressão de que para o mesmo lugar de onde você estava voltando, mas estou tentando me convencer de que você não pode ser tão idiota.

Com uma expressão tão furiosa quanto a dele, segui para a varanda pisando duro.

— Bom, já que você estava indo até lá, acho que isso significa que é um idiota também.

LUX 2 ÔNIX

—Você foi realmente lá, não foi? — Ele entrou em casa atrás de mim, a voz transbordando incredulidade. — Por favor, me diz que não era lá que você estava. Que simplesmente saiu para dar uma volta de carro.

Lancei-lhe um olhar sem expressão por cima do ombro.

— Fui até a casa do Vaughn.

Ele me fitou por alguns momentos. Os flocos de neve tinham começado a derreter, deixando seu cabelo grudado no rosto.

—Você é louca.

Tirei o pulôver molhado e o joguei de lado. Com apenas uma camiseta de alça por baixo, minha pele ficou imediatamente arrepiada.

—Você também.

Seus lábios se retorceram numa careta.

— Sei cuidar de mim mesmo, gatinha.

— Eu também. — Joguei o cabelo para trás. — Não sou uma inútil, Daemon.

Ele ficou imóvel por alguns instantes, mas, então, um calafrio percorreu seu corpo. Um segundo depois, estava diante de mim, as mãos envolvendo meu rosto.

— Sei que você não é uma inútil, mas há coisas que eu posso fazer que você jamais ousaria. Coisas com as quais não conseguiria viver, mas eu sim. O que você faria se alguém tivesse te visto? O que *eu* faria se você fosse capturada ou…?

Daemon não terminou a frase, mas eu sabia o que ele queria dizer. Eu podia ter sido capturada ou coisa pior, e não era com a conexão que ele estava preocupado, com a possibilidade de morrer. Ele estava preocupado comigo.

Não sei por que fiz o que fiz. Talvez por tudo o que tinha acontecido naquela noite. Ou talvez tivesse sido o tom da voz dele — o medo por trás das palavras. Várias emoções se digladiavam dentro de mim. Eu me sentia escorregadia por dentro, oscilando numa direção e depois na outra.

Tomei o rosto dele entre as mãos. A pele estava quente, como sempre — parecia aquecida pela luz do sol. Ela vibrou suavemente sob minhas palmas. Inclinei-me ligeiramente para a frente, e Daemon não se mexeu… nem respirou. Tipo, nem uma leve inalação de ar. Saber que provocava essa reação nele fez com que eu me sentisse poderosa. Fechando os olhos, rocei os lábios de leve nos dele.

— Gatinha. — A palavra não foi mais do que um rosnado rouco.

Beijei-o com suavidade, deslizando as mãos por aqueles cabelos sedosos, deixando as mechas escorregarem por entre meus dedos. Senti nele o sabor do meu próprio desejo crescente, da minha própria necessidade, da dor em meu coração. Emocionante. Assustador. Recuei.

— Gatinha — repetiu ele numa voz contida. — Você não pode fazer uma coisa dessas e parar. Não é assim que funciona.

Fitei-o, sentindo o ar congelar nos pulmões.

— Não quando você é minha. — Ele me puxou de encontro a si e escorregou para o chão com as costas coladas na parede, colocando-me montada em seu colo. — E você é minha.

Apoiei as mãos em seus ombros ao mesmo tempo que ele reivindicava novamente minha boca. O beijo foi preguiçoso, exploratório... e sensual. Pela primeira vez, não lutei contra a ferocidade da minha resposta. Acolhi-a de braços abertos, enlevada pelo calor que se espalhava em ondas pelo meu corpo. *Eu* aprofundei o beijo. Daemon soltou um grunhido no fundo da garganta e passou os braços em volta de mim, me apertando com força.

Envolvi-o pelo pescoço e deixei meus dedos se enterrarem em seus cabelos. Não conseguia me saciar — nunca conseguia. Não lembrava de jamais ter sentido aquilo por nenhum outro garoto. Nem de ser beijada daquele jeito por ninguém. Não sei bem quanto tempo ficamos nos beijando, mas pareceu uma eternidade e, ao mesmo tempo, não o suficiente.

— Espera. Espera — arquejei, afastando-me ligeiramente. Fechei os olhos e inspirei fundo. — Preciso te contar algo importante.

As mãos dele se fecharam em meus quadris, me apertando ainda mais de encontro a si.

— Isso é importante.

— Eu sei. — Soltei um ofego ao sentir as mãos deslizarem por baixo da bainha da camiseta e roçarem a pele em torno das minhas costelas. — Mas é algo realmente importante. Encontrei uma coisa na casa do Vaughn.

Daemon enrijeceu e abriu os olhos. Eles cintilavam. Lindos. Meus.

— Você *entrou* na casa do Vaughn?

Fiz que sim.

— Entrei.

LUX 2 ÔNIX

—Você por acaso é uma criminosa de carreira? — perguntou baixinho. Ao me ver negar com um balançar de cabeça, seus lábios se curvaram num muxoxo. — Estou curioso pra saber como você conseguiu entrar na casa, gatinha.

Mordi o lábio e me preparei.

— Eu destranquei a porta.

— Com o quê?

— Do mesmo jeito que você.

Ele trincou o maxilar.

—Você não devia fazer uma coisa dessas.

Contorci-me, desconfortável. Ele me segurou com mais força. Se fôssemos começar a discutir sobre o que eu devia ou não fazer, não chegaríamos a lugar nenhum.

— Descobri algumas coisas. E também encontrei uma pessoa. —Tentei me levantar, mas seus braços me travaram no lugar. — Pode me soltar?

Ele me ofereceu um sorriso tenso.

— De jeito nenhum.

Suspirei e entrelacei as mãos no pequeno espaço que havia entre a gente.

— Eles têm nos vigiado, Daemon. Desde que me mudei para cá. — Pelo modo como os olhos dele faiscaram, pude perceber que as coisas só iam melhorar. Contei a ele sobre as fotos, os recibos e as transferências de dinheiro. — Mas isso não é tudo. A Bethany apareceu.

— O quê? — De repente, estávamos os dois de pé. Daemon recuou, obviamente precisando de espaço. — Ela te falou alguma coisa sobre o Dawson?

— Hum, bem, ela não… ela não reagiu muito bem ao escutar o nome dele.

Ele me fitou de modo frio e calculado.

— Explique.

— Bethany veio pra cima de mim como uma ninja alienígena. — Com calor, peguei um elástico de cabelo e fiz um rabo de cavalo. — Ela me jogou contra a parede.

Daemon ergueu as sobrancelhas, interessado.

Revirei os olhos.

· 325 ·

JENNIFER L. ARMENTROUT

— Não desse jeito, seu pervertido. Ela parecia uma mutante sob o efeito de anabolizantes. Chegou até a perder a forma humana e virar luz.

Ele esfregou o queixo.

— Ela te contou alguma coisa de útil?

Repeti tudo o que Bethany tinha dito, ressaltando o fato de que a maior parte não fazia o menor sentido.

— Acho que ela está meio pancada. Bethany surtou quando citei o Dawson. Não deu pra perguntar muito mais. Ela me jogou pra fora da casa.

— Merda — murmurou ele por entre os dentes, virando-se de costas. — Tirando espremer um dos oficiais do DOD, ela era minha última esperança de descobrir onde o Dawson pode estar.

— Encontrei mais uma coisa. — Enfiei a mão no bolso e pesquei o pedacinho de papel. — Isso.

Daemon o tirou da minha mão, arregalando os olhos.

— Você acha que DB pode significar Dawson Black? — perguntei.

— Acho. — Apertou o papel em sua mão. — Posso usar seu laptop? Quero verificar esse endereço.

— Claro. — Fui até a mesinha de centro, abri o computador e rapidamente fechei o site que estivera pesquisando. Não queria contar a ele sobre o potencial envolvimento do Blake naquilo tudo. Não enquanto sua expressão continuasse inacreditavelmente assustadora e sem saber ao certo até que ponto o surfista estava envolvido.

Daemon se sentou ao meu lado e rapidamente digitou o endereço no Google Maps. A tecnologia moderna era de arrepiar. Não só conseguimos o trajeto até a porta, como foi possível puxar a imagem via satélite e ver que se tratava de um prédio comercial em Moorefield.

Roí uma das unhas enquanto o observava anotar o percurso.

— Você pretende ir lá?

— Minha vontade era de ir agora, mas preciso examinar o local primeiro. Vou dar uma checada amanhã durante o dia e depois volto. — Daemon guardou o papel no bolso e se virou para mim. Dava para ver a esperança cintilando em seus olhos. — Obrigado, Kat.

— Eu estava te devendo uma, certo? — Esfreguei os braços, tremendo de frio. — Você já salvou minha pele diversas vezes.

· 326 ·

LUX ❷ ÔNIX

— E que pele deliciosa! Mas você se arriscou demais fazendo isso. — Estendeu o braço por trás de mim, pegou o cobertor e o colocou em meus ombros. Segurando as pontas, perscrutou meu rosto, o olhar intenso. — Por que fez isso?

Baixei os olhos.

— Estava pensando em tudo o que tem acontecido e quis ver o que havia lá.

— Foi uma ideia louca e perigosa, gatinha. Não quero que faça nada assim de novo. Prometa.

— Tudo bem.

Ele capturou meu queixo e me forçou a encará-lo.

— Prometa.

Meus ombros penderam.

— Não farei nada louco, tá bem? Prometo. Mas você tem que prometer a mesma coisa. Sei que não vai deixar o assunto de lado. Compreendo o motivo, mas você precisa tomar cuidado... e não pode sair sorrateiramente sem me chamar.

Ele me lançou um olhar irritado.

— Não era para você ter se envolvido.

— Mas me envolvi — insisti. — E não sou uma humana frágil, Daemon. Estamos nisso juntos.

— Juntos? — Ele ponderou um tempo sobre a palavra e, então, um lento sorriso se desenhou em seus lábios. — Combinado.

Ofereci-lhe outro, meio hesitante.

— Isso significa que quando você for checar o endereço, eu vou junto.

Ele assentiu com um repuxar de boca resignado. Conversamos sobre as fotos, e quanto o DOD devia saber sobre a gente. Daemon aceitou a invasão de privacidade muito melhor do que eu, mas isso porque já estava acostumado com o governo metendo o bedelho na vida dele.

— O que você acha que a Bethany quis dizer com "eles estão chegando"? — indaguei.

Ele estava com os braços abertos apoiados nas costas do sofá, a imagem do relaxamento e da arrogância preguiçosa, mas eu sabia o quanto estava tenso.

— Não sei.

— Talvez não signifique nada. Quero dizer, ela parecia meio fora de si.

Daemon apenas anuiu, os olhos fixos à frente. Vários segundos se passaram antes que dissesse:

— Não consigo deixar de imaginar como o meu irmão está agora. Será que ele tá assim? Meio fora de si? Não sei se conseguiria... lidar com isso.

Meu peito doeu ao escutar o desespero em sua voz. Não havia como prever o dia de amanhã, e as coisas entre nós estavam meio no ar, mas Daemon... Daemon precisava de mim.

Aproximei-me um pouco. Minha confiança estremeceu sob o olhar feroz que ele me lançou. Insisti, dando mais um passo e me aconchegando a ele de modo que minha cabeça repousasse em seu ombro. Ao escutá-lo inspirar fundo, fechei os olhos.

— Mesmo que ele esteja... fora de si, você vai dar um jeito de lidar com isso. Você consegue lidar com qualquer coisa. Não tenho dúvida.

— Não?

— Não.

Com um movimento lento, Daemon passou o braço em volta dos meus ombros e repousou o queixo no topo da minha cabeça.

— O que vamos fazer, gatinha?

Meus dedos dos pés enroscaram ao escutar o tom grave de sua voz.

— Não sei.

— Tenho algumas ideias.

Abri um sorriso.

— Aposto que sim.

— Quer escutar? Embora eu diria que sou melhor mostrando do que falando.

— Por algum motivo, acredito em você.

— Se tiver alguma dúvida, posso te dar uma amostra. — Ele fez uma pausa, mas pude ouvir o riso em sua voz. — Vocês, *bookaholics*, adoram uma amostra, certo?

Eu ri.

— Você andou lendo meu blog.

— Talvez. Como eu disse, preciso ficar de olho em você, gatinha.

[30]

Na manhã seguinte, Daemon e eu fomos examinar o prédio comercial em Moorefield. Achávamos que o lugar estaria deserto, levando em consideração que estávamos num período de recesso, mas o estacionamento estava lotado de veículos.

Enterrando o boné na cabeça, meu vizinho saltou do carro e foi dar uma olhada na sala do térreo. Voltou com um sorriso estampado no rosto e rapidamente nos tirou dali.

— Me pareceu ser um escritório de advocacia. E que conta com pelo menos mais dois outros andares. Ele fecha aos domingos, é claro, e também estará fechado no Ano-Novo. A má notícia é que o lugar é equipado com um sistema de alarme.

— Merda. Você consegue dar um jeito nisso?

— É só fritar o sistema. Se eu fizer isso rápido o bastante, não devo acionar o alarme. Mas isso não é tudo. Vi a mesma pedra vermelho-escura acima da entrada e das janelas. — O sorriso se ampliou. — Isso, porém, é uma coisa boa. O que quer que seja deve ter um significado.

Sem dúvida. Dawson podia estar lá agora mesmo.

— E se o lugar for vigiado?

Ele não respondeu.

Eu sabia o que isso queria dizer. Daemon faria qualquer coisa para resgatar o irmão. Algumas pessoas talvez pensassem que era errado, mas eu compreendia. Se fosse minha mãe ou outra pessoa importante, ninguém estaria seguro.

— Quando você pretende voltar?

Mais uma vez, silêncio. Sabia que ele não queria dizer porque estava planejando agir sozinho. Insisti o caminho todo de volta para casa, mas Daemon não cedeu.

— Então, você vai à festa da Ash? — perguntou ele, mudando de assunto.

— Não sei. — Comecei a brincar com o botão do suéter. — Não acredito que ela me queira lá, mas de volta ao...

— Eu quero você lá.

Olhei de relance para ele, o peito inflando até quase explodir. Uma forma deliciosamente gentil de desviar minha atenção do que eu queria falar.

Os olhos dele se fixaram em mim.

— Gatinha?

— Tudo bem, eu vou. — Desse jeito poderia ficar de olho nele, pois sabia que o Daemon não esperaria nem mais um dia para voltar e verificar o escritório. Pelo menos foi o que eu disse a mim mesma. O fato de ele me querer lá não diminuía a importância de ficar de olho *nele*.

A festa só começava às nove, mas ele pretendia ir mais cedo para ajudar o Adam com algumas coisas. Eu iria depois, com a Dee. Daemon deu uma piscadinha matreira e disse que se encarregaria de me trazer de volta no final.

Assim que entrei em casa, conversei um pouco com a minha mãe antes de ela sair para o trabalho. Ela pareceu ficar feliz ao saber que eu iria passar a noite de Ano-Novo com a Dee. Claro que deixei de fora a parte sobre o Daemon me trazer de volta para casa.

Peguei um livro que deixara sobre a bancada da cozinha e fui para o quarto relaxar um pouco. Por mais surpreendente que pudesse parecer, peguei no sono após ler umas vinte e cinco páginas do romance de fantasia urbana.

Algum tempo depois, acordei com o som da porta do meu quarto sendo fechada. Virei de lado e franzi o cenho enquanto meus olhos corriam

LUX **2** ÔNIX

da porta para a penteadeira, dela para o armário fechado, e dele para um imóvel e silencioso Blake.

Blake?

Sentei num pulo, mas numa explosão de velocidade assustadora ele saltou e agarrou meu braço. Senti as garras afiadas do medo em minhas entranhas. Afastei a mão dele com um safanão e me arrastei para a outra ponta da cama.

— Ei! Ei, acalme-se, Katy! — Ele deu a volta na cama, as mãos levantadas para o alto em sinal de rendição. — Não quis te assustar.

Com a pulsação a mil e o coração martelando com força, continuei recuando até encostar na escrivaninha. Vê-lo em meu quarto era inesperado e assustador.

— Como... como você entrou aqui?

Ele se encolheu e correu uma das mãos pelos cabelos espetados.

— Bati algumas vezes, mas você não respondeu. Então, eu meio que... entrei.

Da mesma forma como eu havia entrado na casa do Vaughn. Meus olhos se voltaram para a porta atrás dele. Não conseguia parar de pensar em quem era o tio do Blake; no quanto o surfista devia estar envolvido com o DOD... e no quão perigoso ele podia ser.

— Katy, desculpa. Não quis te assustar. — Ele se aproximou ligeiramente. Senti a eletricidade se espalhar por meus braços em resposta à possível ameaça. De alguma forma, ele também sentiu, pois seu rosto ficou lívido. — Qual é o lance? Eu não vou te machucar.

— Você já fez isso — rebati, engolindo em seco.

Ele pareceu ficar magoado e abaixou as mãos.

— Foi por isso que vim aqui assim que cheguei de viagem. Passei a semana inteira pensando no que aconteceu com o Arum, e sinto muito. Entendo por que você ficou chateada. — Fez uma pausa, a expressão contrita. — É por isso que estou aqui. Queria acertar as coisas com você.

Será que ele estava dizendo a verdade? Minhas mãos abriam e fechavam ao lado do corpo. Eu me sentia como um animal encurralado.

— Pelo visto entrar na sua casa desse jeito não foi uma boa ideia. — Blake sorriu. — Só queria conversar com você.

Obriguei-me a recuperar a calma.

· 331 ·

JENNIFER L. ARMENTROUT

—Tudo bem. Pode me dar alguns segundos?

Ele assentiu e saiu do quarto. Recostei na escrivaninha, tonta com a descarga de adrenalina. Blake não sabia que eu havia descoberto seu parentesco com o Vaughn, o que significava que eu estava em vantagem. E, se ele realmente estivesse trabalhando com o DOD, aí mesmo que eu precisava manter a calma. O surfista seria muito menos perigoso se achasse que eu continuava na ignorância.

Vesti rapidamente um par de jeans skinny com uma camiseta de gola alta. Enquanto descia, inspirei fundo algumas vezes. Blake esperava na sala, sentado no sofá. Mesmo sem vontade, ofereci-lhe um sorriso.

— Desculpa. Você me pegou de surpresa. Não gosto que ninguém... apareça no meu quarto daquele jeito.

— Compreensível. — Ele se levantou lentamente. Seu rosto continuava pálido, acentuando as olheiras. — Nunca mais faço isso, prometo.

Meus olhos recaíram sobre o laptop e, de repente, desejei ter apagado todo o histórico de buscas. Entrei na sala como se estivesse pisando em areia movediça. Não sabia como falar com ele, nem como encará-lo. Blake era um estranho para mim agora. Alguém que, por mais inofensivo que pudesse parecer, não era digno de confiança. Parte de mim queria descontar minha raiva nele, porém a outra parte desejava fugir correndo.

— Precisamos conversar — disse ele, parecendo constrangido. — Talvez seja melhor a gente sair para comer alguma coisa, que tal?

Minha desconfiança ficou ainda mais forte.

Ele riu, mas sem o menor traço de humor.

— Estava pensando no Smoke Hole Diner.

Hesitei, sem vontade de ir a lugar nenhum com ele. No entanto, também não queria ficar em casa sozinha com o surfista, o que significava que um local público provavelmente seria uma opção melhor. Olhei de relance para o relógio na parede. Eram quase sete horas.

— Preciso estar de volta em uma hora.

— Combinado. — Ele abriu um sorriso.

Calcei as botas e peguei meu celular. Continuava nevando, de modo que optamos por ir na caminhonete dele. Ao entrar, olhei de relance para a porta ao lado. O carro do Daemon não estava na garagem, nem o da Dee. Ela havia mencionado algo sobre comprar uma lembrancinha.

LUX ❷ ÔNIX

— Seu Natal foi bom? — perguntou ele, girando a chave na ignição.

— Foi, e o seu? — O cinto se recusava a correr, como sempre. Dei um puxão com força. — Fez alguma coisa interessante? — *Tipo participar de alguma missão secreta para o DOD?*

— Só passei um tempo com o meu tio. Um tédio.

Congelei diante da menção ao Vaughn, e o cinto escapou dos meus dedos, recolhendo-se de novo.

— Tá tudo bem, Katy?

— Tá — respondi, inspirando fundo. — Esse maldito cinto teima em travar. Não sei por que tenho tantos problemas com cintos de segurança, eles sempre me dão trabalho. — Puxei de novo, xingando por entre os dentes. Por fim, ele destravou e eu pude me virar. Meu olhar recaiu sobre o painel e, em seguida, o chão.

Alguma coisa brilhou sob a luz que vinha de fora, despontando da quina do tapete. Soltei o cinto e me curvei para pegar o objeto de metal do chão enquanto Blake acionava os limpadores de para-brisa para tirar a fina camada de neve que se acumulara sobre o vidro.

Olhei para o objeto azul e dourado, surpresa por ele me parecer tão familiar. Já o vira antes em alguém. Virei-o de cabeça para baixo para ver quem era o fabricante. Uma mancha alaranjada, semelhante a ferrugem, cobria parte do metal e das letras. Esfreguei-a com o dedo, revelando um nome gravado na pulseira. O choque foi tamanho que a ficha demorou a cair. Eu conhecia a pessoa a quem aquele relógio quebrado pertencia.

Simon... Simon Cutters...

Eu o vira usando-o antes. E... e o negócio alaranjado na pulseira não era ferrugem. Um violento calafrio percorreu meu corpo e meu estômago revirou. Era sangue. Provavelmente do Simon. Com o coração na garganta, apertei o relógio em minha mão, rezando para que o Blake não tivesse me visto pegá-lo.

Sem conseguir respirar, olhei de relance para ele.

Blake me fitava de volta. Seus olhos baixaram rapidamente para minha mão e voltaram a se concentrar nos meus. Enquanto o encarava, senti um medo profundo e visceral.

— Merda — murmurei.

Um ligeiro sorriso se desenhou nos lábios dele.

JENNIFER L. ARMENTROUT

— Que droga, Katy…

Girei no assento, estendendo a mão livre para a maçaneta. Abri a porta e tirei metade do corpo de dentro do carro antes que ele me agarrasse pelo braço.

— Katy! Espera! Eu posso explicar.

Não havia o que explicar. O relógio ensanguentado pertencia ao Simon — o mesmo Simon desaparecido. Acrescentando a isso todo o resto, eu precisava me mandar dali. Joguei o peso do corpo para fora, forçando-o a me soltar. Caí no chão, mas me levantei rapidamente e contornei correndo o capô da caminhonete.

Blake, porém, era rápido, e me alcançou antes que eu botasse o pé no primeiro degrau da varanda. Ele me agarrou pelos ombros e me virou. Aproveitei o movimento para desferir-lhe um soco, mas ele se desviou do golpe e segurou meus braços, prendendo-os ao lado do meu corpo num abraço de urso brutal.

— Me solta! — berrei, sabendo que ninguém iria me escutar. Tinha que sair daquela confusão sozinha. — Me solta, Blake!

— Eu posso explicar. — O surfista soltou um grunhido ao sentir a cotovelada que lhe dei no estômago, mas se manteve firme. — Não matei o Simon!

Continuei me debatendo, jogando o peso do corpo de um lado para outro. Claro que ele mentiria.

— Me solta!

—Você não entende.

Uma descarga de eletricidade se espalhou por minha pele em resposta à ameaça. Uma luz vermelha e branca enevoou os cantos da minha visão. Os olhos do Blake se arregalaram ligeiramente.

— Não faça isso, Katy.

— Me solta — rosnei, sentindo o quente espocar de relâmpagos em minhas veias.

— Não quero te machucar, mas farei isso se for preciso — avisou ele.

— Eu também. — E iria mesmo… tinha *poder* para tanto.

Blake me soltou com um leve empurrão. Minhas botas escorregaram no gelo, me fazendo brandir os braços de maneira frenética para não perder o equilíbrio. Ele, então, atacou. A explosão de luz azul me deixou cega.

· 334 ·

LUX ❷ ÔNIX

A dor reverberou por todo o meu cérebro, me rasgando por dentro, estraçalhando minha ligação com a Fonte. Soltei um grito ao mesmo tempo que sentia os joelhos cederem.

Ele me pegou antes que eu batesse no chão e me arrastou até a varanda.

— Eu te falei pra não fazer isso. Você não escutou.

Alguma coisa estava errada com a minha capacidade motora. Abri a boca, mas tudo o que saiu foram alguns suaves gemidos. Minhas pernas não funcionavam. Não conseguia sentir os pés. Senti um gosto metálico no fundo da boca; sangue escorria do meu nariz e, acredito, dos ouvidos também.

A porta se abriu e ele terminou de me arrastar para dentro de casa. Ela, então, se fechou com uma pancada tão forte que os quadros tremeram. Eu continuava tentando falar, mas tudo o que saía eram sílabas engroladas. O que ele tinha feito comigo?

— Isso vai passar — disse Blake, como que lendo a minha mente. — Dói, não é mesmo? Uma das primeiras coisas que eles nos ensinam é a controlar uma descarga concentrada da Fonte, que é a mesma sensação de ser alvejado por uma daquelas armas de choque em força total. Todo mundo precisa tomar um tiro, só para conhecer a sensação.

Ele me soltou no sofá e minha cabeça pendeu para o lado. Pisquei lentamente; o rosto dele saiu e entrou em foco, e então estabilizou. Blake me fitou de modo sombrio enquanto debruçava sobre mim e afastava algumas mechas de cabelo do meu rosto. Tentei afastar a mão dele com um safanão, mas meu braço se recusou a cooperar.

— Sei que você pode me ouvir. Isso vai passar, espera só uns dois minutos. — Ele se sentou e puxou minha perna que tinha ficado para fora do sofá. Posicionou-a ao lado da outra. Meu coração martelava enlouquecidamente; gemi.

Com um sacudir de cabeça, Blake meteu a mão no bolso da frente do meu jeans e tirou o celular. Segurou-o entre nós e deixou a Fonte faiscar em sua mão, fritando o frágil aparelho. Em seguida, soltou os restos mortais no chão.

— Agora, me escuta, Katy.

Fechei os olhos com força para conter as lágrimas. Blake tinha me imobilizado em meio minuto. E eu planejando treinar e lutar contra os Arum... contra o DOD? Era mesmo uma idiota!

· 335 ·

— Eu não matei o Simon. Não sei o que aconteceu com ele, mas você... *você* me deixou sem opção — disse, a voz grave. — Tive que limpar a sua sujeira, me certificar de que você não acabasse se expondo antes que eles decidissem o que queriam fazer contigo. Se não tivesse explodido aquelas janelas na frente dele, Simon ainda estaria perambulando por aí, sonhando com a faculdade. Você não me deixou escolha.

— Mentira — grunhi, horrorizada com o que estava escutando.

— É verdade! Ele teria contado pra todo mundo!

—Você... você é louco! Não precisava ter matado o Simon!

—Você não está escutando! — gritou Blake, correndo os dedos pelo cabelo, os olhos traindo a irritação. — Depois que saí da festa, fiquei um tempo perambulando pela área, e vi quando ele foi embora após você ter explodido as janelas. Eu o segui até em casa. Simon estava tão bêbado que vomitou no meio da rua. Ele estava surtando, de modo que precisei entregá-lo. Não sei o que fizeram com ele.

—Tinha... tinha sangue no relógio dele.

— Simon lutou comigo, mas ainda estava vivo na última vez em que o vi.

Mas aqueles que descobriam a verdade sobre os Luxen acabavam *desaparecendo*. Simon... ele não ia voltar. De repente, a casa pareceu abafada demais. Meu peito subia e descia, mas eu não conseguia respirar. Fitei-o, os olhos marejados.

— Preste atenção, Katy. Isso é mais sério do que você imagina. — Envolveu minhas bochechas, forçando-me a encará-lo. —Você não faz ideia de quem está metido nisso, das mentiras, do que essas pessoas são capazes de fazer por poder. Eu *não* tive escolha.

Podia sentir minhas forças retornando gradativamente. Mais alguns momentos...

—Você mentiu pra mim.

— Nem tudo foi mentira! — Seus dedos se enterraram dolorosamente em minha pele, deixando-a roxa, até que soltei um grito estrangulado. Blake inspirou com dificuldade. — Quer saber? Não era para ter sido assim. Eu devia ter te preparado, me certificado de que você era uma cobaia viável. E então te entregado. Se eu não fizer isso, eles irão matar o Chris. Não posso... não vou deixar isso acontecer.

LUX ✷2 ÔNIX

Chris? Minhas células cerebrais deviam ter sido danificadas, porque levei um tempo para me lembrar de quem era Chris.

— Seu amigo… o que te curou?

Blake fechou os olhos e anuiu.

— Eles estão com ele. E se eu não me comportar, irão machucá-lo. Irão matá-lo. Não posso permitir que isso aconteça. Não por causa das consequências para mim. Eu sei… *sei* que, se ele morrer, eu morro. Mas há coisas piores do que…

Eles sabiam que um não podia sobreviver sem o outro. Ai, meu Deus, eles sabiam. O valor de um conhecimento desses era incalculável.

— Sei que você entende a força dessa conexão. — Blake abriu os olhos. — Você se recusa a me dizer quem te curou, mas faria qualquer coisa pra proteger esse Luxen, não é? Qualquer coisa. Chris… ele é a única família que eu tenho de verdade, o único que me restou. Não dou a mínima para o que eles possam fazer comigo, mas com ele?

Enquanto o fitava no fundo dos olhos, senti brotar uma leve simpatia pelo surfista. Se o DOD estava com o Chris, usando-o para forçar Blake a fazer o que fosse, então ele estava encurralado. Tudo pareceu ficar subitamente claro. Estariam o Dawson e a Bethany na mesma situação?

Mas havia algo mais. Blake e eu tínhamos uma coisa em comum. Ele faria o que fosse preciso pelo Chris. E eu pelo Daemon.

Com uma explosão de energia, comecei a me debater, tentando tirá-lo de cima de mim. Blake capturou minhas mãos e me puxou do sofá. Caí de lado, e fiquei subitamente sem ar. Ele me virou e montou em meus quadris, prendendo meus pulsos acima da minha cabeça.

Seu peso me mantinha esmagada de encontro ao chão.

— Eu não queria fazer isso. Nunca quis me meter nessa história.

Agarrei-me à raiva que fervilhava dentro de mim, sabendo que se cedesse ao medo — ou pior, à compaixão —, eu estaria acabada.

— Fazer o quê, exatamente? Mentir pra mim? Trabalhar pro DOD… pro seu tio?

Ele piscou.

— Você sabe sobre o Brian? Desde quando?

Não dei a ele o benefício de uma resposta.

Blake apertou tanto meus pulsos que senti os ossos se roçando.

— Responda!

—Vi o obituário dos seus pais! E somei dois mais dois.

— Quando? — Ele me sacudiu, fazendo minha cabeça bater no chão. — Há quanto tempo você sabe? Pra quem você contou?

— Ninguém! — gritei, tonta a ponto de desmaiar. — Não contei pra ninguém.

Ele apenas me fitou por alguns segundos e, então, diminuiu o aperto em meus pulsos.

— Espero que não, para o bem da pessoa. As coisas são mais sérias do que você imagina. Nem tudo o que eu te contei é mentira. O DOD realmente está atrás de humanos como a gente. Esse é seu principal objetivo. — Afrouxou o aperto mais um pouco, mas eu ainda podia sentir seu peso me esmagando. — Sei o que você está fazendo, Katy. Não tente acessar a Fonte. Sou mais forte do que você. Da próxima vez, você não irá se recuperar tão rápido. Vou te machucar de verdade.

— Sei disso — cuspi.

— Gosto de você. Gosto mesmo. Gostaria que as coisas pudessem ser diferentes. Você não faz ideia do quanto eu gostaria que tudo fosse diferente, Katy. — Fechou os olhos rapidamente e, ao reabri-los, eles estavam marejados de lágrimas. — Tudo o que te contei sobre o meu amigo é verdade, mas eu cresci sabendo da existência dos Luxen. Meu pai era engenheiro genético, e trabalhava em parceria com o DOD. Já o meu tio, bem, você sabe quem ele é. Não tenho nem certeza se o acidente que me transformou não foi planejado. — Soltou uma risada sombria. — Eles sabiam que Chris e eu éramos muito unidos, portanto talvez já esperassem que ele me curasse. E os Arum realmente encontraram minha família. Isso não foi mentira.

— Mas e o resto? Você mentiu sobre todo o resto.

— Minha família se foi, Katy. Tudo o que eu tinha era meu tio. Eles me treinaram e, como sou jovem, me enviaram para áreas onde desconfiavam que pudesse haver humanos híbridos com mais ou menos a minha idade.

— Ai, meu Deus... — Eu estava enjoada. E queria que ele saísse de cima de mim. Queria que fosse embora. — Então é isso o que você faz? Anda por aí fingindo ser amigo das pessoas? Entregando-as para o governo?

— Meu trabalho é descobrir se elas são passíveis de serem salvas.

LUX 2 ÔNIX

— Salvas? — sussurrei, sabendo o que ele queria dizer. — Se não puderem, então elas são eliminadas.

Ele assentiu.

— Ou pior, Katy… Há coisas piores do que a morte.

Estremeci. Agora eu entendia sua obsessão em querer que eu controlasse a Fonte, as atitudes cada vez mais arriscadas.

— Fui mandado para verificar se você conseguiria controlar a Fonte. Se poderia vir a ser útil para o DOD ou uma ameaça. Mas eles já sabiam sobre você há tempos, vinham te vigiando, seguindo de perto sua relação com os Black. Escutei dizer que até planejaram os ataques dos Arum, na esperança de que um dos Black te salvasse e te curasse.

Arquejei. Tudo o que acontecera comigo fora uma espécie de *experimento*? E se eu tivesse morrido?

— E se nenhum deles tivesse sobrevivido ao ataque dos Arum para me curar?

Blake riu.

— O que é menos um Luxen neste mundo para esse pessoal? Mas, quando eles desconfiaram de que você tinha sido curada, mexeram os pauzinhos e eu entrei em cena. — Abaixou a cabeça e murmurou: — Eles querem saber qual deles foi o responsável pela cura. Sem joguinhos. Nem subterfúgios. Você vai ter que contar.

Meu coração apertou.

— Jamais vou dizer.

Um sorriso triste se desenhou em seus lábios.

— Ah, vai, sim. Eles têm meios de te fazer falar. Já suspeitam de alguém. Eu diria que foi o Daemon. É bastante óbvio, mas eles querem provas. E se você se recusar a cooperar, encontrarão uma maneira de te obrigar. — O sorriso desapareceu e os olhos se tornaram mais escuros e assombrados. — Assim como encontraram uma maneira de me obrigar a ajudar.

Engoli em seco, incomodada pela dor que podia ver nos olhos dele.

— Foi o que aconteceu com a Bethany e o Dawson?

Ele baixou as pestanas e assentiu.

— E tem mais, Katy. Você… você não faz ideia… mas não importa. Você provavelmente irá encontrá-lo em pouco tempo. Tudo o que eu preciso é dar um telefonema para avisar a Nancy e o tio Brian. Ela vai ficar

· 339 ·

felicíssima. — Ele soltou uma risada amargurada. —Tio Brian estava mantendo a querida Nancy no escuro. Ela não faz ideia de como você evoluiu. Eles vão te levar embora. Mas você será bem cuidada… desde que se comporte.Você só precisa se comportar.

Por um momento, meu cérebro esvaziou e o pânico substituiu toda e qualquer calma que eu conseguira reunir. Debati-me feito uma desesperada, mas ele me manteve presa com facilidade.

— Sinto muito — murmurou numa voz rouca, e Deus do céu, realmente acreditei. — Mas, se eu não fizer isso, eles irão machucar o Chris e não posso… — Engoliu em seco dolorosamente.

A essa altura, meu medo já não conhecia mais limites. Blake não tinha escolha. Era a vida dele e a do amigo ou a minha. Não, não, isso não era verdade. Ele tinha escolha, porque eu jamais entregaria outra pessoa em prol da minha própria sobrevivência.

Mas, e pela do Daemon?

Senti o coração pesar e soube a resposta para essa pergunta. Nem tudo era preto ou branco… estava diante de uma gigantesca área cinzenta sobre a qual não queria pensar no momento.

— Não.Você tem escolha — insisti. — Pode lutar contra eles. Escapar! Nós podemos encontrar um meio de libertar…

— Nós? — Ele riu de novo. — *Nós* quem, Katy? Daemon? Dee?Você e eu? Diabos, mesmo que todos tentássemos ir contra o DOD, seria um desastre. E você acha que os Black iriam querer me ajudar? Sabendo que eu trabalho para as pessoas que capturaram o irmão deles?

Meu estômago revirou.

— Ainda assim, você tem escolha. Não precisa fazer isso. Por favor, Blake, você não precisa fazer isso.

Ele desviou os olhos, trincando o maxilar.

— Preciso, sim. E, um dia, você vai se ver na mesma posição. Nesse dia irá entender.

— Não. — Neguei com um sacudir de cabeça. — Eu nunca faria isso com ninguém. Descobriria outro jeito.

Seus olhos se fixaram nos meus. Estavam vazios, sem expressão.

—Você vai ver.

— Blake…

LUX ❷ ÔNIX

Uma batida à porta interrompeu minhas palavras. Meu coração triplicou o ritmo das batidas, e Blake congelou em cima de mim, os olhos estreitados, a respiração pesada. Tapou minha boca com uma das mãos.

— Katy? — chamou Dee. — Está na hora da Fes-Ta. Anda logo! Adam está esperando a gente no carro.

— O que ela está fazendo aqui? — perguntou ele numa voz sussurrada.

Tremi, fitando-o com os olhos arregalados. Como eu poderia responder com a mão dele em minha boca?

Dee bateu de novo.

— Katy, sei que você está aí. Abre a porta!

— Diga que você mudou de ideia. — Sua mão pressionou minha boca com mais força ainda. — Diga ou eu juro por Deus que vou botar sua amiga em órbita na Via Láctea. Não quero fazer isso, mas farei se for preciso.

Assenti e, com cuidado, ele tirou a mão e me colocou de pé. Empurrou-me para fora da sala, em direção à porta.

— Anda logo — choramingou Dee. — Você sequer atendeu o telefone. Diz pro Blake que a gente tem que ir. Sei que ele está aí. A caminhonete dele está parada na frente da sua casa. — Deu uma risadinha. — Oi, Blake.

Pisquei para conter as lágrimas.

— Mudei de ideia.

— *O quê?*

— Mudei de ideia — repeti através da porta fechada. — Não quero sair hoje. Quero ficar em casa.

Por favor, implorei em silêncio. *Por favor, vá embora.* Não quero te arrastar para essa confusão. Por favor.

Fez-se uma longa pausa e, então, Dee bateu com mais força.

— Não seja chata, Katy. Você vai à festa comigo. Abre logo essa maldita porta!

Blake me fitou com irritação. Eu sabia que Dee arrombaria a porta se fosse preciso. Inspirei fundo e abafei um soluço rouco, arranhado.

— Não quero ir à festa com você! Na verdade, não quero mais sair com você, Dee! Vai embora e me deixa em paz.

— Maldição — murmurou Blake.

— Katy…? — retrucou Dee numa voz rouca. — O que está acontecendo? Essa… essa não parece você.

· 341 ·

JENNIFER L. ARMENTROUT

Pressionei a testa na porta. Lágrimas rolavam por minhas bochechas.

— Mas sou eu, sim. É por isso que tenho te evitado, sacou? Não quero mais ser sua amiga. Então, por favor, vai embora e me deixa em paz. Vai encher o saco de outra pessoa. Não tenho tempo pra isso.

Escutamos o som dos saltos da Dee descendo os degraus da varanda. Blake foi até a janela e a observou entrar no carro do Adam. Ao escutar o guincho dos pneus, marchou de volta até onde eu estava e me agarrou pelo braço. Ele me puxou até a sala e me forçou a sentar no sofá.

— Ela vai superar — disse, tirando o celular do bolso.

— Não — murmurei, observando-o digitar alguma coisa. — Não vai.

Ao ver Blake distraído com o telefone, percebi que essa seria minha única chance. Acessei a Fonte, sem a menor dúvida do que pretendia fazer a seguir, nem por um segundo. Meu senso de moral fora subjugado pelo ódio. Tudo se misturara agora. Não havia mais certo ou errado.

Um vento raivoso começou a soprar pela casa. Os quadros pendurados no corredor tremeram e caíram, espatifando-se no chão. Armários chacoalharam; portas se abriram e pilhas de livros desmoronaram.

Blake se virou para mim e abaixou o telefone, os olhos extasiados.

—Você é realmente fantástica.

Meu cabelo flutuava à minha volta e meus dedos doíam com a energia que crepitava por todo o meu ser. Senti as pontas dos pés levitarem do chão.

Ele fechou o telefone e estendeu a mão. O vento que eu conjurara se voltou contra mim, lançando-me contra a parede. Chocada, lutei contra a força que me prendia, mas tal como acontecera com a Bethany, não consegui rompê-la.

—Você não foi completamente treinada. — Blake se aproximou, sorrindo maliciosamente. — Seu potencial é enorme, não me entenda mal, mas você não pode me derrotar.

— Foda-se! — rosnei.

— Até que não seria má ideia. — Ele puxou a mão de volta, e tive a sensação de que tinha sido amarrada com uma corda invisível. Contra a minha vontade, meu corpo flutuou em direção a ele, e fiquei suspensa ali, brandindo pés e mãos no ar. — Pode se cansar. Não vai fazer diferença.

— Eu vou te matar — prometi, dando boas-vindas à fúria que crescia dentro de mim.

LUX 2 ÔNIX

—Você não tem esse instinto dentro de você. — Fez uma pausa e inclinou a cabeça ligeiramente de lado. — Pelo menos, não ainda.

O telefone vibrou, e ele o abriu com um sorriso.

—Tio Brian está a caminho. Já estamos quase acabando aqui.

Gritei, a energia pulsando ao meu redor. Minha visão nublou mais uma vez, e pude *sentir* cada célula do meu corpo se aquecendo. A raiva alimentava a parte alienígena que havia em mim, dando-lhe forças. Foquei-a no Blake.

Ele recuou, erguendo as sobrancelhas.

— Dê o melhor de si. Vou devolver qualquer coisa que você me mandar.

Uma janela explodiu no segundo andar, um som reverberante e inesperado. Levantei a cabeça ao mesmo tempo que Blake se virava. Dois feixes de luz desceram zunindo pela escada, se dividiram e investiram contra o surfista. O menor e menos ofuscante parou antes de alcançá-lo.

A luz piscou e, em seu lugar, surgiu Dee, me fitando de boca aberta.

—Você... você está brilhando!

O outro feixe de luz se chocou contra o Blake, lançando-o alguns metros para trás. Virei e me agachei. Com um rugido, Blake empurrou a luz para longe e começou a brilhar também, tal como acontecera com a Bethany. Uma luz azul intensa o envolveu à medida que ele recuava e liberava sua própria explosão de energia.

Dee se lançou à frente, assumindo novamente sua forma alienígena ao tentar agarrar Adam pelo braço. A explosão de energia acertou os dois, fazendo-os congelar. Ambos reassumiram a forma humana por um segundo. Um fio iridescente de luz escorria do nariz e do canto da boca da Dee.

Dei alguns passos cambaleantes, gritando o nome dela. Blake me agarrou por trás e me jogou no chão.

Ela foi a primeira a cair. Piscava sem parar, o corpo inerte e os olhos fechados. Lutando para me desvencilhar do Blake, consegui me erguer nos cotovelos. Gritei mais uma vez, mas a voz não pareceu a minha.

Adam... ele estava muito pior. Um rio de luz escorria de sua boca, dos olhos e dos ouvidos. Sua forma humana tremulou. Gotas de um líquido ofuscante pingavam no chão. Ele parecia envolvido pela luz, mas ela piscava de maneira errática. Adam deu um passo à frente e ergueu uma das mãos.

— Não! — gritei.

· 343 ·

Blake se afastou de mim ligeiramente e o acertou com outra explosão de energia.

Ele despencou no chão.

O surfista me pegou pela nuca e pressionou meu rosto contra o piso de madeira, o joelho no meio das minhas costas.

— Merda — xingou numa voz rouca. — Merda!

Eu não conseguia respirar.

— Eu não... eu não queria que isso acontecesse — disse, debruçado sobre mim. Apoiou a cabeça em meu ombro e estremeceu. — Ó céus, eu não queria machucar ninguém. — Ergueu novamente a cabeça, trêmulo, e soltou uma risada engasgada. — Bom, pelo menos agora sei que nenhum dos dois te curou. Tenho certeza de que ambos estão mortos.

[31]

A última vez em que eu havia chorado tanto foi quando o enfermeiro me forçou a sair do quarto durante os momentos finais do meu pai. Seus derradeiros suspiros não tinham sido uma cena bonita de se ver.

— Ela não está morta — disse Blake, parecendo aliviado. — Dee ainda está viva.

Meu rosto estava sujo de sangue e lágrimas. Os soluços travavam minha garganta, me impedindo de falar. Dee estava viva, ainda que sua vida estivesse por um fio. Sua luz continuava piscando suavemente, porém Adam... Ó céus. A luz do Adam tornara-se opaca, tão fraca quanto uma lâmpada prestes a queimar. Dava para ver o contorno de suas mãos e pernas. O rosto também estava razoavelmente nítido, assim como o resto do corpo. Era como observar uma casca humana pálida e translúcida. Uma malha de veias prateadas sobressaía sob a casca semitransparente. A imagem me remeteu a uma caravela.

Adam estava morto.

Meus soluços baixos arranhavam minha garganta, deixando-a tão em carne viva que eu mal conseguia respirar. Tudo isso era culpa minha. Eu tinha confiado no Blake, mesmo com o Daemon praticamente me implorando para não fazer isso. E tinha me tornado amiga da Dee. Ela desconfiara de que havia algo errado porque *ela me conhecia*. Eu não havia matado o Adam, mas o conduzira direto para a morte. Ele morrera tentando me proteger.

— Shhh — murmurou Blake, me suspendendo do chão e me virando para ele. — Você precisa se acalmar. — Passou as costas da mão pela minha bochecha para limpar as lágrimas. — Senão vai acabar ficando doente.

— Não me toque — gemi, afastando-me dele. — Não... chegue... perto... de... mim.

Ele se agachou e ficou me observando seguir para junto da Dee. Eu queria ajudá-la, mas não sabia como. Meu olhar recaiu rapidamente sobre o Adam, e minha respiração ficou entalada na garganta. Sem saber o que fazer, posicionei-me de modo que ela não conseguisse vê-lo. Era tudo o que eu podia fazer.

Menos de cinco minutos depois, escutei a porta de um carro batendo lá fora. Blake se levantou com um movimento fluido e veio marchando em minha direção. Apoiou uma das mãos em meu ombro ao mesmo tempo que seu celular emitia um bipe. Estremeci, sabendo o que me esperava atrás da porta.

O que eu não esperava, porém, foi o calor que irradiou da obsidiana em meu pescoço. Ergui a cabeça.

— Arum...

Os dedos dele se enterraram em minha pele.

— Fique parada.

Meu Deus... baixei os olhos rapidamente para a Dee. Ela estava vulnerável, uma presa fácil. A porta se abriu. Passos pesados ressoaram no corredor, e a obsidiana esquentou ainda mais. Com as mãos trêmulas, soltei a pedra do engaste.

Vaughn foi o primeiro a entrar na sala. Suas sobrancelhas se ergueram ao ver a cena ao meu lado.

— O que aconteceu aqui, Blake?

Senti o surfista enrijecer, mas mantive os olhos pregados nos dois Arum atrás do Brian. Um deles era o tal Residon, e o outro se parecia muito com ele. Seus olhos gananciosos e descobertos se voltaram imediatamente para a Dee. Virei, sentindo os pelos da nuca arrepiar.

LUX 2 ÔNIX

— Eles apareceram de surpresa. Fui obrigado a lutar, caso contrário eles teriam me matado. Não tive escolha. — Blake pigarreou para limpar a garganta, parecendo confuso ao continuar: — Cadê a Nancy?

— Isso não tem nada a ver com ela. —Vaughn esfregou a sobrancelha com um dos dedos compridos. — Você vive dizendo isso, Blake. Sempre existe uma escolha. Mas sei que você não é muito bom em fazê-las. — Virou-se para os Arum. — Levem o morto.Vejam se conseguem arrancar algo dele.

— O morto? — Residon bufou. — Queremos a que ainda está viva.

— Não. — Minha voz soou rouca, arranhada. — Não! Eles não podem ficar com nenhum dos dois.Vocês não vão tocá-los.

Residon riu.

Vaughn se ajoelhou diante de mim e, assim de perto, pude perceber a semelhança.

—Você tem duas opções. Pode vir conosco por livre e espontânea vontade ou eu entrego os dois para meus camaradas aqui. Entendeu?

Meus olhos se voltaram para os Arum.

— Quero os dois fora daqui primeiro.

— Está tentando negociar? — Ele riu e olhou de relance para o sobrinho. —Viu? É isso o que alguém faz quando se confronta com uma situação inesperada.

Blake desviou os olhos, trincando o maxilar.

— O que você quis dizer com isso não ter nada a ver com a Nancy?

— O que você escutou.

Um calafrio percorreu o corpo já tenso do surfista.

— Se nós não a entregarmos, eles irão matar...

— Eu tenho cara de quem liga? Jura? — O agente riu e se levantou, voltando a atenção novamente para mim. Abriu o paletó, deixando a arma à mostra. — Residon, leve o morto. Livre-se dele.

Levar o corpo do Adam, para que a Ash e o Andrew tivessem que encarar a mesma coisa que o Daemon e a Dee? Sem corpo. Sem desfecho. Meu cérebro desligou. A tristeza e a impotência deram lugar a algo mais antigo, primevo. Não exatamente de origem alienígena, mas uma combinação entre orgânico e estrangeiro. Suguei o ar com força, mas, de repente, havia... *mais*. As partículas à nossa volta — os diminutos átomos, pequenos demais

· 347 ·

para serem vistos a olho nu, porém poderosos — se acenderam como se dançassem no ar e então congelaram. Como milhares de estrelas reluzentes, elas irradiavam um branco ofuscante.

Inspirei de novo, e as partículas vieram em minha direção como se fossem estrelas cadentes. Elas pareciam se juntar, entremeando-se, cercando meu corpo e o dos meus amigos no chão. Permaneci imóvel, sentindo-as envolver minha pele e penetrá-la até se fundirem às minhas células. Meu corpo inteiro aqueceu, esquentando ainda mais a retumbante onda de emoções que já fervilhava dentro de mim.

Não se tratava mais somente da Katy. Alguma coisa — alguém — se movia dentro de mim. A segunda parte, a que fora dividida meses antes, na noite de Halloween, havia retornado.

Os Arum foram os primeiros a sentir. Ambos assumiram imediatamente sua forma verdadeira: sombras densas, altas e imponentes, mais escuras do que o céu da meia-noite. Eles iam morrer.

— Não a matem — gritou Vaughn, sacando a arma e a apontando para mim. — Agora, preste atenção, garotinha, não faça nada impulsivo. Pense bem.

Ele também ia morrer.

Blake recuou alguns passos, os olhos dardejando entre mim e o tio.

— Jesus...

No fundo da mente, eu sabia que havia alguma coisa alimentando esse poder — um *ser* de fora. Tal como na noite na clareira. Essa coisa dentro de mim estava se fundindo completamente com a minha outra metade. Levitei, não mais os enxergando numa gama de cores diferentes, mas somente em branco, com nuanças de vermelho.

— Merda — murmurou o agente. O dedo tremeu no gatilho. — Não me obrigue a fazer isso, Katy. Você vale muito dinheiro.

Dinheiro? O que isso tinha a ver com dinheiro? Não importa, já passara do ponto de querer saber. Acolhi de braços abertos aquela arrebatadora sensação. Minha visão mudou, parecendo pulsar em meio a uma cortina de névoa. Inclinei a cabeça ligeiramente de lado. A eletricidade impregnava o ar, devorando o oxigênio. Blake soltou um ofego e caiu de joelhos.

LUX 2 ÔNIX

Os Arum giraram nos calcanhares e partiram correndo para a porta, os braços em forma de tentáculos negros estendidos à frente, derrubando a mobília e arrancando os quadros das paredes. Eles quase a alcançaram.

— Indo embora? Tão cedo? — disse uma voz grave e furiosa. — Estou ofendido.

Daemon assumiu sua forma verdadeira e derrubou o primeiro Arum com uma bola de energia seguida de outra... e mais outra. O ser das sombras se partiu em milhões de pedacinhos que flutuaram no ar até desaparecerem por completo antes de alcançar o teto.

Puxei Residon, o que quisera a Dee, de volta para mim. Ele ficou preso entre nós dois, como uma bola de pingue-pongue. Minha luz pulsava. A do Daemon faiscava.

Residon rugiu.

O que aconteceu aqui?, a voz do Daemon murmurou em minha mente.

Contei a ele tudo sobre Blake e o tio enquanto lutávamos com Residon, minando-lhe as forças. De repente, um movimento captou minha atenção. Vaughn estava tentando abrir a janela. Ao ver que não conseguia, pegou uma luminária de chão e a brandiu em direção ao vidro.

Congelei a luminária e a arranquei das mãos dele. Vaughn se virou e passou correndo por trás do Daemon. Em meio ao caos, Blake de alguma forma escapara para o jardim. Daemon e Residon saíram também, ao mesmo tempo que outras três formas invadiam minha casa. Escutei um uivo desesperado que me cortou feito uma faca e me fez sangrar por dentro. Seguiu-se um estalo e, então, um dos gigantescos carvalhos desabou próximo à entrada da garagem.

Ash estava em sua forma humana, ajoelhada ao lado do corpo inerte do irmão, puxando-o para seu colo. Com a cabeça inclinada para trás e a boca aberta, ela chorava e uivava. Ao seu lado, Dee começou a se mover, recuperando gradativamente as forças. Eu sabia que em pouco tempo seu choro se juntaria ao da Ash.

Vaughn? Blake? Eles não iam escapar livres dessa. Saí da sala como que deslizando, meus pés tocando o chão, mas sem conseguir sentir os passos. Cruzei com Matthew no instante em que ele entrava no aposento e, segundos depois, escutei um grito que me partiu o coração.

· 349 ·

Daemon brilhava com uma intensidade que eu jamais vira. Uma luz profundamente branca e concentrada, debruada de vermelho, que descia correndo a entrada de garagem atrás de uma massa de sombras. Ele reluzia tanto que ergui o braço diante dos olhos para protegê-los. Lembrei dos oficiais do DOD que tinham sido transformados em cinzas... e pensei mais uma vez numa bomba atômica.

A luz era intensa a esse ponto.

A bola de energia liberada por ele acertou Residon, lançando-o em espirais pelo ar. Suspenso, o Arum oscilou entre a forma original e a humana, até que congelou, com a metade superior de um homem e a inferior nada além de fumaça.

E, então, com um estalo mais parecido com o retumbar de um trovão, explodiu em mil pedaços.

A neve começou a cair com mais força.

Pelo canto do olho, vi Vaughn sair de trás do meu carro — onde estivera se *escondendo*. Empunhando a arma, correu em direção à sua própria Expedition ao mesmo tempo que Blake partia em disparada para a floresta.

Antes que eu pudesse sequer me mover, Daemon estendeu um braço de luz e a Expedition voou pelos ares numa série de piruetas, expondo o agente. Ela caiu de cabeça para baixo, provocando uma explosão de vidro e um ruído arranhado de metal se retorcendo.

Congelei, maravilhada com tamanha demonstração de poder.

Daemon, então, investiu contra Blake e o agarrou pela garganta. Meio segundo depois, já em sua forma humana, porém não menos assustadora e poderosa, pressionava o garoto contra o capô do meu carro.

—Você não faz ideia de como isso vai doer — rosnou ele, os olhos parecendo duas órbitas de luz branca. — Vou retribuir cada hematoma que você deixou na Kat com dez vezes mais intensidade. — Ergueu Blake do capô. Os pés do surfista balançavam no ar. — E vou adorar cada segundo.

Foi então que Vaughn resolveu intervir. Ele deu um passo à frente e ergueu a arma.

— Daemon! — gritei.

O agente puxou o gatilho. Uma. Duas. Três vezes.

LUX 2 ÔNIX

Meu vizinho apenas virou a cabeça e sorriu — sorriu mesmo. E as balas... elas pararam a centímetros do rosto dele. Ficaram ali, suspensas no ar, como se alguém tivesse mandado pausar um vídeo.

—Você não devia ter feito isso — rosnou ele.

A expressão lívida do agente traiu a súbita compreensão.

— Não... não!

As balas viraram e retornaram para o remetente com uma velocidade alarmante. As três acertaram Vaughn no meio do peito, e, pronto, acabou. Sem mais interferências. As pernas do homem cederam e ele despencou numa massa inerte ao lado dos restos retorcidos de sua Expedition.

Um rio de sangue se espalhou pela neve.

Blake aproveitou a chance para se soltar. Bateu na lateral do para-choque do meu carro ao cair, mas se recobrou imediatamente e partiu em disparada em direção à mata. Ele era rápido.

Mas não tanto quanto o Daemon. E não tanto quanto eu. O vento e a neve açoitavam meu rosto enquanto eu o perseguia. Não era sangue que bombeava minhas pernas, e sim luz.

Alcancei-o ao lado de um pinheiro. Ele se virou e lançou uma bola de energia contra mim. Ela me acertou no peito, jogando-me alguns metros para trás. Uma fisgada de dor reverberou por meu corpo, mas me empertiguei... e prossegui.

Ele lançou outra bola.

Esta bateu no meu ombro e ricocheteou. Senti um líquido quente escorrer pelo braço, mas continuei correndo, perseguindo, caçando. Outra bola acertou minha perna e me derrubou, mas me levantei imediatamente.

As mão dele tremiam.

— Sinto muito... — disse o surfista. — Katy, sinto muito. Eu não tive escolha.

Sempre havia escolha. Eu mesma tinha feito uma série de escolhas péssimas. Pelo menos, tinha coragem de admitir. Parte de mim se sentia mal por ele. Blake era produto de sua criação, mas tivera escolhas. Simplesmente fizera as erradas.

Como eu.

Como eu...?

· 351 ·

JENNIFER L. ARMENTROUT

Uma luz belíssima aproximou-se por trás de mim e parou à minha direita. Daemon voltara à sua forma verdadeira. *O que você quer fazer com ele?*, perguntou calmamente.

Ele... ele matou o Adam. Meu poder piscou ao dizer isso, e pude ver a pele das minhas mãos. Elas estavam cobertas de sangue. Foi como se alguém tivesse acionado um interruptor dentro de mim. Tudo me abandonou ao mesmo tempo. Oscilei, e minhas botas se enterraram ainda mais na neve. Eu já não conseguia mais continuar com aquilo.

— Ele o matou. E feriu a Dee.

Daemon brilhou com tanta intensidade quanto o sol e, por um momento, achei que esse seria o fim do Blake, mas ele deixou a luz esmaecer até voltar à forma humana. Híbrido ou não, meu vizinho teria dificuldade em matar outro ser humano, principalmente depois do Vaughn. A ferida emocional deixada pelos dois oficiais ainda sangrava. Se acrescentássemos Blake à lista, talvez ele nunca mais conseguisse se recuperar. A ferida ficaria aberta para sempre.

Inspirei fundo e declarei:

— Já morreu gente demais essa noite.

Os olhos do Blake se fixaram em mim.

— Sinto muito... de verdade. Nunca quis que nada disso acontecesse. Tudo o que eu queria era proteger o Chris. — Sua respiração soava entrecortada. Passou a mão para limpar o sangue que escorria do nariz. — Eu...

— Quieto — rosnou Daemon. — Vá. Suma antes que eu mude de ideia.

A expressão do surfista foi de puro choque.

— Vocês vão me deixar ir embora?

Daemon olhou de relance para mim, e abaixei a cabeça, exausta e envergonhada. Se eu o tivesse escutado desde o princípio, confiado em seu instinto em relação ao Blake... Mas não tinha.

— Vá e nunca, nunca mais apareça aqui — disse meu vizinho, as palavras sendo carregadas pelo vento. — Se algum dia eu te vir de novo, irei matá-lo.

Blake hesitou por um momento, mas, então, se virou e saiu correndo. Duvidava de que o surfista chegasse muito longe, porque assim que a Nancy — ou quem quer que ela realmente fosse — e o DOD descobrissem que ele havia falhado, seu temor se concretizaria e Chris seria morto. E esse seria o fim do Blake. Talvez fosse por esse motivo que Daemon o deixara ir. O cara já estava morto mesmo.

Ou talvez fosse porque nenhum de nós dois quisesse matar mais ninguém. Eu atingira minha cota. Daemon também. Muitos haviam morrido naquela noite. Minhas pernas cederam e eu caí de joelhos na neve. Enfraquecida pelo uso da Fonte e dos ferimentos decorrentes da luta com o Blake, minha cabeça girava numa espiral interminável de confusão e arrependimento. Tinha minhas dúvidas de que algum dia conseguiria me recobrar totalmente.

Minha consciência começou a oscilar, e tive a vaga sensação de alguém me segurando. Um calor inacreditável se espalhou por minhas veias. Quando abri os olhos novamente, vi-me envolta em luz.

Daemon?

A conexão entre nós emitiu um zumbido e então... *Eu te falei que não podíamos confiar nele.*

Minha dor não podia ser curada com um toque, nem apagada pela luz dele. Fechei os olhos com força, mas não consegui impedir as lágrimas. *Sinto muito. Pensei... pensei que, se aprendesse a lutar, poderia mantê-lo em segurança, proteger todos vocês.*

A luz se retraiu e, de repente, lá estava o Daemon, me fitando com aqueles olhos brancos cintilantes. Seu corpo tremia de raiva, o que era estranho, levando em consideração o carinho com que me segurava.

— Daemon, eu...

— Não peça desculpas. Simplesmente não peça desculpas. — Ele me tirou do colo e me botou sentada no chão frio. Levantando-se, inspirou fundo, a respiração soando arranhada. — Você sabia esse tempo todo que ele estava trabalhando com o DOD?

— Não. — Pus-me de pé, cambaleando ligeiramente enquanto minhas pernas voltavam a se acostumar com o peso. Ele estendeu o braço e me segurou pelo cotovelo até que eu parasse de oscilar. Em seguida, me soltou. — Descobri algumas noites atrás. E mesmo então não tinha certeza.

— Maldição — rosnou ele, recuando um passo. — Tá falando da noite em que você foi até a casa do Vaughn sozinha?

— É, mas eu não tinha certeza. — Levantei as mãos, surpresa ao vê-las cobertas de sangue. Meu? De alguém mais? — Eu devia ter te contado, mas não tinha certeza, e não queria deixá-lo ainda mais preocupado. — Minha voz falhou. — Eu não fazia ideia.

Ele desviou os olhos, o maxilar trincado.

— Adam está morto. E minha irmã quase morreu também.

Inspirei o ar dolorosamente.

— Sinto...

— Não! Não ouse pedir desculpas! — gritou, os olhos brilhando através da escuridão, através de mim. — A morte do Adam vai *destruir* a minha irmã. Eu te falei que não podíamos confiar no Blake, que se você quisesse aprender a lutar eu te ensinaria! Mas você não me escutou. E acabou atraindo o DOD direto para a sua vida, Kat! Quem pode dizer o que eles sabem agora?

— Eu não contei nada a ele! — Meu peito subia e descia rapidamente com cada respiração superficial. — Não contei a ninguém que foi você quem me curou.

Os olhos do Daemon se estreitaram.

— Você acha que ele não adivinhou?

Encolhi-me, sem saber o que dizer.

— Sinto muito — murmurei.

Ele se retraiu.

— E todas aquelas vezes que eu te encontrei coberta de hematomas? Foi ele, não foi? Ele te machucou durante os treinos, não é verdade? E você não desconfiou de que talvez houvesse algo errado com o filho da mãe? Que merda, Kat! Você mentiu pra mim. Você não confiou em mim!

— Mas eu confio...

— Mentira! — Daemon chegou o rosto juntinho do meu. — Não diga que confia em mim quando está na cara que nunca confiou!

Não havia nada que eu pudesse dizer.

Ele liberou uma última explosão de energia, a qual acertou um antigo carvalho. A árvore emitiu um estalo alto e despencou sobre outra ao lado. Dei um pulo, ofegando por ar.

— Tudo isso podia ter sido evitado. Por que você não confiou em mim? — Sua voz falhou, e o som reverberou pelo meu corpo como um chicote de arame farpado.

Gostaria de poder voltar atrás. Minha confiança deveria ter sido depositada na única pessoa em quem eu sempre confiara. Eu tinha sido enganada.

LUX 2 ÔNIX

Pior, me deixara enganar. As lágrimas começaram a rolar pelo meu rosto numa enxurrada interminável de remorso.

Daemon inspirou fundo mais uma vez e fez menção de se aproximar, mas parou.

— Eu teria te mantido em segurança.

E, então, num espocar de luz branco-avermelhada, ele desapareceu. Fiquei ali, sozinha sob o ar gelado da noite, abandonada com minhas próprias escolhas, meus erros... minha culpa.

[32]

uando entrei em casa, todos já tinham ido embora, com exceção do Matthew, que ficara para... ajudar a limpar a bagunça. Alguém removera o corpo do Vaughn, assim como o carro dele e a caminhonete do Blake. Havia pedaços de molduras quebradas por todos os lados. A mesinha de centro estava completamente arranhada. Eu não fazia ideia de como ia explicar a janela quebrada no corredor do segundo andar.

No entanto, o lugar onde Adam caíra era o pior.

Um líquido brilhante havia empoçado em dois pontos. Com o maxilar trincado, Matthew tentava limpá-los, mas suas mãos tremiam demais. Peguei algumas toalhas no armário e me ajoelhei ao lado dele.

— Deixa comigo — murmurei.

Ele se sentou, jogou a cabeça para trás e fechou os olhos. Soltou um suspiro entrecortado.

— Isso não podia ter acontecido.

Meus olhos se encheram de lágrimas, mas continuei limpando o que restara do Adam.

— Eu sei.

LUX 2 ÔNIX

— Eles são como meus filhos. Agora perdi mais um, e por que motivo? Não faz sentido. — Seus ombros tremeram. — A morte nunca faz sentido.

— Sinto muito. — Sequei as bochechas molhadas com os ombros. — Foi culpa minha. Ele estava tentando me proteger.

Matthew não disse nada por vários minutos. Continuei limpando o chão, e já encharcara duas toalhas quando ele pousou a mão sobre a minha.

— A culpa não é toda sua, Katy. Você foi arrastada para esse mundo, um mundo de traição e ganância. E não estava preparada para isso. Nenhum deles está.

Ergui a cabeça e pisquei para conter as lágrimas.

— Eu confiei no Blake quando devia ter dado ouvidos ao Daemon. Deixei que isso acontecesse.

Matthew se virou para mim e envolveu meu rosto entre as mãos.

—Você não pode assumir toda a responsabilidade pelo que aconteceu. Você não fez as escolhas pelo Blake. Não o forçou a se meter nisso.

Engasguei com um soluço angustiado, invadida por uma tristeza profunda. As palavras dele não aliviavam a culpa, e ele sabia. Foi então que algo muito estranho aconteceu. Matthew me puxou para seus braços, e eu desmoronei. Os soluços sacudiam meu corpo. Pressionei a cabeça contra o ombro dele e senti-o tremer, talvez porque ele também estivesse chorando. O tempo passou, e o ano virou. Acolhi a chegada do Ano-Novo com lágrimas escorrendo pelo rosto e um coração partido em mil pedaços. Quando as lágrimas enfim secaram, meus olhos estavam praticamente fechados de tão inchados.

O professor se afastou ligeiramente e tirou o cabelo do meu rosto.

— Isso não é o fim de nada para você... nem para o Daemon. É só o começo, e agora vocês sabem o que terão que encarar. Não terminem como o Dawson e a Bethany. Vocês são mais fortes do que isso.

❀ ❀ ❀

Passei o resto da noite tentando esconder da minha mãe o que havia acontecido. Em algum momento eu teria que contar a ela. Sem dúvida os satélites haviam registrado tudo o que ocorrera na véspera. E havia ainda

· 357 ·

o problema pendente de algo que Vaughn tinha dito e que não fizera muito sentido, e que me dava a sensação de que o pior ainda estava por vir. Imaginei que acabaria descobrindo nos próximos dias ou semanas. Teria que encarar também as perguntas acerca do Adam.

No entanto, mamãe não precisava saber nesse exato momento.

Convenci-a de que uma rajada de vento havia lançado um galho contra a janela do segundo andar. Uma desculpa plausível, visto que o Daemon tinha derrubado várias árvores lá fora. Os quadros foram mais difíceis de explicar.

Feito isso, dormi o primeiro dia do ano inteiro, só levantando rapidamente de manhã para comer algumas Pop-Tart e, então, voltar a dormir, a fim de adiar a profunda escuridão que me aguardava. Contudo, mesmo dormindo, a culpa me corroía por dentro. Sonhei com o Blake e o Adam, e até mesmo o Vaughn. Eles me cercavam enquanto eu nadava no lago, mergulhando por baixo de mim e me puxando pelos pés como se tentassem me afogar.

Foi, portanto, estranho que, ao acordar naquela noite, tenha decidido tomar um banho, vestir algumas roupas e ir até o lugar que assombrara meus sonhos. Minha mãe já saíra para o trabalho, e eu tinha uma vaga lembrança de ter escutado Will na casa mais cedo.

Continuava nevando, porém com a lua que despontara no céu e que agora se refletia na superfície lisa, tinha sido fácil encontrar o caminho até o lago. Parei ao lado da água impecavelmente congelada, encolhida em meu pulôver e no cachecol que minha mãe me dera de Natal. Tinha até conseguido encontrar um par de luvas combinando.

As coisas ali pareciam mais claras. Não menos intensas, porém digeríveis. Adam estava morto e, em algum momento, o DOD apareceria procurando pelo Vaughn. E, quando eles fizessem isso, viriam atrás de mim... e do Daemon.

E eu havia matado. Não com minhas próprias mãos, mas tinha conduzido todos em direção a isso. Pessoas tinham morrido — algumas inocentes e outras nem tanto. Mas Daemon estava certo — uma vida era uma vida. Havia sangue em minhas mãos, quer fosse do inimigo ou não, um sangue que eu não tinha como lavar, que penetrava em minha pele, deixando uma mancha escura.

LUX 2 ÔNIX

Sempre que eu fechava os olhos, via o corpo do Adam. O aperto que sentia em meu peito provavelmente jamais cederia.

Não tinha certeza se iria à aula no dia seguinte. Após tudo o que acontecera, tinha a impressão de que não havia o menor sentido nisso. Eu ainda não fazia ideia de quem havia traído o Dawson e a Bethany, e sabia que havia outros espiões pela área me vigiando — vigiando todos nós. Era como se um relógio invisível tivesse começado a ticar, contando os minutos para o dia do meu juízo final particular, e eu não podia culpar ninguém além de mim mesma.

Cerca de um minuto depois, senti o familiar arrepio quente na nuca. Minha respiração ficou presa no peito e eu não consegui me forçar a virar. Por que ele estava ali? Daemon devia me odiar. Assim como a Dee.

Estranhei o som da neve sendo esmagada pelas botas dele. Daemon podia se mover tão silenciosamente quando queria. Ele parou bem atrás de mim, e o calor do seu corpo me envolveu. Não poderia ignorá-lo para sempre, e eu sabia que ele ficaria ali eternamente se decidisse. Surpresa e apreensiva, virei-me para encará-lo.

— Eu sabia que te encontraria aqui. — Ele desviou os olhos e trincou o maxilar. — É para onde eu venho quando preciso pensar.

Falei a primeira coisa que me veio à mente.

— Como está a Dee?

— Ela vai sobreviver — disse, os olhos encobertos pelas sombras. — Precisamos conversar. — Daemon se inclinou para a frente antes que eu pudesse responder. — Tá ocupada? Não sei se estou interrompendo alguma coisa. Olhar para o lago exige muita concentração.

As palavras e a expressão dele não me disseram nada.

— Não, não estou ocupada.

Seu olhar cintilante recaiu sobre mim.

— Por que não volta comigo então?

Fui tomada por uma súbita ansiedade. Será que ele ia me matar e se livrar do meu corpo? Uma atitude drástica, porém provável após tudo o que eu havia causado. Senti a garganta seca ao retomarmos o caminho de volta para a casa dele, ambos em silêncio. Daemon entrou e eu o segui, as mãos úmidas e trêmulas.

— Tá com fome? — perguntou ele. — Não comi nada o dia inteiro.

— Um pouco.

Meu vizinho foi até a cozinha e tirou um pacote de frios da geladeira. Sentei à mesa enquanto ele preparava dois sanduíches de presunto com queijo. Botou duas vezes mais mostarda no meu, sabendo que era assim que eu gostava, o que quase me fez recomeçar a chorar de novo. Comemos num silêncio constrangedor.

Por fim, ao vê-lo terminar de limpar tudo, me levantei.

— Daemon, eu...

— Ainda não — retrucou ele. Secou as mãos e saiu da cozinha sem dizer mais nada. Inspirei fundo e o segui. Ao vê-lo começar a subir a escada, meu pulso foi a mil.

— Por que você está subindo?

Com a mão no corrimão de madeira de mogno, ele me lançou um olhar por cima do ombro.

— Por que não?

— Não sei. É só que parece...

Ele voltou a subir, deixando-me sem opção. Passamos pelo quarto vazio da Dee. A impressão era de que alguém tinha vomitado litros de Pepto- -Bismol pelo aposento. Vi outro cômodo com a porta fechada. Imaginei que fosse o quarto do Dawson, provavelmente intocado desde o desaparecimento dele. Meses tinham se passado antes que eu e minha mãe tirássemos as coisas do papai de casa.

— Onde ela está? — perguntei.

— Com a Ash e o Andrew. Acho que ficar com eles está ajudando...

Assenti. Mais do que tudo, queria poder voltar no tempo, ser mais desconfiada, não tão imbecil.

Daemon abriu outra porta e meu coração deu uma cambalhota. Ele, então, se afastou e fez sinal para que eu entrasse.

— Seu quarto?

— É. O melhor lugar da casa.

O quarto era grande, surpreendentemente limpo e organizado. Alguns pôsteres de bandas de música decoravam as paredes de um azul profundo. As venezianas estavam fechadas, assim como as cortinas. Com um brandir da mão, ele acendeu a luz do abajur.

LUX 2 ÔNIX

Vi uma série de eletrônicos caros: uma televisão de tela plana, um Macbook que me deixou morta de inveja, um aparelho de som e até mesmo um desktop. Meu olhar recaiu sobre a cama.

Ela era enorme.

Coberta por um edredom azul, parecia confortável e convidativa. Havia espaço de sobra para deitar e rolar... ou só dormir. Nada como a minha pequena cama de solteiro. Forcei-me a desviar os olhos e segui até o Mac.

— Belo computador.

— É mesmo. — Ele tirou os sapatos.

Eu mal conseguia respirar.

— Daemon... — Escutei as molas da cama rangerem sob o peso dele ao mesmo tempo que corria os dedos pela tampa do Mac. — Sinto muito por tudo o que aconteceu. Eu não devia ter confiado nele... devia ter te escutado. Nunca quis que ninguém se machucasse.

— Adam não se machucou. Ele morreu, Kat.

Um bolo se formou em minha garganta, mas me virei para ele. Seus olhos cintilavam.

— Eu... Se eu pudesse voltar no tempo, mudaria tudo.

Daemon balançou a cabeça, baixando os olhos para as mãos abertas sobre o colo. Cerrou-as em punhos fechados.

— Sei que a gente às vezes se estranha, e sei que essa história de conexão te deixou assustada, mas você sabia que podia confiar em mim. Quando suspeitou de que o Blake talvez estivesse envolvido com o DOD, devia ter vindo direto me contar. — A voz dele falhou. — Eu podia ter evitado isso.

— Eu *confio* em você. Com a minha vida — retruquei, aproximando-me ligeiramente. — Mas quando achei que ele talvez estivesse envolvido com o DOD, não quis te meter nisso. Blake já sabia e suspeitava de coisas demais.

Ele sacudiu a cabeça de novo, como se não tivesse me escutado.

— Eu devia ter tomado alguma atitude. Devia ter me metido quando ele jogou aquela maldita faca em você, e não recuado, mas eu estava tão furioso!

Meus olhos ficaram marejados. Como era possível que eu ainda conseguisse chorar ou achar que isso melhoraria alguma coisa? Os papéis sobre a escrivaninha às minhas costas se agitaram.

— Eu estava tentando te proteger.

Ele ergueu a cabeça, e seu olhar pareceu atravessar minha alma.

— Me proteger?

— É. — Forcei-me a engolir o bolo em minha garganta. — Não que no final tenha conseguido alcançar meu objetivo, mas quando descobri que Blake e Vaughn eram parentes, tudo em que pude pensar foi que ele havia me feito de idiota... e eu tinha permitido. Blake sabia o quanto nós éramos ligados. Eles teriam feito com você o que fizeram com o Dawson. E eu jamais conseguiria viver com isso.

Daemon fechou os olhos e virou a cabeça.

— Quando você teve certeza de que Blake estava trabalhando com o DOD?

Era a segunda vez que Daemon usava o nome dele. O que servia para mostrar o quanto o assunto era sério.

— Na véspera do Ano-Novo. Blake apareceu enquanto eu estava dormindo, e vi o relógio do Simon no carro dele. Ele disse que entregou o Simon ainda vivo para o DOD, que o levou, mas... havia sangue no relógio.

Meu vizinho soltou um palavrão e, em seguida, perguntou:

— Enquanto você estava dormindo? Ele tinha o hábito de fazer isso?

Neguei com um sacudir de cabeça.

— Não que eu saiba.

—Você jamais deveria ter se preocupado com a possibilidade de eu me ferir. — Levantou-se e correu ambas as mãos pelo cabelo. —Você sabe que eu sei cuidar de mim mesmo. Sabe que eu dou conta de qualquer coisa.

— Eu sei — confirmei. — Mas eu jamais poderia, conscientemente, te colocar em risco.Você é importante demais.

Ele virou a cabeça para mim, os olhos subitamente penetrantes.

— O que você quer dizer com isso exatamente?

— Eu... — Fiz que não. — Não tem importância.

— Pro inferno que não tem! — rebateu ele. —Você quase destruiu minha família, Kat. Nós dois quase fomos mortos, e isso ainda não acabou. Quem sabe quanto tempo ainda temos antes que o DOD apareça? Eu deixei aquele desgraçado sair livre dessa. Ele continua vivo em algum lugar e, por mais terrível que isso possa soar, espero que receba o que merece antes que conte qualquer coisa a alguém.

LUX 2 ÔNIX

Soltou outro palavrão.

— Você mentiu pra mim! Está me dizendo que tudo isso foi porque eu significo algo pra você?

Uma onda de calor invadiu meu rosto. Por que ele estava me obrigando a fazer isso? Como eu me sentia já não importava mais.

— Daemon...

— Responda!

— Certo! — Joguei as mãos para o alto. —Você significa alguma coisa pra mim, sim. O que você fez por mim no Dia de Ação de Graças... aquilo me deixou... — Minha voz falhou. — *Feliz*. Você me fez *feliz*. E eu me importo com você, ok? Você significa algo pra mim... algo que eu sequer consigo colocar em palavras porque nenhuma delas me parece boa o bastante. Eu sempre te quis, mesmo quanto te odiava. E continuo te querendo, mesmo sabendo que você me deixa louca. Mas sei que arruinei tudo. Não só pra você e pra mim, mas pra Dee também.

Minha respiração se transformou num soluço. As palavras saíram numa enxurrada, uma após a outra.

— Nunca senti isso por ninguém. Quando estou perto de você, é como se minhas pernas ficassem bambas, como se eu não conseguisse respirar, e me sinto *viva*... não apenas parada observando a vida passar por mim. Ninguém nunca me fez sentir nada parecido. — Recuei um passo, os olhos ardendo devido às lágrimas. Meu peito doía, prestes a explodir. — Mas nada disso importa, porque eu sei que você me odeia agora. Entendo e aceito. Só gostaria de poder voltar no tempo e mudar tudo! Eu...

De repente, Daemon estava diante de mim, envolvendo meu rosto em suas mãos quentes.

— Eu nunca odiei você.

Pisquei para me desvencilhar das lágrimas que nublavam minha visão.

— Mas...

— E eu não te odeio agora, Kat. — Seus olhos me fitavam intensamente. — Eu estou furioso com você... comigo. Estou tão zangado que posso sentir o gosto da raiva em minha boca. Queria encontrar o Blake e rearrumar as partes do corpo dele. Mas sabe no que pensei a noite toda? O dia inteiro? O único pensamento que não me saía da cabeça, por mais irritado que eu estivesse com você?

— Não — murmurei.

— Que eu tenho sorte, porque a pessoa que não consigo tirar da cabeça, a pessoa que significa mais para mim do que posso aguentar, está viva. Ela continua viva. E essa pessoa é você!

Uma lágrima escorreu por meu rosto. A esperança brotou tão rápido que me deixou tonta e ofegante. Era como saltar da beira de um abismo sem saber a profundidade da queda. Perigoso. Estimulante.

— O que... o que isso quer dizer?

— Realmente não sei. — Ele acompanhou o rastro que a lágrima deixara com a ponta do polegar e abriu um leve sorriso. — Não sei o que o amanhã trará para a gente, como serão as coisas daqui a um ano. Diabos, a gente pode acabar se matando em uma semana por conta de alguma idiotice. É uma possibilidade. Mas tudo o que eu sei é que o que sinto por você não vai mudar.

Escutar isso apenas me fez chorar ainda mais. Daemon curvou a cabeça e começou a secar cada uma das lágrimas com suaves beijos. Seus lábios, então, encontraram os meus e o quarto pareceu sair de foco. O mundo inteiro desapareceu por alguns preciosos momentos. Senti vontade de me entregar totalmente ao beijo, mas não consegui. Recuei e inspirei fundo.

— Como você pode continuar me desejando? — perguntei.

Ele pressionou a testa contra a minha.

— Bom, ainda estou com vontade de te estrangular. Mas eu sou louco. E você também. Talvez seja por isso. Nossa loucura combina.

— Isso não faz o menor sentido.

— Faz sim, pelo menos pra mim. — Beijou-me de novo. — Talvez tenha a ver com o fato de você ter finalmente admitido que está profunda e irreversivelmente apaixonada por mim.

Soltei uma risada fraca e trêmula.

— Eu não admiti *nada*.

— Não com essas palavras, mas nós dois sabemos que é verdade. Não tenho problemas com isso.

— Não? — Fechei os olhos e inspirei pelo que me pareceu a primeira vez em meses. Talvez anos. — Você se sente da mesma forma?

Como resposta, ele me beijou de novo... e de novo. Quando finalmente afastou a cabeça, estávamos na cama dele, comigo em seus braços.

LUX · 2 · ÔNIX

Não me lembrava de termos nos movido. O que provava o quanto Daemon beijava bem. Precisei esperar até meu coração desacelerar um pouco.

— Nada disso muda o que eu fiz. Tudo continua sendo minha culpa.

Ele virou de lado e repousou a mão sobre o tecido que cobria minha barriga.

— A culpa não é toda sua. É nossa. Estamos nisso juntos. E iremos encarar o que quer que o futuro nos reserve juntos.

Ao escutar essas palavras, meu coração começou a dar cambalhotas.

— Juntos?

Ele anuiu, abrindo os botões do meu casaco, rindo baixinho ao chegar ao ponto onde eu havia abotoado de maneira desencontrada.

— Se existe algo que valha a pena, esse algo somos *nós*.

Ergui os ombros, e ele me ajudou a me livrar do casaco.

— E o que esse "nós" quer dizer de fato?

—Você e eu.— Daemon escorregou até o pé da cama e tirou minhas botas. — Ninguém mais.

Senti o sangue ferver enquanto arrancava as meias e me deitava de costas.

— Eu… eu meio que gosto do som dessa palavra.

— Meio? — A mão que ele repousara novamente em minha barriga deslizou para baixo da camiseta. — Meio não é bom o suficiente.

— Tudo bem. — Retrai-me ao sentir seus dedos acariciarem minha pele. — Eu gosto.

— Eu também. — Abaixou a cabeça e me beijou suavemente. — Aposto que você adora.

Ainda grudados aos dele, meus lábios se curvaram em um sorriso.

— É verdade.

Com um grunhido gutural, ele traçou uma série de beijos por minhas bochechas ainda molhadas, escaldando minha pele e me fazendo ferver por dentro. Cada palavra que sussurrávamos um para o outro remendava mais um tiquinho o buraco em meu peito. Acho que para ele era a mesma coisa. Contei-lhe tudo o que Blake tinha dito e feito. Daemon me revelou o quanto ficara zangado de me ver ao lado do surfista; não só zangado, mas confuso e até mesmo magoado. Guardei todas aquelas verdades reveladas bem perto do coração.

JENNIFER L. ARMENTROUT

O medo que ele sentira ao ver os Arum e Blake no último fim de semana era evidente em cada toque suave e delicado de seus dedos. Talvez não tivéssemos dito aquelas preciosas três palavrinhas até então, mas o amor se fazia presente em cada toque, cada suave gemido. Eu não precisava que ele proferisse as palavras, pois estava imersa em seu amor por mim.

O tempo pareceu parar. O mundo e todo o resto existiam apenas do lado de fora da porta fechada do quarto. Ali dentro, havia somente nós dois. E, pela primeira vez, não havia nada entre a gente. Estávamos abertos, expondo nossa mútua vulnerabilidade. Peças de roupa começaram a desaparecer. A camiseta dele. A minha. O botão da calça dele se abriu... o da minha também.

—Você não faz ideia do quanto eu desejo isso. — Sua voz soou rouca em contato com a minha bochecha. Ardente. — Acho que cheguei até a sonhar com esse momento. — As pontas dos dedos roçaram meu peito, meu estômago. — Louco, não?

Tudo parecia louco. Estar nos braços dele daquele jeito, tendo acreditado piamente que ele jamais me perdoaria. Ergui uma das mãos e corri os dedos por seu rosto. Daemon virou a cabeça ao sentir o toque e plantou um beijo em minha palma. E, ao abaixá-la novamente em direção à minha, senti-me faiscar sob seu corpo, somente para ele.

À medida que os beijos se aprofundavam e as explorações se tornavam mais ousadas, ambos nos perdemos na maneira como nossos corpos se moviam um contra o outro, colados, porém não o suficiente. As poucas roupas que ainda usávamos eram uma obstrução da qual eu queria me livrar. Estava pronta para dar o próximo passo, e podia sentir que ele também. Nem o amanhã nem a semana seguinte estavam garantidos. Não que o futuro jamais estivesse, mas as coisas não pareciam muito favoráveis para o nosso lado. Só podíamos contar de fato com o agora, e eu queria aproveitar o momento e vivê-lo ao máximo. E desejava compartilhar esse momento com o Daemon — na verdade, desejava compartilhar tudo com ele.

Aquelas mãos... aqueles beijos... estavam me derretendo completamente. Quando a mão dele deslizou por minha barriga e continuou descendo, abri os olhos e sussurrei seu nome. Um leve brilho branco-avermelhado envolvia seu corpo, projetando sombras ao longo das paredes do quarto. Havia algo belissimamente fascinante em estar à beira de perder o controle e mergulhar rumo ao desconhecido, e eu desejava cair e jamais retornar.

LUX 2 ÔNIX

Mas Daemon parou.

Olhei para ele, correndo as mãos por aquele abdômen definido.

— Que foi?

—Você... você não vai acreditar. — Plantou outro beijo doce e carinhoso em minha boca. — Mas quero fazer isso do jeito certo.

Abri um sorriso.

— Duvido que você possa fazer do jeito errado.

Seus lábios se esticaram num meio sorriso presunçoso.

— Bem, não estou falando *disso*. Isso eu posso fazer perfeitamente, mas quero... quero que a gente tenha o que os casais normais têm.

Meus olhos se encheram novamente com uma série de lágrimas bobas, e pisquei para contê-las. Deus do céu, eu ia acabar chorando feito um bebê.

Ele envolveu meu rosto e soltou um som estrangulado.

— A última coisa que eu quero fazer agora é parar, mas gostaria de te levar para sair... tipo, um encontro ou algo assim. Não quero que o que estamos prestes a fazer agora seja eclipsado por todo o resto.

Com o que me pareceu um tremendo esforço, Daemon saiu de cima de mim e se deitou ao meu lado. Passou um braço em volta da minha cintura e me puxou para si. Seus lábios roçaram minha têmpora.

— Ok?

Inclinei a cabeça para trás de modo a poder olhar no fundo daqueles olhos verde-garrafa. Isso... isso era mais do que ok. A emoção fazia minha garganta queimar tanto que precisei de várias tentativas para conseguir falar.

— Acho que estou apaixonada por você.

Seu braço me apertou ainda mais e ele depositou outro beijo em meu rosto.

— Eu te falei.

Não exatamente a resposta que eu esperava.

Ele deu uma risadinha e rolou de lado — na verdade, quase para cima de mim de novo.

— Ganhei a aposta. Eu falei que você ia dizer que me amava no Ano--Novo.

Envolvi-o pelo pescoço e fiz que não.

— De jeito nenhum. Você perdeu.

Daemon franziu o cenho.

JENNIFER L. ARMENTROUT

— Como assim?

— Olha a hora. — Apontei com o queixo para o relógio. — Já passa da meia-noite. Hoje é dia 2 de janeiro. Você perdeu.

Daemon olhou para o relógio como se o objeto fosse um Arum que ele estivesse prestes a mandar dessa para melhor, mas então seus olhos encontraram os meus. E ele sorriu.

— Não. Eu não perdi nada. Eu ganhei.

[33]

Entrei sorrateiramente em casa pouco antes das seis da manhã, me sentindo aérea e... feliz. Precisava tomar um banho e me aprontar para a escola. Parte de mim achava errado estar com um sorriso estampado no rosto. Teria eu o direito de estar feliz após tudo o que acontecera? Não sabia. Não me parecia justo.

Precisava ver a Dee.

Saí do banheiro embaçado envolta num roupão e não fiquei nem um pouco surpresa ao ver o Daemon esparramado na minha cama, já de banho tomado e roupas limpas. Tinha sentido a chegada dele em algum momento.

Andei até a cama.

— O que você está fazendo aqui?

Ele deu um tapinha no espaço ao seu lado e me acomodei de joelhos.

— Precisamos passar o máximo de tempo juntos pelas próximas duas semanas. Eu não me surpreenderia se o DOD resolvesse nos fazer uma visita. Estamos mais seguros juntos.

— Esse é o único motivo?

Um sorrisinho preguiçoso e indulgente se desenhou em seus lábios ao mesmo tempo que ele puxava o cinto do meu roupão.

— O único, não. Provavelmente o mais inteligente, mas definitivamente não o mais importante.

As coisas entre nós haviam mudado em questão de horas. Tínhamos conversado mais na véspera… e nos beijado mais também, até pegarmos no sono nos braços um do outro. Havia agora uma abertura que não existia antes, uma verdadeira parceria. Daemon continuava a ser um cretino metido a esperto. E, sim, aquele sorrisinho presunçoso ainda me dava nos nervos.

Mas eu o amava.

E o cretino me amava também.

Ele se sentou e me puxou para o colo. Deu um beijo em minha testa.

— No que você está pensando?

Enterrei a cabeça no espaço entre o ombro e o pescoço dele.

— Em um monte de coisas. Você… você acha errado eu estar feliz agora?

Seus braços me apertaram.

— Bem, eu não sairia enviando mensagens pra todo mundo nem nada do tipo.

Revirei os olhos.

— De minha parte, não posso dizer que estou plenamente feliz. Ainda não consegui aceitar o que aconteceu. Adam era… — A voz falhou e ele engoliu em seco.

— Eu gostava dele — murmurei. — Não espero que a Dee me perdoe, mas quero vê-la. Preciso me certificar de que ela está bem.

— Ela vai te perdoar. Só precisa de tempo. — Seus lábios roçaram minha têmpora, e meu coração apertou. — Dee sabe que você tentou avisá-la. Ela me ligou quando você a mandou embora, e eu falei pros dois me esperarem, mas eles estacionaram o carro no final da rua e voltaram. Eles fizeram essa escolha, e eu sei que minha irmã faria novamente.

Minha garganta apertou.

— Tem tantas coisas que eu não faria de novo.

— Eu sei. — Daemon botou dois dedos debaixo do meu queixo e me forçou a encará-lo. — Não podemos ficar pensando nisso. Não vai nos trazer nenhum bem.

Espreguicei-me e dei-lhe um beijo nos lábios.

— Quero ir vê-la depois da aula.

LUX ❖ ÔNIX

— O que você vai fazer no almoço?

— Além de comer? Nada.

— Ótimo. Então vamos dar uma escapada.

— Para ver a Dee, certo?

O sorriso tornou-se malicioso.

— É, mas primeiro tem algo que eu quero fazer, e não temos muito tempo para isso agora.

Arqueei uma sobrancelha.

—Você vai tentar espremer um jantar e uma ida ao cinema no intervalo do almoço?

— Gatinha, sua mente é terrivelmente suja. Estava pensando em darmos uma caminhada ou algo assim.

— Implicante — murmurei, fazendo menção de me levantar, mas ele me segurou.

— Diga.

— Dizer o quê? — perguntei.

— O que você falou mais cedo.

Meu coração veio parar na garganta. Eu tinha dito a ele um monte de coisas, mas sabia o que ele queria escutar.

— Eu te amo.

Seus olhos escureceram por um breve instante e ele me beijou de um jeito que quase mandei às favas todo aquele negócio de fazer-a--coisa-certa.

— Isso é tudo o que eu preciso escutar.

— Essas três palavrinhas?

— Sempre essas três palavrinhas.

❖ ❖ ❖

A notícia da morte do Adam ainda não chegara à escola, e eu não ia contar a ninguém, com exceção da Lesa e da Carissa. A história combinada era de que ele havia morrido num acidente de carro. Caso houvesse perguntas, a polícia confirmaria tudo. Minhas amigas receberam a notícia

JENNIFER L. ARMENTROUT

como seria de esperar, com muitas lágrimas. Fiquei surpresa ao perceber que meus olhos ainda eram capazes de chorar.

Daemon me deu uma cutucada no meio da aula para me lembrar dos planos para o almoço, e depois mais uma vez simplesmente por estar com vontade. O sentimento de culpa me acompanhou por quase toda a manhã, intercalado por breves momentos de animação. Eu sabia que, mesmo que a Dee me perdoasse, isso não mudaria nada. Precisava aprender a aceitar meu papel em tudo aquilo.

Mas também sabia que não podia parar de viver.

Assim que entrei na aula de biologia, meu olhar cruzou com o do Matthew. Com um leve retorcer dos lábios, ele mandou que abríssemos o livro. Lesa estava extraordinariamente quieta desde que eu lhe dera a notícia. Quando a aula ia pela metade, o interfone tocou.

A voz da secretária ecoou pela sala:

— Katy Swartz, compareça à sala do diretor.

Um súbito nervosismo se instalou no fundo do meu estômago enquanto eu recolhia minhas coisas. Ignorando o olhar que Lesa me mandou, olhei quase em pânico para o Matthew ao sair de sala. Enviei uma rápida mensagem para o Daemon do celular que minha mãe me emprestara de manhã, avisando-o de que tinha sido chamada à sala do diretor. Não esperava que ele me respondesse. Não tinha nem certeza se ele estava com o celular.

A secretária grisalha usava um penteado à la Brigitte Bardot e um suéter rosa-choque. Recostei no balcão e esperei que ela erguesse a cabeça. Assim que me viu, seus olhos se apertaram por trás das lentes dos óculos.

— Posso ajudá-la?

— Oi, sou a Katy. O diretor mandou me chamar?

— Ah! Sim. Entre, querida. — Sua voz traiu um quê de pena ao falar. Ela se levantou e seguiu até a porta da sala do diretor Plummer. — Por aqui.

Eu não conseguia enxergar nada do outro lado do vidro, de modo que não fazia ideia do que me aguardava lá dentro quando ela usou todo o peso do corpo para abrir a porta. Ver que uma mulher naquela idade ainda não havia se aposentado fez com que eu riscasse toda e qualquer possibilidade de uma futura carreira no sistema acadêmico.

O diretor estava sentado à mesa, sorrindo para quem quer que estivesse diante dele. Acompanhei seu olhar e fiquei chocada ao me deparar com Will.

LUX ❷ ÔNIX

— O que houve? — perguntei, ajeitando a alça da mochila pendurada no ombro.

Will se levantou no mesmo instante e veio para perto de mim. Tomou minha mão livre entre as dele.

— Kellie teve um acidente.

— Não! — Quase engasguei com a palavra. Olhei fixamente para ele, sininhos de alarme reverberando em meus ouvidos. — Como assim? Ela está bem?

Ele evitou meus olhos, mas sua expressão parecia cansada e sofrida.

— A polícia acha que ela perdeu a direção num trecho coberto de neve ao sair do trabalho hoje de manhã.

— Mas como ela está? — Minha voz tremeu. Tudo o que eu conseguia ver era meu pai... meu pai numa cama de hospital, pálido e fragilizado, cercado pelo cheiro de morte e pelas vozes sussurradas das enfermeiras... e, então, o boneco deitado no caixão que se parecia com ele, mas que obviamente não podia ser. Agora todas essas lembranças estavam sendo substituídas pela minha mãe. *Isso não pode estar acontecendo.*

Will apoiou uma das mãos no meu ombro e me virou delicadamente. Sequer percebi que ele estava me conduzindo para fora da sala do diretor.

— Ela está na emergência. É tudo o que sei.

— Você não pode saber só isso. — Não reconheci minha própria voz. — Ela está acordada? Está falando? Vai precisar de cirurgia?

Ele negou com um sacudir de cabeça e abriu a porta. A neve havia parado, e as escavadeiras limpavam o estacionamento. Fazia um frio de gelar, mas eu não conseguia sentir. Estava anestesiada. Will me conduziu até um GMC Yukon perolado que não reconheci. Fui tomada por uma súbita ansiedade, e um pensamento horrível me veio à mente. Parei a alguns passos da porta do carona.

— Você trocou de carro? — perguntei.

Ele franziu o cenho e abriu a porta.

— Não. Eu uso esse durante o inverno. Ele é perfeito para a neve. Tentei convencer sua mãe a trocar aquela maldita caixa de fósforos por um desses.

Assenti com um menear de cabeça, sentindo-me estúpida e paranoica. Fazia sentido. Naquela região, muitas pessoas tinham um carro extra para usar durante o inverno. E, com tudo o que havia acontecido, esquecera completamente o que tinha descoberto acerca do Will — sua doença.

Entrei no carro e, após prender o cinto, apertei a mochila de encontro ao peito. Lembrei-me, então, do Daemon, e chequei o celular para ver se ele já havia respondido. Ainda não. Mandei outra rápida mensagem contando sobre o acidente da minha mãe. Eu ligaria e daria mais detalhes assim que descobrisse como... qual era a verdadeira situação.

Engoli um soluço ao pensar que poderia perdê-la.

Will esfregou as mãos e girou a chave. O rádio ligou imediatamente na previsão do tempo. A voz do locutor soava alegre, e odiei-o por isso. Os meteorologistas vinham acompanhando uma terrível tempestade que se formara no sul e que estava prevista para alcançar a West Virginia no começo da semana seguinte.

— Em que hospital ela está? — perguntei.

— No Winchester — respondeu ele, virando-se no assento para pegar alguma coisa no banco de trás.

Fixei os olhos à frente, tentando controlar o pânico. *Ela vai ficar bem. Ela vai ficar bem. Ela vai ficar bem.* Meus lábios tremiam. Por que ainda estávamos parados?

— Katy?

Virei para ele.

— Que foi?

— Sinto muito por isso — disse Will, o rosto sem expressão.

— Ela vai ficar bem, certo? — Minha respiração ficou novamente presa na garganta. Talvez ele não tivesse me contado tudo. Talvez ela estivesse...

— Sua mãe vai ficar bem.

Não tive sequer tempo de sentir alívio ou de perguntar qualquer outra coisa. Will inclinou o corpo para a frente e pude ver uma comprida e assustadora agulha em sua mão. Encolhi-me no assento, mas não fui rápida o bastante. Ele enfiou a agulha no meu pescoço. Senti a fisgada e uma espécie de frio espalhar-se por minhas veias, seguido por uma leve sensação de ardor.

Afastei a mão dele com um safanão. Ou pensei ter afastado. De qualquer forma, a agulha desapareceu. Ele me observava com curiosidade. Levei a mão ao pescoço e não consegui sentir meu pulso, embora pudesse senti-lo reverberando enlouquecidamente por todo o corpo.

LUX ❋ ÔNIX

— O que... o que você fez comigo?

Will fechou as mãos em volta do volante e saiu do estacionamento da escola sem dizer nada. Perguntei de novo. Pelo menos achei que sim, mas não tinha como ter certeza. A estrada à nossa frente foi perdendo nitidez, se transformando num caleidoscópio de branco e cinza. Meus dedos escorregaram da maçaneta. Não conseguia forçá-los a me obedecer. Não estava mais nem conseguindo manter os olhos abertos.

Tentar acessar a Fonte estava fora de questão. Lutei com todas as forças para deter a escuridão que gradativamente ia fechando meu campo de visão. Sabia que se perdesse a consciência estaria acabada, mas não conseguia manter a cabeça reta.

Meu último pensamento foi: *Os espiões estão por todos os lados.*

[34]

uando recobrei a consciência, estava com a boca seca e parecia que um percussionista tinha se alojado em meu cérebro. Só me sentira assim uma vez antes, no dia em que uma amiga dormira lá em casa e a gente acabara bebendo uma garrafa inteira de vinho barato. Exceto que daquela vez eu havia acordado suada e com calor, e agora estava tremendo de frio.

Levantei a cabeça do cobertor áspero onde estava apoiada e me forcei a abrir os olhos. As formas permaneceram borradas e indistintas por vários minutos. Apoiando as palmas ao lado do corpo, tentei me sentar, mas fui acometida por uma súbita tonteira.

Estava descalça e com os braços descobertos. Alguém havia tirado meus sapatos, as meias e o suéter, deixando-me apenas de jeans e uma camiseta de alça. Minha pele estava toda arrepiada em resposta à temperatura congelante de onde quer que eu estivesse. Sabia que era um lugar fechado. O zumbido baixo das lâmpadas e de vozes distantes me diziam pelo menos isso.

Por fim, meus olhos desanuviaram, e quase desejei que tivessem continuado fora de foco.

A jaula onde me encontrava lembrava uma daquelas usadas em canis. As barras pretas e largas pareciam espaçadas o bastante para que conseguisse enfiar a mão. Quem sabe. Ao erguer os olhos, percebi que não havia espaço suficiente para ficar em pé ou me deitar completamente esticada sem tocar nas barras. Correntes e algemas pendiam do teto. Um par estava fechado em torno dos meus tornozelos gelados e dormentes.

Invadida por uma onda de pânico, me forcei a inspirar e soltar o ar algumas vezes enquanto corria os olhos de maneira frenética pelo entorno. A minha era apenas uma entre várias jaulas. Uma brilhante substância preto--avermelhada revestia o interior das barras e envolvia as algemas.

Disse a mim mesma repetidas vezes que precisava manter a calma, mas não adiantou. Virei de costas e procurei me sentar de um jeito que conseguisse estender os braços para tentar soltar aqueles troços dos tornozelos. Assim que meus dedos tocaram o metal, uma dor abrasiva subiu por meus braços direto até o cérebro. Soltei um grito e puxei as mãos.

Com um pavor profundo que ameaçava me engolir como uma maré enchente, estendi as mãos para as barras, mas outra fisgada de dor semelhante me fez recuar de imediato. Um grito irrompeu de minha garganta ao mesmo tempo que apertava as mãos junto ao peito, tremendo. Era a mesma dor que eu havia sentido quando o fumante encostara aquele objeto no meu rosto.

Tentei acessar o poder que havia em mim. Podia usá-lo para arrombar as jaulas sem tocar nelas. Mas não encontrei nada. Era como se eu estivesse oca ou desligada da Fonte. Indefesa. Encurralada.

Percebi um movimento sob um amontoado de tecido na jaula mais próxima que, de repente, se ergueu. Era uma pessoa — uma garota. Com o coração martelando com força contra as costelas, observei-a se sentar e afastar do rosto pálido algumas mechas compridas e ensebadas de cabelos louros.

Ela se virou para mim. A garota tinha a minha idade, talvez um ano a mais ou a menos. Um feioso hematoma arroxeado acompanhava a linha do cabelo e descia pela bochecha esquerda. Ela seria bonita se não estivesse tão magra e maltratada.

A menina suspirou e abaixou o rosto.

— Eu *costumava* ser bem bonita.

Será que ela havia lido a minha mente?

— Eu...

JENNIFER L. ARMENTROUT

— Sim, eu li a sua mente. — A voz soava áspera, grossa. Ela correu os olhos pelas outras jaulas vazias e, em seguida, os fixou nas portas duplas. — Você é como eu, acho... propriedade do Daedalus. Por acaso conhece algum alienígena? — Riu e apoiou o queixo pontudo sobre os joelhos dobrados. — Imagino que não faça ideia do motivo de estar aqui.

Daedalus? Que diabos era isso?

— Não. Na verdade, não sei nem onde estou.

A garota começou a se balançar para a frente e para trás.

—Você está num armazém. Uma espécie de contêiner para transporte. Não sei em qual estado. Eu estava apagada quando eles me trouxeram. — Tamborilou os dedos pequenos sobre o hematoma. — Eu não estava *assimilando.*

Engoli em seco.

—Você é humana, certo?

Outra risada engasgada e sem o menor humor ressoou pelo ambiente.

— Não tenho mais tanta certeza.

— O DOD está envolvido nisso? — perguntei. Continue falando. Eu não surtaria completamente se continuasse falando.

Ela assentiu.

— Sim e não. O Daedalus está, mas ele é um braço do DOD. Foram eles que me puseram aqui, mas você... — Os olhos dela se estreitaram. Eram de um castanho bem escuro, quase preto. — Só consegui captar fragmentos dos pensamentos dos caras que te trouxeram, mas você está aqui por outro motivo.

Muito tranquilizador.

— Qual é o seu nome?

— Mo — gemeu a garota, levando a mão aos lábios secos. — Todo mundo me chama de Mo... pelo menos, costumava chamar. E o seu?

— Katy.—Aproximei-me um pouco mais, tomando cuidado para não encostar nas barras da jaula. — O que você não estava assimilando?

— Eu não estava cooperando. — Mo abaixou a cabeça, escondendo o rosto atrás dos cabelos ensebados.—Tenho a impressão de que eles sequer acreditam que estejam fazendo algo errado. No que diz respeito a eles, é tudo uma grande área cinzenta. — Ergueu o queixo.—Tinha outra pessoa aqui. Um rapaz, mas ele não era como a gente. Eles o levaram pouco depois de te trazerem.

LUX 2 ÔNIX

— Como ele era? — indaguei, pensando no Dawson.

Antes que ela pudesse responder, o eco de uma porta batendo ao longe reverberou pelo cômodo grande e gelado. Mo se afastou e envolveu os joelhos com os braços finos.

— Finja estar dormindo quando eles entrarem aqui. O que te trouxe não é tão mau quanto os outros. Você não vai querer provocá-los.

Pensei no fumante e em seu parceiro. Meu estômago revirou.

— O que...

— Shhh — sussurrou ela. — Eles estão vindo. Finja que está dormindo!

Sem saber o que fazer, recuei até o fundo da jaula e me deitei, apoiando um braço sobre o rosto para que pudesse espiar sem ser vista.

A porta se abriu e dois pares de pernas vestidas com calças pretas entraram. Em silêncio, eles se aproximaram das nossas jaulas. Meu coração voltou a bater furiosamente, piorando minha dor de cabeça. Eles pararam na frente da jaula da Mo.

— Vai se comportar hoje? — perguntou um dos homens. Havia um tom de riso em sua voz. — Ou vamos ter que fazer isso do jeito mais difícil?

— O que você acha? — rebateu ela.

O homem riu e se curvou. Um par de algemas pretas balançava em sua mão.

— A gente preferiria não estragar o outro lado do seu rosto, docinho.

— Fale por você — interveio o segundo homem. — A vaca quase me deixou estéril.

— Tente me tocar de novo — disse Mo — que você vai ficar.

Ele abriu a jaula e ela imediatamente partiu para cima deles. Mo, porém, não era páreo para os dois. Eles a agarraram pelas pernas e a puxaram para fora até que ela estivesse deitada sobre o piso de cimento frio. O que a xingara virou-a de bruços rudemente e pressionou o rosto dela contra o chão. Ela soltou um grunhido quando ele apoiou um joelho no meio das suas costas e puxou seus braços para trás. E, então, um leve grito quando as algemas se fecharam em torno dos pulsos.

Eu não podia ficar parada observando aquilo. Ignorando a náusea, me forcei a sentar.

— Parem com isso! Vocês a estão machucando!

O que a prendia no chão virou a cabeça e franziu o cenho ao me ver.

JENNIFER L. ARMENTROUT

— Olhe só, Ramirez. Essa aí acordou.

— E temos ordens de deixá-la em paz — retrucou Ramirez. — Estamos sendo muito bem pagos para fingir que ela não está aqui, Williams. Bota logo o negócio nela e vamos embora daqui.

Williams saiu de cima da Mo e se aproximou da minha jaula, ajoelhando-se para que nossos olhos ficassem no mesmo nível. Ele não era muito velho, algo em torno dos vinte e cinco anos. A expressão depravada naqueles olhos azuis me assustou mais do que as jaulas. Botar o que em mim?

— Ela é bem bonita.

Recuei, com vontade de cruzar os braços sobre o tecido fino da minha camiseta de alça.

— Por que eu estou aqui? — Minha voz tremeu, mas não desviei os olhos dos dele.

Williams riu e lançou um olhar por cima do ombro.

— Escuta só, ela está fazendo perguntas.

— Deixa a garota em paz. — Ramirez suspendeu uma silenciosa Mo. A cabeça dela pendia para a frente, o rosto encoberto pelos cabelos. — Temos que levar essa aqui de volta para o centro. Vamos.

— A gente pode apagar a mente dela depois. E se divertir um pouco.

Encolhi-me diante da sugestão. Será que eles podiam fazer isso? Apagar a memória de alguém? Tudo o que eu tinha eram as minhas lembranças. Meus olhos dardejavam de um para o outro.

Ramirez soltou um palavrão por entre os dentes.

— Anda logo, Williams.

Quando Williams começou a se levantar, afastei-me ainda mais.

— Espera. Espera! Por que eu estou aqui?

Ele abriu a jaula com uma chave pequena, agarrou as correntes e deu um forte puxão que me fez cair de costas.

— Não faço a menor ideia do que ele quer com você, e não dou a mínima. — Deu outro puxão nas correntes. — Agora seja uma boa menina.

Querendo mostrar o quanto eu apreciava a sugestão, comecei a chutar. Se eu conseguisse passar por ele… Meu pé o acertou bem debaixo do queixo, lançando sua cabeça para trás. Williams revidou com um soco em meu estômago que me fez dobrar ao meio. Enquanto eu tentava recuperar

· 380 ·

LUX 2 ÔNIX

o fôlego, ele segurou meus pulsos com uma das mãos e com a outra puxou um par de algemas presas a uma segunda corrente que pendia do teto.

— Não! — gritou Mo. — Não!

O medo na voz dela aumentou meu próprio, de modo que voltei a lutar com renovada energia. Não adiantou. Williams fechou as algemas em volta dos meus pulsos, e meu mundo explodiu em dor. Comecei a gritar.

E não parei.

❋ ❋ ❋

Meus gritos só cessaram quando eu já não conseguia emitir nenhum som que não um sussurro rouco. Minha garganta estava em carne viva. Apenas gemidos e choramingos incontroláveis escapavam da minha boca.

Fazia horas que os homens tinham saído com a Mo. Horas de nada além de uma dor abrasiva e debilitante que subia por meus braços e parecia ricochetear dentro do cérebro. Era como se minha pele estivesse sendo arrancada, rasgada para que pudessem acessar *o que quer* que houvesse embaixo.

Minha consciência começou a oscilar. Os momentos de apagão eram uma bênção, uma breve trégua que terminava rápido demais. Eu acordava, só para me ver mergulhada num mundo onde a dor ameaçava destruir minha sanidade. Por várias vezes achei que fosse morrer. Aquilo precisava terminar em algum momento, porém as ondas de agonia continuavam vindo, varrendo meu corpo, me sufocando.

Minhas lágrimas tinham cessado juntamente com os gritos. Tentava não me mexer nem me contrair ao sentir as fisgadas. Isso só tornava tudo pior. Já não estava mais com frio. Talvez porque não conseguisse sentir nada além da aflição indescritível produzida por qualquer que fosse a substância que revestia as algemas.

No entanto, apesar de tudo, eu não queria morrer. Queria sobreviver a isso.

Em determinado momento, escutei as portas abrirem. Cansada demais para erguer a cabeça, fitei cegamente o brilho metálico das lâmpadas que incidia através das barras. Será que eles tirariam as algemas? Não consegui sequer prender a respiração.

— Katy...

Baixei os olhos para os cabelos grisalhos, o rosto bonito e o sorriso charmoso que havia conquistado um espaço em minha vida e na cama da minha mãe. O namorado dela — o primeiro homem em quem ela prestara atenção após a morte do meu pai. Tinha quase certeza de que ela o amava. O que tornava tudo muito pior. Não dava a mínima para o que isso podia significar para mim. Já tinha minhas suspeitas antes, para não falar na leve antipatia por ele estar tomando o lugar do meu pai, mas minha mãe... ela ficaria arrasada.

— Como estão as coisas por aí? — perguntou ele, como se realmente se importasse. — Ouvi dizer que esse... revestimento... é doloroso para os Luxen e pessoas como você. É basicamente a única coisa que consegue incapacitar tanto eles quanto os que sofreram mutação. Essa reação estranha é produzida por ônix misturado com outras pedras, como rubis. É como duas partículas eletromagnéticas batendo uma contra a outra, tentando se afastar. É isso o que está acontecendo com as suas células mutantes.

Ele afrouxou a gravata.

— Sou o que o DOD chama de espião, mas estou certo de que você já deduziu isso. Você é uma garotinha esperta, e provavelmente está se perguntando como eu descobri, certo? Na noite em que te trouxeram para a emergência após você ser atacada, percebi que a sua recuperação foi rápida demais. Além disso, o DOD já estava de olho em você por causa da sua amizade com os Black.

E, por ser um médico... uau, ele perceberia de cara uma recuperação anormalmente rápida. Um forte desprezo se espalhou por mim como uma infecção. Precisei de várias tentativas para conseguir proferir algumas palavras arranhadas.

—Você começou... a namorar minha... mãe só para ficar... de olho em mim? — Ao vê-lo dar uma piscadinha, senti vontade de vomitar. — Seu filho... da puta.

— Bom, namorar sua mãe teve seus benefícios. Não me entenda mal. Eu gosto dela. Kellie é uma mulher adorável, mas...

Eu queria esmurrá-lo. Transformá-lo em patê.

LUX ❷ ÔNIX

—Você... contou a eles sobre... o Dawson e a Bethany?

Ele abriu um sorriso, deixando à mostra uma fileira de dentes brancos perfeitos.

— Os dois já estavam sendo monitorados pelo DOD. Eles fazem isso sempre que um Luxen se torna muito próximo de um humano, na esperança de que o humano acabe sendo transformado. Eu estava hospedado com os pais dela quando a Bethany voltou da caminhada. Tive as minhas suspeitas, e estava certo.

—Você... você estava doente.

Um lampejo de algo sombrio cintilou nos olhos dele.

— Hum, vejo que andou pesquisando a meu respeito. — Como eu não disse nada, Will abriu um sorrisinho presunçoso. — Mas não vou ficar doente nunca mais.

Pisquei. Ele havia vendido sua própria família.

— Eu trouxe os dois primeiro e... bem, todos sabemos o que aconteceu. — Ele se ajoelhou e inclinou a cabeça ligeiramente de lado. — Mas você é diferente. Sua febre foi mais alta, e sua resposta ao soro, milagrosa. Além disso, você é mais forte do que a Bethany.

— Soro?

— É. Ele se chama Daedalus, em homenagem ao setor do DOD responsável pelos humanos híbridos. O governo vem trabalhando nisso há anos... uma mistura de DNA humano e alienígena. Injetei o soro em você assim que ficou doente. — Riu. —Vamos lá, você acha que teria sobrevivido a uma mutação dessa magnitude sem ajuda?

Ai, meu Deus...

— Entenda, nem todos os humanos sobrevivem à mutação ou ao soro desenvolvido para ampliar seus poderes. É isso o que o Daedalus está tentando descobrir. Por que só algumas pessoas... como você, a Bethany e o Blake... respondem bem à mutação, enquanto outras não. E, no seu caso, escutei dizer que você respondeu extraordinariamente bem.

Ele havia injetado alguma coisa em mim? Senti-me violada de uma forma inteiramente nova. A raiva continuava crescendo, eclipsando a dor.

— Por quê? — grunhi.

Will parecia satisfeito. Animado.

· 383 ·

JENNIFER L. ARMENTROUT

— É simples. Daemon tem algo que eu quero, e você irá assegurar que ele se comporte por tempo suficiente para que nossa reunião termine de maneira benéfica para todos os envolvidos. De mais a mais, tenho algo além de você que ele fará *qualquer coisa* para reaver.

— Ele vai… te matar — rosnei, sentindo os músculos se contraírem.

— Duvido muito. De qualquer forma, é melhor ficar quietinha — continuou ele, em tom de conversa. — Acho que você pode ter causado algum dano permanente às suas cordas vocais. Estava lá embaixo há algum tempo, esperando que você parasse de gritar.

Lá embaixo? Dei-me conta de que estávamos provavelmente no mesmo armazém que o Daemon tinha tentado investigar na noite em que eu me deparara com os dois oficiais. Incomodada, tentei me mexer, e gemi quando ele deu um puxão nas algemas, fazendo-as encostar novamente na minha pele. Acho que desmaiei por alguns segundos, porque quando reabri os olhos Will havia se aproximado um pouco mais.

—Você sabia que o poder de cura dos Luxen enfraquece à medida que aumenta o intervalo de tempo entre o ferimento e a cura? Pois é, acho que ele talvez não seja capaz de dar um jeito na sua voz.

Inspirei fundo, mas o ar entrou arranhando dolorosamente minha garganta já em carne viva.

—Vá se… foder.

Will riu.

— Não fique zangada, Katy. Não desejo fazer nenhum mal a ele. Nem a você. Só preciso que você se comporte enquanto Daemon e eu negociamos. Se ele fizer o jogo direitinho, vocês dois sairão daqui vivos.

Uma fisgada inesperada de dor sacudiu meu corpo, fazendo-me enrijecer e ofegar. Era como se minhas células estivessem realmente batendo umas contra as outras, tentando se afastar.

Ele se levantou e apoiou as mãos na cintura.

— Cheguei a achar que tinha perdido tudo nesse último fim de semana. Você pode imaginar o quanto fiquei irritado ao descobrir que Vaughn estava morto. Era para ele ter te trazido pra mim naquele dia. O pobre garoto não fazia a menor ideia de que o próprio tio estava trabalhando para sabotar o que quer que a Nancy o tivesse mandado fazer. — Ele riu de novo e correu os dedos pelas barras. — Uma tremenda sacanagem, se você parar pra pensar. Vaughn sabia que a Nancy ficaria puta se descobrisse, e que provavelmente descontaria no pequeno amigo alienígena do Blake. Mas quem sou eu para falar dele, já que entreguei a Bethany e o Dawson. Devia ter tentado com eles, mas não pensei nisso. Dawson é muito parecido com o irmão. Ele teria feito qualquer coisa pela Bethany.

A raiva sobrepujou a dor, tão ardente quanto.

—Você...

Will parou na frente da jaula.

— Até onde eu sei, ainda não funcionou.

Não fazia ideia do que ele estava falando, mas as peças estavam começando a se encaixar. Will traíra a própria sobrinha. As transferências bancárias agora faziam sentido. Ele vinha pagando Vaughn, mas para quê? Não sabia. O que quer que fosse era o bastante para fazer com que o agente se virasse contra o DOD, e também explicava por que ele havia impedido o sobrinho de contar a Nancy sobre o meu progresso.

— Não se preocupe. Daemon é esperto. —Virou meu velho celular, sorrindo. — Ele respondeu à sua mensagem. E vamos dizer que o que eu mandei de volta irá trazê-lo direto até nós.

Apesar da dor, tentei me concentrar no que ele estava dizendo.

— O que você... quer com ele?

Will jogou o telefone de lado e fechou as mãos em volta das barras. Seus olhos encontraram os meus, e pude perceber a animação de novo, o brilho de empolgação quase infantil.

— Quero que ele me transforme.

[35]

Eu esperava um monte de coisas, tipo ele querer que o Daemon aniquilasse uma cidade inteira ou roubasse um banco, mas que o transformasse? Se a dor não estivesse consumindo minhas forças, eu teria rido do absurdo.

Will deve ter percebido o que eu estava pensando, pois franziu o cenho.

— Você não tem ideia do que é realmente capaz de fazer. O que é dinheiro e prestígio em comparação com o poder de forçar as pessoas a te obedecerem? De jamais ficar doente? De não poder ser impedido por nenhum humano ou forma de vida alienígena? — Os nós dos dedos ficaram brancos. — Você não entende, garotinha. Sei que viu seu pai sucumbir ao câncer, e tenho certeza de que foi terrível, mas não faz ideia de como é sentir que seu corpo se virou contra você, do que é essa luta diária só para sobreviver.

Ele se afastou das barras.

— Ficar doente e ver a morte de perto muda uma pessoa, Katy. Sou capaz de fazer qualquer coisa para jamais me sentir tão fraco, tão impotente de novo. E acho que seu pai se sentiria da mesma forma se tivesse tido a oportunidade.

Estremeci.

LUX ❷ ÔNIX

— Meu pai jamais... machucaria ninguém...

Will abriu um sorriso.

— Sua ingenuidade é comovente.

Eu não era ingênua. Conhecia meu pai, sabia o que ele faria. Outra onda de dor insuportável me obrigou a fechar os olhos. Quando ela cedeu, pude perceber algo diferente no ar.

Daemon havia chegado.

Meus olhos se voltaram para a porta, e Will se virou em expectativa, embora ninguém tivesse feito nenhum ruído.

— Ele está aqui, não é? Você pode senti-lo. — Seu tom era de alívio. — Todos nós suspeitávamos dele, mas podíamos estar errados. Só depois que o Blake matou o Adam e feriu gravemente a Dee foi que pudemos confirmar que tinha sido o Daemon.

Olhou de relance para mim.

— Fique feliz pelo fato de que ninguém além de mim sabe disso. Quando tudo terminar, poderemos ir embora felizes e contentes. Se a Nancy soubesse de alguma coisa, nenhum de vocês dois sairia daqui hoje. — Olhou novamente de relance por cima do ombro. — Quero que você decore o seguinte endereço: Rua Esperança, 1452, em Moorefield. Daemon irá encontrar lá o que está procurando. Mas ele só tem até a meia-noite, é sua única oportunidade.

Era o mesmo endereço anotado no papel que eu encontrara, mas não fazia diferença. Tinha certeza de que o Daemon iria mandar o Will dessa para melhor.

Nesse exato momento, as portas duplas se abriram com tanta força que bateram de encontro às paredes brancas de cimento. Daemon passou de cabeça baixa e com os olhos parecendo duas órbitas brilhantes. Mesmo em meu estado, pude sentir o poder que irradiava dele. Não um poder alienígena, mas *humano* — nascido da dor e do desespero.

Ele olhou para Will e rapidamente o dispensou. Seu olhar, então, recaiu sobre mim. Uma gama de emoções cruzou-lhe o rosto. Tentei dizer alguma coisa, mas meu corpo fez um movimento inconsciente para se aproximar dele, e o ônix que revestia as algemas entrou novamente em contato com a minha pele. Encolhida no chão da jaula, minha boca se abriu num grito silencioso.

Daemon se lançou à frente. Não tão rápido quanto normalmente faria. Assim que suas mãos se fecharam em volta das barras, ele recuou com um assobio.

— O que é *isso*? — Seus olhos baixaram para as mãos e, em seguida, voltaram a se fixar em mim. Pude ver a dor refletida neles.

— Ônix misturado com rubi e hematita — respondeu Will. — Uma bela combinação que não reage muito bem com Luxen e híbridos.

Meu vizinho se virou para o médico.

—Vou te matar.

— Não, acho que não. — Ele, porém, havia se afastado, mostrando que não estava tão confiante assim em seus próprios planos. — Há ônix cobrindo todas as entradas do prédio, de modo que sei que você não pode acessar seus poderes nem usar a luz. Além disso, estou com as chaves da jaula e das algemas. E só eu consigo tocá-las.

Daemon soltou um rosnado baixo no fundo da garganta.

—Talvez não agora, mas irei te matar. Pode ter certeza.

— E você pode ter certeza de que estarei pronto para quando esse dia chegar. — O médico olhou de relance para mim e arqueou uma sobrancelha. — Ela está aí dentro já faz um tempinho. Acho que você entende o que isso significa. Podemos, então, continuar?

Ignorando-o, Daemon se aproximou pelo outro lado da jaula e se ajoelhou. Virei a cabeça para ele, e seus olhos perscrutaram cada centímetro de mim com profunda intensidade.

—Vou te tirar daí, gatinha. Juro.

— Por mais doce que seja essa declaração, a única maneira de você tirá-la daí é fazendo o que eu digo, e só temos… — Olhou para o próprio relógio Rolex. — Cerca de trinta minutos antes que a próxima equipe de oficiais apareça e, por mais que eu esteja totalmente disposto a deixá-los saírem daqui, eles não estarão.

Daemon ergueu a cabeça, o maxilar tremendo.

— O que você quer?

— Que você me transforme.

Ele olhou para o médico por um momento e, então, soltou uma risada sombria.

—Tá louco?

LUX ❀2❀ ÔNIX

Will estreitou os olhos.

— Não preciso explicar tudo tim-tim por tim-tim. Ela sabe. Katy pode te contar depois. Quero que você me transforme. — Estendeu a mão acima da jaula e fechou os dedos em volta das correntes. — Quero me tornar o que ela é.

— Não posso simplesmente franzir o nariz e fazer com que isso aconteça.

— Sei como funciona. — Ele soltou uma risadinha sarcástica. — Eu preciso estar machucado. Tudo o que você tem que fazer é me curar. Pode deixar o resto comigo.

Daemon fez que não.

— Que resto?

Mais uma vez, Will olhou para mim e sorriu.

— Katy pode te contar depois.

— Que tal você me contar agora? — rebateu meu vizinho.

— Acho que não. — Ele deu um puxão nas correntes e eu achei que fosse morrer.

Meu grito não foi mais que um gemido fraco, mas Daemon se levantou de imediato.

— Para com isso — rugiu ele. — Solta essas correntes.

— Mas você ainda nem escutou a minha proposta. — Will suspendeu as correntes mais um pouco, e me vi mergulhada em outra onda de dor.

Desmaiei por alguns segundos e, ao voltar a mim, Daemon estava diante da jaula, os olhos arregalados e frenéticos.

— Solta as correntes — repetiu. — *Por favor.*

Meu coração se partiu. Daemon jamais implorava.

Will soltou as correntes, e eu me encolhi no chão da jaula. Continuava sentindo dor, mas nada semelhante ao que tinha sido segundos antes.

— Assim está melhor. — O médico se aproximou da jaula em que estivera Mo. — A proposta é a seguinte: você me transforma e eu te dou a chave da jaula. Mas não sou estúpido, Daemon.

— Não? — Meu vizinho soltou uma risadinha.

Os lábios do homem se retorceram numa careta.

— Preciso me certificar de que você não venha atrás de mim quando eu for embora, o que sei que irá fazer assim que tirá-la daí.

· 389 ·

JENNIFER L. ARMENTROUT

— Será que eu sou tão previsível? — Ele sorriu de maneira presunçosa e adotou aquela postura arrogante pela qual era tão famoso, mas eu sabia que estava tenso feito uma corda. — Acho que preciso mudar meus hábitos.

Will soltou um suspiro exasperado.

— Quando eu for embora, você não irá me seguir. Temos menos de vinte minutos para fazer isso, e depois você terá apenas trinta, mais ou menos, para ir até o endereço que dei pra Katy.

Daemon lançou um rápido olhar de relance para mim.

— O que é isso, uma caça ao tesouro? Adoro essa brincadeira.

Sempre bancado o espertinho, pensei, *mesmo nas piores situações*. Acho que só isso já era o bastante para que eu o amasse.

— Talvez. — O médico se aproximou dele lentamente e tirou uma arma de trás das costas. Meu vizinho simplesmente arqueou uma sobrancelha, mas meu coração pareceu pular uma batida. — Assim que você a libertar da jaula, terá que fazer uma escolha. Pode vir atrás de mim ou pode ir atrás daquilo que sempre quis.

— O quê? Uma tatuagem da sua cara no meu traseiro?

Will corou de raiva.

— Seu irmão.

Toda a arrogância do Daemon desapareceu de imediato. Recuou um passo.

— O quê?

— Paguei um bom dinheiro para deixá-lo numa posição em que ele possa "escapar". Além disso, duvido que eles decidam procurar por ele. — Sorriu com frieza. — Dawson já provou que não tem muita utilidade. Mas você, por outro lado, é mais forte. Você se sairá bem em todos os aspectos em que ele fracassou.

Molhei os lábios ressecados.

— Fracassou... como assim?

Daemon virou a cabeça para mim e estreitou os olhos ao escutar minha voz, porém Will prosseguiu:

— Há anos eles o vêm forçando a transformar humanos. Não tem dado certo. Dawson não é tão forte quanto você, Daemon. Você é diferente.

Daemon inspirou fundo. Will estava lhe oferecendo tudo o que ele queria — o irmão. Ele jamais recusaria a oferta. Lutou para não deixar

LUX 2 ÔNIX

transparecer nenhuma emoção. O médico talvez até acreditasse naquela cara de paisagem, mas pude perceber o leve tremor do maxilar, o modo como os olhos cintilaram e a boca se apertou numa linha fina. Daemon estava dividido entre a animação e a certeza de que estaria criando alguém que, em última instância, poderia vir a destruir todos que amava. Alguém que estaria ligado a ele — e a mim — irreversivelmente. Se aceitasse curar o médico, suas vidas ficariam conectadas para sempre.

— Eu preferiria caçá-lo e quebrar cada osso do seu corpo — disse ele por fim. — Arrancar sua pele pedacinho por pedacinho e o obrigar a comê-la pelo que você fez com a Kat. Mas meu irmão é mais importante do que qualquer vingança.

Visivelmente abalado por aquelas palavras, Will empalideceu.

— Boa decisão.

—Você sabe que precisa estar ferido para que isso funcione.

O médico assentiu e apontou a arma para a própria perna.

— Sei.

Daemon pareceu desapontado.

— Estava rezando para ter a chance de provocar o ferimento.

— É, bem, acho que não.

O que aconteceu a seguir foi verdadeiramente macabro. Parte de mim desejava desviar os olhos ou ceder à dor, mas não fiz nenhuma das duas coisas. Observei o namorado da minha mãe afastar o braço e, após um minuto, atirar na própria perna. O sujeito não produziu nenhum ruído. Havia algo errado com essa cena, além do óbvio, é claro, mas então Daemon pousou a mão sobre o braço do médico. O ônix não bloqueou seus poderes de cura. Meu vizinho poderia ter deixado o cara sangrar até morrer, mas ele jamais conseguiria transpor o ônix para me tirar dali.

Desmaiei de novo, incapaz de continuar lutando contra a dor. Ao recobrar a consciência, vi Will destrancando a jaula. Ele se aproximou de mim, inteiro e saudável, e soltou as correntes. As algemas escorregaram dos meus pulsos, e quase comecei a chorar só por isso.

Os olhos do médico encontraram os meus.

— Sugiro que não conte *nada* a sua mãe. Isso poderia matá-la. — Sorriu, tendo conseguido o que queria. — Comporte-se, Katy.

JENNIFER L. ARMENTROUT

Dizendo isso, saiu de dentro da jaula e, em seguida, da sala. Eu não sabia quanto tempo ainda tínhamos. Dez minutos no máximo. Tentei me sentar, mas meus braços não obedeceram.

— Daemon...

— Estou aqui. — E estava. Ele entrou com cuidado na jaula e me ajudou a sair. — Você está comigo, gatinha. Acabou.

Pude sentir o calor da cura nas mãos dele, alimentando o pouco de energia que ainda me sobrava. Quando finalmente me soltou do lado de fora da jaula e eu consegui ficar em pé sozinha, afastei suas mãos com toda a delicadeza do mundo. Sabia que, após curar Will, ele não estava mais no auge das forças. Havia oficiais a caminho, e o tempo para resgatar Dawson era limitado.

— Eu estou bem — murmurei, quase sem voz.

Com um som gutural no fundo da garganta, Daemon envolveu meu rosto e pressionou os lábios contra os meus. Fechei os olhos e me perdi naquele contato. Quando ele se afastou, estávamos ambos ofegantes.

— O que você fez? — perguntei, me encolhendo ao escutar minha própria voz.

Ele apoiou a testa contra a minha e pude sentir seu meio sorriso nos lábios.

— Para que a mutação funcione, ambas as partes precisam *desejar*, gatinha. Lembra o que o Matthew disse? Não me empenhei tanto assim, se entende o que eu digo. Além disso, ele tinha que estar morrendo ou próximo disso. Provavelmente não vai funcionar. Pelo menos, não do jeito que ele imagina.

Apesar de tudo, aquilo me fez rir. O som soou arranhado.

— Você é um verdadeiro gênio do mal.

— Pode apostar — retrucou, correndo os olhos por meu rosto, os dedos se entrelaçando aos meus. — Tem certeza de que tá bem? Sua voz...

— Tô — murmurei. — Vou ficar bem.

Ele me beijou de novo, um beijo doce e profundo, que apagou a maior parte do tempo passado ali, ainda que eu tivesse certeza de que as lembranças perdurariam por muito tempo, pipocando inesperadamente como acontece com a maioria das coisas sombrias. Mas, por um momento, foi como se não estivéssemos naquele lugar terrível, com um gigantesco relógio

LUX 2 ÔNIX

tiquetaqueando acima das nossas cabeças, e eu estivesse segura nos braços dele. Protegida. Amada. Estávamos juntos. Duas metades de um mesmo átomo reunidas para formar algo infinitamente mais forte.

Daemon suspirou contra a minha boca e, então, seus lábios se curvaram num sorriso de verdade.

— Agora vamos buscar meu irmão.

[36]

Como eu havia perdido as botas e o casaco, Daemon tirou o próprio suéter e o enfiou pela minha cabeça, ficando somente de jeans e uma fina camiseta de algodão. Não podíamos fazer nada em relação aos sapatos. Sem problemas, eu sobreviveria. A sensação de pés gelados era quase agradável se comparada à dor que eu sentira até pouco antes.

Sem tempo a perder, ele me pegou no colo e saiu correndo do armazém. Uma vez do lado de fora e não mais afetado pelo poder do ônix, senti o vento açoitar meu rosto enquanto ele lançava mão de sua supervelocidade. Em questão de segundos, eu estava sentada no banco do carona do carro dele, com Daemon tentando prender meu cinto.

— Deixa que eu faço isso — murmurei, forçando meus dedos a tocarem o metal.

Ele hesitou ao ver minhas mãos tremerem, mas, então, assentiu e, num piscar de olhos, estava atrás do volante, girando a chave.

— Pronta?

Consegui fechar o cinto e me recostei no assento, ofegante. O ônix fizera mais do que simplesmente bloquear a Fonte. Sentia como se tivesse escalado o Everest com uma mochila de cinquenta quilos pendurada nas

LUX ❷ ÔNIX

costas. Não conseguia entender como o Daemon podia ainda estar funcionando em força total, principalmente depois do trabalho de cura feito em Will, mesmo que sem grandes empenhos.

—Você devia me deixar aqui. — Dei-me conta subitamente. —Você pode ser mais rápido... se eu não estiver junto.

Daemon ergueu as sobrancelhas ao mesmo tempo que o carro contornava uma série de caçambas de lixo.

— Não vou te deixar sozinha.

Eu sabia o quanto era importante ele chegar ao tal endereço, resgatar o Dawson.

—Vou ficar bem. Posso ficar no carro e... você pode fazer aquele seu negócio de supervelocidade.

Ele negou com um sacudir de cabeça.

— De jeito nenhum. Temos tempo.

— Mas...

— Não adianta discutir, gatinha — retrucou, tirando o carro do estacionamento. — Não vou te deixar sozinha. Nem por um segundo, entendeu? Temos tempo. — Com uma das mãos afastou uma mecha de cabelos escuros da testa, o maxilar ligeiramente trincado. — Quando recebi a mensagem sobre a sua mãe e você não atendeu minha ligação, achei que talvez já estivesse no hospital em Winchester. Assim sendo, liguei para lá e descobri que ela não tinha dado entrada...

Fui tomada por uma onda de alívio. Minha mãe estava bem.

Daemon sacudiu a cabeça de novo.

— Pensei no pior... achei que eles tivessem te capturado. Estava pronto para revirar essa maldita cidade do avesso quando recebi a mensagem do Will... portanto, não, não vou te deixar sair da minha vista.

Meu peito apertou. Enquanto eu estava em pânico dentro daquela jaula, não parara para pensar que o Daemon podia estar ciente do que estava acontecendo. Via agora que aquelas horas deveriam ter sido um verdadeiro inferno para ele, uma vívida lembrança dos dias após a suposta morte do Dawson. Meu coração chorou por ele.

— Estou bem — murmurei.

Ele me lançou um olhar de esguelha enquanto prosseguíamos a toda pela estrada rumo ao leste. Seria um milagre se conseguíssemos fazer o trajeto sem sermos parados por excesso de velocidade.

· 395 ·

— Tem certeza?

Em vez de responder, assenti com um menear de cabeça. Tinha a impressão de que escutar meu sopro de voz não lhe faria muito bem.

— Ônix — comentou ele, apertando o volante. — Fazia anos que eu não via essa pedra.

— Você sabia o que ela faz com a gente? — Falando baixo minha voz não soava tão arranhada.

— Durante o período de assimilação, eu a vi sendo usada naqueles que criavam problemas, mas era muito jovem na época. Devia tê-la reconhecido quando nos deparamos com ela da primeira vez. Mas nunca a vira usada assim, revestindo barras e correntes. E não sabia que ela te afetaria da mesma forma.

— Ela... — Minha voz falhou. Inspirei fundo. Jamais sentira uma dor tão terrível. Imaginei que fosse como passar por uma cesariana sem anestesia. Como se as células mutantes sob a minha pele estivessem tentando se libertar, batendo umas contra as outras. Como ser rasgada ao meio de dentro para fora. Pelo menos, fora assim que eu me sentira.

Só de imaginar outra pessoa sofrendo a mesma dor, meu estômago revirou. Era assim que eles controlavam os Luxen, os que criavam problemas? Isso era uma tortura desumana. Não era preciso muita imaginação para deduzir que estivessem usando exatamente esse meio para controlar o Dawson... e o amigo do Blake. E pensar que o Dawson estava com eles há mais de um ano e o Chris há sei lá quanto tempo?

Horas, eu tinha passado apenas algumas horas naquela jaula com o ônix. Um tempo que ficaria gravado em minha memória até meu último suspiro. Mas tinham sido somente algumas horas, enquanto outros passavam por isso durante anos. Nesse pouco tempo em que eu ficara presa, minha alma havia escurecido... endurecido. Houvera momentos em que eu teria feito *qualquer coisa* para acabar com aquilo. Sabendo disso, não conseguia sequer imaginar as consequências para os outros, para o Dawson.

Eu estava profundamente ansiosa. Jamais poderia suportar ver o Daemon numa situação daquelas. Enjaulado e acometido por uma dor indescritível sem perspectiva de fim. O sentimento de impotência que acabaria por se instalar no fundo de sua alma, o sofrimento que o transformaria numa pessoa diferente. Não poderia viver com isso.

LUX 2 ÔNIX

— Kat? — O tom dele transbordava preocupação.

As horas passadas naquele lugar e o conhecimento adquirido enquanto estava lá tinham me mudado. Não. Eu já estava mudando antes disso — deixando de ser uma pessoa que odiava confrontos para me tornar alguém ansiosa por treinar e conquistar o poder de lutar... e de matar. Mentir para aqueles que amava tinha se tornado minha segunda natureza, quando antes eu era alguém quase sempre honesta. Tinha feito isso para protegê-los, é claro, mas uma mentira era sempre uma mentira. Era uma pessoa mais corajosa agora, mais ousada. Parte de mim havia mudado para melhor.

Sabia, sem sombra de dúvida, que mataria sem a menor hesitação para proteger o Daemon e todos que amava. A velha Katy jamais conseguiria sequer imaginar uma coisa dessas.

Tinha me tornado alguém que via a vida em tons de cinza, alguém com uma moral ambígua.

Precisava que ele soubesse disso.

— Blake e eu não somos muito diferentes.

— O quê? — Daemon me lançou um olhar penetrante. — Você não é nada parecida com aquele filho da...

— Sou, sim. — Virei para ele. — Ele fez tudo para proteger o Chris. Traiu pessoas. Mentiu. Matou. E eu entendo isso agora. Sei que não torna certo o que ele fez, mas posso entender. Eu... eu faria *qualquer coisa* para te proteger.

Ele me fitou como se subitamente entendesse o que eu estava deixando de dizer. Não sabia ao certo se o que eu havia me tornado era uma versão melhor de mim ou não. Assim como também não tinha certeza se isso mudaria a forma como o Daemon me via, mas ele precisava saber.

Ele estendeu uma das mãos e entrelaçou os dedos nos meus. Permaneceu concentrado na estrada escura enquanto pressionava nossas mãos sobre a coxa e as mantinha lá.

— Mesmo assim você não é nada parecida com ele, porque no final, sei que você jamais machucaria um inocente. Você tomaria a decisão certa.

Não tinha tanta certeza, mas a fé dele em mim me deixou com lágrimas nos olhos. Pisquei para contê-las e apertei sua mão. Daemon podia não ter dito em voz alta, mas eu sabia que ele não tomaria a "decisão certa"

· 397 ·

se alguém que amasse estivesse em perigo. Ele não tinha tomado a "decisão certa" ao sermos confrontados pelos dois oficiais do DOD no armazém.

— E quanto ao Will? O que… você acha que vai acontecer com ele? Daemon rosnou.

— Deus do céu, eu adoraria caçá-lo, mas eis o acordo. Na pior das hipóteses, ele vai ficar puto quando perceber que a mutação não funcionou e virá atrás da gente. Se isso acontecer, darei um jeito nele.

Arqueei as sobrancelhas. A pior das hipóteses para mim era ele vir atrás da gente da maneira que fosse — normal, transformado ou sei lá —, e ousar chegar perto da minha mãe de novo.

— Mas você acha que a mutação não vai funcionar?

— Não se o Matthew estiver certo. Quero dizer, eu desejei curá-lo para poder te tirar de lá, mas não foi um desejo real e profundo. Além disso, Will até acertou uma artéria, mas não estava morrendo. — Olhou para mim. — Sei o que você está pensando. Que, se tiver funcionado, nós dois estaremos ligados a ele.

Curar o Will sem saber ao certo o que aconteceria tinha sido um sacrifício e um tremendo risco para o Daemon.

— Exato — admiti.

— Não há nada que possamos fazer agora a não ser esperar e ver.

— Obrigada. — Pigarreei para limpar a garganta, mas não adiantou. — Obrigada por ter me tirado de lá.

Ele não respondeu, mas seus dedos apertaram os meus ligeiramente, ajudando-me a permanecer conectada com a realidade. Contei-lhe sobre o Daedalus e, como já esperava, ele jamais ouvira esse nome. O pouco que conversamos a caminho do tal endereço enfraqueceu ainda mais a minha voz, e sempre que minhas palavras terminavam com um som arranhado, Daemon se encolhia. Apoiei a cabeça no encosto e forcei meus olhos a continuarem abertos.

—Você está bem? — perguntou ele mais uma vez ao nos aproximarmos da Rua Esperança.

Sorri, embora sem muita confiança.

— Estou. Não se preocupe comigo. Tudo…

—Tudo está prestes a mudar. — Daemon parou o carro atrás do prédio, desvencilhou a mão da minha e desligou o motor. Em seguida, inspirou

LUX ❷ ÔNIX

fundo e lançou um rápido olhar para o relógio do painel. Tínhamos cinco minutos.

Cinco minutos para tirar o Dawson de lá, isso partindo do princípio que Will tinha falado a verdade. Cinco minutos não era tempo suficiente para que pudéssemos nos preparar, nem de perto.

Soltei o cinto, ignorando a exaustão que me afetava até os ossos.

—Vamos lá.

Daemon piscou.

—Você não precisa vir comigo. Sei... que está cansada.

De forma alguma eu iria deixá-lo encarar isso sozinho. Nenhum dos dois tinha ideia do que nos aguardava lá dentro, nem do estado em que encontraríamos o Dawson. Abri a porta, encolhendo-me ao sentir como se estivesse pisando em uma cama de pregos.

Em um segundo Daemon estava ao meu lado. Ele me deu a mão e olhou no fundo dos meus olhos.

— Obrigado.

Sorri, mesmo sentindo minhas entranhas revirarem. Enquanto caminhávamos até a porta da frente, entoei mentalmente uma pequena oração para quem quer que estivesse escutando: *Por favor, não deixe isso terminar mal. Por favor, não deixe isso terminar mal.* Era assustador saber que aquilo poderia dar errado de tantas formas diferentes.

Daemon estendeu a mão para a maçaneta das portas duplas de vidro e, para nossa surpresa, encontrou-a destrancada. A desconfiança se fez imediatamente presente. Fácil demais, mas já tínhamos vindo até aqui.

Ao erguer os olhos, vi um pedaço circular de ônix incrustado no tijolo. Uma vez lá dentro, não teríamos acesso aos poderes, exceto o da cura. Se isso fosse uma armadilha, estaríamos ferrados.

Entramos. Uma luzinha verde piscava no sistema de alarme à direita, o que significava que ele não fora ligado. Quanto dinheiro Will teria investido para conseguir tal coisa? Os guardas no armazém, Vaughn e todas as pessoas que ele tivera que subornar só para deixar o prédio... destrancado?

Dinheiro não seria um problema para ele. Diabos, o cara tinha dedurado a própria sobrinha.

O saguão parecia com o de qualquer outro prédio comercial. Uma mesa de recepção em meia-lua, plantas falsas e piso barato de lajotas. A porta que conduzia a uma escada tinha sido deixada convenientemente aberta. Olhei de relance para ele e apertei sua mão. Jamais o vira tão pálido, o rosto com uma expressão tão dura que parecia feito de mármore.

De certa forma, seu destino o aguardava lá em cima. Seu futuro.

Daemon empertigou os ombros e seguiu para a porta. Subimos a escada o mais rápido possível. Ao alcançarmos o topo, minhas pernas tremiam de exaustão, porém o medo e a empolgação me proporcionaram uma descarga de adrenalina.

Encontramos uma porta fechada. Acima dela, outro emblema de ônix — melhor confirmação impossível. Daemon soltou minha mão e, com o braço tremendo ligeiramente, fechou os dedos em volta da maçaneta.

Observei-o abrir a porta com a respiração presa na garganta. Imagens do encontro iminente povoavam minha imaginação. Será que haveria lágrimas e gritos de felicidade? Será que o Dawson reconheceria o irmão? Ou será que haveria uma armadilha à nossa espera?

O aposento estava escuro, iluminado apenas pela luz da lua que incidia através de uma única janela. Distingui duas cadeiras dobráveis encostadas numa das paredes, uma televisão num canto e uma jaula dessas usadas em canis bem no meio, equipada com o mesmo tipo de algemas que havia na minha.

Daemon entrou devagar, as mãos pendendo ao lado do corpo. Ondas de calor irradiaram dele ao mesmo tempo que a coluna enrijecia.

A jaula... a jaula estava vazia.

Parte de mim se recusou a processar o que isso poderia significar; não podia deixar esse pensamento fincar raízes. Meu estômago apertou, e um bolo de lágrimas ficou preso em minha garganta já machucada.

— Daemon — grunhi.

Ele ficou parado diante da jaula por alguns instantes e, então, se ajoelhou e pressionou uma das mãos na testa. Um estremecimento sacudiu seu corpo. Corri para o lado dele e pousei a mão em suas costas rígidas. Os músculos se contraíram sob a minha palma.

— Ele... ele mentiu pra mim — disse ele numa voz entrecortada. — Ele mentiu pra gente.

Chegar tão perto, a segundos de rever o irmão, era de cortar o coração. O tipo de decepção irreparável. Não havia nada que eu pudesse dizer.

LUX ❷ ÔNIX

Nenhuma palavra o ajudaria a aliviar a dor. O vazio que me rasgava por dentro não era nada em comparação com o que eu sabia que ele estava sentindo.

Engolindo um soluço, ajoelhei atrás dele e apoiei o rosto em suas costas. Será que Dawson algum dia estivera ali? Pelo que a Mo tinha dito, havia uma boa chance de que ele estivesse sendo mantido no armazém. De qualquer forma, se ele tivesse estado ali em algum momento, já não estava mais.

Dawson desaparecera novamente.

Daemon se levantou num pulo. Desprevenida, quase caí, mas ele se virou, me pegou antes que eu batesse no chão e me colocou de pé.

Meu coração falhou algumas batidas e, em seguida, acelerou.

— Daemon...

— Desculpa. — A voz dele soou rouca. — Precisamos... precisamos sair daqui.

Assenti e recuei um passo.

— Eu... eu sinto muito.

Ele pressionou os lábios numa linha fina.

— Não é culpa sua. Você não teve nada a ver com isso. Ele nos enganou. Will mentiu pra gente.

Honestamente, tudo o que eu queria fazer era sentar e chorar. Aquilo era tão errado.

Daemon me deu a mão e voltamos para o carro. Entrei e prendi o cinto, sentindo os dedos dormentes e o coração pesado. Saímos dali e pegamos a estrada em silêncio. Alguns quilômetros depois, dois Ford Expeditions passaram em alta velocidade pela gente. Virei no assento, esperando que os veículos dessem um cavalinho de pau e viessem ao nosso encalço, mas eles simplesmente prosseguiram.

Virei-me de volta e olhei de relance para o Daemon. O maxilar dele parecia ter sido talhado em gelo. Os olhos brilhavam como diamantes desde que havíamos saído do prédio comercial. Eu queria dizer alguma coisa, mas não havia palavras que pudessem aliviar a dor dessa nova perda.

Ele havia perdido o irmão novamente. A injustiça dessa situação me corroía por dentro.

Estendi a mão e a pousei no braço dele. Daemon olhou para mim rapidamente, mas não disse nada. Recostando-me de volta no banco, fiquei observando o cenário de sombras borradas pelo qual passávamos. Mantive,

· 401 ·

porém, a mão no braço dele, na esperança de que lhe trouxesse algum conforto, tal como ele me proporcionara mais cedo.

Quando finalmente alcançamos a rodovia principal que levava ao nosso bairro, eu mal conseguia manter os olhos abertos. Já passava da meia-noite. A única coisa boa era que minha mãe estava no trabalho, e não imaginando onde diabos eu havia me metido o dia inteiro. Ela provavelmente havia me enviado várias mensagens, e não ia ficar nem um pouco feliz quando eu lhe respondesse com alguma desculpa esfarrapada.

Eu e minha mãe teríamos que conversar. Não agora, mas em pouco tempo.

Paramos diante da entrada de garagem do Daemon. O Jetta da Dee estava lá, ao lado do carro do Matthew.

—Você ligou para eles? Contou a eles o que aconteceu… comigo?

Ele inspirou fundo, e só então percebi que fizera a viagem inteira sem respirar.

— Eles queriam me ajudar a te encontrar, mas pedi que ficassem aqui para o caso…

Para o caso de as coisas terminarem mal. Muito esperto. Pelo menos a Dee não tinha criado esperanças só para vê-las darem lugar a um profundo desespero, tal como acontecera com o Daemon.

— Se a mutação não der certo, vou atrás do Will — disse ele. — E irei matá-lo.

E eu ia ajudar, mas antes que pudesse replicar, ele se debruçou por cima do freio de mão e me beijou. O contato suave não combinava nem um pouco com o que ele acabara de dizer. Letal e doce — era isso o que o Daemon era; duas almas totalmente diferentes vivendo num mesmo corpo, fundidas uma à outra.

Ele se afastou e estremeceu.

— Não posso… não posso encarar a Dee agora.

— Mas ela vai ficar preocupada.

— Eu mando uma mensagem assim que você estiver acomodada.

— Tudo bem. Você pode ficar comigo. — *Sempre*, tive vontade de acrescentar.

Um sorrisinho matreiro se desenhou em seus lábios.

— Prometo que vou embora antes da sua mãe chegar.

LUX ❷ ÔNIX

Boa ideia. Ele me pediu para esperar enquanto saltava e dava a volta no carro, andando de maneira mais lenta do que o normal. A noite tinha sido desgastante. Ao chegar ao meu lado, abriu a porta e estendeu a mão para mim.

— O que você está fazendo?

Ele arqueou uma sobrancelha.

— Você está sem sapatos esse tempo todo. Chega de andar.

Senti vontade de contestar, mas o instinto me disse para não forçar a barra. Ele precisava disso, precisava cuidar de alguém no momento. Assim sendo, assenti e cheguei até a beira do banco.

A porta da casa dele se abriu com tanta força que bateu na parede. O som foi semelhante a um tiro. Congelei, mas ele simplesmente se virou com os punhos cerrados, preparado para encarar o que quer que fosse e esperando o pior.

Dee saiu correndo, o cabelo preto ondulado balançando às suas costas. Mesmo de onde estava, pude ver as lágrimas que escorriam por suas bochechas lívidas e os olhos inchados. Ela, porém, estava rindo. Balbuciando um monte de bobagens, mas *rindo*.

Saltei do carro, me encolhendo ao sentir o contato com o chão gelado. Daemon deu um passo à frente ao mesmo tempo que a porta começava a fechar, para então ser impedida. Uma figura alta e magra surgiu na soleira, oscilando feito um junco. A figura saiu para a varanda, e Daemon tropeçou.

Ó céus, ele nunca tropeçava.

A ficha demorou a cair. Pisquei, morrendo de medo de acreditar no que estava vendo. Era tudo muito surreal. Talvez eu tivesse pego no sono no caminho de volta e estivesse sonhando com algo perfeito demais.

Porque sob o brilho da luz da varanda estava um garoto de cabelos escuros que pendiam em mechas desordenadas em torno das maçãs do rosto proeminentes; ele tinha lábios grossos e expressivos, e olhos um tanto embaçados, porém com o mesmo tom impressionante de verde. Uma réplica exata do Daemon. Embora magro e pálido, era como ver meu vizinho em dois lugares ao mesmo tempo.

— *Dawson* — murmurou ele.

Dizendo isso, partiu feito um tufão, os pés vencendo em instantes o solo congelado e os degraus da varanda. Com lágrimas escorrendo pelo rosto, observei Daemon abrir os braços, o corpo largo bloqueando o do irmão.

· 403 ·

JENNIFER L. ARMENTROUT

De alguma forma, de alguma maneira, Dawson estava em casa.

Daemon envolveu o irmão num abraço, porém Dawson... Ele continuou parado onde estava, os braços pendendo ao lado do corpo, o rosto tão lindo quanto o do gêmeo, porém dolorosamente vazio.

— Dawson...? — A insegurança na voz do Daemon ao se afastar fez minhas entranhas se retorcerem em diminutos e ardentes nós que pareceram subir e formar um bolo em minha garganta, me impedindo de respirar.

Enquanto os dois irmãos se fitavam, com o vento varrendo os flocos de neve soltos e os levantando em espirais em direção ao céu noturno, lembrei de algo que o Daemon tinha dito. Ele estava certo. Naquele momento, tudo mudou... para melhor e para pior.

AGRADECIMENTOS

Redigir agradecimentos é provavelmente a parte mais difícil de todo o processo da produção de um livro. Sinto sempre como se estivesse esquecendo alguém realmente importante e, como a Katy diria, isso faz de mim uma idiota de marca maior.

Quero agradecer à minha família e aos meus amigos por não me odiarem quando eu os ignoro por dias a fio a fim de terminar um livro. Um grande viva e um enorme obrigada a todos os amantes da literatura e blogueiros espalhados pelo mundo. A paixão de vocês pela Saga Lux... e pelo Daemon me deixa sem palavras.

Um gigantesco obrigada a Liz Pelletier, a editora por trás da Saga Lux e a pessoa que exigiu que eu inserisse mais cenas com o Daemon em *Ônix*. Pois é, agradeçam a ela. Obrigada também à minha maravilhosa assessora, Misa, e ao resto da equipe da Entangled. E, é claro, não posso esquecer meu fantástico agente, Kevan Lyon, nem a responsável pela venda dos direitos autorais em outros países, Rebecca Mancini, por todo o árduo trabalho que ambos tiveram.

Além disso, obrigada a você, Wendy Higgins!

E, obrigada a Cindy, Carissa, Lesa e Angela por terem lido este romance antes que a caneta vermelha fizesse suas correções.

A história de Katy e Daemon
continua em

LEIA AGORA O PRIMEIRO CAPÍTULO.

[1]

ão sei bem o que me acordou. Os uivos do vento da primeira nevasca do ano tinham se acalmado na noite anterior, e meu quarto estava silencioso. Tranquilo. Virei de lado e pisquei.

Deparei-me com um par de olhos fixos em mim. Brilhantes como o orvalho. Eram estranhamente familiares, porém sem a mesma claridade reluzente daqueles que eu amava.

Dawson.

Apertando o cobertor de encontro ao peito, sentei devagarinho e afastei uma mecha de cabelos emaranhados do rosto. Talvez eu ainda estivesse dormindo, pois não fazia ideia do motivo que levaria o Dawson, o irmão gêmeo do garoto pelo qual eu me encontrava loucamente — profunda e irremediavelmente – apaixonada, a estar sentado na beira da minha cama.

— Hum, tá... tá tudo bem? — Pigarreei, mas as palavras soaram roucas, como se eu estivesse tentando forçar uma voz sensual e, na minha opinião, fracassando terrivelmente. Mesmo já tendo se passado uma semana, os efeitos dos gritos que eu emitira durante o período em que o dr. Michaels, o namorado psicopata da minha mãe, me mantivera presa naquela jaula no armazém, ainda eram perceptíveis em minha voz.

JENNIFER L. ARMENTROUT

Dawson baixou os olhos. Suas pestanas escuras e grossas roçaram o topo das maçãs altas e angulosas, em um rosto mais pálido do que o normal. Se eu aprendera alguma coisa era que o gêmeo do Daemon era uma criatura traumatizada.

Olhei de relance para o relógio. Quase seis da manhã.

— Como você entrou aqui?

— Entrando. Sua mãe não está em casa.

Qualquer outra pessoa teria me deixado de cabelo em pé, mas eu não tinha medo do Dawson.

— Ela ficou presa em Winchester por causa da neve.

Ele assentiu com um menear de cabeça.

— Não consegui dormir. Não tenho conseguido dormir.

— Nem um pouco?

— Não. E isso está afetando a Dee e o Daemon. — Ele me encarou como que desejando que eu entendesse o que não conseguia colocar em palavras.

Desde que o Dawson escapara da prisão, os trigêmeos — diabos, *todo mundo* — andava supertenso, esperando que o Departamento de Defesa aparecesse a qualquer momento. Dee continuava tentando processar a morte do namorado e o reaparecimento de seu adorado irmão. Daemon estava dando o melhor de si para oferecer apoio ao Dawson e cuidar de todos eles. E, embora a tropa de choque ainda não tivesse invadido nossas casas, nenhum de nós conseguia relaxar.

Tudo estava tranquilo demais, o que em geral não significava boa coisa.

Às vezes... às vezes sentia como se uma armadilha tivesse sido preparada e nós houvéssemos caído nela direitinho.

— O que você tem feito? — perguntei.

— Caminhado — respondeu ele, olhando através da janela para o mundo lá fora. — Achava que nunca mais veria esse lugar.

Não dava nem para imaginar as coisas terríveis pelas quais o Dawson havia passado e que fora obrigado a fazer. Uma dor profunda invadiu meu peito. Tentei não pensar nisso, porque quando pensava, imaginava o Daemon na mesma situação, e a simples ideia era insuportável.

Mas o Dawson... Ele precisava se abrir com alguém. Ergui a mão e fechei os dedos em torno da obsidiana do cordão, sentindo seu peso familiar.

— Quer conversar sobre o que aconteceu?

LUX ❸ OPALA

Ele negou com um sacudir de cabeça, as mechas rebeldes encobrindo parcialmente os olhos. Seu cabelo era mais comprido que o do Daemon — mais cacheado. Talvez apenas precisasse de um corte. Os dois eram gêmeos idênticos, embora no momento não se parecessem nem um pouco, mas isso não era só por causa do cabelo.

—Você me lembra ela... a Beth.

Não soube o que responder. Se ele a amasse a metade do que eu amava o Daemon...

—Você sabe que ela está viva. Eu falei com ela.

Seus olhos encontraram os meus. Tristeza e segredos se escondiam nas profundezas daquele olhar.

— Eu sei, mas ela já não é mais a mesma. — Fez uma pausa e abaixou a cabeça. A mesma mecha que sempre pendia na testa do Daemon caiu sobre a dele. — Você... ama o meu irmão?

Meu peito apertou ao escutar a desolação em sua voz, como se ele achasse que jamais voltaria a amar, como se sequer acreditasse mais no amor.

— Amo.

— Sinto muito.

Surpresa com a declaração, larguei o cobertor, que escorregou para meu colo.

— Por que você está dizendo isso?

Dawson ergueu a cabeça e soltou um suspiro cansado. Em seguida, movendo-se mais rápido do que eu imaginava que fosse capaz, seus dedos roçaram minha pele — sobre as leves marcas avermelhadas deixadas pela luta contra as algemas e que circundavam meus pulsos.

Odiava essas marcas, rezava para que um dia desaparecessem por completo. Cada vez que as via, lembrava da dor causada pelo ônix em contato com a minha pele. Já tinha sido difícil o bastante explicar para minha mãe a tenebrosa rouquidão, para não falar no súbito reaparecimento do Dawson. A cara dela ao ver o Daemon e ele juntos, um pouco antes da nevasca, tinha sido quase cômica, embora ela tivesse ficado feliz pelo "irmão pródigo" ter retornado ao lar. Mas as marcas eu precisava esconder sob camisetas de mangas compridas, o que funcionaria bem nos meses de inverno. No entanto, não fazia ideia de como iria disfarçá-las quando o verão chegasse.

— Toda vez que eu via a Beth, ela estava com marcas assim — falou Dawson baixinho, afastando a mão. — Ela vivia dando um jeito de fugir,

· 409 ·

mas eles sempre a recapturavam, e ela acabava com marcas desse tipo. Em geral, em volta do pescoço também.

Engoli em seco, tentando controlar a súbita náusea. Em volta do pescoço? Não podia nem...

— Você... você a via com frequência? — Eu sabia que eles haviam tido pelo menos um encontro durante o tempo em que ficaram presos com o DOD.

— Não sei. Era difícil manter uma noção de tempo. No começo, tentava acompanhá-lo usando os humanos que eles traziam para mim. Eu os curava e, em geral, se... sobrevivessem, podia contar os dias até tudo começar a ir por água abaixo. Quatro dias. — Ele fixou novamente o olhar na janela. Através das cortinas abertas, tudo o que eu conseguia ver era o céu escuro e os galhos cobertos de neve. — Eles ficavam putos quando as coisas iam por água abaixo.

Eu podia imaginar. O DOD — ou Daedalus, um suposto braço do próprio DOD — tinha como principal objetivo usar os Luxen para transformar humanos. Às vezes dava certo.

Às vezes, não.

Enquanto o observava, tentei me lembrar do que o Daemon e a Dee tinham dito a respeito dele. Dawson era o irmão sociável, divertido e charmoso — uma versão masculina da Dee, nada semelhante ao Daemon.

Mas este Dawson não era assim, era quieto e distante. Até onde eu sabia, além de não conversar com o irmão, ele não tinha falado com ninguém sobre o que passara nas mãos do governo. Matthew, o guardião extraoficial deles, achava melhor não insistir.

Ele nem sequer contara a alguém como havia escapado. Eu desconfiava de que o dr. Michaels — aquele rato mentiroso filho da puta — tinha armado para cima da gente, nos enviando numa busca inútil só para ter tempo de escapar e, então, havia "libertado" o Dawson. Era a única coisa que fazia sentido.

Minha outra suspeita era muito mais sombria e nefasta.

Dawson baixou os olhos para as mãos.

— Meu irmão... ele também te ama?

Pisquei, subitamente de volta ao presente.

— Sim. Acho que sim.

— Ele nunca te falou?

Não com tantas palavras.

LUX **3** Opala

— Ele não *disse assim*, com todas as letras. Mas acho que sim.

— Pois devia. Todos os dias. — Inclinou a cabeça para trás e fechou os olhos. — Fazia tanto tempo que eu não via neve — completou, num tom quase melancólico.

Bocejando, olhei na direção da janela. A tempestade prevista pela meteorologia havia atingido nosso pequeno cantinho do mundo e feito o Condado de Grant de refém por todo o fim de semana. As aulas de segunda e de hoje tinham sido canceladas e, segundo o noticiário da véspera, levariam o restante da semana para desobstruir todas as estradas. A nevasca não poderia ter vindo em melhor hora. Pelo menos tínhamos uma semana inteira para descobrir o que diabos íamos fazer com o Dawson.

Ele não podia simplesmente reaparecer na escola.

— Nunca tinha visto nevar desse jeito — comentei. Eu era do norte da Flórida e já tinha passado por umas duas geadas antes, mas nunca vira tanta neve fofa.

Um ligeiro e triste sorriso repuxou-lhe os lábios.

—Vai ficar lindo quando o sol nascer. Você vai ver.

Sem dúvida. Tudo coberto de branco.

Dawson deu um pulo e, de repente, estava do outro lado do quarto. Um segundo depois, senti um arrepio quente na nuca e meu coração acelerou. Ele desviou os olhos.

— Meu irmão está chegando.

Daemon surgiu na porta menos de dez segundos depois, com os cabelos desgrenhados pelo sono e a calça do pijama amarrotada. Sem camisa. Três palmos de neve lá fora e ele continuava seminu.

Quase revirei os olhos, mas isso implicaria desviá-los daquele peito... daquele abdômen. Ele realmente precisava começar a usar camisetas com mais frequência.

Seu olhar passou do irmão para mim e, em seguida, de volta para o irmão.

— Uma festa do pijama? E eu não fui convidado?

Dawson passou por ele em silêncio e desapareceu no corredor. Alguns segundos depois, escutei a porta da frente bater.

— Certo. — Suspirou Daemon. — Essa tem sido a minha vida nos últimos dois dias.

Senti o coração apertar por ele.

— Sinto muito.

· 411 ·

Ele se aproximou da cama, a cabeça inclinada ligeiramente de lado.

— Será que devo perguntar o que o meu irmão estava fazendo no seu quarto?

— Ele não conseguiu pegar no sono. — Observei-o se curvar e puxar as cobertas. Sem me dar conta, tinha me coberto de novo. Ele deu outro puxão e eu as soltei sem discutir. — Dawson disse que isso está incomodando vocês.

Daemon se meteu debaixo das cobertas e deitou de lado, de frente para mim.

— Ele não está incomodando a gente.

A cama era pequena demais para nós dois. Sete meses atrás — diabos, quatro meses atrás —, eu teria feito xixi nas calças de tanto rir se alguém dissesse que o garoto mais gostoso e *temperamental* da escola estaria deitado na minha cama. Mas muita coisa havia mudado. Sete meses atrás eu não acreditava em alienígenas.

— Eu sei — retruquei, me ajeitando de lado também. Meu olhar passeou pelas maçãs do rosto altas, o lábio inferior cheio, e aqueles olhos extraordinariamente verdes. Daemon era lindo, porém espinhoso como uma flor-de-maio. Tínhamos percorrido um longo caminho até chegarmos ao ponto de conseguirmos dividir um quarto sem que nenhum dos dois tivesse vontade de cometer assassinato a sangue frio. Ele tivera que provar que seu sentimento por mim era real e... finalmente conseguira. Ao nos conhecermos, Daemon não tinha sido muito bacana, e fora obrigado a me compensar por isso. Minha mãe não havia criado uma filha submissa. — Ele disse que eu o faço lembrar a Beth.

Daemon cerrou as sobrancelhas. Revirei os olhos.

— Não do jeito que você está pensando.

— Honestamente, por mais que eu ame meu irmão, não sei bem como me sinto em encontrá-lo no seu quarto. — Estendeu um dos braços musculosos e, com as pontas dos dedos afastou algumas mechas de cabelo do meu rosto, prendendo-as atrás da minha orelha. O contato me fez estremecer e ele sorriu. — Sinto como se precisasse marcar meu território.

— Ah, cala a boca.

— Adoro quando você fica assim, toda mandona. É sexy.

— Você é incorrigível.

Ele se aproximou ligeiramente e pressionou a coxa contra a minha.

— Estou feliz pela sua mãe ter ficado presa no hospital.

Arqueei uma sobrancelha.

— Por quê?

Daemon fez um gesto semelhante a um dar de ombros, porém com um ombro só.

— Duvido que ela fosse gostar de me ver na sua cama.

— Eu também.

Ele novamente mudou de posição e nossos corpos ficaram separados por menos de um centímetro. O calor que irradiava me envolveu por completo.

— Ela falou alguma coisa sobre o Will?

Meu sangue gelou. De volta à realidade — uma realidade assustadora e imprevisível onde nada era o que parecia. Como, por exemplo, o dr. Michaels.

— A mesma coisa que disse na semana passada, que ele viajou para uma conferência e que depois ia visitar a família, mas sabemos que é mentira.

— Ele obviamente planejou tudo para que ninguém questionasse sua ausência.

E Will precisava desaparecer, porque se a mutação funcionasse em qualquer nível, ele precisaria de um tempo para si.

—Você acha que ele vai voltar?

Daemon correu os nós dos dedos pelo meu rosto e disse:

— Seria loucura.

Na verdade, não, pensei, fechando os olhos. Daemon não queria curá-lo, mas tinha sido forçado. A cura não tinha sido feita com o empenho necessário para transformar um humano a nível celular. Tampouco o ferimento fora fatal, portanto, ou a mutação se tornaria permanente ou se desgastaria com o tempo. E, se isso acontecesse, Will voltaria. Eu podia apostar. Embora ele tivesse conspirado contra o DOD em benefício próprio, o fato de saber que tinha sido o Daemon quem me curara era uma informação valiosa, algo que forçaria o DOD a recebê-lo de volta. Em suma, ele era um problema — e dos grandes.

Assim sendo, estávamos aguardando... esperando o inevitável.

Abri os olhos e percebi que Daemon não tirara os dele de mim.

— Quanto ao Dawson...

— Não sei o que fazer — admitiu ele, roçando os nós dos dedos pelo meu pescoço e, em seguida, pelo volume dos seios. Minha respiração ficou presa na garganta. — Ele se recusa a conversar comigo, e mal fala com a Dee. Passa quase todo o tempo trancafiado no quarto ou perambulando pela mata. Eu sempre o sigo, e ele sabe. — A mão escorregou para o meu quadril e ficou ali. — Mas ele...

— Ele precisa de tempo, ok? — Plantei um beijo na ponta do nariz dele e me afastei. — Dawson passou por muita coisa, Daemon.

Seus dedos me apertaram um pouco mais.

— Eu sei. De qualquer forma... — Daemon se moveu tão rápido que não me dei conta do que ele estava fazendo até me ver com as costas coladas no colchão e ele pairando acima de mim, as mãos apoiadas uma de cada lado do meu rosto. — Tenho sido relapso com minhas obrigações.

E, com isso, tudo o que estava acontecendo, todas as nossas preocupações, medos e perguntas não respondidas simplesmente evaporaram. Daemon produzia esse tipo de efeito em mim. Fitei-o, com dificuldade de respirar. Não estava cem por cento certa de que "obrigações" eram essas, mas tinha uma imaginação bastante fértil.

— Não temos passado muito tempo juntos. — Pressionou os lábios na minha têmpora direita e, em seguida, na esquerda. — O que não significa que não tenho pensado em você.

Meu coração veio parar na garganta.

— Sei que você anda ocupado.

— Sabe? — Seus lábios pairaram acima do arco da minha sobrancelha. Ao me ver assentir, ele mudou de posição, apoiando a maior parte do peso num dos cotovelos. Com a mão livre, segurou meu queixo e inclinou minha cabeça para trás. Seus olhos perscrutaram os meus. — Como você está lidando com tudo isso?

Recorrendo até a última grama de autocontrole, me concentrei no que ele estava dizendo.

— Lidando. Não precisa se preocupar comigo.

Ele não pareceu muito convencido.

— Sua voz...

Eu me encolhi e pigarreei de novo, o que não adiantou nada.

— Já tá bem melhor.

Os olhos escureceram e ele correu a ponta do polegar pela minha mandíbula.

— Ainda não o bastante, mas estou começando a gostar dela assim.

Sorri.

— Jura?

Ele fez que sim e pressionou os lábios nos meus. O beijo foi doce e suave, e me deixou toda arrepiada.

— É sexy. — Sua boca colou novamente na minha, num beijo mais profundo e demorado. — Essa rouquidão, quero dizer, mas gostaria...

— Não. — Envolvi o rosto dele em minhas mãos. — Eu estou bem. Temos coisas suficientes com as quais nos preocupar além das minhas cordas vocais. No grande esquema das coisas, elas estão lá embaixo na lista de prioridades.

Daemon arqueou uma sobrancelha. Uau, eu tinha soado supermadura. Dei uma risadinha ao ver a expressão dele, arruinando minha recém--descoberta maturidade.

— Senti sua falta — admiti.

— Eu sei. Você não consegue viver sem mim.

— Eu não iria tão longe.

— Admita.

— Lá vem você de novo. Esse seu ego sempre atrapalhando tudo — impliquei.

Seus lábios se fecharam em torno do meu maxilar.

— Atrapalhando o quê?

— O pacote perfeito.

Ele bufou.

— Deixa eu te dizer uma coisa. Tenho um perfeito...

— Não seja nojento. — Estremeci, mesmo contra a vontade, porque não havia nada menos do que perfeito no modo como ele beijava a curva do meu pescoço.

Eu nunca diria isso para ele, mas tirando seu... lado *espinhoso* que teimava em dar as caras de tempos em tempos, Daemon era o homem mais próximo de perfeito que eu já conheci.

Com aquela risadinha presunçosa que tanto me irritava, ele desceu a mão pelo meu braço e a deslizou pela cintura até pegar minha coxa, enganchando-a em torno do seu quadril.

— Você tem uma mente muito suja. Eu ia dizer que sou perfeito em todos os quesitos importantes.

Rindo, envolvi-o pelo pescoço.

— Claro que sim. E totalmente inocente.

— Ah, nunca disse que era *tão* legal assim. — Colou a parte inferior do corpo contra o meu, fazendo-me ofegar. — Eu sou mais...

— Safado? — Pressionei o rosto contra o pescoço dele e inspirei fundo. Daemon tinha um perfume de natureza, um misto de folhas frescas e especiarias. — Eu sei, mas por baixo de toda essa sua safadeza existe um cara legal. É por isso que eu te amo.

Daemon estremeceu e, em seguida, congelou. Seu coração pareceu pular uma batida e ele rolou de lado, me abraçando com força. Tão apertado que precisei me contorcer um pouco para levantar a cabeça.

— Daemon?!?

— Está tudo bem — disse numa voz grossa, dando um beijo em minha testa. — Eu estou bem. Mas... ainda é cedo. Não temos aula nem corremos o risco da sua mãe aparecer gritando seu nome completo. Podemos fingir por um tempo que nossa vida não é uma loucura e dormir até tarde, como dois adolescentes normais.

Como dois adolescentes normais.

— Gosto do som disso.

— Eu também.

— Eu mais ainda — murmurei, aconchegando-me a ele até nos tornarmos praticamente um. Podia sentir seu coração batendo no mesmo ritmo que o meu. Perfeito. Era disso que precisávamos... momentos tranquilos de normalidade. Sem mais ninguém, somente ele e eu...

A janela que dava para o jardim da frente explodiu com o impacto de algo grande e branco, lançando uma chuva de cacos de vidro e flocos de neve no chão.

Soltei um grito de susto enquanto o Daemon rolava e se levantava num pulo, assumindo imediatamente sua forma verdadeira, um ser de luz que brilhava com tanta intensidade que não era possível olhar para ele por mais do que alguns preciosos segundos.

Puta merda, murmurou sua voz em meu cérebro.

Vendo que ele não tinha partido como um Rambo para cima de ninguém, coloquei-me de joelhos e dei uma espiada pela beirada da cama.

— Puta merda! — gritei.

Nosso precioso momento de normalidade terminou com um corpo estirado no chão do meu quarto.